忘川

WANG
CHUAN

上

沧月 作品

有一条河叫忘川
喝了川水就忘了一切
忘了一切也忘了自己
有一条河叫记川
喝了川水就记起一切
喝一口来自那忘川的水
再喝一口来自那记川的水
忘了一切又记起一切

北京联合出版公司
Beijing United Publishing Co.,Ltd.

图书在版编目（CIP）数据

忘川. 上 / 沧月著. —北京：北京联合出版公司，2014.11

ISBN 978-7-5502-3802-2

Ⅰ. ①忘… Ⅱ. ①沧… Ⅲ. ①长篇小说－中国－当代 Ⅳ. ①I247.5

中国版本图书馆CIP数据核字（2014）第232629号

忘川. 上

作　　者：沧　月
选题策划：北京磨铁图书有限公司
责任编辑：陈　昊　王　巍
封面设计：80零 · 小贾
排版制作：刘碧微

北京联合出版公司出版
（北京市西城区德外大街83号楼9层　100088）
廊坊市兰新雅彩印有限公司印刷　新华书店经销
字数322千字　700毫米 × 980毫米　1/16　印张17.5
2014年11月第1版　2014年11月第1次印刷
ISBN 978-7-5502-3802-2
定价：32.80元

目录

CONTENTS

目录

CONTENTS

楔子

“血薇，不祥之剑也。嗜杀，妨主，可谓之为‘魔’。”

下着雨的初秋之夜，风里有菊和兰草的清香。洛水旁一间小小的酒馆里，人声寂寥，风灯飘摇，只有一人独坐。灯影雨声里，连外面河水静静流淌的声音都清晰可闻。

那个女子低着头，看着自己手里那本翻得卷了边的古旧书卷。

那是一百年前相剑大师孟青紫所著的《刀剑录》。开篇赫然就是这样一句话。古书上墨迹斑驳，不知道百年来被多少人看过又合上，就如在这一百多年来不知道有多少人的血浸没过那把传说中的剑一样。

她无声地笑了笑，倦倦地将古书合起，握起酒杯，一饮而尽。

——在她的手边，有一把剑正在灯下折射出一道绯红色的光芒。

她握着酒杯的右手有略微的颤抖。一道伤痕从袖中蔓延而出，直至手腕尺关穴。虽然洗过了无数遍手，但指甲上似乎还残存着微微的殷红和浓郁的血腥——她忍不住闭了闭眼睛，想把那种杀戮后的反胃感觉给压下去。

然而，一闭上眼睛，眼前便是一片泼天血红。

半空中有个刚被斩下的头颅还在飞舞旋转，口唇开合，厉声诅咒：“君子之泽，五世而斩！”

她猛然一震，睁开了蒙胧的醉眼。

一切幻景都消失了，唯有耳边的风雨声依旧。她用颤抖的手握着酒杯，急急一饮而尽，长长叹了口气——今夜，他大概不会来了吧？

翩翩飞鸟，息我庭柯。
敛翮闲止，好声相和。
岂无他人？念子实多。
愿言不获，抱恨如何！

初秋的冷雨里，她独自坐着，思绪如飞。想着当初他在洛水上弹奏的那一曲《停云》，一袭白衣如雪，翻飞在江水之上，温文尔雅的贵公子眼里深处却藏着刀锋一样的光芒，她不由得握着酒杯，无声笑了一笑。

是啊，十年了。天地广大，岂无他人？

只是……为何她却无处可去。

她捏着酒杯，垂下头，耳边一滴翡翠坠子微微摇晃，映绿了耳根。

"姑娘还要酒吗？"店小二过来，小心地问。

十年了，这个女子一直是这家小酒馆里的常客，而最近几年来得更是越发频繁——还记得她第一次来到这里的模样，风姿楚楚，清拔一枝刚抽出嫩箭的兰花。在她身边站着一个玉树临风的白衣男子，一对璧人，如玉树琼花交相辉映。

然而，这些年里不知发生了什么，她却经常独自一个人来这里。每次出现都更加憔悴。

"当然！快去拿！"刚问了一句，她却猛然一拍桌子，不耐烦地回答。她一拍，桌上的那把剑便跟着一跳，铮然一声响，有寒气逼来，刺人眉睫。

"好好，"店小二吓得往后退了一步，有些为难地嘀咕，"只是……只是姑娘你存在账上的酒钱，已经花光了……"

"什么？花光了？"那个女客这才有些愕然地抬起头，吐着酒气。

"是是，上个月就光了，"店小二赔着笑脸，小心翼翼地算账，生怕激怒了对方，"姑娘最近三天两头地来喝酒，每次喝的都是店里最贵的十年陈菊花酿，每坛要二两银子，光这账上记着的已经有五十三坛了……"

"好了好了。"她不耐烦地打断了他，抬手探入怀中，却不由得一愣。

手触之处，居然囊空如洗。

出门时，赵总管让楼里给了她一整封银子，作为这次去江城的盘缠。她数也没数地收了，沿途花销，自以为足够——却不料，在回来时候就已经告罄。这一路恍恍惚惚，杀人如麻，满目是血，她都记不清自己到底做了什么，又如何把那些钱花光了。

“我看，姑娘还是不要再喝了，”看到她沉默，店小二趁势委婉地劝着，想把这个煞星给劝回去，“这样没日没夜地喝，很伤身的……姑娘不如早点回家去歇着……”

“回家？”她却冷笑了一声，“哪有家？”

一边说着，她一边搜检了一下身边，发现自己居然身无长物，身上连一件值钱的东西都找不出来。店小二皱了皱眉头，打量了一下她，视线最后落在了她颊边那一对青翠欲滴的耳坠上，脱口：“这对耳坠是翡翠的？倒是值钱，不如……”

“做梦！”一句话没说完，醉醺醺的人厉叱——那一瞬，她的眼睛亮如寒星，似是有利剑直刺出来。

“是是是……”说完店小二噤若寒蝉，连忙往后退了一步。

“不如……”她喃喃，视线落下来，看到了桌子上的那把绯红色的剑，忽然冷笑了一声，一把拿了起来，唰地扔给了他，“不如就拿这个抵押吧——上酒！”

店小二下意识地接住了那把剑，不由得低低啊了一声。

这把剑并不新，也不知道有多少年头了，看上去颇有沧桑之感。乌木吞金的剑柄上镶嵌着墨玉，素面的剑鞘上伤痕累累，也不知道是什么材质，在幽幽暗色里呈现出绯红的色泽。最诡异的是，虽然比一般制式的剑短，却反而出奇的重，一入手直往下坠，他猝不及防，连忙伸出双手用了很大的力才刚好托住。

难道是玄铁的？那可是好东西！光这上面的墨玉，挖下来应该也值一点钱吧？倒是个好生意……然而刚想到这里，就觉得剑在鞘中跃了一下，一股刺骨的寒意直刺入掌心。店小二失声惊呼，那把剑几乎脱手落地。

“小心点！”她拍了一下桌子，一根筷子斜斜飞出，啪的一声击在剑柄上，一股力瞬地传来，点在剑鞘末端，将摇摇欲坠的剑重新一送，快如闪电。

剑停稳了，似乎有些不甘心地落回了店小二手里。

“给我拿稳了，”她冷笑，“等会儿去换钱，买你们一百座酒馆都够了。”

“姑娘别说笑，”店小二小心翼翼地捧着这把剑，不敢放下也不敢收起，苦笑，“哪有当铺会出几万两银子来换一把旧剑的？”

“谁叫你去当铺？”她冷哼一声，“那么腌臜的地方！”

“那……该去哪里？”店小二有些迷惑。

“去哪里？呵，”那个女子抬起头，似是定定看了洛阳城中阑珊的灯火，眼神迷蒙，半晌才道，“去听雪楼！”

“……”听到这三个字，店小二倒抽了一口冷气。

“你听说过听雪楼吗？”她笑了一声，侧过头看着他，带着浓浓的酒意，“就在洛阳的朱雀大道上——”

“当……当然听说过！”店小二连忙点头，“谁没听说过呢？”

听雪楼，天下第一的武林名门，世代的江湖霸主。在总楼所在的洛阳地界上，更是翻手为云覆手为雨，谁敢说自己没有听说过？特别是昔年的人中龙凤，夕影刀和血薇剑，如今都已经成为说书人口中的传奇，在洛阳家喻户晓。

难道这个日日买醉的女子，竟然和听雪楼有什么关系不成？

想到这里，店小二忍不住低下头看了一眼手里这一把绯红色的剑，那一刻，忽地明白过来，脱口而出：“天！难道……难道这把剑，就是……就是……血薇？”

她笑了起来，微醺地问：“那么……知道我是谁了吗？”

“血薇的主人？难道……是传说中的靖姑娘？”店小二脱口而出，但瞬间就知道自己说了傻话——听雪楼的靖姑娘，在几十年前就已经去世了，又怎么可能在这个雨夜归来？店小二打量着她，半晌才小心翼翼地摇了摇头，表情懵懂而紧张。

“……”她的笑容渐渐凝住了，许久，忽然叹了口气，无限寂寥。

——是的，自从离开风陵渡踏入江湖，她纵横天下已经十年。对决过许多高手，斩获过无数荣耀。然而即便如此，这个天下和江湖，记住的却依然是“血薇”两个字而已。

她，苏微，除了是“血薇的主人”之外，又算是什么呢？

那个女子在灯下叹了口气，沉默了一下，又问：“那么，你知道如今听雪楼的楼主是谁吗？”

“这个知道！”店小二松了口气，连忙回答，“听说也姓萧，却不是萧楼主的后人，而是南楚南楼主的独子——为了纪念以前的萧楼主而改姓了萧。”

“是了。听雪楼如今的楼主，叫作萧停云。”她捏着酒杯，叹了口气，轻轻说出了那个名字，凝视着杯子里那一汪碧色的酒，低声，“你拿着血薇去找他，就说是我押给你抵酒债的，他自然会给你钱。你要多少，他就会给多少。”

话刚说到这里，却听后堂一个声音道：“姑娘太客气了……这点小钱，算什么呢？尽管喝便是。”

闻声走出来的是这家小酒馆的老板，一边团团和气地赔笑，一边对着店小二瞪了一个眼色。店小二乖觉，迟疑了一下，立刻把血薇剑小心翼翼地放回了桌上，嗫嚅道：“是啊，还……还是算了。”

“怎么？”她微微有些不悦，一拍桌子，“你难道信不过我？”

——那一瞬，她眼里散漫慵懒的酒意瞬地不见了，流露出一丝冷意和不耐烦。

那一丝冷光就如同出鞘的剑一样，让人有刀锋过体的寒意，全身一凛。

“小的……小的不敢。”店老板一下子变得结结巴巴，往后又退了一步，堆起一脸讨好的笑，“但既然……既然姑娘是听雪楼的人，那……那这点酒钱，小的……也不敢要了。这洛阳，谁还敢去找萧楼主要债？”

她有些愕然，冷笑了一声：“要债怎么了？欠债还钱，天经地义。听雪楼从不欺凌百姓，难道我还能凭着这金字招牌来吃霸王餐不成？”

“小的不敢……只是小的实在不敢收这把剑啊！”店老板急急忙忙地赔笑，从后堂里抱了一堆酒瓶子过来，堆了满桌子，然后往后退了一步，笑道，“姑娘想喝，那就喝吧……喝多少都没关系！小的先去休息了。”

一句话没说完，他便拉着店小二溜得没影儿了。

不敢收这把剑？她忍不住苦笑了一下。

难道，血薇这把魔剑之名，连天下普通百姓都已经知道了吗？

已经是子夜时分，初春的江边冷雨飘摇，破旧的酒馆里再也没有别的客人，那个女子独坐灯下，自斟自饮，也不知道心里想着什么，表情黯然。

忽然，垂落的门帘动了一动，竟然有第二个客人在深夜到来。

风夹着雨从门外吹入，灯火摇晃。然而那个人却没有踏入酒馆，只是站在门口的阴影里，袖着手，垂着头，声音轻微而寒冷，似乎已经冷得牙齿上下打架，细声道：“苏姑娘，楼主让我来问：月前交付的那个任务，是否已经完成？”

那个女子趴在肮脏的酒案上，似是早就喝得酩酊大醉了，然而听到那一声问话，却忽然模模糊糊地发出了一声冷笑：“他呢？……为什么自己不来？”

仿佛知道女子问的是谁，那人低声回答：“楼主不在洛阳，日前和赵总管去了岭南，要和罗浮试剑山庄的掌门共商明年的武林大会之举——而梅家是否已被诛灭，对楼主来说是个非常重要的筹码，所以特地派在下来查证。”

“赵总管？”她没有理会他后面的一串长篇大论，只是对着这个名字微微冷笑，喃喃，“果然，他是和她一起去的……对吧，宋川？”

暗影里的那个人沉默着，没有回答，似乎那是个不便触及的问题。

她停顿了片刻，忽地用脚尖挑起了地上的一个包袱，低声道：“拿去吧！”

包袱在半空散开，露出了一蓬乌黑，血腥味顿时弥漫在这个小小的酒馆里——在那包袱里裹着的，竟赫然是一颗血迹斑斑的人头！

“黄鹤楼中吹玉笛，江城五月落梅花。”忽然间，那个醉了的女子吟了一句诗，看也不看那个来人，随手将包袱扔了出去，一仰头，又喝下了一杯酒，冷笑，“这……这就是梅家最后一个男丁了！——拿着人头，滚吧！”

来客拂袖一卷，人头瞬忽被收走，却不肯走，又问："总管说过，梅家尚有二十七口人，如何只得一颗人头？以苏姑娘的身手，一旦出手，绝不会让其他人漏网……"

"我都放了。"她截口回答，冷笑。

宋川似是吃了一惊："可是楼主吩咐，要将江城梅家满门——"

"那就让他自己去！"那个女子忽然重重一拍案，声音里气性大作，厉声道，"满门满门，动不动就满门！姓萧的要杀个鸡犬不留，就让他自己去杀好了！或者赵冰洁能行，让她来也可以！——但别指望我会做出这等事来！"

"苏姑娘？"宋川退了一步，似乎被那种杀气惊住，不知说什么好。

这些年来，只要楼主一个命令，无论是多么危险的任务，她都会赴汤蹈火地去完成。从不争论，从不置疑——而今日，为何忽然来了这样一句话？

然而，一语毕，她又软软地伏倒在案上，似乎已经不胜酒力，埋头喃喃："算了吧。自从梅景浩死后，上天入地追杀了这几年，梅家死得也差不多了……剩下的全都是女人和孩子……还不够吗？……别逼我了……再这样下去，我会疯的……会疯的！"

说到最后，她的声音疲倦，渐渐微弱。灯下，只见一个单薄的影子伏在酒案上，似是醉了，一动不动。

"……"宋川不再说话，深深行了一礼，便如幽灵般退去。

只是一个眨眼，酒馆里又只剩下了女客孤身一人，仿佛没有任何人出现过一般。那个女客人咕哝了一声，摸索着将酒杯抓在了手里，对自己低声道："好了，没人来烦我了……来，喝酒……喝酒！"

一杯入喉，似乎冰冷的胸腔里有火渐渐燃起来。

她醉眼蒙眬地斜觑了一眼那把绯红色的剑，忽然觉得无边的厌恶。是的……她没有家，没有亲人。姑姑死了，师父也离开了……孤身一人飘摇在天地之间，整个人生也已经被封在了这把剑里。

她，只是一把剑而已！

第一章　长夜别

第一次离开风陵渡的她坐在孤舟上，怀里抱着那把绯红色的剑，沉默地回望着滔滔黄河另一边的故居，心中却隐隐明白那恐怕是最后的遥望——江湖一入深如海，此后，她和往日便隔了比黄河更宽广的河流，永远不能再返回。

多年前那个漆黑漫长的夜里，也是下着和今夜一样的雨。

那一场突如其来的雨是那样冷，那样密，那样萧瑟和飘摇，仿佛要冻彻逆旅里每一个孤客的骨髓，令人情不自禁地想起故乡和炉火的温暖。

在那个没有月亮的雨夜，那个改变了她一生的男子从黑夜里走来，穿过沧浪之风，黄河之水，来到了她孤独地成长到十六岁的封闭的小天地里。

“承蒙石前辈召唤，在下特来此处，带回血薇。”

那个穿着白衣的贵公子在轮椅前弯腰，恭恭敬敬地对其姑姑行礼——而她远远地躲在风后祠的黑暗里，在听到那两个字的时候，感觉袖中的剑猛然震了一下。

“说话倒是客气，和你父亲一样……咳咳，当年，楼里所有人都恨我，只有……只有他对我还彬彬有礼。”姑姑似是对他家里的情况了如指掌，语气却并不客气，咳嗽着，“好了，废话不说了，让我看一看信物吧！”

“是。”那位公子又躬身行了一礼，微微往后退了一步，手腕一翻。

月光下，有一抹光华一闪而过。握在修长手指间的是一把淡青色的刀——只见一抹碧色横空而出，浅浅映照着他的白衣，如同洒下了梦幻般的霜华。

那一瞬，她站在远远的黑暗里，只觉袖中之剑也起了一阵战栗的回应！

“夕影刀！”姑姑坐在轮椅上，古井一样的双瞳忽然亮了一亮，似乎有什么记忆瞬间照亮了枯槁的内心。她颤巍巍地伸出手去，似乎想触摸那一把刀，却不敢落下，只是凭空遥遥地摸了一下，发出了一声长长的叹息。

物是人非。夕影犹在，江湖上却早已不见昔年的人中之龙。

“君子之泽，五世而斩。”姑姑将视线从夕影刀上移开，叹息，“自从萧逝水创建听雪楼以来，咳咳，如今已经四十年过去了，楼中五易其主……兴盛衰败，起起伏伏，到了你这一代，局面已经变得尤其艰难。”

“是，”贵公子微微躬身，“晚辈惭愧。”

“这不怪你，比起创业来，守业更难。”姑姑摇了摇头，“所以，我决定将血薇送还给你，助你重振听雪楼，咳咳……以报当年楼主和靖姑娘之恩。”

“夕影已经在此，”贵公子恭谨地开口，“请问血薇何在？”

姑姑坐在轮椅上，击掌，头也不回地唤了一声：“阿微！”

她战栗了一下，从风后祠里走了出来，抱着那把剑，低着头走向了他。当她出现在眼帘中时，他一直深深地看着她，一瞬不瞬，目光亮如星辰，却深沉如墨——而更令人吃惊的是，他瞳子的更深处，居然还有另一对瞳子。

那，就是传说中的重瞳？

然而，如果仔细看去，就能发现他并没有看她，只是凝视着她手里捧着的那一把剑，眼神不易觉察地微微变幻，难抑激动，却又深深克制。

“这就是血薇？”他问。

“是的。”姑姑咳嗽着，用复杂的表情看着她怀里的那把剑，“我离开楼里的时候，一念之差，带走了它……可是，你们何尝知道，咳咳，我带走血薇，并不是想独占它。”她叹了口气，“我只是，为了不让血薇失传。”

“失传？”贵公子微微有些惊愕，“难道血薇剑谱，竟尚存于世？”

“是。你们应该也知道，靖姑娘……咳咳，靖姑娘曾经对我很好。”姑姑咳嗽着，用复杂的语气追忆往昔，“甚至……咳咳，甚至还教过我武功……当靖姑娘去世后，血薇一脉，世上便只剩下了我这么半个传人。”

“真的？我还以为血薇剑谱已经失传！”那个贵公子眼神里有掩饰不住的惊喜，失声道，“没想到前辈您居然还替靖姑娘保留了这一脉武学！这真是……真是……”

“你很开心吧？新楼主，这是一份意外的大礼。”姑姑笑了起来，看着这个温良如玉的年轻人，“是的，我让你来迎回听雪楼的，不止是血薇剑，还有一个人。阿微传承了我全部的武学，咳咳……也是世上唯一的血薇剑谱继承者。”

“是吗？”他终于看向了她，眼神灼灼，似看着无价的珍宝。

“咳咳……也不是我一个人教出来的。咳咳，”姑姑抬起手，将她推向了那个贵公子，咳嗽着，“我毕生的心血，都在这里了。带她走吧……她会为你所用。”

她一颤，抱着那把绯红色的剑，缓缓走向他，眼睛里饱含着不安，却义无反顾——就像是一个人踏着薄薄的冰层往前走，虽然不知道在哪一步会掉下去，却还是一直往前走去，一步，又一步。直到坠入地狱。

自从五岁开始，她就知道自己终将有这一天。这些年来，她接受的全部训练，其实都是为了配得上这把“血薇”。而如今，随着姑姑的病危，这一天终于是到来了。

她走到他面前，停住，下意识地握紧那把剑。

仿佛感觉到了主人内心的恐惧，手中的血薇忽地铮然弹出！一寸光寒出鞘，顿时映得整个暗夜生辉。她无声地吐出了一口气，手指一转，按在了剑柄上，正准备将那把有灵性的剑按回吞口——

然而，就在那个刹那，对方忽然动了。

“这样的绝世清锋，”那个人似是情不自禁地赞叹，伸过手，竟是想去拔出血薇一观，“今日终得一见，真是——”

“别碰我的剑！”她想也不想地往后退了一步，手腕下沉、手指上扬，将手中的剑一横，唰的一声连鞘击向对方左肩，动作迅捷如电。

一出手她就有些后悔了，知道这一击如果打得实了，对方的肩胛骨便会立刻粉碎。

似乎没有料到她会忽地反击，那个人轻轻啊了一声，身体后仰，也是瞬地抬起手来挡——然而暗夜里，她一剑刺出，剑势还在中途，却旋即变幻。剑虽未出鞘，但剑芒透体而出，在漆黑中绽放出淡淡光华，一道道逼人而来，凌厉夺目！

“血薇香影！”那个人失声惊呼。

只听唰的一声，血薇剑击中了一物，猛然一震，停住。

她心中一惊，定睛看去，只见那个白衣年轻公子毫发无伤，手里握着一把青鲨皮的短刀，在千钧一发之际，正抵在血薇的剑鞘上——他的出手也是快如闪电，她虽先发，却不能占得先机。

刀剑都尚未出鞘，然而黑暗里却似有千万道的锋芒，相对沉默。

“这是……骖龙四式？”贵公子深深吸了一口气，审视着她——这个才十六岁的纤细少女，竟然身负深不见底的武学传承，令人震惊。直到这一刻，他的目光才终于从血薇剑转移到了剑的主人身上，深深凝视着月下抱剑而立的少女。

她握着血薇，和自己对峙，眼神凛然，如同即将铮然出鞘的剑，耳边一对坠子如同盈盈春水，照彻长夜。

那一瞬间，他心里一震，竟略微地失神。

“阿微！”姑姑出声喝止，声音严厉，“你做什么！退下！”

她握着血薇的手一颤，眼里的锋芒猛然收敛，如同剑鞘迅速封住了剑芒。她垂下头去，后退了一步，微微躬身，身上逼人而来的剑气顿时消失。

“不许对萧公子无礼！”姑姑咳嗽着，拍着轮椅的扶手，厉声训斥，“我早就对你说过，咳咳……这一生，你永远不得对听雪楼主拔剑！你……你难道就忘了吗？”

“阿微不敢忘。”她低头斜觑了他一眼，嗫嚅着，“我没有……没有对他拔剑啊！”

——是的，血薇尚在鞘中，并未拔出。

那个萧公子看了看她，眼里忍不住有一丝笑意掠过。这个倔强坚忍的小姑娘，竟然也有这样半耍赖的时候？

“狡辩！”姑姑却出乎意料地盛怒，“给我跪下！”

看到长者真的动怒，萧公子连忙上前打圆场：“是在下不好。一看到血薇剑就失了神——这样的绝世神兵，从来不是随随便便给人看的，是在下冒失了。”

听到他居然为自己求情，她忍不住抬头看了他一眼，眼里的戒备和敌意略微缓了一缓，却还是抱着剑，走到轮椅前单膝跪下，双手托起剑递给姑姑。垂死的老人用尽了力气，伸手从她手里将那把血薇拿了起来。

“啪”的一声重响，忽地倒转剑柄，重重拍在了她的肩上！

这一击很重，她颤了下，如平日那样咬牙硬忍。

“抬起头来！看到这个人了吗？”姑姑厉声，抬起手，指着身侧白衣如雪的萧公子，一字一顿，“这就是我说过的你要毕生效忠的人，给我……咳咳，给我好好地记住了！”

“是。”她看了他一眼，低下了头。

“阿微，我很快就要死了……”姑姑的声音枯涩而严厉，论及生死，却并没有半分的畏惧，只是咳嗽着，“从此你要听他的话，一如听我的话！咳咳，用血薇守护听雪楼，毕生不得对其拔剑！记……记住了吗？发誓！”

“记住了。”她的声音越发轻微，“若有违反，天诛地灭。”

“那就好……”姑姑长长叹息了一声，声音微弱下去，一字一句地交代，“我养了你十六年，就是为了这一天……咳咳……好了，你跟着萧公子去听雪楼吧。”

她微微颤了一下。就在今夜？在这乍一见面的黑夜里，她就要离开生活了十几年的地方，跟随这个陌生的年轻男子去往完全陌生的地方？她知道姑姑的性格冷酷决绝，但在这样的生离死别之际，竟然也不予一丝的温暖留恋！

“快去！”血薇剑再一次重重地抽打在她的肩膀上，毫不留情。

“是！”她猛然一震，站了起来。姑姑将血薇扔到她的怀里，抬手指着一边的年轻人，眼神冷酷：“去他那里，用你的一生守住对我的誓言！”

她战栗了一下，握紧血薇，转身走向了那个人。

“请问姑娘芳名？”那位萧公子看着抱着剑走向自己的少女，眼神里充满了期待，如同一个绝世的剑客在期待一柄绝世的利剑。她沉默不语，倔强地不想回答这个人的话，仿佛只要一开口，便会和面前这个人结下无法理清的纠葛。

“苏微。”轮椅上的姑姑替她回答，“是苏，咳咳，不是舒。”

“血薇的薇吗？”他又问。

“不，”轮椅上的姑姑回答，“是微笑的微。”

“苏微，好名字。”那个贵公子笑了一笑，转过头对她行了一个礼，道，“在下姓萧，名南，表字停云，来自洛阳，今晚特意来此迎接苏姑娘去听雪楼——”

“……”十几年来，与世隔绝的她从未和师父之外的其他男子说过话，此刻定定看着他，竟然不知道该如何回答。然而他却上前一步，握住了她的手腕，紧紧地，如同握住了失而复得的珍宝：“血薇的主人，欢迎归来。从此，我们就并肩作战了！”

并肩作战？她的手在他的手掌里僵硬着，有些抵触。

那个贵公子深深地看着她，眼神专注，瞳子黑得看不见底，似乎能把人的灵魂都吸走。那种眼神，就像是看着世间最珍贵的东西一样，令从未见过世面的少女心里忍不住微微一颤。

后来，她回想着，觉得自己就是在这一眼里，被他眼中那种安静专注、深不见底的黑色所打动——然而她却不知道，他用那种眼神看着的，到底是她，还是那把血薇剑。

她并不知道，这最初的困扰，竟然会在日后成为她最大的心魔。

“咳咳，阿微的性格比较内向，又倔。能吃苦，重然诺，轻生死。咳咳……刚极易折，情深不寿。”轮椅上的姑姑微微咳嗽着，用意味深长的语气，“说起来，很像那个人啊……你要多担待一些啊。”

“是。”萧停云颔首，“晚辈谨记在心。”

“唉，幸亏你的性格不像楼主，要温和圆融多了……毕竟是南楚的儿子。”姑姑叹息般地低声道，“否则，刀剑锋芒相对，迟早是有折断的一天。”

姑姑忽然抬起枯瘦的手，一边一个握住了他们两个人的手腕，用力而颤抖：“听着！今天是你们第一次相遇，就令刀剑相见，这并不是吉兆……咳咳。日后无论再出现什么样的情况，千万记住……不可以再度重演今日之事！”

“是。阿微谨遵教诲，”她低下了头，“这一生，虽死亦不对听雪楼主拔剑！”

“好，好……有什么话，要及时告诉对方，不可以存在心里。不可以相互猜忌，更不可以自相残杀。”姑姑的声音越来越微弱，却不肯放开他们的手，“江湖险恶……你们……咳咳，你们要相互倚靠。刀和剑，必须指向同一个方向！”

“是。”他和她同时轻声回答。

“那就好……”轮椅上的姑姑看着他们，叹息，“要知道，当你们握住了夕影和血薇之后，在这个世上，就永远没有人能杀得了你们……除非、咳咳，除非你们自己。”

“去……去吧。”姑姑咳嗽着，推开了她的手，最后看了这个自己抚养长大的孩子一眼，“阿微，此后……咳咳，此后你的天地广大——快走，不要回头！”

苏微咬了咬牙，跪下来重重磕了一个头：“您多保重。”

然后，她握紧了血薇，站起身，掉头离开。

寒风呼啸，眼前黑夜一片，无尽的黄河水在没有月色的夜里滔滔而去。风吹起她的长发，摩擦着面颊，眼角似乎有细微的泪珠，在风里凝结成冰。她一步一步走向风陵渡，有一艘船无声无息地停靠在那里，等待着他们的离开。

背后传来姑姑微弱的喃喃，不知道是对虚空里的哪一个影子说着最后的话：“楼主……血薇，我还给你了，人，我也还给你了……我，终于不欠听雪楼任何东西。”

随着最后一声叹息，身体内凝聚的那一口气仿佛忽然消散了，老人的身体往后一倾，靠上了轮椅，安然而松弛，渐渐闭上了眼睛。

“石前辈！”萧停云失声惊呼，飞奔到轮椅前查看。然而，她却紧握着血薇站在夜色里，全身微微战栗，却没有回头。

“我们走吧，别耽误了时间。”停顿了片刻，少女握着血薇，微微仰起头看着苍穹，用冷淡而克制的声音道。

“快过来看看吧！”他抬起头看着她，“你姑姑……她去世了！”

“人死如灯灭。那就找个人好好入殓她就是了。”她用力握着剑，一直地往前走，不回头看一眼背后轮椅上死去的老人，语气微微发抖，“你会好好安葬她的，对吧？她对我说过，不需要归葬故土，就埋在风陵渡旁好了。”

那个孤独的少女站在苍穹之下，身姿挺拔如剑。

那一刻，听雪楼的主人凝望着她的身影，不由得心中震动——这是一个多么倔强的女子。姑姑让她不要回头，她就真的直到最后一刻也不曾回头！这种决绝，就如刚极则折的剑，既夺目也令人凛然。

将这样一把剑握在手里，他，能有信心保证自己不被所伤吗？

“好，我们走。”他吐出一口气，站起身，将轮椅上的老人的尸体推回了房间，轻轻掩上了门，“天亮后我会派下属来收殓石前辈的遗体，你不必担心这些。”

然而，她没有再说话，早已足尖一点，轻飘飘地落到了船头。

暗夜里，黄河之水滔滔而来，响彻天地。她握着血薇剑，用力到全身微微颤抖。第一次离开风陵渡的她坐在孤舟上，怀里抱着那把绯红色的剑，沉默地回望着滔滔黄河另一边的故居，心中却隐隐明白那恐怕是最后的遥望——江湖一入深如海，此后，她和往日便隔了比黄河更宽广的河流，永远不能再返回。

今日之后，陪伴她的，便唯有这把剑。

“不必难过。此后，听雪楼就是你的家了。”他站在她身后，伸手握住她的手，声音轻而温柔，“血薇的主人，二十多年了，所有人都在等待你的到来。”

他的手是温暖而干净的，稳定，不可动摇。

她纤细而冰冷的手指在他手心里一分一分温暖起来，却止不住警惕地战栗，如同十六岁少女第一次看到全新世间的那颗心。

第二章　归去来

“不错，我不想拿一些矫饰的谎话来骗你，”他直视着她的眼睛，一字一句，“我把你迎回楼中，就是要你为我、为听雪楼去诛灭敌人。要杀人，杀很多的人！你准备好了吗？”

风雨之中，她心绪如麻，一路沉默。

他温文有礼，没有强迫她说话，亦没有过多地打扰她，独自打发着时间，有时在舱中闭目养神，有时在船尾看书。两个人相安无事，却也生疏异常。

然而，有一天，船过天门湾，她却忽然听到了琴声，琴声柔和悦耳，如同此舱外的绵延流水。琴声中，有人缓缓低吟——

翩翩飞鸟，息我庭柯。
敛翮闲止，好声相和。
岂无他人？念子实多。
愿言不获，抱恨如何！

她有些愕然地侧过头，弹的居然是……《停云》？

除了姑姑之外，她最熟悉的人便是师父。戴着面具的师父学养极好，雅好诗词，所以自小她也听过这首诗。此刻，船头上的那个人念这首诗的语气，像极了师父。

她听了片刻，忍不住从舱中站起，走了出去。

外面的日光非常明丽，阳光如同瀑布一样从天宇倾泻下来，整个黄河都在发出点点璀璨的光，他们所在的这一叶小舟如同在万顷琼田上划行。离开风陵渡的这些天来，她心情郁郁，每日只是待在舱内不出，竟不知道外面有如此美丽的景色。

苏微卷起帘子，看得有些失神。

在船尾抚琴的果然是那个姓萧的公子，此刻横琴膝上，一袭白衣在风里翻飞，眼神专注，一眼望去竟宛如神仙中人，她的视线不由得为之停顿。看到她出来，他停下了按着琴弦的手指，颔首问候：“苏姑娘起了？”

“嗯。”她第一次开口回答他，声音细微。

“是我吵到你了吗？”他放下了琴，问。

“没有。”她摇了摇头，顿了顿，又道，“我很喜欢。”

那是她第一次主动和他说话，语气有些生涩，似是还不习惯和陌生的男子交谈。萧停云却笑了起来，点了点头，道：“那么，就听我把这首《停云》弹完吧。这首诗是讲得遇知交的喜悦，倒是很适合此情此景。”一笑，又道，“而且，也是父亲给我取名的出典。”

停云？她想起了他的表字，脸上不由得露出了一丝微笑：“好名字。”

“苏姑娘的名字也好，”他笑道，“只是要多笑笑才是，否则岂不是白白辜负了？”

“是吗？”她忍不住笑了。

她是个内向的人，笑了一下便又沉默，但那一笑是璀璨明净的，如同血薇骤然在日光下出鞘，展现出明亮而又耀眼的光华，令看到过的人都永难忘记。萧停云凝视了她一瞬，重新将古琴横在膝上，手指轻拢，淙淙之声如流水。

“东园之树，枝条载荣。竞朋亲好，以怡余情。”苏微静静听着，忍不住随着曲子脱口低吟，“人亦有言：日月于征。安得促席，说彼平生？”

苏微在船头随着曲声吟唱着《停云》三首。这本来只是怀故友的诗，但她的声音却不由自主地透出悲怆和眷恋——这个一直压抑着自己的少女，终于在曲声里第一次流露出了自己的真正情绪。

孤舟上，凭着这首诗，他们之间似乎第一次建立起了一座可以沟通的桥梁。

舟中的午膳简单，小米白饭配着黄河鲤鱼和瓦罐鸡汤，倒也清爽可口。小舟随水而下，河面长风和畅。看到外面日光正好，两人便在船头搭了案几，坐下来相对用餐。

萧停云笑问：“苏姑娘喜欢古琴吗？”

“嗯，听师父弹过。”她还不习惯和陌生男子说话，回答得拘谨，问一句答一句，答完了便沉默着，完全不顾会不会冷场——显然，在这过去的十几年里，除了无穷无尽地习武练剑之外，她对接人待物几乎一无所知。

他笑了一笑，道：“除了石前辈之外，姑娘还有另一位授业恩师？不知道是何方高人？”

"我也不知道。他一直戴着一个木头雕刻的面具，所以我叫他木师父。"她迟疑了一下，还是说了实话，情绪又低落下来，"我很久没见过他了。姑姑和我说，师父他不会回来了。"

"是吗？"他侧头看着苏微，目光深不可测。

这个少女说的是实话，还是在掩饰？她涉世未深，应不会作假，可世上又哪有人会不知道自己的师父是谁？难不成，对方是个身份复杂、不便言说的人物？石明烟曾经是听雪楼的死敌，又曾经出任听雪楼楼主，那这个所谓的师父，和听雪楼又是友是敌？

"苏姑娘是怎么认识石前辈的呢？"他转开了话题，想知道她的身世——在带这样一个陌生女子回到楼中之前，除了血薇剑之外，他总不能对她一无所知。

"……"她停顿了一下，低下头去，看着滔滔的流水，道，"我遇到姑姑的那天，也是在这黄河之上——那时候我趴在门板上，在水里已经泡了六天六夜。"

他猛地一震，许久，才道："原来姑娘是从十年前那场大水里活下来的？"

她微微点了点头，耳边滴翠的耳坠晃动着，鲜亮耀眼，然而眼眸暗淡，却如同蒙上了一层灰——

十年前甘陕的那一场大水，曾经震动天下。黄河决堤，一夜之间淹没方圆三百多里，无数村庄被毁，无数百姓一夜成为冤鬼。水灾过后，饿殍遍野、瘟疫横行，又造成了更加严重的灾后之灾。短短半年，竟然有一百多万百姓死去，很多地方只有空村，不见人烟。

"我父母家人，都在这下面了。如果不是遇到了姑姑，我也已经葬身鱼腹。"她用筷子夹起了一块鲤鱼肉，看着脚底滔滔无尽的浊流，语气平静，"那时候我才不到六岁，然而，一夕之间，身边所有认识的人都死光了。"

萧停云的筷子停在鱼腹上，凝视着这个少女。

"姑姑她救了我，给了我这把剑——她对我恩同再造。"她抬起头，看了他一眼，"所以，她现在把我送给你，我也无怨。"

她的语气清冷坚定，有风送浮冰的脆和冷，他不由得微微动容，柔声道："苏姑娘何出此言？——剑是死物，人却是活的，只有以人驭剑，又岂有剑反驭人的道理？"

"是吗？"苏微吃下一块鱼肉，看着他，"可是，你不也是来接血薇回楼，才顺手接上了我吗？如果我无法驾驭血薇，只是个普通灾民，你可会带我回去？"

"……"他沉默以对，许久才道，"不会。"

"公子是赤诚君子。"她反而舒了一口气，微笑着夹起了一块鱼肉。

他长时间地看着她，重瞳里暗影沉沉。水流在身边无尽而过，两人在船头沉默，不知不觉就已经将这一顿漫长的午膳用完。

当船夫上来收拾了碗筷后，仿佛为了缓和气氛，他抬起手，指着前面在望的一座城池，笑道："前方便是天门镇了，那里有个观澜酒楼，里面的牡丹醉鸡和芙蓉酥很有名，冰洁她每次路过这里都要去光顾——不知苏姑娘吃过吗？"

她愣了一下，摇了摇头。

这么多年来，她在风陵渡那一座小小的祠堂里日夜无休地练剑，何曾有机会外出，享受过这些美好的事物？然而，更令她在意的，是他提到那个陌生的名字的时候眼里掠过的表情：温柔而沉溺，却又带着一丝看不透的复杂冷芒。

冰洁。那是个女子的名字吧？

她正想着，却听他在身侧笑道："那我们就在那儿下船，上岸盘桓一日吧。"

"可是……"不知为何，心中忽起了抵触，她道，"我们不是要赶回听雪楼吗？"

他笑了，手指在一旁的琴弦上拂过，弦声淙淙如流水："来日方长，这一两天还是耽搁得起的。"

还没见到洛阳，只是小小的一个天门镇，其繁华已经令她目不暇接。

她被他带领着，穿行在熙熙攘攘的人群中，左顾右盼，眼神里又是好奇又是戒备——五色令人目盲，五音令人耳聋，她站在人群里，茫然无措。

"我们先去一趟天衣坊吧，"萧停云却成竹在胸，下了船，便先带着她去了镇上最大的一家绸缎庄，"这是方圆三百里最好的绸缎庄，也是听雪楼在这一带的一个暗哨。知道你要来，冰洁一早就吩咐这里给你裁剪好了这一季的新衣，先来看看合身不？"

冰洁，又是那个名字。她到底是谁？

苏微心里微微一震，有奇怪的感觉，被他带着走了进去。

天衣坊在街上只有一个门面，看起来并不出众，但内部却大得出奇。天衣坊的老板早就在店里恭候，一见萧停云到来，便引着他们去了内室，殷勤道："楼主，衣服已经做好了——因为尚不知道这位姑娘的尺码，所以将每一样款式都分大中小各裁了一件。"

"有劳了。"萧停云只是淡淡说了一声，便转向她，"试试看？"

苏微望着全是绫罗垂挂的四壁，直到萧停云唤了她一声才回过神。他指着前面乌木描金衣架上挂着的几件衣服，道："这里的软烟罗是出了名的好，是从江南吴兴那边直接送过来的，裁做衣衫应该甚好。”

她看了一眼，不由得微微怔了一下：挂在架子上的是一件绯红色的衣衫，烈烈高华，灿若云霞，隐约织有流云图案。那种颜色极其特别，就如……蔷薇花一样的颜色。

她下意识地握紧了血薇，拿起衣服转入了内堂。

等到她出来时，萧停云忍不住眼睛一亮，赞叹：“真美。”

苏微皱了皱眉头，看着铜镜里的自己。镜子里，那个十六岁女子换下了从小到大穿着的粗布衣裳，挽起了长发，虽未施脂粉，一身绯衣，却也有一种凛然如剑一般的美丽。

她看着镜子里的那个自己，也不由得微微失神。

——那，还是她吗？

她用了十几年来成为自己，然而，这个世间改变一个人，却只要几日。

那一刻，她看着自己，又看着身后那个年轻男子，心里泛起了一丝不安——那个来自听雪楼的男子也正在看着她，眼神专注深沉，漆黑的眸子里满含着赞赏和期许，似乎是在看着自己所拥有的某件珍宝。

虽然灼热，却无关风月。

“来，再去试试其他几件，”他微笑着，语气温柔，“新衣很配你。”

“不用了，够了。”她握紧了袖中的血薇，冷涩地拒绝，“我累了，回去吧。”

他略微有些诧异地看着她，似乎想知道她心里的想法。然而她大步离开，侧过脸去，不让他的视线接触到自己的眼睛，似乎筑起了一道看不见的高墙。萧停云笑了笑，也不勉强，付了钱，便和她一起上了马车，来到城南的客栈。

这个客栈在极荒僻的小巷尽头，周围基本不见有行人。路很坎坷，马车摇晃着停下，马夫勒住马，过来撩开帘子，放好踏脚墩。

“现在天道盟正在与听雪楼为敌，四处出击，上个月已经刺杀了我们楼中两名骨干。所以这一次我们还是小心为上。”萧停云低声解释了一句，“这个客栈冰洁已经提前包下了，今天只有我们两人入住，非常安全。”

“哦。”再度听到这个名字，她心里又莫名紧了一下，如同有一只无形的手拂过心中喑哑的琴弦，只是问，“这里离洛阳还有多远？”

“不远。上陆地换了马车，再有七日就到了。”萧停云皱了皱眉头，道，“冰洁估计已经等得急了，我们的确也该赶紧上路——”

苏微对这个频频出现的名字终于麻木了，耳边却听得他笑道：“不过尽管她催促得紧，但既然都来了，不如吃完了牡丹醉鸡和芙蓉酥再走吧，如何？”

“嗯！”她来不及多想，忍不住点了一下头。

看到她那种有些不好意思，却带着无限期盼的表情，萧停云忍不住笑了一笑——眼前这个血薇的主人不过十六岁，可或许自幼遭逢大难，成长中又不曾获得过任何关爱的缘故，总是皱着眉头，显出和年龄不相称的冷漠和戒备。

然而毕竟还是年纪小，不设防时偶尔流露出的表情却相当可爱。

“那好，你先去客栈里休息一会儿，我去观澜酒楼订晚上的位子——”萧停云伸手拂开帘子，转身下了车，将手伸过来。她弯腰，准备下车。就在那一瞬，耳边听到轻微的叮当声，似是金铁交击，眼角似乎看到有什么东西一闪而过。

苏微心头一凛，想也不想地一点足，整个人如同箭一样从马车里掠出！

“小心！”她厉喝，凌空转身，以指为剑，一斩而下！

在同一刹那，有数条黑影当空掠下，交错而过。几柄剑一起刺向了萧停云，交织成阵，重重剑影逼人而来，剑势迅捷，训练有素。

苏微低叱一声，手指一并，竟然空手迎向了雪刃。

纤细的手指压住了剑锋。叮的一声，风里传来清脆的断响，一把剑刃在她的指下断裂，飞射出去，噗的一声穿过对面其中一人的心口，把那个人带着刀钉在了马车上——只要慢得片刻，这个人的刀就会插入萧停云的背心。

大约没有想到萧停云身边会忽然出现这样一个高手，其余的两个刺杀者吃了一惊，对视一眼，立刻散开，飞速地撤离。

“想逃？”她低声冷笑，两个字方落，已经到了其中一人的背后。一手抓住对方肩膀，也不见如何用力，那个黑衣人竟被她轻易甩得飞了起来！对方的身体还在半空中，苏微手臂一沉，手肘后击，准确命中——只听一声咔嚓声，就在刹那击碎了那个人的腰椎！她同时借着那一击之力凌空转身，落地时，正好截断了剩下一个人的去路。

最后那个人看到她在兔起鹘落之间已经解决了同伴，心知逃不掉，反而起了困兽之心，一声大喝，提起了十二分精神扑了过来。

然而，人还没到，就只觉得心头一凉。

苏微快如鬼魅般地逼近，空手前探，五指并拢，尖利如锥，刺向了那个人的心口。指尖切断了肋骨，直插进去，噗的一声，戳在了温热而柔软的心脏上。

那一刻，她略微顿了一顿，深深吸了一口气。

已经那么久了，居然还不曾完全习惯——那种徒手撕裂血肉的感觉，在童年的噩梦里曾经反复出现。恶心入骨。

苏微悄然落地，怀中血薇尚未出鞘，一身新衣滴血不染，连发髻上的发丝都未曾有丝毫凌乱。那几个黑衣人已经横躺在地上，还有微微的呻吟声，她正要过去补上一击，那一瞬耳边风声呼啸，手腕刹那被人握住，稳如钢铁，她竟一时无法挣脱。

萧停云看着她，低声："够了，要留活口。"

她一怔，顿住了手。然而那个被击断了腰椎的人抽搐着躺在地上，忽然一口血从口中喷出，顿时便气绝，竟然是自己震断了心脉！

"……"她站在一边，紧紧握着剑，有想要呕吐的恶心感。

"看来我们什么线索也得不到了，"萧停云放下尸体，抬起头看着她，重瞳幽深，莫测喜怒，只是淡淡道，"你的身手很好，只是以后不必过于紧张——下手太重了。"

"我只会这种！"她咬了咬嘴角，只道，"要不就别让我出手。"

那是他第一次领教到她的固执和抵触，生硬而充满锋芒，如同一只竖起了全身刺的刺猬。他有些诧异地看了她一眼，没有说什么，只是蹙眉在几具尸体旁边默然看了片刻，不知道在想着什么问题，脸色渐渐变得不大好。

苏微也没有问，许久，萧停云叹了口气，将那些尸体踢到了一堆，抬起头吩咐从客栈里出来的人："宋川，把尸体拖进去，马上叫当地分坛的人来处理此事，不要惊动官府。"

"是。"那个人低着头，声音寒冷而生涩，"楼主放心。"

萧停云吩咐："客栈内也给我仔细清理一遍，看看还有没有其他刺客。"

"是。"宋川点了点头，"这里就交给我好了。"

"好，你做事我放心。我们先走吧。"萧停云转头对她道，语气又已经变得温柔，"看来这个客栈还得好好打扫一下才能住，我们不如直接去观澜酒楼吃个饭得了。"

她低头看了一眼自己的双手，刚捏碎过心脏的十指上鲜血淋漓。

"来，"他却从袖子里拿出一块手帕，俯身轻轻擦拭着她的双手，细致而温和，"以后可以不必弄脏了自己的手——要记得你有血薇，它可以帮你饮尽这天下的血。"

他的手指温柔地触摸着她的肌肤，很快将她的双手擦拭得洁净如玉。

那一天晚上，对着满桌珍馐，她却全无胃口，眼前晃动的全是那一蓬血，十指黏腻，是插入心脏的感觉。她用滚烫的手巾用力地擦拭着手指，然而怎么也驱赶不走那种如影随形的恶心。

仿佛知道她心中不舒服，萧停云给她倒了一杯酒，道：“不如喝一杯？”

酒是金黄色的，芳香浓郁。她勉强举起杯，小心翼翼地喝了一小口，然而刚一入喉，便立刻俯下身咳嗽起来。

“怎么，你不会喝酒？”萧停云愣了一下，连忙递过手巾。

她匍匐在桌子上，咳得全身抽搐，肩膀一耸一耸的，然而一只手却还是死死地握着那把血薇，不曾放开丝毫。他看在眼里，默默叹了口气，刚想说什么，却见她止住了咳嗽，忽地抬起头，屏住气，将那杯酒一饮而尽！

“呵……”他忍不住笑了，真是个不服输的丫头。

这一次她没呛住，只是脸上的表情停滞了片刻，似是被烈酒镇住。她的眼眸还是红红的，不知道是呛住了还是哭过，然而等喝下那杯酒后，眼神已经悄然变了。

“怎么样？”他看着她，“第一次喝酒，什么滋味？”

她没有回答，或许因为酒意，脸上的表情从空白渐渐转为柔和，摇了摇头。“你，”她转过头，定定地看着他，忽然问，“当时为什么不出手？”

“什么？”他一时没有回过神来。

“下午遇袭，你明明可以出手。”苏微的眼眸冷如冰雪，藏着锐利的锋芒，一字一句，“为什么你不及时动手？你在等什么？等我杀完所有人？”

“……”萧停云没想到她会忽然问出这个问题，一时间沉默。苏微看着他，眼里渐渐露出明了的表情：“你……想借机探探我的武学深浅？”

萧停云叹了口气，道：“是。”

苏微深深地吸气，眼里的锋芒一分分地绽放，又收敛，暗藏。

“我不是故意设局，那些人，的确是天道盟的刺客。”他看着她的表情，小心翼翼地解释，“我看那些刺客的水准，凭你一个人就可以全部打发，所以……如果真的遇到风雨组织里的那种高手，我一定不会束手不管。”

苏微只是冷冷地“哼”了一声，却还是没有说话。半晌，她又喝了一口酒，突兀地问：“那个什么风雨组织，很厉害吗？”

“是如今天下首屈一指的黑道杀手组织。”萧停云回答，简略地介绍，“它由杀手之王秋护玉所创，叱咤黑道三十余年，麾下高手如云，共分‘天、地、人’三个等级——若是天字号的金衣杀手出马，就连你我都不得小觑。”

“真好，”苏微喝下一口酒，觉得肺腑都暖了，喃喃，“我还没见过这江湖上的各路人马呢……真想早点、早点见识一下啊……”

她给自己又倒了一杯酒，一仰脖子，全数喝了下去。这一次喝得急，她略微咳嗽了几声，很快就压住了气息，有些醺意，情不自禁地喃喃：“咦？这个酒……可真是好东西啊……”

“是吗？观澜酒楼里的天子春，其实不过是二流的酒，”萧停云忍不住笑，“等你喝过洛阳的冷香酿，才知道什么是真正的好酒！”

她没有回答，只是自顾自又倒了第三杯，吐出一口气。

两个时辰过去，酒已经喝完，满桌的菜一动未动，全已经冷了。

萧停云的耐心虽好，也渐渐用尽了，终于忍不住叹了口气：“好了，既然你没胃口，也就不勉强你了——”他扬起了手，召唤店小二，“我让小二替我把这芙蓉酥包起来，带回去给冰洁。”他拍了拍苏微的肩膀，“别愣神了，喝完了酒，我们明天就启程回去——有好多事情等着你我去做呢！”

她猛然颤了一下，脱口：“回了洛阳，你会让我干吗？杀人？”

萧停云的手顿住了，看着她眼睛。这个第一次喝酒的女子似乎已经有些醉了，眼神是微醺而散漫的，里面却隐藏着恐惧。他沉默片刻，点了点头。

“不错，我不想拿一些矫饰的谎话来骗你，”他直视着她的眼睛，一字一句，“我把你迎回楼中，就是要你为我、为听雪楼去诛灭敌人。要杀人，杀很多的人！你准备好了吗？”

她颤了一下，低声：“可是，我……我不喜欢杀人。”

他轻轻拍着她的肩膀，叹了口气：“既然身在江湖，又怎能避免杀戮呢？没事，会好的，一切都会好起来的——”

“是吗？”她抬起头看着他，不敢相信，“真的……会好吗？”

萧停云笑了一笑，凝视着她茫然却澄澈的眼睛，语声柔和如流水，低声：“等杀得多了，自然也就会好了。”

七天后，萧停云带着她从洛水渡头下了船，回到洛阳。

两人并骑走过这座宏大的十三朝古都，他沿路指点她看那些繁华所在，她听着，却不由得略微失神。满城的牡丹刚刚凋谢不久，朱雀大道上有一座嵯峨深远的庭院，浓荫掩映下露出参差高楼……那一刻，她凝望着那一座绯衣楼，感觉到袖中之剑的鸣动。

血薇……我终于又带着你，回到了曾经属于你的地方。

她默默低下头，握紧袖中的剑，心潮如涌。

听雪楼平日紧闭的大门打开了，所有人鱼贯而出，分列两侧，欢迎这两骑从远方风尘仆仆赶回来的人——萧停云将她接入听雪楼，举行了隆重的仪式，替她引见了楼中的各位干将：三君子和十二分坛的坛主，甚至，连久居北邙山的四位护法大人都莅临楼中。

“赵总管呢？”她听到萧停云问身边的侍从。

“总管三天前偶感风寒，因为楼主出门在外，还强撑着主持楼中事务。”侍从回答，“昨晚还在连夜准备迎接苏姑娘的事宜，发了高热，终于撑不住，半夜里倒了下去——”

“怎么会这样？”萧停云变了脸色，来不及多说，便匆匆离去。

她就这样被他撇在了人群里，不由得有些愕然——相处那么几日，也曾几经变故，这个人一直轻裘缓带、从容温雅，待人处世有礼有节，几乎滴水不漏，却还是第一次看到他脸上出现这样紧张不安的表情。

那个总管，想必是楼里的重臣吧？

此刻楼里已经聚集了很多人。那些人都是一方霸主。然而，那些位高权重的江湖人在看到她一袭绯衣携着血薇飘然而来时，却热泪盈眶，几不能自控。

“血薇！这真的是血薇，靖姑娘的血薇！”

“天啊……几十年了，它还是和以前见过的一模一样。真像是在做梦……”

她按照姑姑的吩咐，小心翼翼地将血薇剑举过头顶，供奉在了神兵阁上，和夕影刀交错摆放，然后退到一边。人群汹涌而入，围着那一对刀剑，个个表情激动，悲喜莫辨。她独自坐在那里，看着那些江湖人，不由得微微失神。

他们说的那个靖姑娘，她曾经听姑姑说起过。

传说中的那个女子，也用血薇剑，也穿着绯衣，也在这座听雪楼……她在几十年前的人生，和此刻自己的人生轨迹完全重叠。光阴荏苒，而命运之轮旋转无休。

那一刻，她忽然有些恍惚。

“咳咳……各位，不要光顾着血薇剑，却冷落了血薇的主人啊。”忽然间，独坐一角的她听到有人开口，声音清雅温柔，伴随着断断续续的咳嗽，“今晚……咳咳，今晚要在白楼摆酒宴，为苏姑娘接风洗尘——大家可别忘了来。否则，缺了礼数，咳咳……可要重重责罚。”

当那个声音响起的时候，楼里的各种嘈杂声音便安静了下来。那些喧嚣的江湖人，无论老幼尊卑，个个都停下了，也不再围着血薇剑说长道短，齐齐散开来，回头向着那个人恭恭敬敬地行了一礼：“是，赵总管。”

赵总管？！

苏微回过头，却看到了一个袅袅婷婷的美人飘然而来，悄无声息地站在了白楼大堂上。她很美，却美得不张扬，整个人都是淡淡的：瓜子脸，双眉淡淡如烟，皮肤也分外白皙，似是长久不见阳光，身上穿着一件月白色衫子，那种白色也是淡淡而柔软的，宛如初春朦胧的月光，和身边公子那件肃杀如雪的白衣完全不同。

萧停云在她身侧，伸出手搀扶着，仿佛生怕她身体乏力无法支撑。他的目光一直凝视着她的脸颊，重瞳漆黑，担忧而专注。

那种眼光，令她心里猛然一沉。

“公子，我自己能站。”那个女子似乎感受到了来客眼神的变化，转过身轻声对身边的萧停云道，不露痕迹地将手臂抽了出来。

仔细看去，她年纪也很轻，还不到双十年华，容颜清丽，脸色却有些苍白，似乎长年有病，说话的声音也轻微飘忽，然而每一句话说出，楼里所有人都肃静地俯首听命。

——那，就是听雪楼里一人之下万人之上的“赵总管”？

没有来到洛阳之前，她也听姑姑说过听雪楼里有一个总管，是个孤儿，被前任楼主南楚抚养长大，智谋策略无双，深得信赖。在萧停云继任后更得重用，最近几年俨然成了统领楼中大小事务的总管。

然而姑姑却没有说过，这个总管，竟是个女子。

“冰洁，你来见过苏姑娘。”萧停云走过来，微笑着将身边的女子介绍给她，“这就是血薇的新主人，也是石前辈的唯一传人，苏微苏姑娘。她——”

他后面还说了什么，恍惚中她已经听不真切。

——冰洁？这个赵总管，原来就是一路上他曾提了无数次的“冰洁”！

就是眼前这个人，一路为他们安排车马、定制衣衫，沿路安排得无微不至。而那芙蓉酥，他也是特意带回来给她的吧？想来他们青梅竹马，相知颇深，连这些生活小事都了如指掌。

她默默想着，心里忽然有隐约的异样。

——原来，在血薇来到夕影身边之前，听雪楼里，早已有了另一个地位极其重要的女子，已经在他身边陪伴了十几年。

苏微静静凝视着那个女子，心怀复杂。

“见过苏姑娘，”那个赵总管只是微笑着走过来，微微行了一礼，柔声，“冰洁是听雪楼里的总管，暂居岚雪阁。既然苏姑娘是血薇的主人，在冰洁眼里便是和公子一样尊贵，以后有什么要求，只要吩咐冰洁一句就好。”

公子？她不像其他人一样叫他“楼主”，而是公子？

然而，赵冰洁虽然微笑着说着话，眼神却涣散，似乎并没有看着面前的苏微，而是看着极远处。这样近乎目中无人的奇特凝视，让苏微觉得有些不舒服起来。

她道，语气淡淡："初来乍到，不敢有劳赵总管。"

"血薇的主人，怎能怠慢呢？"赵冰洁微笑着，似乎听出了她语气中存在的疏远，忽然道，"在下一介女流，能力有限，又加上身有残疾，双眼几乎不能视物——所以，若有什么不周之处，还请苏姑娘谅解一二。"

不能视物？难道她……

苏微吃了一惊，定定看着她的双眼。是的，这个赵总管的眼睛虽然看似完好无损，然而眼里却没有半分光芒，似乎是纯然的一片漆黑，折射不出这个世界的任何斑斓。

那一刻，她心里涌现出极其微妙而复杂的情绪，难以言表。

"各位，为了血薇的归来，我们今晚要好好庆贺一番！"

欢呼声里，她下意识地盯住了血薇，却觉得有些茫然。是的，她来到了一个陌生的地方，遇到了一群陌生而各怀心思的人，获得了前所未有的热情欢迎。所有的一切看起来都遥远而不真实——因为她知道，所有这一切的来源，只是因为她手里的剑。

而她，必须用这把剑，来证明自己的力量！

那一天之后，她住进了那座久已空置的绯衣楼里。

住进来的第一天，萧停云来看她，携了一壶美酒，和她说这就是洛阳有名的"冷香醸"。她握着酒杯，慢慢将那一杯淡碧色的美酒喝了下去。因为有所准备，这一次，她完美地控制住了自己的身体，直到液体滑入咽喉也没有咳嗽出一声。

一杯入喉，在微微的醺意里，她觉得这整个世间都轻松明亮了很多，也暂时忘记了自己腥风血雨的前路。她忍不住想：果然，外面的世界里有着那么多的好东西。

然而，萧停云的话却将她重新带入了沉重的现实。

那个轻裘缓带的贵公子握着酒杯，在月下小酌，慢慢地向她说出了近年来关于听雪楼的一切，以及邀请她来这里的原因——

原来，在她到来之前，听雪楼在传承五代之后已经渐渐有衰败之迹象。从第三任楼主石明烟离开后，南楚成为新楼主，但其性格温厚仁慈，无意霸图，对江湖中不停涌现的新人新势力的挑衅往往不能给予断然回击，以至于听雪楼的江山渐渐被蚕食。

最严重的威胁，来自昔年那些被萧楼主铁腕镇压下去的旧帮派：包括江南四大世家、洞庭十二水寨、泉州幻花宫，等等。近年来，那些势力重新集结，七个帮派秘密结盟，以“天道盟”为名，开始与听雪楼分庭抗礼，锋芒咄咄逼人。

在这样的情况下，血薇重新出现了，如同一道耀眼的光，掠过这个密云不雨的武林——人中龙凤，重现江湖。血薇夕影，再度聚首！

光凭着这个消息，就足以震动天下。

“我明白了，”苏微在月下微醺地握着酒杯，听到这里笑了起来，看了对面的贵公子一眼，“你让我来这里，是为了帮你除去那些敌手，是不是？”

“是。”他慎重地端起酒杯，抬手敬她，“大局将倾，不知苏姑娘可愿意与在下联手，并肩作战？”

“呵……你问我愿不愿意？”她轻笑摇头，“我是不愿意的。”

看着他微变的脸色，她却又笑了，抚着膝上的绯红色的长剑，带着一丝酒意，看着外面的月色，喃喃：“可是，姑姑说过，我要永远记得两件事：第一，毕生不能对听雪楼主拔剑；第二，凡是听雪楼主所求，赴汤蹈火也要完成。”

说到这里，她将视线收回，看了他一眼：“所以，你不必管我愿不愿意——以后但凡要做什么，只管吩咐我去做就是了。刀山火海，无所不从。”

他沉吟了一瞬，竟也不粉饰，直截了当地开口：“那好，我要你帮我杀一个人。”

“谁？”她的手停在血薇剑上，问。

“天道盟的盟主，梅景浩。”萧停云一字一句，“目下听雪楼最大的敌人。”

“哦……”苏微皱了皱眉头，“在天门镇的客栈里，刺杀我们的也是天道盟吧？”

“是。”萧停云颔首，“他们对听雪楼的攻击日夜无休，每一日都有楼中子弟被杀——而近几个月来，这种刺杀已经升级到了我的头上。”

“是吗？”苏微看了一眼膝上的血薇，“倒是明目张胆啊。”

她一扬手，将杯中的酒喝干，站了起来，带着微微的醉意，伸出手，将酒杯扔了下去，在洛阳的月下对着天空吐出一口气息，喃喃：“梅景浩？天道盟？……是我从没见过的陌生人呢……不过，好吧！”

她霍然回身，眼神如剑：“就让我替你把他们都除掉！”

“好！”萧停云长身而起，眉目之间有毕露的锋芒，伸出手去握住了她的手，“多谢你。有血薇在，天下何事不可为？”

“有我在，”她却忽然更正，“我。”

“好，是有你在。”他点了点头，“幸亏有你在。”

冷月下，血薇剑和夕影刀交错着放在案上，光芒夺目。

接下来的一系列行动，如密云急雨，令人无从喘息。

九月初九，洛水旁，血薇剑重现于江湖，和听雪楼主联袂出手，击败天道盟筹划已久的伏击，连杀对方二十七名高手，两人全身而退。

一个月后，血薇的主人和听雪楼主再次联剑，出其不意地反攻，一举捣毁了“天道盟”在汉口的总坛。以二对百，两人联手杀出来时全身浴血，似是皆穿绯衣！天道盟总坛上百精英一夕尽灭，盟主孤身出逃，其余残党纷纷潜入地下。

三个月后，萧停云和苏微继续联手追杀，迢迢千里，从洛阳直追到了滇南，终于将天道盟盟主斩杀于腾冲，彻底斩断了后患——那一战，可谓是她进入江湖十年来最艰苦卓绝的一战，至今无法忘怀。

最大的敌人在一年内被灭除，接下来，是更深入的清洗。

一个接着一个，组成天道盟的七大门派被逐步拔除。一度衰微下去的听雪楼恢复了昔日的荣光，除了黑道里执掌牛耳的风雨之外，江湖上已经再也没有一股力量可以与其抗衡。

在刀剑合璧的力量下，江湖上所有蠢蠢欲动的门派再度蛰伏，不敢撄其锋。为了巩固听雪楼的霸主地位，天道盟被灭后，那些曾经怀有不臣之心的门派也开始遭到清算，一场旷日持久的江湖大清洗从此开始。而每一次行动，她都是亲身参与，浴血搏杀。

血……血……都是血！

为什么自从离开风陵渡后，她的记忆就变成了血红色呢？

第三章

赵总管

很久以前，她就知道他有朝一日终将离去。去往另一个人身边，将自己一个人遗弃在黑暗中。然而这一日来临，却依旧觉得心如刀割。

在这一座破落冷清的小酒馆里，苏微只是觉得头疼，颓然放下酒杯，将脸贴在冰冷黏腻的木桌上，闭上眼睛，将脸浸在酒污里，一手握着袖里的剑，一对碧色的耳坠在颊边晃着，模糊地听着外面的风雨声，一时间有恍惚的醉意。

十年过去了，江边上的这家小酒馆还是如当初刚抵达洛阳时看到的那么旧，那么破，那么脏，同一个老板，同一个店小二，连冷香酿的味道都和十年前一样。

一切仿佛都没有改变，只是坐在这里的她，已然不是自己。

“唉。”夜深人静时，恍惚之间，她仿佛感觉有风吹过鬓发，耳坠轻轻摇晃，然后，她听到桌子对面有人长长叹了口气：“十年了，你竟成了这样？”

谁？谁在说话？她吃力地抬起沉重的头，勉强看了一眼。对桌影影绰绰似乎坐着一个人，穿着一袭古旧柔软的青衫，戴着木质的面具，正在静静凝视着她。

“师父？！”她失声惊呼，不知道是梦是醒。

然而，即便是梦境，她也不敢惊醒。她只能轻声开口，仿佛生怕打破这幻觉：“师父，你……你去了哪儿？为什么不带我去？”

“你长大了，而我老了。”青衫客回答，叹息，“我要去往回忆之地，而你，则应该去往明天——我们本来就应该在黄河之上各奔东西、永不相见的。”

“不！……带我走吧，师父。”她喃喃，似是充满了委屈，“我不想再待在这里了……求求你……带我走吧。”

然而，那个面具背后的眼神却忽然冰冷，近乎无情。

“没用的东西！如果想走，就自己走，何必要求人？”师父的声音忽然严厉起来，“血薇的主人，不能连离开都做不到——你要能决断自己的人生！”

他的声音肃杀，如同一把刀，毫不留情地斩落下来。

那一瞬，她忽然清醒了，失声："师父？！"

猛然抬起头的瞬间，仿佛一阵风掠过，那个幻影忽然消失。

"师父！"她失声站起，踉跄地追逐着那阵风，语无伦次地喃喃，"师父，别走！"

她的惊呼惊醒了在柜台后瞌睡的店小二，揉着蒙眬的睡眼抬起头来，嘀咕："怎么了？刚才店里一个人也没进来过啊……姑娘是做梦了吧？"

她愣了一下，忽然间清醒了。

是的……那一定是幻觉。因为师父说过，他将再也不会见她，再也不会见这把血薇。

其实，一直以来，她都并不是很明白师父的想法。这个总是戴着木质面具的人，陪伴她成长，给予她温暖，却从未让她靠近和懂得过——在她十五岁那一年，在教完自己的所有武学，并留下这一对翡翠耳坠后，他就悄然从她的生命里消失了。

她甚至连他的真容都不知道。

苏微茫然地看着这天地，忽然间孤独感又铺天盖地侵袭而来。是的，如师父所言，血薇的主人，应能决断自己的人生。可是……她的人生是被姑姑安排的，是被这把剑所束缚的，又应该如何决断？

店小二看着醉倒的客人，不由得摇着头叹了口气。

一个女孩子，孤身在外喝成这样，家里人怎么也不管一管呢？

到了第七日上，终于有人来找她了——

光天化日之下，老掌柜却没有看到那个人是怎么进来的。只是一个抬眼，便看到桌子边多了一个白衣人影，就这样静静地在午后的斜阳里，低首看着醉倒在桌子上的女客，眼神复杂。

那是个俊秀高逸的男子，双眸如沉潭之星，却满面风尘仆仆之色，仿佛是从遥远的地方日夜兼程赶来的。他坐在那里，看了她许久，不知道在想些什么，好看的眉毛蹙在一起，许久才轻轻叹了口气。

她醉得人事不知，居然连近在咫尺多了一个人都毫无反应。

"阿微。"他低唤，伸手去抚摸她一头乌黑的秀发。

然而手尚未触碰到，烂醉的人忽然间手腕翻起，铮然一声响，一道绯光飞掠而出，若不是对方收手得快，手指便要被生生斩下来！那个贵公子的反应也是一流，手腕一转，便并指夹住了那把锋利的剑，如生根一般，再进一寸也难。

"滚。"苏微只低声说了一个字，看都不看他。

“别这样，”萧停云面色不变，只是叹息，“我听宋川回来说，你一个人在这里喝醉了酒，还不肯回去休息。我心里着急，和南方武盟的会面还没结束就连夜赶了回来，已经两天三夜不曾休息。”

她哼了一声，还是不看他，然而眼神却已经软了下去。

“回楼里去吧，”他伸手去扶她，“大家都在担心你。”

“不，我……我不回去。”她却执拗地推开了他的手，摇着头，吐着酒气，“回了楼里，你、你又要让我去杀人……我也不要看到赵总管，我不喜欢她。”

他微微愣了一下。阿微果然是喝醉了，否则，冷静内敛如她，又怎么会这样直接地袒露出对冰洁的敌意和不满？

“好吧，那你想去哪里？”他轻声叹息，“我送你去。”

她趴在桌子上，喃喃：“我……我要回去找姑姑。”

“你的姑姑已经死了。”他冷然道，一句话戳破了她醉意蒙胧的呓语。

她颤了一下，道：“那……那我去找师父！”

萧停云叹了口气：“你都不知道你的师父是谁，怎么找呢？——别闹了，阿微。你已经无处可去了，听雪楼就是你的家。”

苏微又是一颤，仿佛被刺中了痛处，抬起脸茫然地望着屋顶，似乎在苦苦地思索，许久，摇了摇头，声音微弱而苦涩：“不，就算谁都不要我了……我也不想回去。我不想再杀人了……不想了！”

萧停云心里一软，叹息：“好，梅家的事情，接下来不用你再插手了。如果你不爱回听雪楼，也可以暂时不回去——你想去哪里，我找人护送你去，如何？”

“……”她沉默了一下，没有立刻反对。

去哪里？外面已经是夕阳西斜，一阵风过，只觉连日的宿醉醒了大半，她心里忽地明白起来，便觉得渐渐苍凉。是的……无论如何，血薇剑，注定是要和夕影刀相依为命的。而且，如果不回听雪楼，这天下之大，她又能去哪里呢？

“我如果要离开，自然会自己离开，不需要你护送……血薇的主人，应该能决断自己的人生。”她苦涩地笑了一声，撑着桌子站起来，说着恍惚中从师父那里听来的话，然而刚一起身，身体发虚，便猛然一个踉跄。

萧停云抬起手，搀扶她起来。然而，刚一触及她的手腕，他便吃了一惊——不等她急急抽手，他手指闪电般地探出，扣住了她的脉门：“怎么了？”

“不妨事。”她甩开了他的手，“被梅家的玉笛伤到了。”

她说得轻描淡写，萧停云却变了脸色，翻开她的衣袖，只是一看便倒抽了一口气：在她苍白的手臂上，赫然有六枚梅花形的乌青，分别钉在神门、内关、曲池、太渊、尺泽、孔最六穴，沿着她的手臂一路分布上去，竟然将右臂整条经脉都钉死了！

“黄鹤楼头吹玉笛，江城五月落梅花。江城梅家，果然不负盛名，”苏微低声喃喃，握着血薇剑踉跄站起，唇角露出一丝苦笑，“特别是梅家的老二梅景瀚，身手居然比当家人梅景浩更厉害——岚雪阁提供的资料里，居然将其列为江湖一百名开外？真是可笑！”

“……”萧停云倒抽一口冷气，“冰洁的情报从来不会出错。”

“从不出错？”听到他为她说话，苏微忽地冷笑起来，“当我们联袂追杀梅景浩的时候，她也说过他肯定不会往南逃，让我们在雁门关外设下埋伏等着，结果呢？——还有，你第一次接我来洛阳的半路上，她安排的客栈……”

“好了好了，”他苦笑着打断了她，“何必扯这么远的老账？”

“你就只会护着她。”苏微冷笑，扯过他手里捏着的袖子，掩住了伤臂，倔强地转过头去，“这次幸亏是我，如果换了别人，多半连九条命都要搁进去。”

她一动，又有殷红的血从伤口沁出，沿着手腕滴落。

“伤成这样，怎么不回楼里找墨大夫看看？”萧停云看不下去，语气也有些变了，带着命令口吻，“再这样下去，这条手臂会废掉！这样糟蹋自己，要是废了——”

苏微已经走到了门边，听到这里，却停下来看了他一眼。那一眼看得很是深刻，让他忽然有刀锋过体的寒意，噤口不语。

“是啊……如果我的手臂废了，”她微微地笑，唇角带着一丝讥诮，意味深长，“你就不会来找我回听雪楼了，是吧？”

“……”他一时间被她的锋芒压住，竟是没有说话。

“有时候，我真想把自己的手臂砍下来，看看不能用血薇，我对你还有什么意义——恐怕那时候的我，才是真正的我；而那时候的你，恐怕也才是真正的你吧？”

不等他回答，她转头径直走了开去。

夕阳落在她的绯衣上，给她染上了一层凄艳孤独的颜色，仿佛行走在无边无际的血色里。

岚雪阁里，暗淡的光线穿过户牖，斑驳地投在林立的书架上。

“怎么，苏姑娘不肯回来？她打算去哪里？”赵冰洁从一架梯子上爬下来，手里握着一卷旧书，转头关切地问——她比以前更加清瘦了，似乎是一个没有重量的幽灵，在古旧的阁楼里行走，毫无声息。

萧停云叹了口气，黯然："不知道……我已经派人跟着她了。但以她的身手，如果成心想要甩掉那些跟踪者也易如反掌。说实话，冰洁，我很担心——这一次她只怕是有了离去之意。"

"苏姑娘最近情绪的确很不对。"赵冰洁叹了口气，拍了拍旧书上的灰尘，微微咳嗽了几声，"刚来楼里的时候她不是这样的，如今似乎是把自己越来越深地关起来了……我有时候想和她说一句话，都找不到时机开口。"

萧停云没有接她这句话，只转口道："你在找什么书？"

"千机老人著的《南武林纪略》。"房间里光线很暗，但她却熟悉地穿行着，绕过那些堆积的书卷向他走过来，脚下如同踩着流水，丝毫不曾停顿。

"冰洁，你真是神奇。我发现你好像根本不用看就能知道周围的一切。"望着她走过来，萧停云忍不住感叹，"你是真的看不见，还是假的看不见？有时候，我都想在路上给你偷偷放上一张板凳，看你会不会撞上去摔一跤。"

"公子说笑了，"她不由得莞尔，"摔坏了冰洁，对公子有甚好处？"

"那是，赵总管是听雪楼中的珍宝，万万不能出差错。"萧停云也是笑了起来，"我经常在想：为什么无论做什么事，你看起来都比别人更加从容？——这次和试剑山庄会面，连阅尽天下英雄的叶庄主，都称许你的谈吐举止令人心折。"

"公子谬赞了。"赵冰洁微笑，在他身侧坐下，语声柔和，"这很简单——因为我从小就知道自己的眼睛某一天就会看不见，所以，趁着眼前还有一点点光，就拼命地记住能看到的每一件东西，不敢片刻忘记。"

她顿了顿，唇角浮出了一丝微笑，低声："因为，每一次看到的，都可能是我毕生的最后一眼。"

萧停云注视着她，眼里有一些看不到底的东西。

第一次见到这个女子，还是在十几年前。

那时候她的父母被仇家追杀，狼狈不堪地奔逃到了洛阳——她的父亲为了保护她们母女，在朱雀大道上被人分尸，而重伤的母亲带着她狂奔了三个时辰，终于来到了听雪楼门口，竭尽全力把她推入了门后。

那时候，他正跟着父亲南楚出门。听雪楼的大门刚一打开，一个瘦弱的女孩就被人推进了他的怀里，全身冰冷，似已经死去——而随之飞入门中的，是她母亲的头颅，重重地砸在她的背上，鲜血狰狞。

十四岁的他脱口啊了一声，却并不惊惶，已然知道这又是一场惨烈的江湖仇杀。然而，对方居然敢追到听雪楼门口来杀人，这令南楚勃然大怒，当场便纵身下马，出手解决了追兵。慑于听雪楼的威严，那些追杀者不敢继续，便放过了这个幸存的女孩，悄然退去。

留下的这个孤女无处可去，便留了下来，在听雪楼的庇荫下生活。

这个叫作赵冰洁的孤女先天本弱，身体残疾，不能习武，却又不甘无用地仰人鼻息生活，便主动去做一些力所能及的事情。先是给岚雪阁里的掌书使打下手，帮忙整理一些文件宗卷——在半年后，这个病弱女子展现出的聪慧令人刮目相看，大家便渐渐尝试着将一些较为复杂的事情委托给她。

后来经过南楚的推荐，干脆让她跟了隐居在北邙山的紫陌护法，潜心学习谍报文案，掌管了空置已久的岚雪阁。

这个孤女资质惊人，不到十年已经出落成大器，沉稳练达，缜密机警，不仅管理着岚雪阁，更将听雪楼内外都打理得井井有条，所有弟子见了她都尊称一声“赵总管”。后来南楚楼主病重，由夫人秦婉词陪着去往极北之地疗养，三年后去世。楼里的重任便完全落到了她和萧停云两人身上——而那个时候，他们也均不过是二十四五的年纪。

有谁会想到，当年那个奄奄一息的女娃儿，会成为这样的人呢？

短短的片刻他已经走神很远，耳边却听赵冰洁笑了笑，接着上面的话题：“……倒是公子才要小心些。这阁中光线暗淡，东西又多，一个不小心可别撞到书架上。这些阴沉木做的书架有些年头了，一撞只怕就要散了。”

“我可不怕，”萧停云回过神来，指着那些书架，笑道，“十几岁我就在这里和你玩捉迷藏了，闭着眼睛也能走，还怕撞书架？”

说起童年，赵冰洁也是笑，眉目温润舒展，仿佛流动着温暖的光。

“真奇怪，”萧停云看着这周围，叹了一口气，“不知道为什么，无论外头的事情多么烦心，一到了你这里，心就会变得平静——冰洁，你是不是在这岚雪阁里设了什么秘术？”

“冰洁哪里会什么秘术？”她微微地笑，“如果觉得舒服，公子就常来坐坐。”

“好。”他注视着她，“以后我每天都来看你。”

他语声异样温柔。然而，她的瞳孔是空茫的，仿佛全无反应。

“对了，有些事情要禀告公子，”赵冰洁将那卷找出来的册子递过去，“你看，这就是罗浮试剑山庄叶家的资料，楼主可以仔细看——如今江城梅家已连根拔除，如果要与南方武盟达成协议，那么，十五年前崛起的试剑山庄将是我们最需要结交的盟友。”

萧停云翻看着宗卷，长叹一声：“梅家终于被拔除了，我也总算能够安眠片刻。十年前我洛水旁受袭，几乎丢了性命，都拜其所赐。”

赵冰洁道：“恭喜楼主得了血薇，终于将其连根拔除。”

“不，”萧停云低声：“梅家还不曾‘连根’拔除！”

“什么？难道还有活口？”赵冰洁皱眉，似乎有些意外，“以苏姑娘的身手，既然已经杀了梅景浩，其余几位更不足道，又怎会令其有所走脱？”

萧停云沉默了片刻，本来想说什么，最后却只是淡淡：“可能是阿微心软。”

“梅家若尚有活口留下，无论是否会武功，都必成心腹大患。我会请石玉大人另外派吹花小筑的人，按照名单逐个清除。”赵冰洁低下了眉眼，许久才叹息，“苏姑娘虽然是血薇的主人，但是以性格而论，其实和靖姑娘大不相同啊……”

“这也是不能强求之事。”萧停云颔首叹息，“剑虽只有一柄，但持剑之人却有千种——我不能勉强阿微去做她不喜欢的事情。”

“楼主很是爱护她。”赵冰洁抚摩着书卷，微笑，“只是，以苏姑娘的性格，恐非江湖中人，迟早是会厌弃这样的生活的，到那时候，又该如何是好呢？”

萧停云一震，合起了眼睛，微微叹了口气。“我不知道。”他喃喃，语声里有些自责，“阿微来到听雪楼之后，一直很不快乐。”

昏暗的室内，女子抬起头静静凝望着他，眼神复杂，停顿了片刻，终于问出了一句话：“若不能为己所用，当断然弃毁。十几年了，公子从来不曾如此犹豫过——公子是喜欢苏姑娘吗？”

“……”他并没有避开这个话题，眼神却有些闪烁，仿佛重瞳之下的另一个自己在举棋不定，“我不清楚。如果一开始就没有血薇，她只是她，或许我能清楚一点吧。”

赵冰洁微笑：“但依我看来，苏姑娘心里却是有公子的。”

“未必。我想阿微憧憬的，恐怕也不过是那一段人中龙凤的江湖传奇而已。”萧停云摇着头，“我不是她想象中的那种人，只怕这几年来，我的所作所为也已经让她越来越失望了——她毕竟不是能懂得我的人。”

“怎么会呢？”赵冰洁叹息，“她一定会体谅公子的辛苦。”

萧停云摇了摇头，苦笑：“她不会懂的……她只觉得自己辛苦而已。她最近的精神也很差，天天喝酒，不愿意再沾手楼里的事务。我怕她心里的确已经有了离去之意。”

“如果是真的，那接下来公子准备将她怎么办呢？”赵冰洁轻声问，似是试探，“如果苏姑娘真的一心想要离开听雪楼，公子打算就这么放她走？”

“难不成我还能硬生生关住她不成？”萧停云苦笑，“可是，冰洁，你应该明白失去血薇对听雪楼来说意味着什么——你足智多谋，有什么办法吗？”

赵冰洁没有说话，只是沉默地在他身后坐着。许久，她用一种几乎听不见的声音道：“公子今年也已经二十八岁了，早该成家立室，何不屈身求婚，将她迎娶入听雪楼呢？只要成婚了，苏姑娘一辈子都是听雪楼的人了，不是吗？”

萧停云微微一惊，蓦然沉默下去，长久地不说一句话。

赵冰洁也没有说话，只是如同影子一样坐在黑暗里，呼吸细得几乎听不见。她的手指在古旧的书卷上微微移动，有不可觉察的战栗，似乎在等待着某个重大的宣判。

“冰洁，”沉默中，萧停云忽然笑了一声，“你这个主意可真是……”

说到这里，他忽地又顿住了，便再也没有继续。停顿了很久，叹了一口气，开口问：“你觉得这是容易的事吗？婚姻是大事，而阿微的性格刚强决绝，若是一击不中，便只能永息机锋——何况我一直都捉摸不透她到底在想什么。”

“公子雄才大略，对儿女之事自然不放在心上。”赵冰洁的呼吸略微有些波动，然而声音却还平静，“以冰洁看来，此事只要公子一开口，必然十拿九稳。”

“是吗？”萧停云低声，不置可否，“你倒是比我自己还明白。”

他的眼睛凝视着她，似笑非笑，重瞳深远如潭。

“如果公子真的想和苏姑娘修秦晋之好，我可以出个主意，”赵冰洁也笑着，伸出一根手指，“再过一个月，就是石老楼主的忌日，苏姑娘来到楼里后再没回去过故乡，想必十分怀念，公子可以趁机陪她去一趟风陵渡——旧地重游，等到了石前辈的墓前，公子拿出先人遗命，再开口相求，她一定不能推托。”

“是啊……石前辈临死之前，曾经要我们相互照顾，共同守护听雪楼。”萧停云长长叹息了一声，闭上了眼睛，“她一贯听姑姑的话。”

“那就是了，”赵冰洁无声地笑，“天时、地利与人和，样样都全了，公子还有什么顾虑？”

“我还有什么顾虑？”萧停云转过身看着她，重复了一句她的话，那一刻，他的眼里似乎有复杂的光芒一掠而过，然而顿了顿，却只是微微点头，“这法子倒是不错，难为你想得出来。”

赵冰洁身子微微一震，似乎有一把看不见的刀洞穿了身体。萧停云凝视着她微微颤抖的薄唇，似乎期待着什么话语从中掉落，然而，很快她就重新挺直了身体，用细密的贝齿咬住了血色淡薄的嘴唇，轻声道：“多谢公子赞许。”

重瞳里一掠而过的光消失了，萧停云的视线从她身上移开，淡淡道：“只是，要去一趟风陵渡少则十天，多则半月，楼中的事情怎么办？”

"公子尽管去吧，如今梅家已经拔除，这个江湖安宁无事，大可休息几日。"赵冰洁微笑，竟是一力承担，"我会帮公子安排这一路的车舟行程，保准你们两人过得舒适又惬意——希望这一次归来，公子便能得偿所愿，再无忧虑。"

"得偿所愿……"他慢慢念着这四个字，唇边忽然泛起了意味深长的苦笑。

赵冰洁不说话，只是用空茫的眼睛看着他，她的眸子是幽黑的，怎么也看不出一丝光亮。他伸出手，缓缓地在她面前一寸之处动了动，似是想要去抚摩她苍白的面颊，口中却叹了口气："冰洁，真希望你永远在我身边——你纤纤弱质，手上虽无利剑，但心中却有百万雄兵。"

她什么也看不见，只是端坐在暗影里，双手微凉，笑了一笑："我当然会一直在公子身边——自从被南楼主和秦夫人收留开始，冰洁就决定在听雪楼度过余生了。"

"余生？那也不成，"萧停云微笑，"你总不成一辈子不嫁啊。"

"哦？"赵冰洁微微怔了一下，脸上笑容凝滞了片刻，转瞬轻笑，"也对……不过，公子不必急着赶我走。等到了要走的时候，冰洁自然会走，留都留不住。"

在他离开后，岚雪阁又只剩下了她一个人。

一个人，一盏灯，四壁书。如同这十几年来的每一个日日夜夜。

赵冰洁发了很久的呆，直到桌上的蜡烛摇摇欲灭地爆了一声灯花，才抬起头来，眼神空茫地看着四周，叹了一口气。她从案上堆积如山的文牒底部抽了一本破旧的小册子出来，重新剔亮了灯，将那本书凑到光旁边，努力凝聚起仅剩的微弱视力，一行行地看了起来，手指一行一行地划过那些名字，苍白的脸上没有表情。

那些人，都已经死了。

如今，连梅家也都即将彻底灭了。

她心里的那个秘密，终于也将寂灭于这个世间了。此后，那根紧紧勒住她咽喉的锁链终于消失了，天地之大，她再也没有任何恐惧了——可是，当她终于获得自由的时候，她剩下的那一点微弱的希望，也终于在眼前破灭了。

很久以前，她就知道他有朝一日终将离去。去往另一个人身边，将自己一个人遗弃在黑暗中。然而这一日来临，却依旧觉得心如刀割。

爹，娘，女儿不孝，你们用性命把我推进了那扇门，可门关上后，我却选择了与你们期望背离的一条路——你们在天之灵，会原谅我吗？

可是我耗尽所有选择的这条路，走到最后，还是一无所有。

死一样的寂静中，轻轻嗒的一声，有一滴透明的泪水，落到了薄脆的书页上。

第四章 神兵阁

停云，听着，我不想让你重蹈他的覆辙。要知道贪恋温暖是人的天性，但玩火者，必自焚。那些火，你可以借来温暖一夕，却永远不要过度靠近火源——记住，不要过度依赖另一个人，也永远不要为失去任何一个人而心智受乱。

否则，你的毁灭也只在旦夕之间。

神兵阁内一片寂静，森然的刀剑挂满了四壁，一件件奇门兵器陈列在架上，杀气四溢。萧停云逡巡于其间，手指从一件件收藏品上拂过，侧耳听着下属在一旁禀告。

“梅家第三房梅安氏母女，于十日前在广元县祁山镇被我们发现。她们两个人扮成了船娘，居然逃了那么远。只是……梅家的传家之宝落梅玉笛却一直没有找到。”回来复命的石玉已经老了，脸上那双眼睛却依旧如鹰隼般冷亮，“属下亲自拷问了三天，可那一对母女誓死不吐露玉笛下落，直至最后血尽而死，依旧一无所获。”

“……”萧停云的手顿了一下，低声，“了不起。”

他知道石玉率领吹花小筑多年，刑讯拷问手段有多厉害。江湖里钢铁打的汉子在他手下也熬不过一天，这一对弱质女流却能坚不吐供。

石玉继续道：“这三个月中，吹花小筑共奔袭四千里，诛杀梅家余孽共计二十六人——到如今，江城梅氏家谱上的所有人，已然全告族灭。”

“太好了！”萧停云低声击节，“从今往后，江城梅家变成了武林历史，所谓的天道盟也该土崩瓦解了——这些日子，真是辛苦师叔和吹花小筑的人了。”

“不敢当。”石玉拱了拱手，也不多礼，便掉头离开。

萧停云望着他的背影，微微出神。自从萧忆情萧楼主去世后，因为不满接任的石明烟，楼里很多老人在当时都选择了退隐，唯有这个吹花小筑里的杀手之王还留在楼里，几经变故始终不曾离开，忠心耿耿地守护着听雪楼。

很多次，他都在想，石玉之所以跟随自己，其实并不是因为真正的忠诚，而完全是出于对逝去的人中龙凤的尊敬吧？他曾经对他们两人许下誓言，所以尽管生死殊途，还在用余生完成这个誓约。

可能师父说得对，自己的确是一个不幸的人……从生下来到现在，或许一直到死，他都不能摆脱那两个人的影子。

萧停云独自一个人在神兵阁里久久默立，看着那些刀剑，苦笑。

这是为了纪念那一对人中龙凤而建立的阁楼，里面曾经供奉了夕影刀和血薇剑，除此之外，也陈列着许多各门各派的兵器——有征服后作为战利品带回的，也有臣服的门派自己献上的，从南疆到漠北，从东海到西域，无一不全，代表了听雪楼鼎盛时代的无上荣耀。

而如今，天道盟已灭，江城梅家的落梅玉笛却未能入阁，未尝不是一件憾事。

“黄鹤楼头吹玉笛，江城五月落梅花。”以玉笛梅花和诗文双绝享誉江湖的梅家，本是江城望族，出过三任探花两榜进士，不仅文采风流，武学也是卓绝，从萧逝水一代开始就与听雪楼有往来，表面上一直恭谦有礼。然而自从萧忆情死后，听雪楼影响力日渐衰弱，江湖上觊觎之人众多，梅家也不能例外。野心勃发，私下联合其他六个听雪楼的旧仇门派，组建了天道盟，试图颠覆天下武林的格局。

因为他们，自己接任听雪楼以来，从未有一日的安睡。

如今，梅家终于被一举拔除，反对听雪楼的力量土崩瓦解。和试剑山庄结盟后，除了黑道上的杀手组织“风雨”，武林再无一股力量可以再对听雪楼造成威胁。这几年来他日夜悬心的问题，也终于得到了初步的解决。

萧停云叹了口气，叹息声在空荡荡的阁楼里回响，穿行在刀锋剑芒之上，发出低低的回应，仿佛是一阵穿过了时间和空间的风。

神兵阁里寂静无人。夕阳如水，浸没了窗前的那一张空空的案几。他忽然有些恍惚：似乎一闭上眼睛就能看到那个坐在窗前用蝇头小楷写着什么的温婉女子，静如秋叶，即将凋零。

他的授业恩师池小苔，是一个奇特的女子。

被囚于斗室数十年，容貌和气质居然都不见太多苍老，笑靥依旧清丽动人，只是一头长发已经如雪般。每天，在夕阳西下的时候，她会临窗铺开白绢，用蝇头小楷细细记录着什么，在她身边的案上，供着那把淡碧色的刀，在夕阳里反射着如水一样的光芒。

儿时的他还不知道：那把刀，对她来说便是余生里唯一的温暖慰藉。

他在旁边怔怔地看着，充满了好奇。然而，师父却从不跟他说自己在白绢上写了什么故事，仿佛独自沉浸在某个遥远的梦里。

那一天，他来看她时，她坐在桌子边剧烈地咳嗽，白绢上已经溅满了鲜血。当他惊呼着转身，想要叫墨大夫来时，师父却阻止了他。

“这是肺痨……没用的。”她微微地笑，阻止了他，“你别太靠近我。”

“能和他得一样的病死去，似乎……也是个不错的结局呢。”师父仰起头，在窗口的夕照里微微而笑，唇角染血，如同一片脆弱到透明的秋叶。年少的他望着这个衰老而美丽的女人，担忧而不安。

她招手让他过去，然后咳嗽着，从案上拿起那一柄湛如秋水的刀，放到了他的手里。

“停云，你喜欢这把刀吗？”她微笑着问他。

淡碧色的刀握在手心，宛如握住了一段传奇，少年只激动得微微发抖，用力地点头：“喜……喜欢！”

“那么，就拿着它吧！”她低声喃喃，微笑，“停云，你接过了这把刀，就成了听雪楼的新主人，你将拥有在武林中至高无上的地位——但是，这未必是好事。你将成为一个不幸的孩子，一生都活在那个人的阴影里。”

“就和我一模一样！”

说到最后一句，已经接近诅咒。

二十年荏苒如一梦。

那个幽闭于阁中多年的女子如今已经死去，然而，作为他幼年唯一的启蒙恩师，她对自己所说过的那些训导，一直以来都萦绕在耳边，不曾片刻忘记。

停云，你是一个不幸的孩子，因为你生下来就注定要面对一个几乎不可逾越的神话。

这，可能会成为你一生最大的困惑和痛苦。

听雪楼是江湖的霸主。但，不是所有人都能胜任霸主的角色——石明烟狠绝智绝，十几岁就登上了楼主的位置，但她格局太小，并非成大器之人，而你的父亲，南楚，是一个谦谦君子，作为朋友和师长虽是极好，但作为楼主，却显然缺了独断霸气。

而你呢？停云，你是个聪明绝伦的孩子，无论武学还是权谋，天赋都极高，像极了当年的大师兄。所以，我收了你作为我的唯一弟子。

血魔、雪谷和白帝，七十年前曾一度并称为天下三位陆地神仙级的人物。然而血魔早逝，白帝兵解，在世上如今尚有直系门人传世的，便只剩了雪谷一派。以我派的绝世武功，加上夕影刀，你在这个江湖上已足可傲视天下。

但是，武学造诣远不是所有，比力量更重要的是权谋和手段。个人的能力终究有限，更重要的是要懂得如何去借用别人的力量，就如懂得如何去使用一把快刀。

而人力之刀，与夕影之刀又有绝大的差别，用刀之法比夕影刀谱更加千变万化。世上有多少种人，便有多少种刀术：要给贪者以利，勇者以名，忠者以诚，懦者以威……驾驭男人，靠的是权谋；驾驭女人，或许只能用感情。

其中种种，微妙错杂，运用之际，存乎一心。

不过，即便是做到了这些，还依旧不够。更主要的是要能知进退，当断时不留情，但当容之时又必须留余地——就像当初在高梦非谋反之前，山雨欲来，楼主明知楼中有些部下尚在举棋不定却依旧隐忍不发，依旧推心置腹地厚待，并未为了防患于未然便动辄起杀机。也正因如此，在最后的内乱里，他才没有将那些“变子”逼上绝路，逼成了对方的死士。

这其中，也包括了舒靖容。

——她被契约困在他身侧，本无感情。或许也曾经犹豫过，但最后一刻，却还是选择了与他并肩作战，亲手除去了自幼一起长大的高梦非。

可是即便是惊才绝艳的大师兄，也有一个最大的弱点。

正是那个弱点，在最后一刻摧毁了他。

他当年若是能在楼中大局已定、称霸江湖的时候断然杀掉舒靖容，或者在拜月教之战后除掉这个功高震主又不能驯服的女人，也就不会让仇敌有机可乘，挑拨离间，让自己在最后被最信任的人所杀。

停云，听着，我不想让你重蹈他的覆辙。要知道贪恋温暖是人的天性，但玩火者，必自焚。那些火，你可以借来温暖一夕，却永远不要过度靠近火源——记住，不要过度依赖另一个人，也永远不要为失去任何一个人而心智受乱。

否则，你的毁灭也只在旦夕之间。

……

夕阳下，那个女子对着孩童时的他俯下身来，谆谆叮嘱，将案上那一幅染血的白绢放到他手里——他第一次看到了师父在窗前书写的东西，那是一篇用簪花小楷写出的佛偈：

世人求爱，刀口舐蜜。
初尝滋味，已近割舌。
所得甚小，所失甚大。
世人得爱，如入火宅。
烦恼自生，清凉不再。
其步亦坚，其退亦难。

“师父……”十多年后，在空荡荡的神兵阁里，他微微地叹息。

作为雪谷老人最小的弟子、昔年楼主唯一的师妹，你的一生也堪称传奇。你曾经和听雪楼主青梅竹马并肩长大，几乎成为他的妻子。然而，因为那个绯衣女子的出现，你顿时失去了所有——从那个时候开始，怨恨的种子就在你内心种下了吧？

在那个人活着时，你不曾得到他的爱，也不曾得到他的恨，竭尽全力所得到的，也不过是一生之困。在那个人死去后，你独居于此，心如止水，日日夜夜回顾往昔，仿佛看透了所有——可是，师父，你是真的解脱了看透了吗？

你说世人求爱如刀口舐蜜，但，如果时光可以倒流，不管刀锋如何锐利，你是否宁可割舌，也不惜求得那一瞬的甜意？当你在决定让我成为夕影刀真正主人的时候，是否一早也预见到了我今日的困境？

如今，血薇和夕影面临再度分离，我又该怎么办？

萧停云在神兵阁里独自沉吟，直到外面斜阳透过窗棂，斑驳地映照在他的脸上。许久，他长叹一声，似是暗自下了什么决心，将玉笛搁在架子上，转头看向了供奉血薇夕影的空位，低声：“或许……这样也不错？”

忽然，他听到身后有人开口：“什么也不错？”

斜阳下，无声无息地映照出四个人的影子。碧落红尘，黄泉紫陌。那是久居于北邙山的四大护法，联袂出现在这座久未有人来的神兵阁。

“拜见四位师长。”萧停云回过身行礼，当他抬起头的时候，重瞳深湛宁静，“一时心乱无主，竟惊动了诸位护法下了北邙山，停云惶恐。”

四护法之首的碧落摇了摇头，道：“血薇主人要离开听雪楼，我们都无法坐视不管。”然而看了他片刻，叹息，“不过，如今看来，你心里已经有了主意。”

“是。”他静静地答道，“弟子在这里坐了一个下午，已经想清楚了。”

他一字一顿地道：“为了听雪楼，弟子可以牺牲一切。”

四大护法相互对望了一眼，面上表情各异。黄泉似乎想要脱口说什么，却被紫陌按住。红尘只是微微冷笑了一声，并没有说话。

“好，”只有最年长的碧落神色不动，淡淡开口，“只要你想清楚了就好——如有什么需要，派人来北邙山找我。”

说完，他便转身离开，没有丝毫停留。萧停云嘴角动了动，似乎想开口说什么，却终究沉默——是的，他才是听雪楼如今的主人。无论多么艰难困顿，所有的决定，到最后还是要自己来做。

他的手在袖中渐渐握紧，眼里有杀气横溢。

听到苏微想要出城的消息时，已经是黄昏时分。

外面还在下着冷雨，春寒料峭，紫金炉里有龙涎香萦绕。听到下属来报，正在批阅宗卷的萧停云长身而起，直接奔下白楼，毫不犹豫地翻身上马，号令开门。赵冰洁听到了响动，走到窗边看着，暗淡无光的眼睛里有着一丝异样的目光。

侍从追上来，高喊："楼主，外面下雨呢！"

然而马蹄嘚嘚，萧停云早已去得远了。

"终于是下决心了吗？"赵冰洁喃喃，侧耳听着蹄声远去，语气里莫测喜怒，只是长长叹了口气——白日里听说停云在神兵阁待了一整天，她便知道他心里想的是什么。此刻再看到这样的情状，便明白他心里应该已是有了决定。

他应该是一早就想好了的吧？只是，没想到苏微在今日便要离开，如此仓促，打乱了所有步骤——箭在弦上，已经不得不发。

但是，这有什么关系呢？

她知道血薇的主人是爱慕他的，只要他开口，她就不会拒绝——谁会拒绝停云这样的男子呢？既然他已经明白了不能失去血薇，那就让他去吧……血薇的主人，天生就要和夕影的主人在一起。

这几乎是注定的事情。

赵冰洁掩上了窗户，只觉得指尖冰凉，身体内的剧痛再度袭来。她脸色苍白，痉挛地弯下腰，捂住了自己的眼睛——那里，仿佛有一只看不见的手正在抠着，几乎疼痛得令她想把这双眼睛生生地抠出来！

是……是那种沉淀在身体里的余毒，又一次发作了吗？自己的眼睛里，是不是又在流出骇人的鲜血来？可不能让人看到了……

她恍惚地想着，扶着墙慢慢地往回走。然而神志模糊，平日记熟了的路线便忘了，不等摸索着回到床上，脚下忽地绊倒了一叠书——孤独的女子摔倒在空无一人的岚雪阁里，周围的古书倒塌下来，雪崩一样掩埋了单薄的人。

她无声无息地失去了知觉。

萧停云策马出了朱雀大街，一路疾行，好容易才在洛阳的东门截住了苏微。

苏微正在雨里步行着，朝着城外的方向走去，垂着头，似乎在想着什么。她没有骑马，也没有撑伞，乌黑的发梢上沾满了雨水，显出一股平日难得的鲜活明亮气息来——他只看了一眼，忽然间就微微一恍惚。

这个样子的她，恍如十年前风陵渡月下的初遇。

“怎么不回楼里？”他跳下马，语气有些急促，“这几天，你都去哪里了？”

“来得这么快？果然，你派探子监视我了吧？”她却只是淡淡地冷笑，抬头看了他一眼，“既然如此，那你自然也知道我最近几天哪里也没去，喝完了这家喝那家——洛阳所有的酒馆，只怕都已经被我喝了个遍。”

她的语气里充满了敌意和戒备，令他有些愕然。

“那你现在打算去哪儿？洛水旁的那家酒馆吗？”萧停云笑了一笑，试图让气氛融洽一些，“你不是很爱他家的冷香酿吗？我陪你一起去喝一杯如何？”

“今日这么有空？”苏微淡淡地看了看他，冷笑，“你不是一贯都很忙吗？”

这一个月来，她没有回去，他也没有来找她。两个人之间似乎存在着一种微妙的对峙。她猜测着他这一个月安然不动，却在今日忽然来找自己的缘故，然而他的眸子是深黑色的，重瞳之下仿佛藏了另一个人。

“我很久没陪你喝酒了，也该陪你去坐坐。”萧停云只是笑了笑，道，“放心，我绝不是为了再求你去出手杀人才来献这个殷勤。我有一些话要和你说。”

她终于点了点头：“那好，一起去吧——我也正有话对你说。”

时下已经是深冬，天黑得特别早，不等到洛水旁，已经是掌灯时分。

洛水开阔，密雨斜风，官道上寂静无人，远远看去四野一片漆黑，只有那一间简陋的小酒馆里还露着一点暖黄色的灯。苏微远远望着那一点光，唇角忽然泛起了一丝笑，不由自主地加快了脚步。

酒馆里生意还是一样不好，只有一个看似是过路旅人的客人在角落独坐，背对着他们，有一杯没一杯地喝着酒，寂寂无声。

掌柜正准备打烊，看到进来的一对男女却不由得睁大了眼睛——这个女子，不正是前段时间天天来这里买醉的吗？还欠着酒馆一大笔债，怎么今日……然而，转眼看到她身边陪伴的贵公子，掌柜不由得打了个冷战。

莫非，这位就是听雪楼的楼主？

“一壶冷香酿？”店小二迎上去，战战兢兢地问了一句，用眼角瞥了一眼她身侧的贵公子——十年未见，那个少女憔悴如斯，可那个男子却依旧似美玉般，更加显得高华内蕴。果然，还是男人耐老啊……啧啧。

“先拿两壶。”萧停云坐下，“小菜拣干净爽口的来。”

“是……是。”店小二还是第一次和传说中的听雪楼主近距离说话，不由得声音都颤了，连忙奔回了厨下。

两人挑了一个靠里安静的位置坐了下来。酒很快就上了，清澈、冷冽，有馥郁的香气。她却仿佛默然想着什么事情，眉头轻轻蹙起来，低着头，看不清表情，唯有耳畔两滴翠绿盈盈晃动。萧停云看了她一眼，眼神一暗，手指无声捏紧了酒杯。

阿微在想什么？她要和他说什么？

这次他和赵冰洁去岭南一趟，前后不过一个多月，但回来后却发现苏微的眼神已经变得有些不一样——以前那个明亮清浅得一眼可以看到底的眼睛，已经变得令他不能捉摸。

“梅家最后的那个男丁，梅子湘，是我杀的第二百个人。”苏微低头看着面前的酒杯，忽然没头没脑地说了一句，“今天是他的七七，我本来打算去城外的白马寺为他超度。”

“……”萧停云愣了一下，忽地松了口气，“原来如此。”

原来，她今日离城，并不是打算和他决裂。

“这些年，每杀一个人，我都会在庙里为他们设立牌位，找高僧超度。”苏微低着头，看着酒杯里淡碧色的美酒，微微苦笑，“我入江湖已经十年，到如今，这些牌位已经密立如林，如果再不开辟另一块地儿，只怕就摆不下了。”

萧停云沉默了片刻，道：“我知道你不愿意杀人。但到了如今，该杀的人都杀完了，连梅景浩都死了，接下来，你会得到安宁的。”

“梅景浩？”说到那个名字，苏微猛然一震，抬起头直视着他，眼神里似乎有一把剑在慢慢凝聚，“不……我永远也不会安宁！”

十年前那一场追杀，是她加入听雪楼之后遇到的第一次大行动。

当时天道盟的势力极盛，暗中集结了所有江湖反对力量，屡屡挑战听雪楼的权威，大有取而代之之势——就在这样的危急关头，她被萧停云接回洛阳，开始拔剑，为楼中杀人。

在血薇归来后的第三个月，她于洞庭之上大开杀戒，震慑天下。

第四个月，名为“斩龙”的行动正式开始。

这个极其机密的行动，是由赵冰洁一手安排的。这个盲眼的女子根据所获得的秘密情报，得知天道盟盟主当时将在长安出现，召集七大帮派里的精英商议对付听雪楼的策略，停留一夜后即走。她和萧停云商议后，为了斩杀贼首，决定冒险突袭，只带极少数的精锐直奔而去，一夜疾奔一百多里，轻骑斩敌首而返还。

那一夜，听雪楼倾尽了全部精锐，从洛阳奇袭长安。领头的是萧停云和苏微，其余只有十一名吹花小筑的顶尖杀手，于月夜下疾驰而去，并不带任何后援。

那一战之惨烈，令十年后身经百战的她也不忍回顾。

显然没想到那么机密的事情会被敌手得知，天道盟对此毫无准备，猝然遇袭。但他们的反击却依旧迅速断然，为了保护盟主撤离，所有下属都不顾一切地血战，有些人甚至组成了人盾，用血肉之躯阻挡了听雪楼的人——天亮之前，他们带去的人诛灭了天道盟的主力，然而，盟主梅景浩却在下属的力战之下得以逃脱。

于是，那一场追杀延伸到了千里之外。

萧停云没有犹豫，直接带着她疾追而去，只怕停得一刻便会让这个最大对头再度失去踪影——他们两人联袂奔袭，迢迢万里，三次截获天道盟主，又三次被其逃脱。

天道盟主不顾一切地狂奔，穿山越岭，竟然出了中原，直奔苗疆而去。萧停云带着她日夜兼程，翻过了哀牢山，渡过了澜沧江……等到了腾冲境内时，她已经疲累得不知方向，萧停云却依旧如绷紧了的弓，丝毫不曾懈怠。

当猎手几近崩溃的时候，他们终于追上了猎物。

仿佛也已经被附骨之蛆一般的追杀逼得接近崩溃，当天道盟的盟主重新出现在他们视野里时，已经全身褴褛，须发皆白，身上负伤十几处，伤口在炎热的气候下腐烂——那种困兽般绝望憎恨的目光，竟然令她心里猛然颤抖了一下。

满山青翠，天高云淡，然而她知道血腥却即将弥漫。

被截获的那一刻，天道盟主正靠在路边的一座亭子里休息，似已经疲倦到了极点。在看到他们两人追来时，他想要从椅子上站起，然而重伤的身体已经不听使唤，竟然打了一个趔趄，从台阶上滚落——那一瞬，这个五十多岁的枭雄穷途末路，狼狈不堪，竟完全不像是一个叱咤风云的江湖霸主。

看到老人跌倒，她居然在那一刻迟疑了一下。

就在她微微迟疑的瞬间，萧停云已经毫不犹豫地出刀！

千里追杀，日夜无休，萧停云想来也已经疲惫到了极点，然而控制力极强的他表面却是丝毫不显露，依然是一身白衣如雪、气定神闲——只有在拔刀瞬间爆发出的杀气，才表明他内心积累的烦躁和怒意已经濒临决堤。

天道盟主勉强躲过了那一刀，然而手里的剑却被一刀截断，一声大喝，提起了最后的一口真气，拼命搏杀。而她已经回过了神，血薇如同一道流光，唰地掠来，疾刺对方右路。

面对着夕影血薇的双重劫杀，心里已经知道这一次在劫难逃，天道盟主不顾一切地避开了他们，居然扔掉了断剑，满身是血地转头夺路而逃，势如疯虎。

——路边是一片茶园，再远处就是集市，有一个背着行囊的路人正好路过，看到这满身是血的人迎面扑过来，忍不住失声惊呼，吓得瘫软。

“别让他逃了！”萧停云低喝。

她应声上前，血薇如电，斩入对方的膝盖！双膝唰地断裂，天道盟主踉跄跌倒，身体往前扑出，在地上拖出两道长长的血痕，然而，却用双手撑着地，极力地又前行了几丈，似乎还想拖着半截身体继续逃脱。

那种疯狂的困兽之势令她悚然，竟无法再下手斩断这个人的头颅。

然而，当她再次略微犹豫的时候，夕影刀已经带着一抹淡淡的碧色，如鬼魅一般逼近了梅景浩，悄然划落。那一刀毫不留情地追上了猎物的后颈，斩断血脉。

“啊啊——”在路人的惊呼声里，一刀斩落，头颅冲天飞起。

然而令人惊骇的是，那个头颅在被割下后，居然还在狂笑！

“君子之泽，五世而斩！”天道盟盟主的头颅凌空飞起，睁着眼睛看着他们两个人，开合着嘴唇，厉声诅咒，“听着……听雪楼，必将在你们手里灭亡！”

头颅落地，滚了几滚，声音逐渐停止，然而那双眼睛却一直睁着。那一刻，苏微忽然觉得前所未有地恐惧和恶心，往后踉跄退了一步。

“他……他居然还在说话！”她失声惊呼，“他还在说话！”

“不要怕，”萧停云却是毫不畏惧，一脚将那个人头踢到了一边，眼神冷定，“来自被斩下了头颅的敌人的诅咒，也只能等来世再去实现了——怕什么？我们赢了！”

说到这里，他眼神微微一动，看到旁边那个路人。

那人还不到二十的年纪，背着个藤篋匆匆而来，骤然撞见这一幕，已经吓得呆了，半晌才反应过来，拔腿就跑向村子，一边惊呼：“杀人……杀人了！快来人啊！这里——”

最后一个字，停顿在了咽喉里。

那一瞬间刀气凛冽，逼人而来，硬生生把他的话语冻结。

萧停云的刀锋如电，便要将这个目击者当场灭口。

“住手！”同一个刹那，血薇化作一道流霞，铮然一声击在夕影刀刃上，将切入咽喉的刀锋弹开！那个路人惨呼了一声，下意识地抬手挡住咽喉，只听唰的一声，被击偏的刀锋从他手上一划而过，顿时鲜血淋漓。

——只要慢得一刹，这个路人便要尸横荒野。

“不要滥杀无辜！”苏微逼开了他的刀，再也忍不住内心的愤怒。

“不能留活口。”萧停云皱眉，发现她又开始了毫无必要的妇人之仁，不由得有些不耐烦，却还是解释了几句，“我和赵总管拟好了计划，杀了天道盟主之后，还要假借梅景浩的名义，把余孽引出来好一网打尽——现在要是让这家伙跑出去乱嚷，万一传到了江湖上，后面的事就麻烦了！”

“够了！这是一条人命！”苏微再也无法忍受，拔剑相对，不肯退让半步，“这一路还杀得不够吗？你再敢动他一下试试看？”

萧停云猛然惊住，忽地冷静下来。

那个无辜被卷入的路人躺在地上，手臂被夕影刀所伤，因为剧痛而昏迷了过去。背后的藤篋散开了，散落了一地的玉石，还有一包大大小小的雕刻刀具。

“原来是个玉雕师。”萧停云松了一口气，“对了，这里已经是腾冲地界，天下著名的翡翠之府。”

他看了看她凌厉的眼神，将刀慢慢收起——是的，千里追杀，大功告成。在这样的时候，他们两人都疲倦已极，已经是强弩之末，说不定周围还会有天道盟的余孽潜伏。如果不早些离开，只怕会惹来更多麻烦，何必还要为这样一个无足轻重的外人争吵不休？

“算了。”他俯身捡起了天道盟主的头颅，道，“我们回洛阳去吧。”

她并没有去握住他伸过来的手，收起了血薇，只是足尖一点，消失在滇南的翠色里。

这一战之后，天道盟失去了首领，元气大伤，群龙无首，所属的势力在接下来的几年里被听雪楼逐一消灭——到了今年，甚至连整个江城的梅家都已经被灭门。

他们赢了，赢得干脆而彻底。

然而，不知道为何，虽然过去了那么多年，那一颗在半空中飞舞的头颅所发出的诅咒却如烙铁一样印在了她的心底。每当她再度杀死一个人时，那一刻的情景就会自动浮现——隔了多年的时光，那头颅似乎还在盯着她，恶狠狠地重复着诅咒。

到如今，已经整整重复了两百遍！

第五章　碧蚕毒

“娘——娘！”她失声惨叫，挣扎着回过头去，眼前却忽然一片漆黑。那个少年松开了握着马缰的手，用手掌迅速地覆上了她的眼睛，低声道：“不要看！”

不要看……不要看。

那是他对她说的第一句话，十几年后，依然回荡在她耳侧。

“我一直忘不了那颗在空中飞舞、诅咒着我们的人头。”在洛水旁的荒凉酒馆里，苏微喝着酒，喃喃：“他说，君子之泽，五世而斩，血薇夕影，终将自相残杀——传说临死之人的诅咒，凝聚着此生最后的未了心愿，十有九灵。”

“你居然怕这个？”萧停云却冷然而笑，“头都被砍下来了，还能怎么灵验？他活着的时候赢不了我们，死了做鬼难道就能厉害多少了？”

“……”苏微愣了片刻，无言以对。

“别总是想着这些，事情早就过去了。”萧停云也喝了一杯酒，问，“白马寺的那两百个牌位里，莫非也有梅景浩的灵位吗？”

“当然。”苏微苦笑，摇了摇头，“我甚至每年都回去给他上香——”

“好了，别喝了。”看到她又喝完了一瓶，他终于看不过去，按住了她的手。她的肌肤冰凉，冻得他震了一下，面露讶异的神色：“你怎么了？伤还没好？”

“没事。”她摇了摇头，把手抽了回来，又倒了一杯酒，“楼主，我在这里喝了一个多月的酒，也想了一个多月的事。现在，我终于想清楚了——”

萧停云微微一惊：什么时候开始，她居然改口叫他“楼主”了？他坐在她对面，默默看着她，仿佛在等待她把话说完。然而苏微一抬起头，一看到那双幽深的重瞳，话到嘴边又渐渐停止，后面那半句毕竟不曾再说出来。

“阿微，你想说什么？”他看到她退缩，双眉却皱了皱，“说吧，等你说完了，我也有话想对你说。”

苏微有些诧异：“你有什么话要对我说？”

“你先说吧。”萧停云笑了笑，神情有些莫测，似在下一个很艰难的决定。

“好吧，我想知道的是……”她望着他，眼里神色转了千百遍，停顿许久，忽然笑了起来，“到底是你的夕影刀厉害，还是我的血薇剑厉害？”

“什么？”他不由得愕然。

“难道你不想知道答案吗？”苏微仰起头喝了一杯酒，笑了一声，“这么多年了，你没想过要和我比一个高下？”

萧停云苦笑了一声，摇头：“从没想过。”

“我们已经是这江湖上绝顶的高手，其余可以比肩的，也都已经被我们联手除去，”血薇的主人仿佛借着酒意微微而笑，傲然睥睨，眼神如同出鞘的利剑，“这天下第一，必然就在我们之间——我可是非常非常地想知道答案呢……”

“何苦呢？”萧停云却摇头苦笑，“多此一举。”

“比试一下吧！”苏微却是反常地执拗，将血薇啪的一声拍在桌子上，眼神微醺而冷冽，吐着酒气，“你看，我对姑姑发过誓，这……这一辈子，都不能对听雪楼主拔剑！可是……可是如果是你邀请我来比试，应该就不在此列了吧？来来，你快邀请我吧！”

萧停云愕然，抬头看她：“你是当真？”

“当然当真！算我求你了。”她望着他，眼神盈盈，语气几乎带了娇嗔，“这是我第二大的愿望了……看在我为你卖命十年的分上，请成全我吧！”

“阿微！”他蹙眉低叱，“什么卖命十年？说得那么难听！”

“哎，到底比不比？”她却打断了他，竖起了一根手指，在他面前摇晃着，“如果你肯答应，我至少一个月不喝酒。如何？”

“当真？”萧停云一怔，似乎被这个提议激起了兴趣。

“当然！”苏微笑了起来，“这些年来，我哪次骗过你来着？”

他沉默了一下，终于叹了口气：“那好吧，就比这一次，下不为例！”

“好！”一句话未落，对面坐着的女子一声轻笑，手指一按桌面，整个人便翩然折身，向后飞起，“记住，可不许藏私啊——你是知道血薇的厉害的！”

清冷的声音在空气中飞扬，在轻笑中，她的袖中流出了一道绯色的闪电，直取他咽喉而来，凌厉迅疾宛如雷霆！

“叮”！千钧一发之际，淡青色的刀光如同闪电，挡住了血薇。

骤然遇袭，萧停云脸上瞬间笼上了一层杀气，抬头看着对方，那一瞬间他的眼神变了，仿佛夕影刀一入手就换了一个人一样。绯红色的光芒当头笼罩下来，弹指间，苏微已经迅疾地刺出了十二剑，毫不留情。

十二道剑光交织成一道网，逼得他几乎连站起来的时间都没有。

“好，我们从来还没分过高下，今日就且试试看！”一口气封了十二剑，萧停云似乎也被激发起了斗志，身形只是一晃，便消失在了窗外，“这酒馆太破了，你就饶了它吧……要比试，到外面来！”

掌柜的一声惊呼还含在嘴里，动手的两人已经不在室内。

“阿弥陀佛……”老掌柜擦着额头上的冷汗，连忙让店小二去关门关窗，转眼却看到店里剩下的那位客人也已经跑得不见了踪影，不由得觉得沮丧——看来，这两个煞神虽然没有拆了这个破旧小店，却还是吓走了他唯一的客人。

洛水静静流淌，岸边芦苇起伏，一望无际。

远远看去，只见那两人在黑夜里交手，身形飘忽如鬼魅。青色的刀光和绯色的剑光在江面上穿行，所到之处，雪白的芦苇纷飞而起，仿佛落下了一天的雪花，美丽不可方物。

“这些江湖人！”老掌柜跺了下脚，吩咐店小二，“赶快关门打烊！”

然而，最后一块门板尚未竖起，两道闪电又穿行进了室内，如同风一样，一先一后悄无声息地落地，竟然是快得连看都看不清楚。咔嚓两声，那块门板被一刀一剑先后斩过，顿时裂成了四块！

店小二拿着门板的手僵在了那里，不知该如何是好。

“我赢了！”血薇如同摇曳的闪电。苏微笑了起来，声音如同银铃。她身边的贵公子却微笑不语，默默将刀收入被割破了的袖中，点了点头：“血薇果然是天下无双，在下拜服。”

“喂，你不是故意让我的吧？”看到他这种表情，苏微忽然觉得心虚。

“哪里，高手过招，岂能相让？大家都全力而为，哪能藏私？”萧停云笑，拱手，“骖龙四式凌厉无比，在下不能抵挡，更何况你的剑招里似乎还有别的变数，奇诡莫测，更是令人防不胜防——两者相辅相成，已可以独步天下。”

“真的？你可别假客气啊！”苏微听得他认输，心里却依旧有些不确定。

“当然是真的。我什么时候骗过你吗？”他微笑，漆黑的重瞳里却看不出真假，一如他平日的心。

“好吧……你说得没错，我在变招时用了师父教给我的‘折梅指’，还有‘六幻影针’——”她叹了口气，有些不甘心，“这些压箱底的本事我可还是第一次用上，居然都被你躲过了。亏得师父还说我一旦习得了骖龙四式和这两样，天下就没有一个人能接住了！”

“其实令师也没说错。”萧停云沉吟着开口，“血薇剑谱凌厉纵横，孤高绝世，每出一招从不留活路，却失于煞气太重，伤人伤己；而另外两种武学，却沉稳飘逸，如水银泻地，正好将血薇每一个的弱点恰到好处地补足——如此相辅相成，实在令人惊叹。甚至让人觉得……”

“觉得什么？”苏微正听得入神，却见他顿住，不由得追问。

“甚至让人觉得，这两种武学，似乎本身就是为了弥补血薇剑谱的不足而创造出来的一样！”萧停云有些迟疑地蹙眉，摇头，“不是我自夸，天下的武学虽然庞杂，我也知道十之八九——可是所谓的‘折梅指’和‘六幻影针’，我却是头一次听到。”

苏微怔了一怔，没有回答。这些武学技艺，师父教给她，她便学了，除了知道一个名字之外对其全无了解，就如同她从来不知道师父的姓名是什么一样。

“你的那位不知道名字的木师父，还真是一个神龙见首不见尾的高人啊……”萧停云叹息，“如果有缘得见，也不枉此生。”

她知道他是想打听自己的师承来历，摇了摇头，沉默下去。萧停云看到她的表情，便转开了话题，道：“你刚才说血薇夕影的比试是你第二大的愿望——那么，你最大的愿望又是什么？”

苏微看了他一眼，表情似乎有些奇特，半晌只道：“不告诉你。”

“告诉我吧，说不定我能倾听雪楼之力为你达成。”他微笑，语气温和。他说得低沉温柔，苏微却回身岔开了话题，说了一句：“哎，好渴！”

方才一轮激斗，虽然只有短短一盏茶时间，可全力施展之下已经耗尽全部力量，此刻一停下来，顿时觉得饥渴不已。她拿起了刚才放在桌子上喝了一半的酒，仰头一饮而尽。

萧停云忍不住蹙眉：“你刚才不是还说要一个月不喝酒的吗？”

“这一杯是之前倒的酒啊，不算的！”苏微撇了撇嘴，意犹未尽地舔了舔嘴唇，耍赖道，“从这一杯之后开始算！”

他看着她，忍不住笑了一下——每次她流露出这种语气神态的时候，他就想起他们第一次见面时猝不及防的交手。那时的她如同满身是刺的刺猬，出手袭击了自己，面对姑姑盛怒的责问，却怯怯地辩解说剑没有出鞘就不算动手。

十年了，这个来自风陵渡的孤女在江湖中渐行渐远，心被高墙包围着。只有每次不经意的眼神流露，才让人看到她的另外一面也一直存在着，如同刺猬深藏着柔软的小腹。

每当这个时候，他心里都会有深深的愧疚。

苏微一口气喝干了那杯酒，爽然道：“好了，现在轮到你告诉我你今晚想和我说什么了——你约我来这里，到底想说啥？”

萧停云笑了笑，道：“我想求你为听雪楼做一件事，最后一件。”

“什么？”她愣了一下。

“你是真的想走了，对吗，阿微？”他语声轻微温柔，却明晰洞彻，“在你离开之前，我想最后一次请求你一件事，求你务必答应……为我，也为听雪楼。”

“什……什么事？”她喃喃，在他的眼神里有些心烦意乱。

“这件事，事关听雪楼的生死存亡。而且，非你不可。”他一字一句地说，伸手拿起桌子上自己那盏残酒。仿佛是心里不安定，他的手指微微用力，似是不知道下面的话到底该不该说，顿了顿，便想先把酒喝下。

然而，眼前忽然黑影一动，苏微竟蓦地抬起手，对着他迎面一击！

“你！”萧停云大惊，握着酒杯，身子往后陡然一倾，险险避过了这一击。他下意识地伸手握住了袖子里的刀，却听到她发出了一声惊呼：“不要喝！”

“什么？”他愕然，听出她的声音在片刻之间已经嘶哑。

“酒里……有毒。”她虚弱地喃喃。

乒的一声，酒杯在地上啪地碎裂。然而，那酒水却显然是并无异常。萧停云霍地抬头——对面的苏微脸色苍白，摇摇欲坠地靠在窗边，抬手捂住了自己的喉咙，全身颤抖，眉眼间有奇怪的青气迅速弥漫。

“阿微！”萧停云心下大惊，立刻扶住她。

“好像……好像只是我的酒里有……”她捂住咽喉，短短几个字之后，她就已经说不出话来，仿佛有一只看不见的手正在迅速探入她的喉咙，撕扯她的肺腑。然而她却看着他的脸，如释重负地喃喃：“你没事……太好了……”

苏微用尽全力撑住自己的身子，不让自己就这样倒下来，脸色渐渐变得苍白，又从苍白变成了惨碧色。那只空了的杯子里还有几滴冷冷的残酒，金黄色的花瓣黏在内壁上，隐约有一丝几乎看不出的诡异碧色。

萧停云只看了一眼，脸色唰地苍白。

他没有丝毫迟疑，放下苏微，身子一掠，立刻便到了内堂，将惊慌不已的掌柜和店小二逼到了死角，刀锋指向对方的咽喉，厉声：“解药！”

“不……不是我……”老掌柜眼看忽然出了这等事，缩在角落里只管发抖，倒是旁边的店小二反应得快，一拍脑袋，惊呼了一声：“肯定……肯定是刚才那个客人！”

是的，当他们两人进入酒馆时，店里只有一个客人在座。而当他们留下喝了一半的酒、双双离开店里后，那个客人只停留了片刻，也随即消失了——如果真是店里人下的毒，苏微天天来这个酒馆，他们有的是机会下手，何必偏偏选择在今晚他在旁的时候？

萧停云心念电转，瞬间便将来龙去脉分析通透，毫不迟疑地放开了这两个人，推开窗户追了出去——然而外面夜色沉沉，洛水无尽，一眼望去哪里还有那个人的踪影。

他只追得几丈，立刻回过神来，不敢再追远，迅速返回了酒店——目下苏微中了毒，自己绝不可擅自远离，免得再中了调虎离山之计。

一进去就看到掌柜和店小二神情焦急地站在一旁，而苏微已经再也无法坚持，倒在了桌上，脸颊浸没在一摊残酒之中，毫无血色。一股淡淡的青气笼罩了她的眉眼，显得分外诡异而宁静。

“阿微！阿微！”他抱起她，喊着她的名字。然而苏微的气息迅速地微弱下去，咳嗽着，忽然吐出了一口碧绿色的血来！

那一瞬，他只觉心头大乱，手指颤抖着按住她的背心。

“我……要死了吗？”她喘息着，微弱地喃喃。

“不会的。”他断然回答，“别胡说！”

“其实，我……”苏微努力呼吸着，低声，“我最大的愿望是……”

“不要说话！”他厉声阻止，迅速从内袋里拿出两个羊脂玉瓶子，打开，分别倒了两颗蓝色紫色的药丸出来，急急用手指碾碎，抹在了她的唇齿之间——他的手在剧烈地发抖，竟然在她编贝般的玉齿上叩出了声音。

他猛地回头，厉喝：“拿一碗水来！”

老掌柜吓得一个哆嗦，腿脚僵硬，压根迈不开。店小二还算机灵一点，转身从厨房里哆哆嗦嗦提了一壶水出来，端到堂上时几乎洒了一半。

“喝一口！”萧停云却不接，盯着他，厉叱。店小二吓得又是一哆嗦，下意识地倒出水喝了一大口，几乎把自己呛着。

“好了，放在桌子上，”萧停云看了他一眼，冷冷道，“你们都出去。”

店小二和老掌柜不敢多说一句话，放下水壶便是踉跄着逃了出去，一路连头也不敢回。萧停云倒了一碗水，还是用银针试了试，才从怀里又拿出一枚丹药，用手指细细碾碎，溶解在清水里——那半碗水在瞬间变成了奇特的淡金色，水面无风自动，似是微微沸腾。

“我先用这一枚金风玉露丹压一下毒性，再用真龙小还丹外敷在你的心口。”萧停云低声道，表情凝重，“你喝下去后，立刻用内息将药力透入膻中和风府穴，我再帮你把毒逼离心脉，聚在指尖处。知道吗？”

苏微已经没有力气说话，只是微弱地点了点头。

他将她半扶半抱地拉起，将药灌入了唇齿之间。不知道药物里有什么成分，她只觉得咽喉里像是有炽热的铜汁直贯而下，灼烧般的剧痛令她全身颤抖，瞬地下意识地闭上了嘴唇。那一碗药全数被她吐了出来，湿透了他的衣襟。

“不要命了吗？”萧停云气极，知道毒素在迅速扩散，此刻每一分每一秒都极其重要，立刻捏碎了另一颗，厉叱：“就是铜汁灌下来也给我忍着！我只带了两枚金风玉露丹，一口气喝完，不能再吐出来！”

萧停云捏住她后颈的哑门和风府两穴，令其嘴唇微微张开，然后将第二碗药灌入她口中。苏微无法反抗，在剧痛中全身颤抖，却没有力气叫出声来。

“烫……”她喃喃，感觉神志开始慢慢模糊。

一碗药灌下去，苏微已然失去了知觉，更是来不及运内息逼毒，呼吸微弱，心跳也越来越缓慢，竟是在他怀里渐渐气绝！

“阿微……阿微！”萧停云失声喃喃，只觉得那一刻自己的呼吸也要停止。怎么会这样……今天，在这洛水之旁，他原本是想解开缠绕在他们三人之间的无数纠葛，彻底做一个决断，却亲眼目睹了她的被杀！这是宿命？

那一瞬，十年来的无数片段如风呼啸而过。

这个从风陵渡旁走出的少女一直是爱慕他的，从一开始他就知道，然而他却从未提及。因为他心里有自己的隐痛，犹豫着那个无法言说的伤口，只能沉默以对——所以，就这样在若有若无之间过了十年。

十年，足以让青丝暗生华发，韶华付与流光。

足以眼睁睁地看到她死在了自己的怀里！

“不要死，阿微！”那一刻，他再也压抑不住心中汹涌而来的感情，在她耳边低声，“我知道你最大的愿望是什么……不要死。活下来！我娶你！”

怀里的人身子微微一震，似乎是听到了，嘴角露出了一丝若有若无的笑意，然而眼睛却再无力睁开。她闭着眼睛，全身微微颤抖，似乎积蓄着仅剩的力量，做了一个令人意想不到的动作：竭尽全力抬起手，一寸一寸地，将他环抱着自己的双手拉开。

她的力量微弱，却令他震惊不已，下意识地松开了手。

“不……你错了。”苏微长长吐出了一口气，收敛了嘴角的笑，用了最后一点力气，整个人从他怀里往前一倾，离开了他的怀抱，直直跌倒在了桌子上，便再也不动。

那一刻，萧停云看着她，眼里的神色震惊而不解。

是的，方才那一刻，她是用尽全力挣脱了自己的怀抱！她已经无法说话，却是用这样决绝的态度说明了对自己所说那个诺言的回答。

她不愿意。即便是他承诺娶她！

“阿微！”他怔了片刻，再顾不上其他，运指如风，瞬间封住她任督二脉上下十二处大穴，将毒逼在一处——那一刻，他凝聚了所有的力量，将雪谷老人门下的无相心法发挥到了最高层，每一指点出，额头便有微微的汗水。这是大耗修为的做法，他不惜损耗自身真元也要把她救回来，哪怕这一次之后自己得休养一年才能完全恢复。

三更转眼过去，她透出了一声呻吟，手指冰冷。

仿佛有什么在皮肤下游走，聚集到了她左右双手的少冲穴，碧色渐渐凝聚，让整只手掌都变成了惨碧色！肌肤下血脉仿佛蛇一样细细扭动，忽然间，仿佛被针刺破，一股细细碧血激射而出，洒落在酒碗里，登时染得一片惨绿！

“……”苏微终于动了一下，眼睛缓缓睁开。她清醒过来，第一个反应居然是竭力挪动身体，想要离开他的怀抱。

“不要动！”他怒极，一把扣住她的肩膀，深深吸了一口气，将手按在她后心上，“毒还没全解——我们先回楼里去，这里很危险。那些人在暗处，随时会返回来！”

听出了他语气中的肃杀，苏微一怔，感觉四肢百骸都浸在了冰水里。她几度试图运起内息，然而只是微微一动，丹田之内便如千百支针一起刺落，令她再不能动。

“我……我中了什么毒？”她虚弱地问。

“还不能确定，”他横抱着她往外走去，翻身上马，“很可能是碧蚕之毒。”

“是谁……谁想杀我？”她觉得不可思议，呻吟般的低声，“居然还……还跑到了洛阳地界上？”

“不知道，”萧停云咬着牙，眼神里似乎藏着一把刀，“这不是针对你，而是针对血薇，换而言之，是针对我、针对听雪楼！看来，在梅景浩死了之后，又有人要对我们宣战了！”

他横抱着她翻身上马，一手控缰，向着洛阳城内飞驰而去。怀里的女子再也没有说话，怔怔地看着洛阳上空清冷的上弦月，因为剧毒的侵蚀而微微颤抖，手指冰凉如雪。

“这不是针对你，而是针对血薇，针对听雪楼！”

刚刚，他那么说。

——原来，连她的命，都不是为了自己送的，而是为了听雪楼？

那一天的深夜，她被送回了听雪楼，在奄奄一息之际被墨大夫救回了一条命，整整三十六支银针钉入她左右双臂的穴道里，将所有的毒素都暂时禁锢。

萧停云彻夜未眠，守在她榻边，一直等到她的脉搏转为平稳，才长长吐出了一口气。走出绯衣楼，他只对下属说了一句话："此事需保密，擅自外传者，杀无赦！"

血薇的主人在洛水旁遇刺的事情并没有被公开，只在听雪楼极少数上层首脑之中流传。然而，无论是北邙山四护法，总管赵冰洁，还是吹花小筑的石玉，都极大震惊——

那是因为苏微所中的，乃是碧蚕毒。

这种罕见的毒是由滇南极远处雾露河里的野生碧蚕之卵配成，剧毒无比，几十年来从未出现在中原武林。由于它的地域特殊性，几乎每个人都能隐约嗅到它背后隐藏的诸多惊人暗示：苗疆—巫蛊—针对听雪楼的力量。

三十多年前，中原武林和苗疆巫蛊那一场空前绝后的搏杀。

"难道是拜月教的人？"岚雪阁里，盲眼的女子抚摸着卷宗，喃喃低语，摇着头，"不可思议……"

"孤光祭司昔年曾与萧楼主立下盟约，有生之年人马绝不过澜江，"萧停云微微蹙眉，"几十年来拜月教一直恪守承诺，就在我们和天道盟斗得最激烈的时候，他们也没有落井下石，没有道理就忽下杀手。"

"当孤光祭司主持教务的时候，局面的确是这样的。"赵冰洁的手指轻轻叩击着书卷，喃喃，"可是，三年前孤光祭司便退隐云游，将事务完全委托给了弟子灵均——而教主明河又是一个不管事的主儿，十年也难得见她露一面。"

"你是说……"听到这样的分析，萧停云沉默下去，"拜月教内部有变，所以对我们的态度也转变了？"

"不排除这个可能。"赵冰洁停顿了一下，忽地冷笑，"不过，如果真是拜月教下的手，用碧蚕毒也未免太直接了一些——这等于正面和听雪楼宣战，并过早暴露了自己的身份。我想孤光祭司教出来的弟子，未必会这等拙劣吧？"

"这也是。"萧停云沉吟，"而且，很显然，对方的目标是阿微而不是我。如果是针对听雪楼，这也未免太奇怪了。"

赵冰洁轻声反问："如果针对的不是听雪楼呢？"

萧停云一震："你是说，也有可能是别人想嫁祸于拜月教？比如天道盟？"

"这事颇有蹊跷，一时之间不可擅下定论。唯一清楚的是：其实这次根本不算是什么刺杀——因为对方不想杀你，也不想杀苏姑娘。”赵冰洁唇齿之间噙着冷笑，“那个刺客分明是早有准备，如果他真的要毒杀苏姑娘，之前苏姑娘喝醉的时候有的是机会，为什么偏偏要挑你和她一起去的时候才下手？这岂不是选了最差的时机？”

“对！”萧停云眼神陡然凝聚，“你的意思是……”

“对方既不想杀你，也不是真的想杀她。”赵冰洁低声道，满怀疑虑，“这么做恐怕并不仅仅是为了嫁祸拜月教，应该还另有深意，可惜我还想不透这到底是为了什么。唉……现在，我们首先得确定这个暗中的对手是谁。”

萧停云苦笑：“听雪楼仇家遍布天下，要圈定范围，恐怕太难。”

“是。”赵冰洁只道，“所以，现在我们只需要确认朋友，并不需要区分敌人。这样便可轻松许多——孤光祭司和明河教主应该是我们的朋友，这一点问题不大，派人立刻去苗疆找他们两人要解药便是。”

“已经派了。但……”萧停云欲言又止，忧心忡忡。

“怎么？”赵冰洁微微蹙眉。

“墨大夫说，碧蚕是天下至毒，以他的医术，最多也只能将其压制三个月。三个月后，毒素深入经脉肺腑，阿微就算不死也会成为废人。”萧停云叹息，“而苗疆路途遥远，从洛阳出发取药，一来一去，绝对是来不及赶上。”

“……”这一下，连足智多谋的赵冰洁都沉默了，表情微微有些奇特。

如此说来，血薇的主人是死定了？

她的指尖微微发抖，握紧了书卷，许久才问：“苏姑娘……如今怎样？”

“墨大夫看诊后，性命暂时无大碍，也已经能饮食起居，只是还无法运用内力和真气。”他蹙眉，心事重重，“但她的情绪很低落，似乎已经知道了自己中的毒非常难解。”

“苏姑娘纵横江湖十年，几乎从未有敌手。忽遭逢暗算，未免有些心乱。”赵冰洁看不清楚他脸上的表情，却能听出他的语气，不由得叹息：“公子很担心她吗？”

“是啊，”萧停云喃喃，“我已经对她说了要娶她。可是她不肯答应……”

他没有说下去，看着赵冰洁的脸在黑暗中瞬地苍白。许久，她才勉强笑了一笑，低声道：“暂时不答应也好——万一苏姑娘过不了这一关呢？如果苏姑娘成了废人，公子还想迎娶她进听雪楼吗？”

萧停云沉默了片刻，抬起了头，用重瞳凝视着身边这个女子：“在生死关头，我曾经对阿微许下诺言，所以，无论她变成什么样的人，我都会如约娶她。冰洁，你是最聪明的人，请你谅解。”

谅解？她的身体微微晃了一下，用手撑住了桌子。

“他们都说我有两双眼睛，是重瞳。可是，有时候我却看不清自己的内心。”萧停云低声叹息，“我真是一个无用的人。我遇到很多很多的问题，却无法解答——直拖到了生死关头，才不得不给出了第一个回答，却依旧不知道这个答案是不是正确。”

“公子，不要急，时间会给您答案。”她深深吸了一口气，微笑着，唇间吐出鼓励而温暖的话语，语气却虚无，“但那个答案在前方，你必须一直往前走才能触及它——若是裹足不前，自怨自艾，那么，无论答案是如何，所有一切早已从指缝里流走了。”

她的声音柔和，却有一种宁静的力量。萧停云沉默了片刻，终于缓缓点头：“你说得对，冰洁，谢谢你为我解惑。”

“不用谢，这是冰洁的荣幸。”她无声地微笑。

“真希望时间能早日给我答案。”萧停云侧过头，“可是，时间未必是万能的吧？”他转头，看了看赵冰洁茫然无神的双眸，忍不住叹了口气：“冰洁，这些年来，你帮了我那么多，如果没有你听雪楼说不定早就土崩瓦解了。可是，我却无以为报。”

黑暗中，她感觉他在耳边低语，声音里带着无限复杂的感慨。他的指尖掠过她的脸颊，轻轻停留：“冰洁，如果可以，我真想分一双眼睛给你——这样，你就能成为一个完美无缺的女人了。”

完美无缺？

他离开后，她坐在黑暗里，想着他最后的话，抬起一根手指，在夜里轻轻地抚摸着自己的唇，眼神渐渐变幻，忽然无声地笑了起来。

当楼主离开后，岚雪阁内，又恢复了一贯的寂静寥落。

赵冰洁锁好了门，剔亮了灯盏，低下头去，摸到了案上压在最底下的一卷文书。她拨开上面沉重的文卷，小心翼翼地把它抽了出来，凑到灯底下细细地看——这是一本名册。上面的一个个名字，仿佛针一样地刺痛她的心。

那些人，在这十几年里，一个一个地都从这个世界上消失了。

就如她的父母一样。

她忽然想起了那一年大雪的清晨，自己在洛阳朱雀大街上狂奔的模样——年幼的她早已筋疲力尽，母亲却毫不留情地继续拖着她往前跑，几次她跌倒都被恶狠狠地拖起，直跑到脚掌磨破、膝盖出血，仿佛死神就在后面紧紧追赶。

黎明前的洛阳笼罩在冬日的黑暗里，漆黑不见一丝光，只有她们母女二人的脚步响彻空空的大街，呼吸急促凌乱。

她知道，那些隐藏于黑暗中的杀手，就在身后紧紧追随。

“快！快进去！”终于到了她们要去的地方，眼看前面的朱漆大门打开了一线，母亲猛然在她背后一推，“快进去，别回头！快！”

十四岁的她被猛然一推，一个踉跄，向着打开的大门直跌了进去。

在额头撞到石板地的那一瞬，一双手臂伸过来，及时接住了她。那双手臂尚自稚嫩，却温暖有力——抬起头，她看到了一个和她差不多大的男孩，正牵着马缰和父亲从听雪楼里走出来，惊呼着伸手抱起了她。

她跌入他怀里，还没来得及回头，就听到耳后一声厉啸，一道刀光亮起，一片热辣辣的血就泼上了她的后背。

“娘——娘！”她失声惨叫，挣扎着回过头去，眼前却忽然一片漆黑。那个少年松开了握着马缰的手，用手掌迅速地覆上了她的眼睛，低声道：“不要看！”

不要看……不要看。

那是他对她说的第一句话，十几年后，依然回荡在她耳侧。

那一天，仿佛是命运恩赐，在生死之间，那道门竟然对她打开了！母亲用尽生命里最后一点力气把她推了进去，从那一线打开的门缝里获得了一线的生机——她活了下来，留在了听雪楼，孤身一人，寄人篱下地生活。

什么都很好，唯独眼睛的视力在逐步地衰减。

如今的她，已经几乎看不到东西了——可是，只要不看，那些流出来的血，难道就会不存在吗？那些死去的人，那些不曾闭上的眼睛，难道就不在地下日夜盯着她了吗？

那道门对她打开了，她进去了，以为自己从此安全。可是那些眼睛，却还是日日夜夜地盯着她！不……不不！她不要这样的生活……不要！

那些死去的眼睛，都不要再盯着她了！

十几年后，背后仿佛依然感觉到那种湿热，仿佛母亲的血还在流淌。赵冰洁的手微微颤抖，握紧了那一卷名单，昏暗的眼睛里露出了某种尖锐的光，抬起手腕，将手里的纸页凑近烛火——最后一个名字，是“梅景浩”。

她无声喑哑地笑了起来。

十二年了，上面写着的七个名字，终于都被一笔勾销！

火舌将薄脆的纸张迅速舔净，化为薄薄飞灰。时间漫长，黑暗无尽，原来所有的一切，那些挣扎、取舍、利用和背叛——到最后，换来的终究是一场空无。

“呵……天道盟内七大家尽数诛灭，如今连梅家也死光了，你的秘密就再也没人知道了，对吗？”忽然间昏暗的室内有人在说话，轻微而冰冷，宛如耳语，“天道盟安插在听雪楼的唯一的死间，你可真是厉害啊……仅凭一个人，就覆灭了故主！”

“谁？！”赵冰洁霍然抬头，脸色一瞬间变得极其恐惧。

第六章

暗涌生

白楼里的人在看到那一张纸时霍然长身立起，变了脸色。

这是一纸雪笺，上面只写着一行字：

“天下宴席，终有散尽。还君血薇，任我飘零。”

来人只是微微轻笑，声音如同鬼魂一样飘忽不定。岚雪阁虽然不比白楼守卫森严，但这个人居然能够夜探听雪楼而不被察觉，这种身手已经是令人惊骇不已。

“是谁？”她厉声问，摸索着站起来，朝着声音来处走过去——因为惊惶，平日在阁里如履平地的她踉跄走着，几次几乎被书架撞到。然而，每一次在靠近的时候，那个声音忽然又远离了，悄无声息，宛如一个鬼魂。

她战栗不已，压低了声音：“你……到底是谁？”

黑暗中的人影在冷笑，藏在林立的书架背后，影影绰绰，声音飘忽：“我是世上唯一知道你的秘密的人——十五年前你们谋划了什么，除了这宗卷上的七个人，可能就只有我知道。而且，我更知道这几年来，你一直扮演着什么样的角色。”

那样的话，宛如毒刺，一根一根在她心底冒出来。

冷静自持的女子终于按捺不住心中的恐惧，失声：“你是谁！你怎么可能知道？”

“无论什么样的事，都不是天衣无缝。”那个人的声音低沉，“赵总管，瞒了十几年，终究是瞒不住的——就如你的眼睛一样，迟早，还是会看不见的。”

赵冰洁的手猛然一颤，几乎站不住身子。

“在洛水的酒馆里下毒的，难道是你？”她喃喃，思路渐渐清晰，“你是谁？”

“不错。是我。”黑暗里的人微笑，声音平静冰冷，“至于我是谁，这并不要紧。重要的是，我没有直接去找萧楼主，而是先来找了你——你应该知道这其中的区别。我正在给你最后的机会，而你，必须要做出选择。”

赵冰洁不再试图靠近那个声音，踉跄着扶住了书架，低低喘息。

“和我合作没有什么不好。你看，我已经替你废掉了那个苏微——这不是你一直想做的事情吗？”黑暗里的人冷笑，一字一句，说出直刺她心底的话，“当日，你不是故意隐瞒了资料吗？梅景瀚的武功更在大当家梅景浩之上，这一点，就算天下没有几个人知道，赵总管不可能不知道吧？你派苏微过去执行任务，又不告诉她真相，不就是想借刀杀人吗？只可惜，血薇的主人武功卓绝天下，竟然并没有被梅景瀚所杀，还活着回来了。”

“你……”她凝视着黑暗深处，战栗不已，“你是怎么知道的？！”

“这世上本来就没有永久的秘密，”那个影子在微笑，虚幻如耳语，“你以为杀光了世上所有知道你的秘密的人，从此就可以脱胎换骨？就能成为他最信任最依赖的人，永远留在听雪楼陪着他？”

“……”赵冰洁没有回答，扶着书架垂下了头，手指微微发抖。

“我想，你心里可能还做着白日梦，以为只要洗脱了过去，就可以留在他身边，或许，还能成为他的妻子，对不对？”那个人的声音犀利而残忍，“只可惜，你没有想到，苏微会忽然到来。她有血薇，有着你所没有的一切，一来就夺走了所有人的注意！”

赵冰洁说不出话来，微弱的呼吸在黑暗里渐渐急促。

那个影子在低低冷笑：“如今你还有什么指望呢？你这样一个孤女，是怎么也无法和血薇的主人相比的，十几年的苦心经营不过是一场空，你很快就要什么都没有了——呵，如果再让萧停云得知了你真正的身份，恐怕你连……”

“好了，不要再说了！”她厉声打断了他，全身剧烈地发抖。沉默了片刻，忽地冷笑起来，开口：“让我来猜猜，你想要的是什么？”

“我想你应该已经猜到了。”那个人微笑，“赵总管一贯聪明。”

她沉默了很久，苍白的脸上没有表情，瓜子脸藏在阴影里，尖尖的下颌不停微微颤抖。许久，才道：“你想要的，和十几年前天道盟他们想要的是一样的吧？”

黑暗里的影子在微笑：“赵总管果然聪明。”

“要毁掉听雪楼，可不是那么容易的事情！”赵冰洁冷冷道，“几十年来，从高梦非池小苔，到拜月教天道盟，多少人试过了？还不是都全部失败——不管你是谁，面对着夕影刀和血薇剑，从不会有太多的胜算。”

“我知道刀剑联盟的可怕，不用你的提醒。”黑暗里的人微笑，“那么，如果以你我，再加上风雨组织的力量呢？”

她猛然一震，再也止不住心中的惊骇：“什么？你还能支配风雨组织？”

“这有何难。自从十几年前秋老大离开后，风雨经过几次内部权力变更，如今已经成了只要有钱，谁都可以雇用的杀手组织了。”黑暗中的人笑道，“偏偏，我有的就是钱。”

他语音轻慢，却有一种傲然于世的不容置疑。

“你到底是谁？”赵冰洁只觉不可思议，这一刻，她才恨自己的眼睛看不到，喃喃，“像你这样的人，如果身处江湖之中，我不可能从来不曾留意到！你究竟是谁？来自何方？”

“呵，我本来就不是江湖中人，你自然从未见过我。”那个人笑了，“选择和我合作是明智的，也是唯一的一条生路。”那个人在她耳边轻声微笑，抬起手指，轻柔地抚摸着她的双眼，低声：“甚至，等你做到了这一切，我可以让你重见光明也未可知……”

赵冰洁忽然感觉眼皮上有细微的刺痛，似乎有两根针在一瞬间刺破了她的眼皮。她失声惊呼，用尽全力挣扎，然而那双冰冷的手扣住了她后颈的大穴，一股极其诡异的内息透入，瞬地将她的奇经八脉冻结，整个身体无法动弹。

她看不见他的脸，双眼在他指尖下微微颤抖。

那个人的手指从她的双眼上移开，有一道几乎看不见的碧绿色从对方的手中蜿蜒而出，无声无息地注入了她的眼眸，然后如同一滴水一样散开。

“我在你的眼里种了蛊，等你替我除去了听雪楼，我就替你取出。”那个人在她耳边轻声道，“否则，你就等着蛊虫慢慢入脑，品尝将你一分分啃食的滋味吧！——到时候，你也不会死，只会成为一个智力连三岁婴儿都不如的痴呆而已。”

赵冰洁微微战栗了一下，咬住嘴角，没有说话。

“我不能杀他，”许久，她一字一字地开口，“我做不到。”

“我知道，你宁可自己死也不会去杀萧停云，是吗？”那个人却并没有愤怒，轻微地笑了一声，“放心，我不会勉强你的——但是，苏微就不在此列了对吧？”

“……”她没有说话，觉得面前这个人宛如恶魔一样洞彻人心。

“把这一颗药，下到苏微的茶里。”那个神秘人将一粒约丸放进了她的掌心，“放心，这药无色无味，而且发作后不会在人的身体里留下丝毫痕迹，绝不会连累到你。”

她下意识地握住那一粒小小的药丸，手指微微发抖。

“你想自己死，还是让她死了？”那人低下头，在她耳畔轻声，“这个问题，其实根本不需要问吧？何必犹豫呢？——让她去死，萧停云不会发觉是你干的，此后，你就又是他身边最重要的女人了。”

那个人的声音细微而邪魅，如同魔的低语。

她叹了口气，似是屈服一样低下了头，将那一粒药握在手心，喃喃："我做完了这件事，你就会给我解药？有这么容易？"

"当然没那么容易。"那个人轻声笑了一笑，"这个蛊虫，得在听雪楼灭亡后才能从你身上取出——不过，或者我能治好你的眼睛，让你先尝到一点甜头。"

赵冰洁沉默着，许久才点了点头："好。"顿了顿，她抬起空洞的眼睛，似是在审视那个人："不过，既然是要杀苏微，你为何不当初就一次把毒下足分量？何必又要借我之手，弄得那么麻烦？"

"你知道什么？"那个人笑了一笑，"我怎么能让她那么轻易就死了？"

他的声音冰冷而飘忽，这短短的一句话里面蕴藏着刻骨的恶意和仇恨，竟让她颤了一下，畏惧之意油然而生。

"你是拜月教的人？"她终于忍不住说了出来，"还是天道盟的？"

"这你就不必问了。"那个神秘人冷然回答，将手掌覆盖上她微凉的眼皮，轻轻按了一按，低声，"蛊我已经种下了。敬候佳音。"

那个人最后说了一句，然后穿过墙壁，仿佛是幻影一样凭空消失了。只留下赵冰洁一个人站在黑暗里，手指握紧了那一粒药，如同握住了一粒火炭，全身微微发抖。

三月的夜，犹自寒冷。外面细雨簌簌，打在窗外新抽出的嫩叶上。而绯衣楼里侍女们都退下了，苏微独自坐在灯下，卷起袖子，看着自己袖中的一双手臂。

她的手很瘦，腕骨伶仃，小臂纤细得可以看到皮肤底下的淡蓝色血脉和微微凸出的肘骨——然而，这样一双纤细苍白的手臂上，却密布着可怖的伤痕。

从手腕到手肘一列密布着的，是乌青的七处印记，那是梅家的玉笛梅花留下的伤痕——那一次，奉命追杀的她遇到了伏击，被梅家的二当家几乎废了这一条手臂。而在乌青之上，却还笼罩着一层淡淡的碧色。那种青色仿佛是活的，在雪白的肌肤下蠢蠢欲动，想要顺着血脉蔓延开来，却被十八支埋入肌肤的银针生生钉住。

那，就是日前刚种入她体内的碧蚕毒。

"苏姑娘，现在我把毒逼到了你的手腕以下，用银针封穴，可以暂时止住毒性蔓延。但你不能再动用内力，否则内息一动，气脉流转，这碧蚕毒就会脱出控制。"墨大夫临走前的话萦绕在耳边，"等拿到雾露龙胆花，把毒彻底拔除，姑娘才能再度握剑——在这之前，每次拔剑，就是离死近了一步！切记，切记。"

她坐在黑暗里，定定看着自己的这一双手，再看看横放案头的血薇剑，心里微微一冷——这种毒的解药，只生长在天之涯的滇南雾露河上，路途遥远，而时间只有三个月。如果三个月之内拿不到解药，她这双手，岂不是真的废了？

她微微抬起手，轻抚着案边的血薇剑。

那把绝世神兵藏在剑鞘中，然而却仿佛知道主人的心意，低低起了一阵鸣动。

"我教你这一切，都是为了让你配得上这把血薇！"姑姑的话从记忆中浮起，响彻脑海——原来，她的一生，只是为了和这把冰冷的神兵相配？那么，如今废了一身武学，是否连这把剑都不配拔出了呢？

苏微长长地叹息了一声，收回手，下意识地摸着耳畔盈盈摇晃的翡翠坠子，微微出神。忽然间仿佛觉察到了什么，她一颤，急急低下头，将那一枚耳坠解了下来——果然，右侧那颗翡翠的白金扣上裂开了一个细微的缺口，直指耳后的风池穴方向！

她看了一眼，便知道这竟是日前的那一轮交手里被夕影刀的刀意所割伤留下，不由得心中大震，霍地站起，走到窗口望着灯火依旧通明的白楼——原来，当日他毕竟是手下留了情，不曾全力施展。

其实仔细想想，停云的武功源自于雪谷老人一脉，乃是池小苔亲授，又融合了楼中四位护法的所长，如若真的交手，她何尝就能如此轻松地胜过他？他只是故意藏拙认输、不愿展露真正的身手吧？

是否对于自己，他一直也是有所保留？

"告诉楼主我不舒服，不方便见他，请回吧。"

隔着帷帐，她吩咐侍女，声音淡漠。

自从中了毒后，她卧病在绯衣楼，找各种借口把前来探视的人挡在了门外。其中，也包括了萧停云——她不知道自己为什么不愿意见他，只是看到他如此殷勤地每天前来问候病情，心里就有无端的猜忌和厌恶。

仿佛，他来关心问候的只是那把血薇剑，而不是自己。

或许被拒绝得多了，这两日，萧停云渐渐地不来了。来得多的，反而是赵总管。那个盲眼的孤女深得楼主信任，也被听雪楼上下所敬重，十几年来主持楼中大小事务，从无一次失算，对她这个新来的听雪楼主人更是恭谦亲切，没有一丝一毫的失礼。

然而，不知道为何，一看到那双没有神采的眼睛，她就觉得全身不自在。

第一天赵冰洁来的时候，她还勉力客气寒暄了几句。然而第二天她再来的时候，她便再也没有耐心，只是点了点头，却不说话。对面坐着的赵冰洁也就沉默着。窗子半开着，然而绯衣楼里的空气似乎都停滞了，侍女们在一边，没有一个人敢开口说话。

日影渐渐西斜，眼看着炉中的龙涎香也燃尽了，侍女仿佛得了大赦一样，低低说了一句“奴婢下去换新的来”，便蹑手蹑脚地退了下去，另一个则道“这茶凉了，奴婢去换一壶新的来”，急忙也跟着下了楼。

楼里只剩下了她们两个人。苏微斜倚在榻上，赵冰洁坐在对面的椅子里——虽然没有任何东西横亘在两人中间，空空荡荡，却仿佛隔了千山万水。

“公子这几日一直很担心你。”终于，赵冰洁开口了，打破了这难挨的沉默，“苏姑娘为何不愿见他呢？”

苏微没想到她会直截了当地问到这个问题，眼神也忽地凝聚如针。怀中的血薇轻轻一动，似乎如昔日遇到劲敌一样，跃跃欲试。

“总管连这事也要操心？”她忍不住冷笑，“不怕太耗心力了些。”

“苏姑娘来楼里，也有十年了吧？”赵冰洁轻声道，似是无限感慨，“时间过得真快。十年前，冰洁的眼睛还能依稀看到一点光——如今虽然看不到了，但对有些事，却还是心知肚明。”

苏微忍不住转过脸来看着她：“什么事心知肚明？”

“苏姑娘对公子的心意。”赵冰洁微笑着回答。

苏微霍然变了脸色，从病榻上撑起身体来，死死地看着这个端庄地坐在房子另一头的女子，眼神复杂地变了几变，脱口低叱：“胡说！”

“有些事，并不需要用眼睛去看。”赵冰洁的声音依旧平静温柔，“十年前，冰洁第一次遇到苏姑娘时就明白了，在公子心中，您是多么重要和无可替代——可是，这么多年来，为何苏姑娘对公子却忽冷忽热、若即若离？”

“……”苏微沉默着，看着这个微笑的盲眼女子，只觉心头有一股怒意渐渐弥漫，无可抑制，忍不住冷笑了一声，“是吗？是真的不明白，还是假的不明白？”

她的声音冷峭而锋利，如同瞬间出鞘的血薇，令一直带着微笑的女子震了一下，脸上的表情瞬地僵硬，沉默下去，手指不易觉察地握紧。

“不会是因为冰洁吧？”许久，端坐着的女子笑了一声，语气恢复了平静，“冰洁来楼里比苏姑娘早了四年。承蒙老楼主眷顾，一直在听雪楼寄居，以残疾之身为公子效犬马之劳而已——苏姑娘若是因此起了什么芥蒂，冰洁真是百口莫辩。”

“……”苏微看着这个人，心绪起伏。有许多话想说却又不知从何说起，就如同虽然手握血薇利剑，却不知如何刺下第一剑一样。

这个女子，看似端庄又温柔，说出的话却是如此阴柔狠毒又滴水不漏。

“苏姑娘是血薇的主人，和公子是天生的一对。”赵冰洁柔声细语，“这十年来，冰洁持身严谨，侍奉公子也从未有逾矩之处，还请苏姑娘千万别因此心存芥蒂。”

她的声音温柔，一字一句都婉转动听。

然而听着这样无懈可击的回答，苏微心中的厌烦和怒意却一层层地汹涌而来——是的，十年前，当她来到听雪楼时，这个女子已经在楼里生活着。当萧停云从风陵渡把她带回楼里时，一路上，他提及的都是她的名字，眼角眉梢带着温柔和宠溺。

——在遇到血薇之前，他的身边，竟然已经有了一个女子！

这个心结从最初便开始种下，从未随着时间淡去。

十年来，她为他征战四方、杀戮天下，然而他们之间却始终隔着一个无形的影子——相比起她卓绝天下的剑术，作为总管的她虽然是个盲女，在楼中的地位也是无可或缺。很多时候，很多场合，他都带着她出现，相处的时间比自己还长。

他看向她的眼神是无法掩饰的，一如他最初提到她的语气。

这样的心结，层层叠叠累积，已经沉淀成为魔障，此刻在病中被人恶意地触及，一瞬间便膨胀起来，令她多年来的冷静瞬间崩溃。

“怎么，赵总管这么想消除我心里的芥蒂吗？”听了半晌，终于想到了该怎么回答，她的嘴角沁出一丝冷锐的笑意来，打断了她的话，“我倒是有个方法。你想听吗？”

“当然。”赵冰洁颔首，“只要苏姑娘能……”

苏微再度打断了她，冷冷：“赵总管今年能出阁嫁人吗？”

“什么？”赵冰洁猛然愣住了，似乎不相信自己的耳朵。

“总管今年已经二十九了吧？早已经到了摽梅之期，还留在楼里，难免会落人口实。”苏微语音冷而锐，如同利剑一剑剑刺下，带着冷笑，“赵总管既对楼主无心，又不想别人心有芥蒂，不如我让楼主今年就为你择个佳婿如何？”

“……”赵冰洁深深吸了一口气，沉默着，脸色惨白。

“怎么，不肯？——我就知道总管是不肯的。”苏微侧头看着她，轻声笑了起来，似乎心里的愤怒再也无法压制，忽地厉声，“好了，让我安静一下行不行？这么多年了，你是个瞎子，就当别人也是瞎子吗？”

赵冰洁身体微微一晃，却压住了声音：“不知道冰洁哪里做错了？”

“你？你没有错——只是你压根不应该存在，”苏微握紧手里的血薇，在病榻上沉默了一瞬，几经克制，终于还是忍不住开口了，一字一字，“听雪楼是人中龙凤的听雪楼，是血薇夕影的听雪楼！压根就不该有你这样的人存在！”

她的声音锋利无比，似血薇杀人从不留余地。

赵冰洁猛然一震，脸上笑容尽失，唰地苍白得毫无血色。苏微看着她的表情，心中略微觉得快意。木然坐着的人张开颤抖的嘴唇，似是要说什么，却又终于忍住。

“苏姑娘有血薇在手，自然是任何人也无法相比，也无可取代。”沉默片刻，赵冰洁空洞的眼神里掠过一丝叹息，轻声道，“若是苏姑娘真的不放心，冰洁今年便自请出家、离开听雪楼，如何？”

“……”苏微被她这样的回答凝滞了一下，然而仔细一想她的第一句话，却心中一痛——她在暗示自己是因为血薇而获得他重视的，没了血薇，就什么也不是了！是不是？

这是她内心深处最大的疤痕，这个女子却揭得若无其事。

“不必如此楚楚可怜了，出什么家呢？”她冷笑，低头看着自己布满了银针的双手，“三个月后说不定我就毒发身亡了，到时候，谁还会来为难赵总管你？”

说到“毒发身亡”四个字的时候，赵冰洁的眼神微微变幻，刚要说什么，只听楼梯上脚步响，却是侍女们捧着香炉和茶具重新返回。两人停止了话语，重新陷入了之前那样的沉默，看着侍女们摆放香炉和布茶。

“这是什么茶？闻起来倒不错。”赵冰洁恢复了镇定，微笑着问倒茶的侍女。

“是今年明前采摘的洞庭碧螺春，”侍女恭谨地回答，将瓷壶奉上，“当时一共得了三瓶，总管特意吩咐了要给苏姑娘留一瓶。”

赵冰洁拿过来在鼻子下闻了一闻，点头，道：“果然不错。居然如此甘甜清香……这茶却是连我自己也没喝过。”

苏微看着她在那里没话找话地寒暄，心中越发烦躁起来。

“来，”她蓦地开口，语气不善，“给赵总管看茶。”

看茶之后，便是送客了。

侍女知道这几日苏姑娘脾气多变，小心翼翼地给总管倒了茶。然而赵冰洁脸上还是带着微笑，只是喝了一口茶，轻微地叹了口气：“果然好茶……极淡，却回甘深远。人生不也一样吗？撑过了苦境，好日子在后面。”

榻上的女子只是无声冷笑，不再理睬来客。于是她径直站了起来，笑道：“你们几个，要好生服侍照顾苏姑娘，知道吗？”

“是。”侍女齐齐行礼。

盲眼的女子自行离开，从楼梯上走了下去——在听雪楼中居住了十几年，内内外外每一处地方她都已经了如指掌，所以尽管看不见，却无须别人搀扶。然而这一次，她却走得有些急促，在转角处居然算错了楼梯级数，猛地一个趔趄。

“赵总管！”侍女们忍不住惊呼。然而她却无声地扶着墙壁迅速站起，重新挺直了肩背，慢慢地走了开去——背影单薄，肩膀挺直，头也不曾回一下。

赵冰洁没有回头，生怕一回头，就会压不住心中的那种波澜汹涌，扑回去阻止即将发生的事情。她只能咬着牙，一步一步往下走，心绪如麻，双手微微发抖，指尖冰冷如雪。

手心已经空了。

那一粒毒药，已经悄然融入了那一壶碧螺春。

“快进去吧，”背后传来侍女们的声音，转身入内，“苏姑娘起了，正想喝茶呢！”

那一天，从绯衣楼回到岚雪阁的路，似乎分外漫长。

赵冰洁走了一整天，居然还是没有走回去。直到日暮，侍女们才在花园深处没有路的竹林里找到了总管。当时她神情恍惚，脸色苍白，筋疲力尽，从地上的足迹来看，她已经在这个小小的竹林里来回走了十几遍。

“居然迷路了……”她喃喃地对侍女那么说，“一件小事而已，不要惊动楼主了。”

“是。”所有人都心中暗暗纳罕，却不敢说什么。

她被送回了岚雪阁，当晚却一反常态，要求侍女在阁中点起了所有灯烛——她在黑暗里已经久居，每一刻都在生死边缘。然而不知为何，从未觉得有这一刻的恐惧。她甚至无法独自再一个人待在黑暗里，哪怕眼睛早已看不到一丝光芒。

绯衣楼那边也已经入睡了，没有丝毫灯光。

赵冰洁一整夜没有成眠，在深宵不息的灯火下独自等待。然而，直到天亮，绯衣楼里也没有传出惊呼，一直安安静静，似乎什么也没有发生。

莫非，她终归没有喝那一壶茶？

她忐忑不安地想着，只觉手心里都是细密的冷汗，不知不觉睡去。

这一觉睡到了日暮，醒来还是什么都没有发生。没有惊叫，没有中毒，没有丝毫意外发生。赵冰洁恢复了镇定，无须人搀扶便去了白楼里。萧停云还在那里处理楼中事务，忙碌中见她过来只是抬头打了个招呼，一如平日。

她在那里坐了片刻，没有感受到丝毫异样，便独自回来。路过绯衣楼时她停顿了一下，还是压抑住了再上去看看的心，一个人穿过花园走了。

连续三天过去，什么都没有发生，而那个神秘的影子也没有再度出现。

她坐在黑暗里回忆着那一幕，竟然有略微的恍惚感，不知道那个人、那一粒毒药真实地存在过，还是自己多年来压抑导致的心魔。

应该是幻觉吧？这世上，本不该有任何活人还知道那个秘密。

然而，第四日，还没有醒来，便听到侍从急报，说苏姑娘不好了。

赵冰洁从噩梦中一惊坐起，脸色惨白。

“听说今天一大清早起来，不知道怎么的，苏姑娘手上被封住的穴道上的银针忽然跳了出来！手上的毒整个扩散开来，再次透入奇经八脉——真是奇怪，之前明明都用银针封死过了，这几天也没有任何异常，为什么忽然间就变成这样？”

赵冰洁身体微微晃了一下：“那……苏姑娘如何了？”

侍从舒了口气，道：“还好，墨大夫已经赶过去了，应该能控制住病情吧？”

她一颗心提起来又放下来，恍惚之间，只觉得呼吸都有些凌乱——那一颗毒药竟然直到三天之后才发作，而发作起来又并不致命。那个神秘人心机深沉，借此免除了她的嫌疑。只是，那人到底又是做何打算？

她咬着牙，扶着侍从一步一步地走上了绯衣楼。

“苏姑娘这次毒发，实在是非常诡异，老朽也不能解释为何银针封穴忽然失去了效果。”还没进门，就听到了墨大夫的沉吟，神医竟也是束手无策，“如今看来，苏姑娘的性命暂时无忧，但毒素这次再度扩散，剩下的时间便比三个月短了更多。只怕……”

“只怕如何？”萧停云的声音有无法掩饰的焦急。

“只怕目下只有两个选择了——”墨大夫叹了口气，看着榻上脸色苍白的苏微，有些不忍，“第一，如果能在一个月内拿到解药，还来得及救回姑娘一命。”

萧停云沉默下来，脸色凝重。

从洛阳到滇南，迢迢数千里。哪怕什么都不干，来回一趟也要接近两个月的时间，更何况要千里迢迢去取药？这点时间，万万是来不及的。

“第二呢？”他抱着一丝希望开口问。

墨大夫看着他们两人，目光冷亮如刀，一字一句：“第二，立刻准备刀药，趁着毒还没有扩散到全身，将苏姑娘的双手都截掉！”

“……”那一刻，门内外所有的人都倒吸了一口冷气。

赵冰洁推开门的手僵在了那里，说不出话来。

“老朽不是说笑，的确只有这两个法子了。”墨大夫皱着眉头，看了一眼萧停云又看了一眼苏微，“望楼主和苏姑娘好好考虑，早做决定。”

他转头看着病榻上的苏微，道：“虽然老朽尽力再度以银针压制，但这毒还是会以每日向心脉处上升一分的速度扩散——若能早一日决定，毒扩散得少一些，截掉的手臂便短一些。若等到了一个月之后，那……”

神医说到这里，摇了摇头。

——若等到了一个月之后，这两只手臂便是齐根切断，也救不了她的命了。

“真的没其他法子了吗？”萧停云开了口，声音略微发抖。

“以老朽的医术，是找不到其他的解决之道了。”墨大夫叹息——如今江湖上，墨白乃是首屈一指的神医，连他都说没有法子，那更不可能有人还能找到第三条路。听到这样令人绝望的回答，萧停云沉默下去，指尖微微发抖，显然心中也是挣扎愤怒到了极处。

“好。我知道了。”最终，他只是说了这么几个字，“有劳墨大夫了。”

白发苍苍的神医起身告辞，却在门口遇到了赵冰洁，只是看了一眼，不由得微微愣了一下：“赵总管的气色怎么如此不好？让老朽把把脉如何？”

“一夜没睡好而已。”她勉强地笑笑，“不劳墨大夫费心。”

当墨大夫离开后，房间里陷入了令人窒息的沉默。赵冰洁在门口看着里面的两个人，萧停云转头看着病榻上的苏微，苏微却不看他，只是垂着头凝望着手中的血薇——那一把绝世名剑握在她苍白中透出惨碧的手里，显得分外的妖异。

许久，苏微嘴角动了一下，露出一个冷然讥讽的笑容：“还记得我在洛水边和你说的话吗？那时我说，真恨不得能斩下这只手来，看看没了手臂的我还是什么样……没想到，还真是一语成谶。”

“别胡说。”萧停云喝止。

“这把剑下已经足足死了两百人了，如今以我之血祭奠亡灵，也是理所应当。”苏微却是冷笑，手指微微一动，唰的一声，血薇跃出了剑鞘，寒芒四射，“若是我这双手真的要被斩断，也得由血薇来斩！”

萧停云猛然扣住了她的手腕：“不行！”

“怎么，那你是想让我死吗？”苏微看着他，眼里却有一种痛快的笑意，言语放得极其锋利，似想在他波澜不惊的心里刺下刻痕来，“我如果死了，你一样留不住血薇。”

他的手颤抖了一下，却没有放开手。

“还有一个月的时间，不到最后，怎能放弃？”萧停云压低了声音，一字一句，“阿微，对手极其恶毒凶险，我们得并肩打这一仗，一直到最后一刻！”

她震了一下，眼里的讥诮渐渐散了。

萧停云站了起来，看到一旁的赵冰洁，皱了皱眉头：“冰洁，去白楼召集所有人，好好商量一下对策。时间已经不多了！”

“是。”她微微一颤，低下了头。

“阿微，你好好休息，不要多想。”他回过头低声安慰，轻轻拍了拍苏微的肩膀，“放心，无论如何听雪楼都是你的家——我在你姑姑面前立过的誓，从来不曾忘记。”

“……”苏微握紧了那把血薇，望着他们两个人并肩离开，微微出神。

那把神兵在她手心低低吟动，冷光四射，似乎想要告诉她什么。苏微沉默了许久，轻轻叹了口气，俯下身，将脸颊贴在了冰冷的剑鞘上，合上了眼睛，听着鞘中长剑的低吟。

那一刻，她想起了中毒那夜在洛水旁不曾和他说出口的话——

“再见。”

是的，那一日，她便已经下定决心，要和他告别：离开他，离开江湖，离开听雪楼，也离开那一对“人中龙凤”的阴影——她只是苏微，她要离开这不属于自己的地方，按照自己的想法生活，不再被任何人、任何事影响和左右。

她不是舒靖容。血薇的主人，应该能决断自己的生活。

这，才是她最大的愿望。

十年了，在一场又一场的大醉、一场又一场的杀戮中，她其实早已有了这个决定。和他去酒馆里小酌，原本也只是为了和他把那句话说明——只是不知为何，在看到那一双重瞳时，她便再也没有勇气说出离开的字眼。

如果她在那一刻死去就好了……如果真的死去，此刻的她便不会继续困于这个网里，看不清楚重瞳深处的心思，卸不下心头的重担。

可是，她偏偏活下来了，却又活得如此绝望而狼狈。

一个月后，如果滇南解药不到，她一身绝顶的武功便从此作废，双臂被斩，成为废人，再也无法做这把血薇的主人，也无法对听雪楼有丝毫的用处——到了那个时候，他又会怎样呢？

她不敢想象。

苏微独自在绯衣楼里默默坐了很久，听着外面的人声，凝望着黑夜里白楼不熄的灯火。她知道，此刻，整个听雪楼都在为自己忙碌。

不，应该说，是在为保住血薇而忙碌的吧？

她忽然发出了轻轻的冷笑，在暗夜里如同风送浮冰。仿佛下了什么决心，提起笔，在书简上写了几个字，将纸轻轻压在了砚台下，然后站起身，如同一只夜行的白鸟一样掠出了室外，没有惊动外面正在忙碌的侍女。

离开的那一刻，她听到血薇在剑鞘中长吟，如同无望的呼唤。

“再见了。”她在冷月下低声喃喃，并没有回头。

白楼里的人在看到那一张纸时霍然长身立起，变了脸色。

这是一纸雪笺，上面只写着一行字：

“天下宴席，终有散尽。还君血薇，任我飘零。”

萧停云只看得一眼，便扔下了手里的所有文书，飞身掠下楼去，甚至来不及叫人备马。只留下赵冰洁一个人站在空荡荡的白楼里，走到窗边，凝望着他消失的方向，眸子空茫，脸上的表情变得莫测而深沉。

这个血薇的主人，和前任主人一样，还是如此倔强决绝——不愿自己成为别人的累赘，不愿让别人来决定自己最终的结局，终究还是不告而别了吗？

那样一来，倒是省了自己的事儿呢。

难道，这就是那个神秘人要的结果？

她在暗夜里凭窗远望，其实眼里根本看不到太多的东西，只是一片的黑、黑、黑……黑得宛如她从出生以来一直笼罩着的命运。

“你做得很好。”忽然间，她听到有人说话，语气飘忽莫测。

“是你？”她失声惊呼，往后退去，手迅速地往袖子里一探，握住了早已准备好的短刀——这个人到底是谁？居然进出听雪楼如同无物！天下之大，又怎么可能有这样的高手存在？或者，是因为听雪楼里存在着内奸？

然而，她刚一动，一只手便按上了她的眼睛，快得不容躲避。那只手冰冷而柔软，似乎没有实体，轻轻按着她的眼睛。她顿时全身僵硬，不敢再动。

“我说过，只要你做到了，就还给你光明。”那个神秘的声音在耳边道，虚无得如同一吹即散的烟，“这是给你的奖励。”

有什么东西被塞进了手里，是一个细细的长颈玉瓶。

“这里有一颗药丸，在满月的子夜，用露水服下去，你就能获得正常人一半的视力了。”那个人低声道，“之后还要服三次药，才能彻底解毒。只要听我的吩咐，等听雪楼灭亡之后，你就能重获新生——连你身体里的那种毒，也能解除。”

赵冰洁身子一震，露出不敢相信的表情来。

怎么可能？她身上那种叫作“吸髓”的毒，已经种下了十几年，如缠身的恶鬼，片刻不曾离开。这么多年来，她背负着巨大的折磨，不敢告诉任何人，也不敢向楼里的墨大夫问诊，只能自己一个人在古卷典籍里穷尽心力寻找解毒的方子。然而，以她的聪明和能力，却无论如何也找不到解毒方法。

十几年来，那种毒一步步侵蚀她的身体，每个月发作都生不如死——世上能解这种毒的人都已经死了，而她，却每个月都要死一次！

“你究竟是谁？”她愕然，再也无法抑制内心的震惊，“为什么会给我解药？你……你为什么会有解药？你到底想做什么！”

“问这么多干什么？”那个声音却轻声冷笑，“我要杀你，易如反掌。但，我却希望你能活着重见光明——这一份礼物，难道你不想伸出手去接吗？”

一句话未毕，那声音已经如同烟雾一样袅袅消散在空气中。

她情不自禁地伸出手，接住了那个玉瓶，握紧，指尖微微战栗。

苏微的离去是如此突然。等萧停云策马赶到洛水时，已经是深夜，四野一片漆黑。酒馆早就打烊，隔着门板，只看到里面有一灯昏黄，并无一个客人。

“阿微！阿微！”他纵身下马，冲到渡口上狂呼。

洛水静流，江面寒风呼啸，黑沉沉一片，依稀只见水天交界处有一叶孤舟远去，竟是再不能追及。隐约间，不知是不是幻觉，他竟然仿佛看到那个离去的人在船头回首一笑，眼神明亮如剑，一如他十年前初见她之时。

萧停云紧握着那把血薇站在空无一人的渡头，望着黑暗中随波而去的小船，忽然间爆发出一声低喊，愤怒地将剑重重拍在了一旁的树上。

是的，终究是晚了！这一切，都已经脱出了他原来的预计和安排！

树木重重一颤，轰然碎裂。

枯叶漫天而落，如同纷扬的雪。

店里睡觉的小二被惊醒了，小心翼翼地将窗子推开了一条缝，不由打了个寒战——外面这个人，不是前几天和那个姑娘来这里喝过酒的公子吗？当日那个姑娘在这里中了毒，他就疯了一样差点杀了自己，此刻看他如此怒气勃发，店小二更加不敢多看，连忙将窗子放下。

然而，刚刚关上窗，眼前一晃，居然又有一个人影站在了眼前。

他失声惊呼，然而声音刚到咽喉便停住了——刀锋悄无声息地掠过，轻巧地割断了他的咽喉，鲜血噗地如箭一般射出，却被全数眼疾手快地接住，竟是一滴也没喷溅到墙壁上。

一刀毙命，那个杀人者站在暗影里，对着里面点了点头，里间有另一个人悄无声息地走出来，手里提着酒馆老板的首级。

“血薇的主人离开了吗？”

“是的。一切都如尊主拟订好的计划。”

“太好了。接下来的事情，就交给滇南那边的人了……我们得在日出之前把活儿干完，不留任何痕迹。听雪楼的人天亮了说不定还会来这里。”

“是。”其中一个人将老板的首级放在桌子上，从怀里拿出一个盒子，小心翼翼地将里面像软膏一样的东西涂抹在了死人的脸上，等待着它的风干。旁边那个杀手也如法炮制，将一层软膏抹上了店小二的脸。

过不了多久，死者脸上的泥土凝固，两个人抬起手，小心地将软膏剥离了下来——那一张人皮悄无声息地和血肉分离，成为成型的面具，有着和死去的人一模一样的容貌。

“好了。”那个人将两张面具收起，放入了怀里。那个杀手将两具尸体拖到酒窖深处，放在一起，从怀里拿出一个小瓶子，用指甲挑了一些弹在伤口处。

尸体迅速地萎缩、溶解，最后消失无痕。

两个杀手将面具覆盖在了脸上，瞬间化身为另外一人，相视一笑。

“好戏就要上演了。耐心等着吧。”

听雪楼的苏姑娘留下了血薇剑，在深冬的一个夜里离开了听雪楼，不知去向。

为了江湖的稳定，萧停云没有将此事宣扬出去，而是将血薇封在了神兵阁，继续令墨大夫每日前往绯衣楼看诊送药，毫不间歇，就像是苏微依然还卧病在楼里一样——然而，表面虽然不动声色，暗地里却调动了楼里的所有力量，甚至让石玉带领吹花小筑的精锐全数出发，急切地秘访着她的踪迹。

——血薇不能离开夕影，听雪楼也不能失去苏微。当此正是大敌未除、敌人虎视眈眈的时候，她的出走不但对听雪楼，甚至对天下武林大局都事关重大！

不久，石玉派宋川回来禀告，说有人见到苏姑娘孤身南下，一路经过川蜀贵州，沿路不曾停留，直奔滇南而去——她的最后一次出现，是在大理境内。但自从到了大理以后，就完全失去了她的踪影。

赵冰洁在一边听着，脸色淡淡的，没有说一句话。

“她有遇到伏击吗？”萧停云忧心忡忡，“沿路是否有其他人跟踪暗算？”

"似乎没有，"宋川回禀，似也有些意外，"根据报回来的消息，这一路都很顺利，并未见到有打斗迹象。"

"是吗？"萧停云吐出了一口气，神色却复杂，不知道是松了一口气还是更加不安——是的，那个神秘的敌人给阿微下了毒，重创了听雪楼的大将，然而，却并没有一次性下足致命的分量。当她独自离开后，敌人也没有趁机对她下杀手，而任其一路南下。

这是为了什么？如此安排，用心何在？

"她的情况看起来还好吗？"他又问，皱着眉头，"身体如何？"

"还不错，至少和离开洛阳时候相差不多。"宋川回答，却微微皱着眉头，"在大理时，还有人见到苏姑娘在松鹤楼里喝酒，谈吐气色和常人无异，只是脾气异常暴躁，曾在大醉后用一根筷子便将前来调戏的当地痞子三人当场击毙，引起全城轰动。"

萧停云松了一口气，却不由得苦笑："看来她是没事，跑那么远了还想着要找酒喝——只是那么高调地杀人，不怕引来那些投毒暗算者吗？"

一直听到这里，沉默的赵冰洁才开口问了一句："我记得苏姑娘走的时候，身上只带了两张一百两的银票，不知道还够用不？"

宋川道："总管真是细心体恤。不过那天苏姑娘大闹松鹤楼之后，楼里后来点数损失，据说柜台上少了数十两银子。说不定是……"

说到这里，他噤口不言。

"……"萧停云和赵冰洁一时双双沉默，脸上表情有些微妙。

顿了顿，萧停云问："那接着呢？她又去了哪里？"

宋川似有惭愧之意，道："大理最近商贸繁荣，在苏姑娘离开的同一时间，有六支马队从大理出发，准备路经永平、保山、腾冲到缅印贩货——我们的人跟着跟着，就跟丢了。从此再也没找到苏姑娘的踪迹。"

"真是没用！"萧停云一时压不住气，怒叱。

赵冰洁却止住了他，柔声道："那么，就再派人沿着六支马队的足迹搜索一遍吧！苏姑娘既然中了毒，那她最后目的地一定是出产解药的雾露河流域——你带一队人马去，好好查看所有通往此处的线路，不要再错过了！"

"是。"宋川退了下去。

白楼里只留下他们两人。赵冰洁沉默了下来，不知道想着什么，原本就无神朦胧的双瞳显得更加深不见底，许久才叹了口气："公子已经很久没有动怒了。"

"惭愧。"萧停云叹了口气，低下头，看到手里玉制的扇骨已经折断了一根。

他回过头，对着身边的女子默然苦笑："杀人抢钱？真想不出，阿微还能做出这种事情……"

"苏姑娘闯荡江湖那么多年，能力高超，"赵冰洁说话却依旧平静有分寸，"公子不必太担心，她并不是那种离开听雪楼就活不了的女子。"

听得这句话，萧停云眉梢却是一跳，忽地低声："那么，你是吗？"

"……"赵冰洁没想到会忽然有此一问，双手微微一颤，沉默了片刻，只道，"冰洁自幼失怙，双目失明，全靠听雪楼的庇荫长大——若一旦离开，估计很快就活不下去了吧。"

她的语声平静，却隐含悲凉，萧停云静默地听着，修长的手指中无声地把玩着玉制的折扇。许久，才抬起眼睛看了她一眼，道："不会的。"

他没说这是指她不会离开听雪楼，还是不会活不下去，而她亦然没有问。

那一刻，不知道为什么，斜阳轻照，脉脉如语，可白楼之上的气氛却静谧如凝固——在苏微骤然离开后的这半个月里，他们两人之间经常便是如此默然无语，似乎有一种奇怪的气氛笼罩了下来，令他们疏离。

"公子，我觉得最大的危险可能并不在于此处。"许久，赵冰洁叹了口气打破了沉默，幽然道，"如今离苏姑娘离开已经快半个月了，对方既没有向她出手，亦没有对听雪楼发动攻击——蛰伏于暗中，引而不发，这才是最可怕的。"

萧停云一震，点了点头："我也正忧心这一点。"

"当务之急是要弄清对手的身份，派人去拜月教总坛、灵鹫山月宫询问清楚碧蚕毒的来历。"赵冰洁走过来，坐在他的身边，开口道，"同时，可以命令南方分坛派出精锐人手，搜寻苏姑娘的下落——两方都不可以拖延。"

"我已经派石玉带领吹花小筑的精锐过澜沧，去向拜月教方面询问了，应该不日会有飞鸽到达。"萧停云点头，心情沉重，"但至于阿微……呵，我觉得以她的脾气，即便我们找到了她，她也未必肯回来。"

赵冰洁叹了口气："有些音讯，也总比让她孤零零漂泊在外好。"

"是。"他长长叹了口气，"已经快一个月了，阿微剩下的时间不多了。"

听雪楼上，赵冰洁转过头，用无神的目光凝视着白衣公子。而萧停云却低下头，看着桌子上静静躺着的血薇剑——这把离开了主人的稀世名剑，无声地待在剑鞘里，暗淡无光，如同没有了灵魂的躯壳。

我们的时间也不多了。

那一刻，另外一句话也在她的心里响起。

第七章 天上之河

一路上，不时见到镇魂石，静默地伫立在道路的两侧。滇南潮湿炎热，大多数石碑都已经被密密麻麻的藤萝缠绕包围，脱落斑驳，不见面目——然而令人震惊的是，在所有布满苍苔的石碑上，唯独有一处是醒目耀眼的：那就是迦若祭司的那个朱砂印记。

苍苔不侵，风雨不蚀，永远如新。

碧丛丛，高插天，大江翻澜神曳烟。

楚魂寻梦风飒然，晓风飞雨生苔钱。

瑶姬一去一千年，丁香筇竹啼老猿。

古祠近月蟾桂寒，椒花坠红湿云间。

仰头看着深谷两边高耸入天的高山，听着耳边的猿啼鸟鸣，苏微坐在马上，情不自禁地想到师父曾经吟过的这一首诗——面对着滔滔黄河水长大的她，从未见过十万大山苍茫青翠，只能幻想诗中的意境。

而如今，一切都到眼前来。

这一路行来，中原的风土人情渐渐淡去，所见所闻皆是前所未有之事，令人耳目一新，虽然是危在旦夕，但心中一直紧绷的弦却不知不觉松了一松。

离开洛阳已经三千多里，这里已经是滇南，也是拜月教的地方了吧？

师父曾经和她说起过三十多年前，听雪楼和拜月教的那一场惊心动魄的大战——诡异莫测的巫蛊、可以呼风唤雨的术法、至高无上的拜月教主、宛若神灵的白衣祭司，以及侍奉月神的子民们……当师父对她说起这些时，她心驰神往，只恨自己没有早生几十年，可以亲眼目睹这一切。

不想如今，她竟然真的踏上了这一片传说中的土地。

即便是会死在这里，也可以无憾了吧？

她一路出神。面前是无尽的风景扑入眼帘，耳边传来向导连绵不绝的话，絮絮叨叨：“嘿，姑娘，你知道我们现在走的这条驿道，是什么时候开出来的吗？”

“三十多年前？”她回过了神，随口回答——是的，在当初人中龙凤并辔南下渡过澜沧的时候，这条路应该就已经存在。

“嘿嘿，足足有五十年了！我三岁记事的时候开始就有了！”这个五十多岁的向导叫作莽灼，是一个傈僳族人。年轻时也是马帮的人，在这条茶马古道上来回走了上百遍，颇有些资历。如今年纪大了，跑不动远路，便只能待在城里养老，生活拮据。

前几日她来到大理，本来想和当地的马帮一起结伴去往腾冲，却不料那些在外讨生活的汉子最是迷信忌讳，怎么也不肯带女人随行。最后在酒馆里遇到了这个空着无事的老向导，谈定了十两银子的价格，单独带她走了这一趟。

莽灼吸了口水烟，道：“那之前，从中原到这里的人必须穿越深山老林，十无一活。直到五十年前，帝都派抚远将军率领滇军十万，和镇南王一起修了这八百里驿道，才算打通了中原和滇南的道路。”

“为了这条路，当时一共死了七万多人，其中两万是滇军，五万是民夫，可以说是每一里路都堆积满了尸骨啊……后来镇南王竖起了九十九面碑，分别列在驿道的各处，碑上刻了亡者的名字，我们都叫它‘镇魂石’。喏，你看，我们前面就有一块。”

苏微漫不经心地听着，到这里不由得提起了精神。转头看去，不远处的路边果然有一块石碑，宽三尺，高一丈——说是石碑，不如说是一个翁仲。碑的顶端有人首，低眉垂目，隐藏在滇南苍翠之中，如同一个个沉默的守护神祇。

石碑的正面密密麻麻刻满了名字。石上青苔蔓延，风雨侵蚀，年深日久已经看不清字迹，唯有最底下一枚朱砂印殷红刺目，竟然清晰如新。

她失声惊呼：“迦若？！”

是的，那碑文的最下方，朱砂印盖着的名字，赫然便是迦若！

——这样熟悉的一个名字，在她而言原本只存在于遥远的江湖传说之中，然而到了滇南，竟然成为清晰确凿的存在。

“嘿，姑娘居然也知道迦若大祭司？”莽灼有些吃惊，看着一路延绵不绝的古碑，笑道，“在这云贵两广，拜月教可比皇帝老子还厉害呢……这碑皇帝落不得款，将军镇南王更落不得款，唯有祭司大人可以！”

“为什么？”苏微有些愕然。

莽灼磕了磕烟袋，指了指眼前无穷无尽的苍翠：“这大山莽林里有多少瘴气厉鬼？开通这条路又死了多少人？——没有拜月教大祭司来作法镇住，这条路还能走吗？”

苏微皱了皱眉，看着眼前的坦途：“朗朗乾坤，大路朝天，怎么不能走了？”

“姑娘你是第一次来滇南吧？没亲眼见过，自然是不信。”莽灼看了他一眼，咳嗽了几声，“我爷爷还是当时的百夫长，说起过开山辟路时遇到的奇景——比如车轮大的蛤蟆、会说人话的蛇，石头里封着的红衣美女……”

顿了顿，他又道：“不扯这么多了。话说当年路没有开出来之时，这山里千百年来不曾有人迹，所以开路所到之处，到处都是参天古木，很多都粗得需要数人合围——更有一种树，根系庞大，直径差不多有一里。”

“一里？”苏微愣了一下，不可思议，“那是树林了吧？”

“不，独木成林。你们中原人没见过吧？”莽灼比画了一下，道，“当时调了数百人砍了十天，那树犹自岿然不动，随砍随长，反而是砍树的人纷纷病倒——大家都说那是千年的树妖，后来镇南王不得不亲自去了灵鹫山，请来了当时的拜月教大祭司迦若大人。”

听到那个名字，苏微心中又是一跳，问：“是他过来，斩断了那些巨木吗？”

“不，迦若大祭司没有过来。当时他正在月宫为明河教主的修炼护法。”莽灼却纠正了她，一字一句，“他只是在灵鹫山月宫的祭坛上作法，一道白光从月神像之前射出，越过千山万水，直劈开了一条路，将挡路的树妖一举斩尽！”

“……”她听得摇头，想要反驳却又忍住。

这世上哪有这样的神迹？在数百里外，可以驭气飞剑、直取深山？那不是凡人能做到的，除非是神仙了吧？——不过迦若大祭司在滇南子民眼里已经是神话般的存在，她又何必非要开口反驳，扫了别人的兴致？

耳边听得莽灼又道：“我爷爷当时在场，亲眼看到那些巨大的树木无风自动，纷纷拦腰折断，就像是被无形的刀切过一样！而且，奇怪的是断口上都刺啦一声冒出一道白烟，如同白练直升天空！密密麻麻上百条……太壮观了！当时所有人都看得呆了。后来大家说，那些都是千年树妖的魂魄，迦若大人不愿让其逃逸入阳世祸害世人，所以作法将其吸入了月宫，镇压在圣湖之下。”

圣湖？……圣湖！

苏微心里一动。是的，灵鹫山上的月宫里，曾经有过一片盈盈不见底的湖水，传说那是一个施了法术的牢笼，困住了无数恶灵——而二十年后，迦若大祭司以身殉之，将那些圣湖底下的恶灵渡往彼岸。

向导无意的叙述引起了无数的回忆和向往，她居然暂时忘记了自身危在旦夕，看着路的前方，喃喃：“可惜晚生了几十年，不曾有幸得见迦若大祭司风采……”

“姑娘不必遗憾，如今拜月教的灵均大人，据说也很厉害呢！”莽灼笑道，吸了一口水烟，“姑娘如果有空去一趟灵鹫山，说不定还能在月神祭上看到他。”

"灵均？"苏微默默念了一遍这个名字。

是的，在听雪楼中时，停云曾经提起过这个人。说他是孤光祭司最得意的一个弟子，在孤光远游后执掌着拜月教的事务，已然是教中实际上的祭司。但关于这个人却有着太多的传言，不仅出身经历无人知道，甚至连他的真面目都无从得见。

自己这番中的碧蚕之毒，说不定还和他有点关系呢。

她不由得冷笑了一声，道："是了，在我死之前，少不得要会一会这个高人！"

莽灼却全然不知她这句话背后蕴藏着多大的杀机，只是笑道："灵均大人一向神出鬼没，行踪无定，还能化身千万——说不定姑娘你半路上就能遇见他呢。"

"是吗？"苏微重新翻身上马，往前驰入一片无边的碧色里，"那我们走吧！"

一路上，不时见到镇魂石，静默地伫立在道路的两侧。滇南潮湿炎热，大多数石碑都已经被密密麻麻的藤萝缠绕包围，脱落斑驳，不见面目——然而令人震惊的是，在所有布满苍苔的石碑上，唯独有一处是醒目耀眼的：那就是迦若祭司的那个朱砂印记。

苍苔不侵，风雨不蚀，永远如新。

她不由得勒住了马，沿着驿道两侧远远望去，心潮起伏。忽然间，耳边听到隐约的声音，如同海潮涨落，悠远而空旷，一声声回荡在耳际。

"什么声音？"她不由得脱口问身边的向导，"这里……难道还有海？"

"是吗？姑娘听到了？"莽灼明显是吃了一惊，侧耳听了一听，却是什么也听不到，顿时放松下来，道，"估计姑娘听到的声音，是从忘川来的。"

"忘川？"苏微不由得愕然。

莽灼顿了顿，道："是的。有时候，有些人会听得到它。"

"有时候有些人？"她没有明白，皱了皱眉头，又侧耳细听了一回，道，"听声音，是一条很大的河，比怒江和澜沧江还大的样子！"

莽灼也做出侧耳倾听的样子，却摇头，遗憾地叹了口气："不，我还是听不到——在这条路上走了一辈子了，看来我是怎么也听不到忘川的声音了。"

"什么意思？"苏微愕然看向他。

"这条河，从不存在于阳世。只有某些人才能够听到它的声音。"莽灼磕了磕水烟袋，吸了一口，抬头望着头顶的天空——那里，明亮耀眼的阳光从枝叶间倾泻而下，露出斑驳湛蓝的天宇，高旷辽远，亘古不变。

"就在那里。"向导抬起手，指了指头顶，"天上之河。"

苏微顺着他的手指看过去，刚一抬头却被阳光刺了一下眼，连忙抬起手遮挡。然而就在那一刻，她耳边又响起了那种奇特的回响，如同一条巨大的河流正在头顶流过，呼啸、奔涌，摧枯拉朽般地带走一切。

那声音里有一种魔般的力量，竟然令她听得呆住了。

“传说中这条河，是驿道开通后同时出现的。起初是迦若祭司为了超度那些为了筑路死在深山里的孤魂野鬼，为它们开创了一条通往黄泉的路。”莽灼躲在树影下，喃喃地看着天空，眼神苍茫，“里面流淌着七万人的魂魄啊……九十九块镇魂石，印着凝结祭司灵力的朱砂印，沿途指引着它们的方向。让魂魄奔向彼岸。”

“是吗？”苏微轻声问，这两种虚实交错的声音在耳边回响，令她有一种恍惚，“三十年了，那些孤魂野鬼难道还没有去往彼岸？”

“当然早就已经走了。”莽灼苦笑，指着茫茫大地，“但是这条天上之路一开，其他的鬼魂也闻声而至，争先恐后地沿着这条路去往黄泉——从此，滇南千百万的灵魂都从这里转生，就如汇聚出一条河流，日夜不停地奔流。”

“……”她听得出神，竟没有反驳这种荒谬的说法。

潮水般的声音在耳边回响，如同浪击两岸，汹涌奔腾，风一样地呼啸而去，归于空无的彼岸——而其中隐约真的能听到人的声音，或欢笑、或哭泣，无数的悲喜爱恨，无数的绝望不舍，都夹杂在内，一声声传到耳中，听得人神魂动摇。

忘川之水，滔滔而去，人世的欢乐和痛苦都被洗涤一空。

那一瞬，她几乎心神为之一夺。耳边却听得莽灼道：“姑娘居然能听见忘川的声音，可见是……”说到这里他止住了话头，脸色一变，微微咳嗽了一声，不再说下去。

“可见是什么？”苏微回过神来，蹙眉问。

莽灼摇了摇头，低声：“是老奴胡思乱想了。”

她心思灵活，蓦地明白了过来，脱口：“可见是我也离黄泉不远了？”

莽灼连忙道：“不要乱想，姑娘你肯定会长命百岁的！”

“……”她愣了一下，低头看着自己藏着袖中的右手臂。手上缠着一圈布条，掩饰着惨碧的肤色。

离开洛阳已经快半个月了，这段时间她孤身漂泊，剧毒在肌肤底下蠢蠢欲动，并沿着血脉向上蔓延——若不是被墨大夫的三十六支银针封住，剧毒早已吞噬了她的整条手臂。只剩下不到半个月了……如果再找不到解药，这一双手，便是彻底废了。

那样，还不如自己做个干脆利落的了断。

苏微忍不住笑了起来——是的，他说得没有错，她是已经离黄泉不远了。

这一路行来，孤身万里，飘摇无助，那些追杀者不知何时现形，身体内的剧毒不知何时发作，一旦倒下，便是随处青山可埋骨。到时候，只怕连一个名字都不会留下来，比那些碑上的孤魂野鬼还不如。

“没关系，”她却大笑起来，一扬鞭，扬长而去，“能死在忘川，也好！——多给你一两银子。到时候记得替我在碑上刻上名字！”

这一路行来，进入滇贵地界后，地势骤然复杂，四月初的气候竟然转为盛夏光景，不得不轻装薄衣。到达大理后，她水陆转换几次，先后渡过了澜沧江和怒江，一路都还顺利。然而，从大理到腾冲的这一路崎岖颠簸，却须经过三日三夜的车马劳顿。

“这腾冲府啊，位于滇西边陲，西边便接着缅甸，是西南丝绸之路的要冲。而腾冲是滇西重镇，在西汉时称滇越，东汉属永昌郡，唐设羁縻州，南诏时设腾冲府，历代都派重兵驻守，被称为‘极边第一城’。”

苏微疲倦地斜在马背上，一边听向导介绍，一边却在走神。

腾冲府不过是路过的一站罢了，她的旅途的终点，却是雾露河。

等到了腾冲，沿着那些荒烟蔓草的古驿道往西再去四百多里，便是缅人的地盘。那一条雾露河穿行在神秘雄奇的大山之中，河里不仅出产珍稀的翡翠玉石，潮湿的荫蔽处，也是碧蚕的产卵之地。

墨大夫说，这些罕见的碧蚕居于不见天日的水边洞穴之中，一年于水中产卵一次，其卵剧毒无比，缅人和滇人多用其配药——而相对，克制碧蚕毒性的龙胆花，就长在雾露河上碧蚕产卵之处。

正在出神，却听得在前头的向导笑道：“姑娘，翻过这座高黎贡山，再走个半日，前面就是腾冲了——今天是十四，明儿还来得及去看赶墟呢。”

“赶墟？”她回过神来，愕然。

“就是你们汉人说的赶集了，”莽灼呵呵地笑，把水烟在马鞍上磕了一磕，“腾冲的‘天光墟’可是滇西南一带出名的大集市啊！每个月的初一、十五，天光刚亮就开墟，附近佤、白、回、傈僳、白夷、阿昌几个族的人都会来，特别是我们族里的那些小伙子，还会‘上刀山，下火海’，保证令姑娘叹为观止！”

她听得有趣，终于不再一路盯着自己的手看，抬起头问：“那腾冲的集市上，是不是还有翡翠卖？”

“对啊！运气好的话，姑娘还能看到赌石呢！”莽灼唠唠叨叨地介绍着，两眼放光，“听说前几天尹家刚从缅甸嘎子那里运回了一批雾露河出产的原石，也不切，就直接拿到天光墟来赌——这一回来腾冲做翡翠生意的汉人们肯定要蜂拥而至了，好戏连台啊。”

“赌石？”苏微听得好奇。

莽灼说得兴起，吸着水烟，满脸的皱纹一动一动：“赌石嘛，就是把那些从雾露河里挖出来的石头，连着外面的皮子一起拿出来卖——至于切开了里头是上好的满绿翡翠还是一文不值的狗屎底，那就全靠眼力和运气了。赌得好，十两银子的石头一切开立刻翻一百倍，赌不好，上万的石头一切开，连给孩子当弹珠都不要！”

苏微忍不住笑道：“是吗？好大的买卖！”

莽灼咧开嘴笑，露出满口的黄牙：“不怕姑娘笑，别看我如今穷成这样，当年可也是靠着赌石发过一笔呢！我年轻时一共讨了五个老婆——一个傈僳女人，三个苗女，还有一个是你们汉人呢！嘿嘿，说起来我也算是享过福的……可惜后来又败在赌石上，全输光了。”

苏微侧头听着，问：“那么，什么样的翡翠才算是好的？”

“我看姑娘的这一对耳坠，便是好得紧！”莽灼有意无意地看了她一眼，磕着烟杆，“又绿又透，水头十足，远看还有点像‘绮罗玉’呢——能让我看上一看吗？”

“绮罗玉？”苏微好奇，抬手去摘自己的耳坠，道，“这是我师父在我十五岁生日时送给我的，戴在身上也有许多年了。”

“绮罗玉嘛，在腾冲——不，在整个云贵，可都是大名鼎鼎啊，”莽灼坐在马上，道，“腾冲离缅甸近，凡是翡翠挖出来，都会送到这里来雕刻，号称玉都。所以帝都、苏州、扬州的高手工匠有很多来这里传艺带徒的——而这几十年来最著名的，就是绮罗玉了。”

“绮罗玉是耳坠？”苏微听得有点不耐烦。

“那倒不是。”莽灼笑了起来，依旧是不紧不慢，“绮罗玉，是腾冲绮罗镇人尹文达十年前从雾露河上带回的一块玉——当时他花了大价钱买了这块石头，结果切开一看，里头却乌七八黑的根本不见一丝绿，只好扔在马厩里当压稻草的石头。”

“结果呢，扔了好几年，某一天却被马踩崩下一小片——你猜怎么着？嘿，他拾起来对光看了看，却发现摆在台面虽然黑乎乎的不好看，但这薄薄的小片透光一照，竟然又透明又翠绿！”莽灼拍着大腿，啧啧叹息，“于是，尹文达请了当时腾冲最好的玉雕大师原重楼来雕刻这块料子。因为这料子很奇特，其中的绿色浓如夜，只要厚度超过三分，就会显得太暗，于是原大师冥思苦想了三天，决定把那块石头挖空，用它来做成一盏玲珑透亮的宫灯！”

“宫灯？”苏微愣了一下，道，“倒是个好主意，难为他想得出来！”

“原大师用了一年的时间雕出了那盏灯笼，一重套着一重，居然一共有九重，每一层都只有纸那么薄，简直巧夺天工。”莽灼啧啧了几声，“在正月十五的夜里，他在灯里点上蜡烛，挂到绮罗镇的水映寺——登时满月为之失色，整个寺庙都被映绿了！”

“整个寺庙都被映绿了？”苏微觉得不可思议。

“是啊……那盏灯笼轰动了整个滇西。尹文达本来还想将宫灯进贡给皇上讨个封赏，结果才拿到大理，镇南王一看就起了私心，说：‘好是好，不过不成双，进宫恐怕不合适，不如就留在云南吧。’你看，说得多油滑！”莽灼嘿嘿地笑，“不过呢，镇南王从此就把腾冲的翡翠专营权特许给了尹家——这绝世好玉，谁看了都想据为己有啊！”

苏微摘下了耳坠，放在手里看了看：“可是，绮罗玉和这耳坠又有什么关系呢？”

“姑娘莫急，我还没说完呢，”莽灼伸手接过，细细地对光看，继续道，“原大师是绝顶的玉雕高手，自然不会浪费一点料子——做了那盏灯笼后，这块玉的碎料也被他做成了九九八十一对耳坠，被滇中的贵族小姐们收藏着，听说戴着能将耳根都映绿呢。”

说到这里，他捏着小小的耳坠对光看了一眼，失声惊呼：“天，我没看走眼，这真的是绮罗玉！你看，背后金扣上还有原大师所用的印记呢——”

“真的吗？”苏微心中一喜，竟在离开洛阳后第一次有了笑容。

然而笑着，忽然间想起送给自己这对耳坠的师父来，不由得又黯然——自从十五岁送了自己这一对耳坠后，师父杳无音讯。那么长的时间里再无声息，也不知道是生是死。自己如今又是落到这样的境地，也不知道日后是否还有机会活着再见。

“真漂亮……绿得就像一滴水啊！已经十年多了吧？这是我看到的第二对绮罗玉……”莽灼沙哑着嗓子，喃喃，“第一对，还是在蛮莫土司女儿的耳朵上看到的呢——这种绝世的好玉，一雕出来就被有钱人收走了，哪里还留得到我们这些普通百姓看？”

他捏着那一对耳坠，对光看了半天，眼神又是兴奋又是遗憾，竟是不舍得松手。苏微也没好意思催着他归还，便任他拿在手里多看了一会儿。

此刻，他们已经走到了高黎贡山深处，山路崎岖，两匹马爬到半山腰都已经气喘吁吁，脚步越来越慢——抬眼看去，前方便有一座村落，掩映在葱茏树木之间。

莽灼转头介绍道："姑娘，前头这座寨子叫作芒宽，是摆夷人夏天用来养孔雀的地方。我先去看看那里有没有人，如果有，我们不妨去那儿让马歇息一下脚力，喝点水，然后再一鼓作气翻山过去，好不？"

"好。"她不以为意，看着莽灼策马一溜小跑地进了寨子，左转右转，转瞬消失。

马蹄声渐渐远去，寨子里却依旧空无回声。

苏微独自勒马在寨子外等着，忽然皱了皱鼻子——空气中弥漫着奇怪的味道，仿佛是不知何处在燃烧稻草，有浓重的烟熏味，令她忍不住打了一个喷嚏。

奇怪……莽灼进去了那么久，怎么还没回音？

等了一刻钟，前方的寨子还是寂无人声，她终于忍不住起了疑心，小心翼翼地策马上前了一段，踏入了那个寨子——

然而，眼前的一切让她情不自禁地啊了一声。

这是一座仿佛被洗劫过的寨子，根本看不到一丝人的气息。寨子的门口挂着一面巨大的旗子，白色的底子上面有一弯淡金色的新月。

——拜月教？那一瞬，苏微心里猛然一惊，唰地抓住了鞍边的短剑。

是的，这面旗帜上的标记，竟然是滇南拜月教！

然而，寨子里却没有一个人。这个位于山谷中的小村子里错落地布置着低矮的房子，每一座都是竹编的墙、茅草的顶，轻巧而简陋，是苗疆常有的景象。然而，每一座房子都大门敞开，地上到处散落着一些衣物家什，似是主人是在匆忙之间离开，甚至来不及携带细软。

她觉得蹊跷，握着短剑，小心翼翼地策马入内，一边叫着向导的名字。然而，莽灼一进入这座寨子就似是消失了，根本不见踪影——寨子里静谧非常，除了凌乱之外并无遭到不测的迹象，也不见有血迹和尸体。

苏微松了一口气，正在纳闷地想整个寨子的人为何仓皇出走，然而耳边忽然听到奇怪的簌簌声，一回头不由得抽了一口冷气。

这个村子里没有人，却游荡着无数被遗弃的牲畜。

那些动物的反应都非常奇怪，仿佛集体都狂躁不安：一头水牛在村子里狂奔，一路上踏过菜地和篱笆，如入无人之境，仿佛后面有看不见的恶魔正在追赶；一群黑白色的羊在村子里游荡，失去了平日的温驯，显得狂躁而不安；一群鸡鸭待在棚子里，缩成一团挤在一起，反应痴呆，不知所措，面对着盆里满满的苞谷粒，却不肯进食一口。

更奇特的是，她竟然看到有大群的蛇在寨子的大路上游弋！

苏微看到蛇，不由得脱口低呼。然而那些蛇成群结队，行动一致地朝着寨口游动过去，就像是一片水浪沿路淹没过来，旋即掠过了她坐骑的马腿，却没有任何攻击人畜的意图，旋即又无声远去，竟然是毫不停留。

她怔怔坐在马上，觉得莫名惊讶——然而座下的马也开始紧张不安，忽然前蹄扬起，一声惊嘶，苏微一个分神，便被甩下了马背。

她在空中一个转折，伸出手要去重新抓住马缰，然而眼角瞥到了什么，便是一怔——村寨后的小路里，一个人正在迅速地跑下山去，拐了一个弯，一闪不见。

那个人，赫然便是那个向导莽灼！

什么？他……他是带着那一对绮罗玉耳坠跑了吗？

到这时终于明白过来自己被骗，她不由得失声惊呼。然而回过身去，才发现她的那匹马已经撒开蹄子加入了村寨里狂躁的动物之中，狂奔得无影无踪。

已经是下午，日头开始西斜，眼前群山起伏连绵，一座更比一座高。她一个人在巍峨的高黎贡群山之中奔跑，追着那个向导的踪迹，找到了通向后山的道路，发现那条路上遍布着新旧脚印，显然莽灼和当地村民是从此路离开的。

苏微踏上那条小路，急追而去。

空气中弥漫着奇怪的味道，越来越浓重，令她情不自禁地又打了一个喷嚏。这……这是什么味道？为什么像是到处在焚烧稻草，又像是春节时爆竹燃放？

“唉……”就在那个瞬间，不知道是不是幻觉，她忽然听到了一声极其奇怪的响声从群山深处传来，仿佛地底有人苏醒过来，发出了深沉的叹息。

大地之叹息。那一刻，艺高胆大的她也不由得心下一颤。

她再不敢停留，握着短剑，迅速地沿着这条路下山。一路上，不时看到大群的动物在迁徙：地面上布满了蛇类虫蚁，狮虎在山林中愤怒烦躁地咆哮，头顶有一群又一群的飞鸟扑簌簌飞过，就仿佛是一大朵一大朵被疾风吹走的云。

走到半路，又一声叹息，从大山深处传来。

这一次这个声音是如此清晰，几乎近在脚下，伴随着一种明显的战栗。有一种奇特的恐惧从苏微内心深处升起。不……这个地方，肯定有什么不对劲！必须赶快离开！

她顾不得动了真气，拔脚沿着山路往下狂奔。

然而，就在转到刚才莽灼消失的那个山口时，她忽然看到了一片雪花从半空中飘落，正落在她的手背上——她一下子被惊得呆住：苗疆的四月温暖如夏，居然会下雪？这样湿热的莽荒丛林里，竟然会下起了雪！

那一片雪落到了她肌肤上，却并不寒冷，也不融化，仿佛是凝固了。

苏微停下脚步，看了一眼，抬起手触碰了一下——那朵雪花在她的指尖碎裂，瞬间化为灰白色，簌簌而落。

不……这不是雪，而是……灰烬？

忽然间，仿佛地底下有什么机关忽然打开，大地陡然一震！苏微猛然踉跄了一下，立足不稳。她在半空中一个转折，稳住身形，试图落回山道上——然而刚一站到地面，就发现整座山都在剧烈地颤动，道路仿佛水波一样翻动着，令人根本无法立足！

就在那个瞬间，一道霹雳从天而降。

一声巨响从群山之巅传来，仿佛是地底的叹息终于爆发！

天色忽然暗了，乌云四合，如同刹那从白昼切换入深夜。她惊骇地抬起头，就看到铺天盖地而来的大雪转瞬笼罩了苍茫的群山！

而群山之巅，有一朵巨大的白色云团瞬间升腾而起，仿佛莲花一般盛开——在云下，泻出无数道流光溢彩的火。天在一瞬间黑了下来，电闪雷鸣。

这……这是什么？难道就是拜月教所谓的“末日天劫”吗？

然而那般骇人的景象只持续了短短一瞬。那朵“莲花”在山巅升起、怒放，然后瞬间凋零。巨大的花瓣四散开来，垂落大地，遮天蔽日。

天地之间转瞬便是一片昏暗，日光被遮蔽在头顶，仿佛一个巨大的盒子忽然合拢，将所有东西都装入了黑暗中，伸手不见五指。

空气里的硫黄味道越来越浓重，刺鼻得令人几乎无法呼吸，黑暗里，只听得飞灰簌簌地密集撒落，仿佛一只只炽热的蝴蝶成群结队飞舞而落——是的，那是燃烧着的雪！只要沾上一片，就能将肌肤灼烧溃烂。

苏微在黑暗中摸索着前行，躲避着那些灰烬。闪电撕裂黑夜，不时下击，身边巨大的树木一株接着一株被劈倒，燃烧。整座山都仿佛在崩裂，无数巨石从山上滚落，道路颠簸得令人根本无法行走。路上激流汹涌，那些滚热的泉水，竟然是从裂开的地缝里漫出！

她心下惊骇，顾不得墨大夫说过的忌讳，勉强提起一口真气，在黑暗里听风辨位，迅捷地避让那些坠落的石头，继续往前奔走，希望跑到山下便能避开那些遮天蔽日的飞灰。然而，黑暗里跑出几步，脚下忽然便是一空，掉了下去。

整座大山，居然裂开了！一条深不见底的裂缝凭空出现，阻断了道路。而那一条深深的裂缝里没有漫出水，反而有暗红色的火光涌动，灼热逼人而来。

地火？！

苏微惊呼了一声，沿着那一条裂缝滚落了几丈。背后已经感到剧烈的灼痛。那条裂缝深处不停地涌出火来，那种奇特的红光映照着她的脸，仿佛地狱狰狞的红莲之火，令人窒息。

不……不。不能就这样莫名其妙地死在这里！

在下落的一瞬间，她脑子里只有这样一个念头，毫不犹豫地拔出短剑，提起一口真气，在剑刃上注入内力，唰的一声插入了裂壁之中！

一剑钉死了下落的趋势，整个人就挂在了深不见底的裂缝边缘。

地狱里的火还在不断蔓延上涨。头顶是漆黑一片，不停有灼热的飞灰如雪落下，伴随着巨石的滚滚雷声。脚下是炼狱，而头顶是劫灰，她竭尽全力，想纵身飞出裂缝，然而刚一提气，眼前便是一黑。

握剑的右手上，十八支银针铮然弹出，被逼出了身体。毒！那种可怕的毒，终于在她激烈地使用内力后脱出了控制，随着内息流遍了她的全身！

苏微的手指转瞬无力，手一松，整个人轻飘飘地落下，仿佛被地底旋涡吸进去一般，向着那一条裂缝深处坠落。

不……不！不能就这样……

她在下坠中，拼命挣开手去抓着一切可以抓的东西，然而，虚空里除了飞灰，什么都没有——速度越来越快，硫黄和火的味道令她窒息。

唰的一声，就在几乎落入地狱的那一瞬间，一只手忽然凭空伸了过来，紧紧地一把拉住了她！

她有短暂的眩晕，仿佛不相信绝处真的可以逢生。直到那只手将她拉出了那条裂缝，抱着她穿行在巨石滚木之间时，还是觉得宛如梦寐。

黑暗里，她看不见那个人的脸，只觉得抓住她的那只手坚定如铁。

“你……是谁？”她微弱地喃喃，竭力维持着自己的清醒。

那个人没有说话，只是半扶半抱着她，在飞灰里飞奔，避开不停滚落的石头，向着高处奔去，对这一块的地形仿佛了如指掌。那个人横抱着她一路狂奔，一直奔到了一个河谷旁边，也不见如何用力，微微点足，凌空飞度，便落到了深涧的对面。

黑暗里，河谷里的水还在急速流淌，山那一边的轰鸣还在继续。

她看到黑暗里有一道道红光，仿佛蜿蜒的蛇类一样从山巅裂开的口子里爬出，再从地底漫出，然后沿着山势往低处蜿蜒而来，所到之处一切都毁于一旦——最后，那千百条红色的蛇，都汇聚到了那一道深深的河谷里，渐渐冷却，黯淡。最终再无声音。

只有灼热的感觉还在扑面而来，令人窒息。

她望着这一切，感觉仿佛身处噩梦之中。在头顶阴霾散开的最后的一个瞬间，她终于看到了那个出手救她的人的侧脸——那个人的脸上，戴着一个木刻的面具。

“师父？！”她失声惊呼，猛然直起了身体。

然而就在那一刻，手臂上的毒性猛烈发作，她眼前一黑，再也无法维持清醒，头一沉，昏倒在了那个人的怀里。碧蚕毒如同一条青色的蛇，从她的小臂蜿蜒，直钻心脉而去。

“唉……”恍惚中，耳边听到了一声叹息。

等醒来的时候，已经不知道过了多久。

天上密布的飞灰已经稍稍散开，山谷中光线转亮。苏微发现自己躺在一片青草地上，身上落满了雪白的灰烬，双手被布重新包扎过，每一处松动的穴道都被银针重新封住。那原本已经扩散的惨碧色被逼回了原处，被银针重新钉住，没有进一步蔓延。封穴之人的武功和医术均为当世罕见。

“师父！”她霍地坐起身，然而，身侧已经空荡荡再也没有人。

那个黑暗里的人，悄然地出现，又悄然走了，仿佛是一个幻影。只留下她在河谷对岸醒来，怔怔地看着眼前这一切。

这……是师父吧？他救了自己，又为自己逼毒疗伤。

可是，为什么不等她醒来，他却又走了？

她吃力地爬起身，四顾呼喊。然而，却再也看不到师父的踪影，也没有人出来回答她。苏微在地上静坐了片刻，只觉得心中一阵茫然，终于撑起身子，筋疲力尽地向着山下走去。

那一场天崩地裂过后，高黎贡山面目全非。

山，坍塌了大半；河，被地火灼干；无数飞灰从天而落，遮蔽了青翠的群山，令山谷一夕尽白。连不远处半山上那一座村寨也已经看不出本来面目，一半掩埋在巨石底下，一半被厚厚的飞灰覆盖。

雄浑的大山依旧静静伫立，仿佛什么也没有发生。只有一缕轻烟从山巅升起，摇曳在那无限蔚蓝的天宇之中。

太阳依旧升起，然而山上山下，已经没有丝毫生命的痕迹。只有不知道何处的鸟儿在轻啼，在这个万籁俱寂的清晨，听起来是如此美妙，宛如天籁。

道路早已毁坏，不时有巨大的裂痕横亘前方，或者有数十丈高的巨石压在路中，短短的十几里山路，竟然从日出整整走到了夕阳西斜。

一路上，她看到了许多鸟类兽类的尸体，血肉模糊——有些被巨石砸死，有些被地火烧死。还有更多的是被灼热厚重的飞灰覆盖，挣扎窒息而死。

在其中，她还看到了人的尸体。

一块巨石下，露出了一只抓着烟杆的手臂，姿态狰狞地伸向空气。她看了一眼那个烟杆，认出那赫然便是自己的向导所有，不由得停下了脚步。对方的另一只手尚自保持着蜷曲紧握的姿态，手心里露出青翠欲滴的玉坠。

她俯下身，掰开了他的手指，将紧握在手心的耳坠取了回来。

那一对带血的耳坠，竟是完好无损。

她握在手心里，微微战栗了一下，不由得叹了口气。这个莽灼，为了一对绮罗玉，在深山险境之中扔下雇主独自逃生，却不料还是逃不过这一场天劫。空空的手指扭曲着，伸向天空，似是不甘地祈求。苏微目不忍视，转开了头。

然而没走几步，又看到了一群人的尸体。

她怔了一下，认得那是前面从大理出发的马帮。那一行拒绝过她的客商，竟然也没有逃过这一次大难。人和马交错着叠在一起，被滚落的巨石碾过，血肉模糊不能分辨。茶叶茶砖和丝绸布匹也散落了一地——有几匹马被石头碾坏了后半身，一时还死不掉，在痛苦之中挣扎嘶喊，声音在空谷里回荡，惨烈非常，入耳惊心。

苏微走了几步，不能再听下去，咬了咬牙，回身走回去，站到那几匹痛苦的垂死骏马面前，拿起短剑，俯下身，唰地割断了马的脖子。

血从腔子里急喷而出，染得她一身血红。

热闹了一天，日头西斜，天光墟的人渐渐散去。杂耍的、赌石的、买卖的，都开始收摊，累了一天，各自急着回家，只有几轮讨价还价都没有成交的商人，却还站在原地，准备进行最后破釜沉舟的一次交锋——如果这一轮还不能达成交易，那么今日便要空手而归了。

就在这个时候，集市里忽然起了一阵微微的骚动。所有人纷纷回头，看到一个女子在即将要闭墟的时刻，从东边走了过来。

夕阳给那个女子披上了一件华裳。她从大山深处而来，脚步踉跄，鬓发蓬乱，似是经历了一场劫难，满面烟火之色，身上的衣服也是破破烂烂，肩背多处露出晶莹如玉的肌肤来。

“喂，看那个女人！”

"是个疯婆娘吗？怎么衣衫褴褛地到处走啊？"

"长得还挺水嫩的。如若真是个疯婆娘，不如拐回去睡一夜也好。"

"呸，村哥，我劝你还是别惹事了——你看那婆娘身上全是血呢！太邪门了……还是别惹的好，说不定又是拜月教的。"

"也是，听说今天高黎贡那边山崩地裂，所有商队一个都没能过来。这个女人还能走到这里来，是有点邪门。"

赶墟的商人们窃窃私语，盯着那个女子身上裸露的肌肤，眼里恨不得伸出两只手来，然而脚下却是不自觉地让开了一条路，让那个从远处踉跄而来的女子一路走了过去，直到在一间卖衣履和苗银首饰的铺面前停住。

"我……我要一件筒裙。"那个女子开了口，声音虚弱至极。

"十文钱。"铺面的主人拿了一件葛布筒裙扔到她面前，一边还是目不转睛地看着她露出的晶莹肌肤，嘿嘿地笑，"哎呀，果然汉人女子就是白啊。"

苏微抬手摸了一下怀里，发现剩下的几锭银子早就在那一场天崩地裂的大难里掉了个干净，不由得一怔。

"没有钱？没关系没关系，"铺面主人却反而有些高兴，将手伸过来，一捏她的手背，低声笑，"妹子那么水嫩，没钱不要紧，来陪哥哥睡一个晚上也行……"

这边是蛮夷之地，礼节不如中原严谨，这个男子言行更是放浪。然而，话音未落，脸颊上便是热辣辣挨了一个耳光。苏微双眉一蹙，动作极快地扇了他一个耳光，接着手掌一翻，对方还没有反应过来，另半边脸上又挨了一个耳光。

"臭婆娘！不想活了？"铺面主人万万想不到这个女子竟然如此泼辣，怔了一怔，怒气勃发地喊了起来，"敢打老子，看我不打断你的腿！"

他跳出来，一把抓向对方的头发，准备拖过来狠狠扇耳光。而苏微不避不让，站在那里看着他跳过来，嘴角噙着一丝冷笑，眼神冷厉。

"都快散墟了，何来那么多事？"忽然间，一个声音在身侧响起，一把铜钱扔了下来，"孟密，太阳也快下山了，不如回去抱你老婆吧！这个女人可不好惹——看，她带着剑呢。"

那个暴跳如雷的苗人退了一步，果然看到苏微的手里不知何时已经拿了一把出鞘的短剑，冷冷对着自己的小腹——若不是那个人阻拦了一下，自己只怕已经一步撞到剑尖上去了。冷汗瞬地涌出，他倒抽了一口冷气，气焰也低了下去。

周围人哄笑起来，孟密站在那里抓了抓脑袋，嘴里嘀咕了几句狠话，狠狠瞪了那个女子一眼，便顺坡下驴，捡起铜钱收了摊。

"既然收了钱，也该把衣服给人家。"那人又道。

孟密无奈，只好恶狠狠地把那件筒裙摔过去。然而，苏微似乎是失了魂，也不开口道谢，也不穿起衣服遮蔽身体，只管定定地看着前头——那个说话的人穿着一件普通的旧葛衫，想来生意做得不如何，在天光墟也没有固定的铺位，只是挑了个担子到处走，上头挂着一些木雕的手工艺品，上面有各色木人木马、十二生肖，也有苗人的图腾和各类面具。

仿佛是为了展示自己的货物，他的脸上，也戴着一个自制的木雕面具。

她直直地盯着他，嘴角动了动，似乎有一句惊呼冲到了唇边。然而，那个戴着面具的木雕艺人却没有停留，也没有多看这个满面灰土衣衫褴褛的外来女子一眼，就自顾自地挑了担子，准备散墟离开。

然而，刚一转身，后襟却被人死死拉住。

“师父？”苏微直直盯着他的面具，失声喃喃，“是你吗？”

“什么？”那个木雕师愕然回身，眼里的表情起了变化，露出不解之意——然而她没有在他冰冷的注视下松手，死死拉住他衣角。他试着往后退了一步，却没挣开，于是再也难以掩饰眼里的不耐，低声道：“你认错人了！”

他腾出一只手，摘下了脸上的木面具。

只是一眼之下，她便是脱口啊了一声。面具下是一张年轻男子的脸，极其俊美，肤色苍白，嘴唇却天生淡红，看上去甚至有几分妖艳。然而那个人的气质却是疏离淡漠的，竟不似集市上那些普通商贾，反而像是洛阳城中那些醉生梦死的王孙公子。

她的手下意识地松开，往后退了一步，喃喃：“对不起。”

“哼。”那人冷笑了一声，摘下面具后的面色显得有些憔悴，身上带着浓重的酒味，行色匆匆，看了她一眼便转过了身，不耐烦地离开。

是的，那，绝对不是师父。

可奇怪的是，为什么她会觉得似乎在哪里看到过这个人呢？

那一瞬，苏微只觉得不甘，下意识地追着那个人走了几步，却又不知道该怎么办。眼看那个人越走越快，地方越来越荒僻，她心乱如麻，不知道该追还是不该追。

不知道走了多久，那人终于在一间竹舍前站住，转身不耐烦地对她道：“别跟着我！我再也没钱给你了。”

“我……”苏微微微一窘，竟不知如何回答。

看到她不答，那人更是坐实了自己的猜测，冷冷道：“没钱，自己出去赚。实在不行，看你年轻貌美，去南边的妓寨也能糊口——别总是指望别人施舍。”一语毕，他再也不理睬，自顾自歇了担子，上了竹楼，毫不犹豫地反手关上了门。

苏微站在一个完全陌生的地方，面对着一扇在面前冷冷关上的门，黑夜在头顶悄然降临，所有人都各自回到了各自的家，每一扇窗里都有一盏灯，而每一盏灯火都等待着一个归人——可是，这满城的灯火，却没有一盏是为她点燃。

她只是一个漂泊天涯的孤独者，至死都无处可去。

那个瞬间，无助和失望铺天盖地袭来，她转过身勉强走了几步，连日的劳累和饥饿令眼前一黑，便再也支持不住地倒了下去。

第八章

醉梦之人

一

“唉……你还小。外面天地广大，有着你从没有见过的人和事，”师父拍着她的脑袋，凝望着滔滔的黄河之水，遥遥指着看不见的彼岸，“看到了吗？那个地方，叫作‘江湖’。”

梦很长。她在梦里，再度见到了久别的师父。

在她的心里，师父永远是个神秘的人。她甚至不知道他叫什么名字，从何而来——她第一次看到他时，他从月下而来，戴着木雕的面具，穿着一身黑衣，从滔天的黄河之水里凌波而来，衣袖飘飘，宛如御风而行的神仙。

那一刻，七岁的孩子目瞪口呆。

他走过来，弯下腰，从面具后凝望了这个小女孩片刻，轻声地叹了口气，抬手摸了摸孩子的头，对姑姑叹息："你说的，就是她吗？"

"去年黄河大水，顺手救了回来。"姑姑回答，淡淡道，"已经在这里熬了两年了，我觉得是块好料子，所以才叫你过来看看——你觉得如何？"

"我喜欢这双眼睛。"那个黑衣戴面具的人却说着不相干的话，一直凝望着她。

"那你是同意了？"姑姑推了她一把："去，拜见你的师父。"

师父？这就是她的师父了吗？她愕然地看着戴面具的黑衣人，却不敢违逆姑姑的意思，老老实实地走过去磕了一个头，道："师父。"

"你叫什么？"师父问。

她犹豫了一下，小声地回答："姓苏……没有名字，家里排行第九，大家都叫我阿九。"已经过去两年了，自从被姑姑带来后，她就再也不曾记起过自己的家人。此刻一说到自己的本姓，七岁的孩子又觉得心里一阵难受。

"苏……不是舒？"师父沉吟了一下，摸了摸她的柔发："那么，就名'微'好了。不是血薇的薇，是微笑的微——但愿你这一生能多些微笑，不要再和她一样。"

她？她是谁？童年的她茫然地想着，却不敢问。

“都过去几十年了……人世沧桑变幻，回想起那时候的事情，真像是前世的梦境一样。”姑姑在轮椅上叹息，抬起头来看着夜空，停顿了片刻，只道，“进来坐坐吧。我知道，你是来看血薇的。”

后来，她趁着姑姑心情好的时候问过她师父的来历。姑姑却在黄河边的日光下摇了摇头，淡淡地笑着，似是想起了多年前的往事，只说，当年第一次认识师父是在洛阳，那个时候，他易容成一个乞丐，在她经过的路上埋伏刺杀，她受了重伤，差点死掉。

“为什么？”她震惊了。

“为了报仇，”姑姑冷笑了一声，“七年之中，他先后十六次刺杀于我。”

她啊了一声，脱口：“那……你们谁更厉害呢？”

“你说呢？”姑姑却忽地笑了，“这么多年了，他杀不了我，我也杀不了他。打着打着，就渐渐都老了……”她低下头，轻轻抚摸着手里的那一把剑，眼神辽远，喃喃：“后来，他也明白了，就算不杀我，我活着未必就不痛苦。”

姑姑叹了口气，凝视着血薇：“我们两个的一生，都已经被这把剑羁绊了。”

她听不懂，只是茫然地问：“可为什么他想杀姑姑，却又答应做我的师父呢？”

“自然也是因为血薇，”姑姑笑了一笑，看着她懵懂如水的眼睛，喃喃，“我们都老了，说不定哪一日就要走了……这一身的武学，都想传给同一个人，让血薇寻到一个不辱没它的主人。而你——”

姑姑罕见地揉了揉她乌黑的头发，温柔地叹息：“就是那个幸运的孩子。”

幸运吗？七岁的她不知道。

此后，每一个月圆之夜，师父都会准时出现在风陵渡，教授她吐纳、内息、武学——和姑姑不同，他精通的并不是剑法，而是暗器、毒药和刺杀。虽然教的东西毒辣可怖，但师父却温柔而耐心，一直叫她“我的小丫头”，就算偶尔她跟不上进度也不责骂。偶尔她做得好的时候，他就会点头赞许：“很好，很像她。”

她？她是谁？女孩满怀不解，却无从解答。

有时候她也会忍不住地想，这个师父到底是什么来历，他嘴里的“她”又是谁？是不是他还有另外的弟子，要比自己更聪明进步更快？

“厉害啊……我的小丫头！”十四岁的那一天，当她一口气破了师父的六十四式折梅手后，师父飘身后退，凝视着自己袖子上的裂痕，面具后的眼睛里露出了惊喜，第一次盛赞了她，“阿微，你姑姑果然没挑错，你在武学上真的是个天才！”

她粲然一笑，感觉到了从未有过的欢喜，扯住他的袖子："那师父你要做好吃的给我！就上次那个淮山鸭羹好了……哦，平桥豆腐也要！"

"好好好。真是一个小吃货，"师父刮了一下她的小鼻子，接着却叹了口气，看了看黑沉沉的风后祠，"不过我能教给你的都已经差不多教完了，接下来，你应该可以开始学你姑姑的压箱底本事了——骖龙四式，不能久绝于江湖。"

"骖龙四式？"她有些愕然，"为什么姑姑从没有提起？"

"笨丫头，你以为谁都可以学血薇剑谱吗？"师父笑了笑，忽然凝视着她，"阿微，你有想过去外面看看吗？——你已经十四岁了，很快就要及笄了。到时候，听雪楼那边的人一定会来迎接你的。"

"听雪楼？"她茫然，"那是什么？"

自从五岁经历过黄河水患后，她就再也没有离开过这个小小的风陵渡，连故乡是什么样子都已经记不起，更不用说外面的世界。

"唉……你还小。外面天地广大，有着你从没有见过的人和事，"师父拍着她的脑袋，凝望着滔滔的黄河之水，遥遥指着看不见的彼岸，"看到了吗？那个地方，叫作'江湖'。"

"什么江湖，还能有黄河大吗？"她却不服气。

"那当然。很大很大……大到你无法想象。"师父微笑起来，抬起手，在虚空里画了一个圈，却又叹息，"其实人心就是江湖啊……你说它有多大，师父无法告诉你，只能留待你将来自己去体会。"

"我……我一定要去那儿吗？"她有些退缩，"我不想离开你和姑姑。"

"是的，你一定得去。这样的一身本事，足够你纵横天下。你是血薇的主人，不该就此埋没——而血薇也一样，"师父的声音充满肯定，一字一句，"你要去那里，替我们、替血薇的前任主人，再度君临这个江湖！"

他指着远方，眉宇间似乎有电光映照。

那一刻，她呆呆地看着师父，第一次从他以前波澜不惊的语气里听出了不同。这一刻，师父的心里，似乎有巨大的波澜涌过，令他的语气透出了面具都难以隐藏的渴望。

"好吧，"十四岁的她低下头，"那我去就是了。"

"我的小丫头，"师父回过头看着她，眼里有一丝担忧，低声道，"江湖很大。但愿你不会在那里迷路。"

她抓着他的衣袖，殷切地看着他："如果迷路了，师父会来找我吗？"

——少女的眼神明亮干净，如同小鹿，收敛了一贯的冷锐，流露出罕见的依赖来。师父转头看着她，面具后的眼神似乎微微变幻，最终，只是揉着她的头发，长长叹了口气。

“会的，”他轻声对她许诺，“我会找到你，找到血薇。不要怕。”

她舒了一口气，笑了：“嗯，我不怕！”

那一年，她十四岁。没有朋友，没有玩伴，在孤独和严苛中长大，渐渐地也变得沉默，性格倔强而内向，不讨人喜欢。如果不是除了姑姑之外还有一个师父，曾经给予她在严酷教养之外的一点温暖，她觉得自己肯定是撑不下去的。

十五岁生日那天，姑姑说这是女子的及笄之年，让她歇息了一天。那一天，师父也来了，亲自下厨，为她烧了一桌子的菜——师父做菜的手艺很好，擅长做的竟然是极其费工夫的淮扬菜系，这几年来她只吃过四五回，却念念不忘。

那天师父破例喝了一点酒，然后从怀里拿出一个小小的锦盒，放在她手心里，道：“阿微，我刚从滇南回来，给你带了一件礼物，正好今日送给你——这是绮罗玉，中原再难见到的宝贝。”

她小心翼翼地打开了那个锦盒：黑色的丝绸上，是一对翠绿色的耳坠。在暗淡的星月之下，玉坠子发出盈盈的光，如同两泓春水在缓缓流动，看得她几乎忘了呼吸。

“喜欢吗？”师父声音温柔。

“喜欢。”她情不自禁地回答，却又转过头看着姑姑，小声，犹豫着问，“我……我可以拿吗？”

“凡是师父给你的，你都可以自己拿，”姑姑没有看她，只是淡淡回答，“记住，除了我，世上你只可以听师父的话。知道了吗？”

“知道了。”她把那一对耳环握在手心，爱不释手。

师父弯下腰来，柔声：“小丫头，你有穿耳洞吗？”

她不好意思地摇了摇头——从小到大，她每天除了练武还是练武，哪里还有穿过耳洞、戴过一件首饰？

“那我帮你穿，”他捏着她小小的耳垂，“别怕，不会痛的。”

“嗯。”她闭上眼睛，点了点头——师父的手指温柔而温暖，有一种童年在父母怀里才有的感觉。然而，刚想到这里，耳边忽然微微一痛，仿佛有蚊子叮了一下。

“好了。”师父放开了手，那一对碧绿的耳坠已经在她面颊旁摇曳，幽幽映绿了少女柔嫩美丽的脸颊。

“你这一手凝气之术已经到十层了吧？”姑姑看着她耳上那一滴细小如针的血

珠，忍不住道，“你不是已经退居幕后、不再管事了吗？怎么进境还那么快？”

“闲来无事而已。”师父淡淡，“就如你一样。”

“闲来无事，你也该在北邙山待着，怎么就去了苗疆？”姑姑看着那一对绮罗玉，淡淡地问，“去南边那么远的地方干什么？”

“去看看她去过的地方。去了一趟沉沙谷，又去了一趟灵鹫山月宫。还见到了一个故人，他托了我一件不能推辞的事情。”师父喝了一杯酒，停顿了一下，低声，“这些年来，我陆续把她生前在中原走过的地方都走了一遍，也就剩下苗疆没去了。”

“……”姑姑沉默下去，许久才叹了口气，“都过去那么久了，你还放不下。”

“你又何曾真的放下？”师父的语气似乎也有些萧瑟，带着苦笑，“你离开听雪楼已经多年，如果真放下了，何必还为血薇的传承费心？为何不让血薇夕影、人中龙凤永远成为逝去的传说？”

姑姑叹了口气，没有说话。

师父转过头，定定地看着夜空，低声说了一句：“我们都老了，才应该成为逝去的传说——而这片江湖的未来，是属于阿微他们的。”

他叹息着，眼睛里有着从未有过的疲惫和寂寞。

她没有想过，那一夜就是她最后一次见到师父。

师父再也没有回来过。当一个又一个满月从夜空里消失的时候，她在风陵渡口上眺望黄河之水，忐忑不安，那一对绮罗玉的耳坠在腮边摇晃，映得脸颊一片青碧色。

“不用等了，”姑姑坐着轮椅出来，在身后道，“他不会来了。”

她茫然地回过身，满怀失落：“为什么？”

“他有事在身，要离开中原了。”姑姑淡然回答，“他说，他能教的都已经教给你了，如今也该走了。他有他自己的人生，一辈子都浪迹江湖，你我都不过是他的过客而已——”

江湖？就是师父说过的、比黄河更大的地方吗？

刚刚十五岁的她几乎无法承受这种失去。在师父走的时候，她甚至都没有机会和他告别。那一夜，她在风陵渡口上一直站到了天亮，有泪水滑落眼角，拳头紧握着，手心里默默攥紧了一个没有说出口的誓言——

终有一天，她会去江湖找到师父。哪怕它再大、再远！

"但愿她不会被血薇的诅咒所困。"

踏入江湖之后，她终于渐渐明白了师父那句话的意思。

握着血薇剑，独自一个人前行，江湖寥落，天地青白。她走了很久很久，模模糊糊中，似乎又看到一袭黑衣在不远处走着，袍袖翻飞，宛如御风离去。

"师父……师父！我迷路了——"她追上去，拉住他的衣襟，苦苦哀求，"带我回去吧！"

他却回过头，摘下了脸上的面具："我不是你的师父。"

——木雕面具下的，竟然是一张空白没有面目的脸！

她一声惊呼，猛然间醒了过来。

醒来的时候，已经是半夜。

夜露有些微凉，起来的时候苏微只觉得全身的关节都在酸疼，不由自主地低低呻吟一声，撑起身子来。睁开眼睛，只见一弯上弦月挂在头顶，自己竟然是睡在了檐下的一垛草堆上。

这座竹舍位于镇子的最外延，贴近丛林，冷僻非常，晚上和白日里一样行人稀少，然而竹舍楼上却房门紧闭，里面黑乎乎的没有点灯，似乎主人又已经外出。

苏微不由得觉得心寒：那个人，居然就任凭她昏倒在了自己门外？

她坐起，下意识地摸了摸耳畔，发现那一对绮罗玉还在，不由得又有些惊诧：那个人虽然对自己袖手旁观，却没有趁机顺手牵羊劫财劫色，倒还算是一个君子——两相对比，还真是一个奇怪的人啊。

月上中天，夜已经深了，周围一片翠竹在风里簌簌摇摆，没有一户人家点着灯，寂静得近乎诡异。

苏微勉力撑起身体，将那一件筒裙裹在了自己身上，然而发现手臂却有些不听使唤。她低头，才发现自己的指尖竟然隐隐透明，呈现出诡异的碧色，不由得心里暗自一冷。

这一路上，她几度违反医嘱动用内力，虽然被师父再度用银针封住，但这毒发作得已经比想象中快了很多——可是她现在身无长物，身上连一文钱都没有，又该怎么度过接下来的数百里的荒芜崎岖的山路？莫非还真的要去抢去偷不成？

苏微茫然地想着，觉得又饿又累，站起身在空荡的街道上往前走，一时间心里也是空空荡荡。苗疆的夜，很黑很安静，四周也没有灯火，就像一个空无人烟的寨子。

黑暗里，又听到鸟儿的叫声，轻灵美妙，不知在深山何处。

苏微不知道去哪里，只是一个人踉跄着走过空荡荡的天光墟，四顾一圈，然后朝着树林下唯一有光的地方走去。

天光墟旁，唯一一座夜里有灯的，是个小小的酒馆。

和洛水旁的汉人酒馆不同，这座小酒馆门口悬挂着风干的腊肉和香草，还有成片的牛羊肋骨，以及各种奇形怪状的野味。在没有踏入的时候，她就已经闻到了奇特的酒香——那种香气不同于洛水上菊花酿成的冷香，辛且烈，浓且馥，仿佛一把刀子一样直接刺入人的心肺。饥肠辘辘的她咽了一下口水，不由自主地转过了脚步。

踏入这座酒馆的时候，她看到里面只有一个客人。

桌子上遍布着七歪八倒的酒坛，那个唯一的客人已经喝醉了，伏倒在肮脏油腻的案上，脚边一摊呕吐污物，手指痉挛地抠着裂开的桌面，不知道喃喃地在说着一些什么，酒污和油渍淋淋漓漓，染遍了雪白的衣襟。

是他？她不由自主地顿住了脚步。他的脸浸在酒污里，苍白而没有生气，双眉紧紧蹙在一起，颓败的面容如同凋谢枯萎的暗夜之花，带着一种说不清的自暴自弃表情。

那个人，竟是白日间在天光墟遇见的卖面具的男子。

她不由得驻足多看了这个人几眼——深夜的酒馆，独自喝醉的人，这样熟悉的场景，岂不是一个多月前在洛水边酒馆里的自己吗？

奇怪的是，不知道为何，这次她再看他一眼，心头忽然就有了一种奇特的感觉——这个人显然不是她所要寻找的师父，但是她竟然觉得这个边陲陌生小城里的男子竟似依稀熟悉，仿佛是很久前在哪里见过。

她看得出神，却听有人招呼：“哎呀，姑娘快这边坐！”

当垆的是一个苗女，笑语盈盈，热情地将她迎进来，瞥了那个人一眼，道：“不必理会他。这人总是这样，天天卖了点钱就全部拿来换酒喝——不过喝醉了倒也安静，不会打扰别人的。”

苏微坐到远处一张桌子上，却情不自禁地还是转头望：“他是……”

“他呀，别看现在成了这样，以前还是这方圆百里一个很出名的人物呢！”苗女随口回答，一边拿出抹布替她擦了擦油腻的小方桌，“这酒鬼原本是这里一个最出名的玉雕大师，好多人排着队捧着银子求他雕刻一件东西都求不到——就算如今落魄成这样，天光墟里的人还个个都敬他三分。”

“玉雕大师？”苏微心下微微一动。

“是啊，他姓原，叫重楼。”

她吃了一惊，脱口：“就是雕了绮罗玉的那个原大师吗？”

“是呀，连姑娘也知道绮罗玉？”苗女颇为意外，然而一眼瞄见了她耳边的坠子，眼神顿时一亮，更加热情了，“看来姑娘一定是个不凡的人物——别看这腾冲小，可来来往往的都藏龙卧虎呢。”

“谬赞了。”苏微讷讷，看着那个醉倒的人，“原大师居然这么年轻？我还以为是个五六十岁年高德劭的老人家呢……”

“嘿，在这个腾冲，年纪轻轻就被人称为大师的，好像也就只有他一个——雕刻那块绮罗玉的时候，他才不到二十呢！”苗女啧啧叹息，看着那个人，眼里也有些惋惜，“又年轻又俊秀，加上日进斗金……那时候，整个腾冲的女人哪个不暗地里对他怀着心呀。只可惜后来被人寻仇，成了一个废人。”

“寻仇？”苏微忽然觉得心里一惊。

“是呀，听说他有天抄小路去尹府，结果半路上就莫名其妙地被人砍了一刀。”苗女压低了声音，在她耳边道，“大家都说，肯定是哪个同行嫉妒他手艺好，抢了大家饭碗，于是趁着他去会情人，便在半道上砍了他的手！”

“什么？！”苏微忽然间坐直了身子，脸色顿时苍白。

“好了好了，不说了……请问姑娘要一点什么？小店的野味和自酿的酒都很不错。”那个苗女发现自己跑题太远，连忙向她介绍起了店里的东西，“姑娘可以尝一尝竹筒饭和黑米肠，这一些东西汉人们来了都吃得惯。如果姑娘要尝鲜呢，炸竹虫和五毒都不错。”

苏微饥饿难当，却迟疑：“我……我没钱。”

“没关系，可以赊账嘛。”苗女上下打量了她一番，眼神一转，却热情地笑道，“姑娘你一看就是个靠得住的人，先吃，先吃——等过几日有钱了再还也不迟。”

“真的？”苏微略微一怔，松了口气，再也不能抵御腹中的饥饿，“那……那我想吃个竹筒饭，然后再要一壶酒。”

“姑娘要喝酒？”苗女忍不住吃了一惊，汉人的女子一贯温婉，还不曾见过这样半夜来喝酒的顾客。她转了一转眼睛，笑道：“姑娘可真是有眼光，小店自酿的酒在腾冲可是远近闻名！有十八仙、香蛇酒、古辣酒、瑞雷，每一种滋味都不同。”

苏微随口便道：“那每一样都来一瓶好了！”

“都来一瓶？”苗女看着这个汉人女子，碧色的眼里闪过好奇的光，终于忍不住也笑了起来，转身入内，扬声对后屋的人道："阿爸，今晚有客人了！四种酒都各来一瓶！再给这个姑娘送上几碟腊肉野菜下酒。"

苏微坐在那里，还是看着那个醉倒一边的人。

他的手在醉里痉挛地抠着桌边，手指微微地动，仿佛在描摹勾画着什么——令她侧目的是那一只手：苍白、修长、有力，手指关节之处微微凸起，就像是瘦竹，布满了老茧。这种手，如果在江湖里，定然是短兵器高手才有的手。

然而，这个人露出袖子的右手手背上，却赫然有着一道又长又深的旧伤！

那道巨大的伤从虎口开始，延入消瘦的肘部，被袖子盖住，仿佛被利器一下子劈开，几乎连着骨头都割裂——愈合多年后，伤痕犹自扭曲狰狞，仿佛一条巨大的蜈蚣伏在苍白的肌肤上，可以想见当初的伤势是怎样可怖。

不会吧？这刀伤分明就是……

苏微忽然间站了起来，衣襟带翻了茶碗，铮然碎裂。是的！她终于想起来了……难怪她隐约觉得这个人面熟，原来是——

"怎么了？"苗女吃了一惊，从后屋奔出来。

"没……没什么。"苏微迟疑了一下，心里翻江倒海，忍不住指了指那个醉倒的人，道，"把我的酒菜放到他那边去，我要和他喝一杯。"

"啊？"苗女睁大眼睛，觉得今晚的这个汉人女子实在不可思议。

苏微挪过了座位，细心地将桌上那些七倒八歪的酒瓶都清理干净，重新擦拭了桌子，方才在他身侧坐下，给他倒了一杯酒——那个人似乎是醉得厉害了，在酒倒上来的时候连眼睛都不睁，随手便是拿过，往嘴里一倒。

酒水有一半顺着他的衣襟往下流，污渍斑斑。

他又开始喃喃自语，似乎是叫着一个名字。喃喃半日，忽地从怀里拿出一把雕刻用的小刀，趴在桌上，开始一刀一刀地刻着木质的桌角，眼神专注——然而他那只受伤的右手抖得如此厉害，几乎握不住刀，每一根线条都歪歪扭扭，不成形状。

然而那个人却锲而不舍地刻着，充满醉意的眼神里有一股狠劲，每刻歪一次，下手就越发用力。忽然间一刀刻得偏了，一下子便滑到了左手食指上，那道伤口深可见骨，血长划而落，殷红染遍，触目惊心。

然而那个人却仿似根本不觉得痛，还在全神贯注地继续一刀刀落下。血沿着刻刀灌注入每一条刻出的线，凌乱颤抖，最后竟隐约汇集出了一张人的脸来——那张血雕出的脸浮凸在酒桌上，凤目柳眉，竟有着一种别样的妩媚，仿佛天魔女一样诱人。

那，赫然是一张女子的侧脸！

苏微在一边怔怔地看着，心下满是疑虑。

那个喝醉酒的人也停下了刀，怔怔望着桌上刻出的那张脸，充满醉意的眼睛里交织着说不出的光芒，喃喃：“春雨……春雨。”忽然间，他爆发出一声长笑，把刀一插，直接插入了那女子的眉心！然后将脸埋在酒污里，再也一动不动。

苏微看着这一幕，忽然间觉得刺心无比。

“哎呀！你这个疯子，怎么又划坏我家桌子？”苗女冲了出来，一把拽开他，忍不住地数落。酒醉的人却根本没有理会她，只是自顾自地趴在桌上，一遍又一遍地摩挲着那张雕刻在木桌上的脸，嘴里喃喃念着两个字。

苏微怔了怔，听出他说的却是“春雨”，不知道是人名还是什么。

“哟，还惦记着你的老情人呢？”那个苗女不知为何忽地气愤起来，一把将他推开，擦拭桌子上的血迹，尖刻地数落着，“尹家大小姐早飞上枝头变凤凰啦，你这个泥泞里打滚的穷酸样，就别打她主意了！——划坏我家桌子，你说怎么赔？是不是又要我去找尹家大少爷？”

“不……”桌子上趴着的人忽然出声音了，喃喃，“别找他……”

“不找他找谁？你倒是说啊！”看着对方这个样子，苗女更没好气，“看你这穷酸样，除了尹家大少爷，还会有谁替你结账？”

“我说了，别找他！”醉醺醺的人忽然一拍桌子，低吼了起来。

苗女还要抢白几句，但是看到他蓦然抬起的眼睛，忽然间就住了口——喝得那么多的人，眼睛却是那样黑白分明，凛冽生寒，一眼看过来让人心里平白无故地一跳。

然而那个人只是撑起身看了她一眼，便仿佛没了力气，重新软软瘫了下去，趴在桌上。这一回，他似乎是真的醉厉害了，任怎么也没有反应。

“喂！你这个……”苗女气塞了片刻，回过神来想想更是愤怒，叉起腰，点着他的脑袋，正准备开口骂，却被旁边一人牵住了袖子。

“不要骂他了！”苏微再也听不下去，“也记在我账上吧。”

“咦？你要替他出头？该不是看上这个没用的小白脸了吧？”苗女奇怪地看了她一眼，忽地笑了起来，把手一摊，狮子大开口，“也好！四坛子酒，六碟子野味，加上被他刻坏的这一张桌子……算你一个折扣，一共是五两银子！马上给我！”

“五两银子？那么贵？”她怔了一下，“你……你不是说可以先赊账的吗？”

“谁说过可以赊账了？开什么玩笑！我开店又不是赈灾，哪里有给陌生人赊账的道理？”苗女却忽然变了脸，一口否认，冷笑一声，“没有钱？你知道我家阿爸是干吗的吗？——阿爸，阿哥！有人要吃霸王餐！”

屋后应声奔出了三条壮汉，团团将她围住，怒目狰狞，手里握着弯刀。

没想到对方翻脸不认人，看着面前忽然上演的“全武行”，苏微一下子回不过神来——旁边的人还是醉得人事不知，只有那张人血雕成的脸还在桌子上静静看着她，神色诡秘，仿佛露出了一丝讥诮。

“没有钱也没关系，要不，就把这一对耳环留下当抵押吧！”苗女斜觑着她耳畔那一对坠子，轻笑了一声，却从背后抽出了一把刀来，在她面前晃了一晃，“否则……”

苏微看着面前明晃晃的四把刀，不由得皱了皱眉头：“不过几两银子，你们难不成还想为此动刀子杀人不成？”

“杀人？”苗女忽然扑哧一声笑了起来，刀尖指向她的面颊，唰的一声挑开了她的长发，露出那一对青翠欲滴的耳坠来，“杀人又怎样？阿爸，阿哥，你们来看——这个汉人女子居然戴着一对绮罗玉！今天别说她欠了五两银子，就是一分钱没欠，我们也不能放跑了她！”

苏微往后退了一步，眼神渐渐凝聚——原来这里是个黑店，看到她一个孤身外来的女子身有重宝，就见财起意。

她身子刚一动，四把刀立刻动了，从各个方向逼过来。

苏微暗自冷笑了一声，也懒得拔剑，手指只是微微一动，咔嗒一声轻响，桌子上的筷子自动跃起，跳入了她的手里，尖端对外——两双筷子，四个人，倒是刚好够用。

“够、够了……回家！”忽然间，一个人站了起来，挡在了她的面前，却是那个喝得烂醉如泥的人。那几把刀若不是收得及时，差点就砍到了他身上。

烂醉如泥的男人似乎终于想回去了，用尽力气站起身，却摇摇晃晃站不住脚，手在空中乱挥，居然抓住了苏微的肩膀——然后，就像抓住了一根拐杖似的，瞬间将整个人的重量压了过来，靠在她肩上。

“你……”苏微往后退了一步，抬起手臂，才勉强将这个烂醉的人扶住。

“回家！”那个人一手抓着她的肩膀，一手在空中挥舞，往前踉跄走了开去——他似乎醉得看都看不清了，手一挥，差点撞到面前的弯刀上去。那个苗女惊叫了一声，连忙打开了阿爸的刀：“小心点，别伤了他！”

那苗人气得跺脚：“都什么时候了，你还顾着这个小白脸！”

原重楼却压根不知道这刹那的危险，只是扶着苏微往外走，一步一踉跄，刚出门就腿一软，哇的一声吐了个翻江倒海。苏微本来想解决了这几个不知好歹的苗人，然而看到这种情景，也顾不得别的，连忙扶着他到路边吐了个干净。

店里的四个人面面相觑——苏微搀扶着原重楼站在路边，两人靠得很近，生怕一动手又会误伤，不由得迟疑了一下。

“阿蕉，连这小白脸一起砍了得了，”阿兄有些不耐烦了，“你别心疼！”

“不行！不许砍他！”苗女蓦然跺了跺脚。她的两个兄长齐齐上前，一声怒喝，想要把苏微从他身边拉开，手里的刀便往她身上招呼了过去。

就在那一瞬间，苏微再也压不住心里的怒意，一手扶着原重楼，腾出另一只手，手腕一转，便并指夹住了当头砍到的弯刀——握刀者只觉得手腕一麻，只听铮然一声脆响，这把百炼成钢的缅刀居然被这个女子赤手折断！

“废铜烂铁。”苏微手指间夹着断裂的刀尖，扬手一甩，唰的一声掠过对方的咽喉。

兔起鹘落间，四个苗人仿佛被点了穴一样怔在了原地，不敢动上一动。许久，直到苏微扶着原重楼离开，阿蕉才勉强抬起手，颤抖着摸了一下自己的脖子——满手都是血。

只差了半分，便会割断他们的喉咙！

第九章 玉雕师重楼

“可是，又有什么办法呢？从我生下来到现在，有谁曾经认真地倾听过、在意过我的想法？事实上，无论我多么努力地想成为那个人，但我毕竟是我，和你们追随过的那个人完全不同——我不能把自己的一生都活成另外一个人。”

这醉酒的一夜，似乎特别长。

醒来的时候，窗外天光明媚，树影婆娑，有鸟在啼，声音曼妙空灵，令人听了心头清凉。他努力睁开了一下眼睛，又旋即闭上，窗外的光刺得他眼睛疼痛无比。头也在剧烈地疼痛，宿醉后的沉沉肉身仿佛被刀割裂。口中又干又苦，他挣扎着，摸索抓住了床沿，想要站起身喝水。

忽然间，他混沌的脑子里掠过一道光——怎么？竟然已经回到了自己的竹楼？是谁替自己付了账，扶自己回来的？

“尹璧泽……”他喃喃，“又是你这个家伙多管闲事？”

然而旁边没有人回答他，一只手拿了一块湿润的布巾，替他擦拭着胸口上呕吐的残痕，动作有些粗鲁生硬，几乎将他胸口当作搓衣板。

“滚。”他闭着眼睛，吐着酒气喃喃，“别……别管我！”

他胡乱挥着手，然而那个家伙躲闪灵便，居然一次也没打到。

“再躺一会儿吧。”有个声音说，“你的脸色好差，不要急着起来。”

窗外的鸟啼还在继续，他的动作却忽然静止了片刻，脸上不知道是什么样的表情——只是短短一瞬，他重新将沉重的身子扔回到了榻上，也不开眼，冷冷：“是你？你怎么进来的？”

苏微笑了笑：“我送你回来的。你喝得太多了，吐了我一身。还有，”顿了顿，她指了指门口，“我没有钥匙，只能扭断了门锁才把你扶进来。不要见怪。”

原重楼哦了一声，依旧是闭着眼睛，冷冷道：“好大手劲。”

她有些窘迫，没有回答，以为他说的是自己扭断门锁的事情，然而她刚继续擦了一下他的衣襟，原重楼接着就忍不住叫了一声：“住手！”

苏微停住了手，将布巾拿开，发现他苍白的胸口已经红了一大片。

“疼死了……”他倒吸着冷气，忽地冷冷道：“你哪里来的钱？”

“嗯？”苏微一愕。

“我说，你怎么付的酒钱？”原重楼看着她，“你连买衣服都没有钱。”

她明白过来，冷哼了一声：“没付钱，吃了霸王餐。”

“什么？”原重楼一震，终于认真看了她一眼。他身上有浓烈的酒气，脸色越发苍白，然而嘴唇却越发反常地红，简直如同女子。不知道是不是因为身上有摆夷人的血统，他的侧脸轮廓鲜明，眸子里有汉人没有的深碧色，冷然。

苏微看得一眼，竟然愣了一下：这个男子好生妖异，虽是个不会武功的普通人，气场竟不比江湖上那些内外兼修的高手逊色半分。

“呵，阿蕉的老爸可不好惹，是腾冲有名的地头蛇。而且她还有两个哥哥，惹恼了，杀人越货都是有的，反正这里天高皇帝远。”原重楼带着审视的意味看着她，饶有趣味，“而你居然在她家白吃饭不给钱，还能活着出来？”

她笑了笑，没有回答，只是自顾自将手巾在铜盆里拧干，给他递过去。然而他凝视着她的手，停顿了一瞬，眼神微微一变。

“一般女子的手，绝对不会在掌丘和关节处有老茧——你果然是个会武功的人。”他抬起头，深深地看了她一眼，“在集市上我一眼就看出来了，所以才替孟密挡了一下，免得他送了性命——看来阿蕉一家，也是这样被你摆平的？”

苏微又笑了一笑，把手巾递过来：“先擦一下脸。”

“哈！武林高手就了不起吗？你以为你是谁？随随便便就闯到我家来对我指手画脚？”原重楼却一下子坐了起来，指着门外，忽然大声叫骂，“给我滚出去！”

她愣了一下，看着忽然翻脸的人，不知道哪里又不对头了。

“给我滚出去！这里是我的房子，不欢迎你们这些武林高手！”他看了她一眼，一字一句，冷然不留情，“再不滚出去，别怪我不客气了！”

然而，苏微看着戳到面前的那只手，脸色略微白了一白——那只手修长而苍白，完全是不会武功的书生类型的手，伶仃的腕骨上赫然有一道巨大的刀疤，割断肌肉和经脉。多年后虽然愈合，却依然留下了触目惊心的疤痕。

她心中一痛，刚刚冒起的怒火瞬间熄灭了。

“好，我就走，绝不会赖在这里。”她安抚面前情绪激动的人，“不过你昨天喝得太多，跌倒时又撞到了头，我怕……”

“怕怎样？滚滚滚！”他却不耐烦起来，挥着手，毫不客气地把她往外推。苏微被他推得一个踉跄，脚跟磕在门槛上，几乎跌倒。

“我只是怕你一激动又会……”她一边抬起双臂挡着他推搡的手，一边辩解——然而，来不及说完，那个一个劲往外撵人的家伙宿醉未醒，却自己在门槛上绊了一个跟斗，轻飘飘地站不稳，一头正正撞上了门楣，发出一声闷响，眼前顿时一黑。

“……晕倒。”苏微说出了最后两个字，及时扶住了他，不禁哑然。

怀里的这个人个子虽然高，却很瘦，轻得令人意外，支离的锁骨硌到了她的肩膀，单薄得如同一片叶子。苏微叹了口气，在浓重的酒气里将这个男人搀扶回了房间里，替他盖上被子——她低下头，拿起他的右手，定定地看着那一道狰狞的伤疤。

是的，她认出了他。这个十年前只有一面之缘的路人。

这些年来，她杀戮已多。死者沉默，不能诉说他们的痛苦和不甘，然而眼前这个人却是活的。那一道刀疤，就是活生生的控诉，刺目惊心。

天赋出众，二十岁便在滇南这个玉都成为大师，这个人本该有完全不同的人生。可如今的他，只是一个在午夜买醉、拖着残废的手雕刻木头糊口的废人！血薇夕影，天下利器，可刀剑之下，却轻易碎裂了一个无辜者的人生。

她看着他的手，又低下头看了看自己的手——虽然被重新封了穴，但碧蚕之毒还是在缓慢地扩散。她也将失去自己的手了……

这，就是报应吗？

原重楼再度醒来的时候，已经是傍晚。

还是头痛欲裂，还是口中又干又苦，头很重，隐隐作痛，似乎包扎着什么东西。然而，当他想挣扎着撑起身去倒茶的时候，忽然发现身体不能动——从肩部以下一片麻木，拼尽全力，竟然连抬手都做不到！

“你渴了吗？”刚想到这里，耳边忽然听到有人问话。

原重楼回过头，一眼看到了窗边的女子，一惊一怒，失声道：“你怎么还在这里？你……你对我做了什么！快放开我！”

“不要激动，”苏微叹了口气，端过了一杯水来，“你的头撞伤了，脑里有些瘀血，我去采了一点草药，给你敷好了——怕你一醒来又乱动，造成更大的伤，只能先点了你的穴道。对了，你是不是想喝水？”

原重楼怒极，转过头去不碰那杯水：“滚！”

“我自然会滚，但也得等你略微好一些，”苏微却并没有生气，只是拿起了那一杯水，“宿醉醒后的人，一定会口渴得要命——真不喝吗？不喝我就倒掉了。”

她刚将水杯挪开，却见那人瞬地转过头来：“拿过来！”

她笑了笑，便应声过去扶起了他，将水杯递到了唇边。

“滇红哪里是这种泡法！”一口气饮干，原重楼吐出牙齿间塞满的茶末儿，恨恨道，“你这种三脚猫的泡茶功夫，真是白白浪费了这茶王树上采来的茶叶！”

被兜头这么一骂，苏微有些不好意思：“我……我以为所有茶叶都一个泡法。”

“你们这些江湖人……真是对牛弹琴！”原重楼眉间却是讥诮，似乎又懒得再和她多计较这些，哼了一声转过头去。

苏微看着他，不由得有些好笑。

从小到大，她接触的男子并不多。师父和停云都是高贵典雅的男子，矜持内敛，虽有悲喜却声色不动。所以她对他们虽然仰慕，却也不敢过分亲昵。然而眼前这个人却是惫懒无赖之徒，敞着衣襟，嬉笑怒骂，说话尖酸刻薄，简直每说一句话她就有抽他一巴掌的冲动。

若不是看在当年……她叹了口气，将茶盏收起。

原重楼只是躺在榻上冷冷看着，半晌忽地道：“我说，你为啥还赖着不走？昨夜的事我已经记不得了。如果我对姑娘你做过什么，就当是我酒后无德罢了——反正我家贫如洗，也没有什么钱给你。”

“啊？”苏微有些错愕，“你没做什么呀。”

“哦，原来我什么都没做？那就更不明白了，”原重楼刻意露出不解的表情，带着讥讽的表情，认真地问，“既然我昨夜没有占你便宜，姑娘又何必留在这里不肯走，还摆出一副女主人的模样？你和我有啥关系，干吗非要赖着不走？”

“你……”苏微吸了一口气，只觉心中怒意涌起，“谁赖着不走了？”

“你看，我是一个家徒四壁的酒鬼，靠着刻一点烂木头换点钱生活，除了一张脸还长得不错之外，毫无长处，”他用尖刻的声音评价着自己，毫无羞愧之意，“腾冲这儿的姑娘们倾慕我俊俏，有时候也会来这里春风一度，顺路帮我付了酒钱，但从没有一个会像你这样赖着不走的。”

“啊？”苏微茫然地听着——这个人用奇特的颓废表情和自暴自弃的语气，说着一种她完全不了解的生活，让她一时半会根本想不出该怎么接下面的话。

“……姑娘你长得不错，又有一身杀人越货的好本事，走到哪儿都是个吃得开的人物，居然也能看上在下？倒是稀奇，”他微微冷笑，身体虽不能动，语言却比刀尖更锋利，“我还以为是我昨晚醉了非礼过姑娘呢，原来是喝得烂醉力不从心——那莫非是姑娘看中了在下还有几分姿色，要赖在这里非我不嫁？”

苏微本来想定了不和这个人计较生气，但毕竟是女子，听到这里不由得一拍桌子，怒叱：“胡说八道！谁赖在这里不走了？！”

“那就给我滚。”他一字一句地火上浇油，“别烦我了！真贱！”

“你说什么？”她被他的最后一个字激起了怒气，瞬地一伸手，居然将他从床上直直提了起来，怒叱，“再说一句试试看？”

苏微身形单薄，容颜清丽，谁也想不到她居然有如此的腕力，竟然能轻易地提起一个男人。他只觉得眼前一晃，整个人被提了起来，肚子里翻江倒海，几乎连隔夜的酒都要吐了出来。眼前晃动着她因为愤怒和羞辱而涨红的脸，眼眸里有一丝杀气，然而他却还是冷笑，硬挺着道：“再说一句又怎么了？——倒贴上来，还赖着不走，贱！”

她被气得一声冷笑，手腕瞬地加力，只听咔嗒一声，他的肩胛骨发出脆响——十年来，她纵横江湖，血薇剑下杀人如麻，何时受过这等无名小辈的羞辱？

“你信不信我把你的舌头割了？”她冷笑。

“信，怎么不信？”他的肩膀几乎被她捏碎了，但却丝毫没有求饶的打算，只是冷笑，“你们这些武林高手啥事做不出来？哈……割个舌头算什么？有本事你把我先奸后杀！”

“……”她气得看着他半晌，忽然一抬手又把他扔回了床上，“疯子！”

他人在空中，只觉得天翻地覆，还以为自己要遭毒手，然而发现那个女子居然只是一跺脚，足尖一点，瞬地跃下楼去，头也不回地离开了。

房间里再度安静下来。原重楼舒了口气，想要挪动一下身体，却发现还是半身麻痹——这个女人一怒而去，走之前也没有给他解开穴道，不知道要过多久才能自行解开。真该死……他躺在榻上，感觉肚子里饿得要命，不由得叹了口气，闭上了眼睛，只希望能早点入睡，免得饥肠辘辘地挨过长夜。

自从遇到了这个女的开始，为什么自己就变得如此倒霉呢……

再度醒来的时候，一切仿佛还是依旧：还是头痛欲裂，还是口中又干又苦，但腹中的饥饿感却尤甚，似乎有牙齿在胃里咬着，疼得他在榻上弯下腰去。

弯下腰去……慢着，自己的身体，似乎已经可以动了？

原重楼愕然坐起身。发现自己在榻上，身上盖着被子，额头的伤已经被重新包扎了一遍。然而穴道却被人解开了，全身行动自如。

这……难道是那个女人又阴魂不散地回来了？

他吃惊地四顾，发现凌乱的房间变得窗明几净，案上换上了新碟子，里面盛着糕点和刚采下来的水果。窗子半掩着，竹影横扫，斑驳明灭。

原重楼饿极了，抓起一个菠萝蜜咬了一口，叹了口气。

"好了，进来吧。"他对着窗外说了一句，"别躲在外面了。"

然而，半开的窗户在风里轻轻摇曳，却并没有如他所料地跳进一个人来。怎么？难道走了？原重楼愣了一下，霍地站起身，走过去推开窗户——外面涌入的只有山岚和清风，竹枝在薄暮里轻轻摇曳，窗外却没有一个人。

不会吧？那个异乡女子，这回难道是真的走了？

他靠在窗口，望着从竹枝之间升起的上弦月，咬了口菠萝蜜，表情莫测而复杂。站着发了一会儿呆，鼻子里似乎又闻到了远处的酒香，脚步虚浮地回到房间里，翻箱倒柜，终于找出了一小块碎银子，在手里掂了掂，拉开门走下楼去。

然而，刚走到楼下，被冷风一吹，腹中顿时翻江倒海。

他踉跄了一步，扶着墙弯下腰想要呕吐，然而眼角瞥过暗影，止不住愣了一下：那个凶巴巴的女人，居然就在眼前！

苏微斜斜地靠着廊下那一堆稻草坐着。似是觉得冷，抱着双臂微微蜷缩着身体。在她的耳畔，那一对青翠欲滴的耳坠盈盈摇晃，在月下折射出美丽的光泽。

他一时惊讶，想开口询问，但一阵冷风吹来，宿醉上涌，一口气没憋住，大煞风景地一口吐在了她的身上。

"喂！"原重楼知道闯祸，下意识地往后跳开一步，生怕她又暴起伤人。然而她被吐了一身，却依旧一动不动，连头也不曾抬。趁着这个女煞星没回过神来，他转身跑路，然而走了几步又觉得有些不安，终究还是回过头，说了一声："喂，起来吧！去楼上洗洗！"

她还是没有动，似乎完全没听到他的话。

"起来！难道还要我三请四请不成？"他有些恼了，提高了一下音量，可对方还是没有回应。这倒是激起了他的好奇，他顾不得危险，走过去大着胆子推了推她："喂！你怎么了？——快醒醒！"

苏微还是没有反应，似是睡得极深，却随着他那一推翻了个身，手臂软软地搭了下来——月光下，只见手肘以下一片惨绿，连五指的指尖都已经变成了诡异的青碧色！

"喂……你、你这是……"

苏微醒来的时候，外面正是日中，阳光明媚。

她只觉得全身酸痛，手臂无力，喉咙里又干又渴。然而睁开眼，映入眼帘的却是窗外摇曳的翠竹，以及窗下正在埋头雕刻着檀木的男子。

"啊？"她吃了一惊，发现自己居然躺在他的竹楼里。

苏微一时间有些茫然。自己昨日被这个人气得夺门而去，半路却还是担心他的身体，折返回来。然而，她发现这个不作就不会死的家伙颅脑经过几次撞击，受伤已经颇重，如果不及时治疗只怕后果严重，迟疑了一下，便用内力将瘀血化开，再解了他的穴道。

——然而，因为连日擅自动用了内息，加剧了毒发，她在走下楼的时候只觉眼前一黑，便跌倒在干草堆上，失去了知觉。

等醒来时，居然已经在这个房间里。

"你……"她看着那个窗下埋头工作的人，有些不敢相信，"是你把我带回来的？"

"嗯。"原重楼没有抬头看她，只是自顾自地拿起了手边工具，摸过一块紫檀木，一刀一刀地雕刻起了东西——这一次他没有醉酒，手的稳定性也好了很多。只是右手残废后已经不能使力，他便发明了新的雕刻方法：把木料放在桌子上一个槽里，固定住，然后左手执刀，开始了工作。

苏微看着他，眼神有些变化：这个人，一旦手里握住了雕刻刀，全身忽然有了一种特殊的气质，醉意醺醺的模样一扫而空，清空凝定，如窗外挺拔的竹。

"怎么，大发慈悲了？"她忍不住讥讽地问。

"什么大发慈悲，分明是我忍不住手贱。"他冷冷道，吃力地用左手雕刻着，语气还是尖酸刻薄，"不过，没想到你的身材和脸蛋一样好，好歹算是赚回来一些。"

她霍然坐起，厉声："你……你说什么？"

然而一坐起，便发现自己的外袍早已不在身上，连里面的小衣都不见了，只裹着一件男人的旧麻衣。这一惊非同小可，她脸色唰地苍白，伸手便要将这个家伙撕裂——然而刚一抬手，只觉手腕一紧，竟然是无法移动。

"喏，我就知道你一醒来又要打人，所以预先把你给绑上了。"他看着她的双手在牛皮绳里挣扎，语气讥诮，"放心吧，我没把你怎样——也就是脱了你的衣服而已……"

下一刻，他只觉得眼前一黑，整个人又天旋地转。

只是瞬间，他重重落到地上，仰面朝天，看着那个一脚踩住自己的女子，不由得惊愕万分——浸泡过水的牛皮绳坚韧得连刀子都很难割断，而这个女子居然只是手腕一翻，便硬生生地撕裂了三圈牛皮绳！这……还是人吗？

然而，那挣脱出来的双手显得更加诡异了，惨碧色凝聚，隐隐透明。

苏微一手抓着衣襟，一手指着他，指尖微微发抖："下流的畜生！"

他看到她当头就是一掌击下，眼里全是杀气，不敢再开玩笑，立刻大喊起来："不！我什么都没干！只不过——"

但是她出手迅速无比，压根容不得他说完短短几句话。唰的一声，那一掌迎头落下，掌风激得他的束发带瞬间断裂，肌肤刺痛——他下意识地闭上眼，然而那一掌却在离他鼻尖一寸之处忽然翻转，擦着他的耳边落下，竟生生将竹楼地板击出一个洞来！

那一个刹那，想起了自己昔年的亏欠，苏微强行克制着自己，才在最后关头偏开手，没有直接击碎那家伙的天灵盖。

耳边出现了一个深不见底的洞，原重楼吓得脸色苍白，终于结结巴巴地将后面的话说完："……只不过，替你换了件衣服而已……"

她松了一口气，冷冷地看了他一眼："真的？"

"当然是真的！上一个没知觉的女人，又有啥意思？"他也急了，有点口不择言，"可笑！我要是真把你给睡了，你现在自己难道感觉不出来吗？"

"……"她愣了一愣，果然觉得身体毫无异样，再看着这个被自己压在地上的人，忽地一窘，瞬地站直了身子，"那你为什么要替我……替我换衣服？"

她的脚一松，他连忙也站了起来，嘀咕："你被我吐了一身，总得换一下。"

"什么？"苏微一惊，又想发怒。

"好了好了……你要是再狗咬吕洞宾，我就赶你出去了！"他赶紧回到了桌子前，握紧了一把小刻刀，警惕地对着她，不由得也带了几分怒气，"我又没欠你什么，你住在我家，吃在我家，穿着我的衣服，凭什么还对我动粗？强盗！土匪！"

"……"她愣了一下。

是的，他说得没错，这一串事情说到底，似乎是自己不占理。可她那么多年来纵横天下，从来刀剑头上分胜负，哪里还轮得到和人文绉绉地讲道理？

"好吧，算是我冒失了。"她也是个爽直的人，开口道歉。

"哼。"原重楼拍了拍衣袖，重新坐回了桌子面前，一边拿起刻刀继续雕刻着檀木，一边头也不抬地问，"说吧，你为啥赖着不肯走？我们只不过萍水相逢，总是有原因的吧？"

她看着他，嘴唇动了一动，想要说什么却又停了下来。

"我想向你打听一点消息。"迟疑了片刻，她转过视线，看着挂在墙上的面具，开口："你……你有没有见过我师父？他戴着和你一样的一个面具，也来过苗疆……"

"啥？"他瞥了一眼，却忍不住笑了，"在这一带，戴这种神鸟饕餮纹面具的人可多了去了！”

苏微想了一想，又道：“他还给了我这个。”

她侧过头，撩起长发，乌黑如瀑的长发下那一对翠色耳坠摇摇晃晃，映绿了雪白的脖颈和耳根，美丽异常：“你也是玉雕师，说不定见过？”

原重楼懒懒地回过头看了她一眼，眼神忽地一亮，很久没有移开。

“这回你问对人了。不错，我记得这一对绮罗玉！”他站了起来，看着她，喃喃，眼神却变得遥远，“八十一对坠子里，只有这一对是被一个不明来历的汉人买走的——那个汉人戴着一个精美的面具，声音低哑，穿着一件黑色的袍子，一眼就在八十一对里挑出了最好的一对。虽然过去了十几年，我还记得清清楚楚。”

苏微再也忍不住，脱口：“对！那就是我师父！”

“你师父一定不是普通人，”原重楼忍不住抬起手拨开她的鬓发，用食指托起了那一滴翠绿，叹息，“他眼力极好，也一定非常疼你，肯为你一掷千金——”

“一掷千金？”苏微皱眉：“绮罗玉很贵？”

“当然非常贵重，如今以黄金万两也寻不到。”原重楼望着她，傲然，“即使是在七八年前我新雕出来的时候，每一对的价格也都在一万两白银以上。”

“一万两！”苏微失声惊呼。

原重楼看到她惊讶的表情，忍不住笑了，讥讽：“难道你不知道你的师父多有钱？对了，他叫什么名字？”

“……”苏微沉默了片刻，道，“我也不知道。”

“哈哈哈……不会吧？”玉雕师怔了一怔，忍不住放声大笑起来，“那你还知道什么？什么都不知道，居然还想来万里之外找一个人？”

他的语气里充满了讥讽，让苏微忍不住又有把他打倒在地的冲动，她顿了顿，终于硬生生忍住，问：“那……你知道我师父的下落吗？”

“不知道。”原重楼撑起身，从窗口倒了一盏普洱茶，喝了一口，“自从十几年前在集市上见过一次后，我就再也没有看过他出现在腾冲了。”

苏微垂下头去，长长叹了口气。

“我以为，你一定知道我师父下落的。”她喃喃，茫然若失，“我昨天还见过他……在那座高黎贡山里头，戴着和你一模一样的面具！我以为他就在腾冲，以为你就是他……或者，你会知道他在哪里。”

“昨天？”原重楼皱起了眉头，“我想，那个人未必就是你师父。”

“不，一定是师父！他的身手极好，在山火巨石里穿行如风，还在千钧一发之际救了我。”苏微却是不相信，反驳着，“师父说过他会来苗疆的！而且，在腾冲这个小地方，除了他，难道会有第二个这样的高手吗？”

“这个嘛……”原重楼忽地笑了笑，“也未必没有。”

“谁？”苏微蹙眉，不想让自己的幻想如此容易地破灭，“还有谁？”

原重楼淡淡道：“你看到的那个人，或许是灵均。”

苏微有些诧异：“灵均？”

——这个名字她听到过，还是在洛阳听雪楼的时候。

“他是孤光大祭司的弟子，如今拜月教里的实际掌权者。”原重楼随意披了一件葛衫，低着头，一缕长发从鬓角散下，在窗口的风里摇摆，抿着嘴唇凝神工作，侧脸俊美如女子，“前段时间他曾经在天光墟上出现过，也买走了我一个面具——除了拜月教里的人，我想不出腾冲还有第二者拥有你说的那种力量。”

“他来这里做什么？”苏微反驳，“祭司的弟子不是不能随便离开月宫的吗？”

“我不知道。拜月教做事，哪里是苗疆百姓所能随意猜测出来的。”原重楼淡淡，“或许是和前日高黎贡火山忽然爆发的事情有关吧。——听说这一次在火山爆发前，半山腰的寨子全部及时撤退了，没有一个人伤亡，又是多亏了他的功劳。”

“什么？”苏微霍然想起了自己看到的那一座空城，不自禁地觉得惊骇，“你……你是说，那次天崩地裂，是因为火山爆发？”

“那当然。腾冲周围就有很多地热温泉，高黎贡山里的火山，每隔几年都会不定时地爆发一次，每次都死伤无数。”原重楼道，“不然你以为是什么？”

“我……”苏微喃喃，“我以为那、那是……末日天劫。”

“……”原重楼愕然看着她，苍白的脸上终于也有了一点点真正的笑意。不知为何，苏微觉得就在那一笑之间，他神色里那种尖锐的讥诮和刻薄终于微妙地融化了。

“真是傻瓜。”他只那么说了一句，就自顾自侧过头去开始干活。苏微坐在一边，愕然：“难道说，拜月教在这之前已经预测到了这里的火山会爆发吗？”

“是啊，”原重楼冷冷道，“所以灵均来这里带那些村民离开。”

她还是觉得不可思议：“怎么可能？他、他是怎么预知的？”

“不知道，但他们就是能预知，”原重楼淡淡，“要知道拜月教在苗疆是神一样的存在，可以窥探天机——所有子民都仰赖它、服从它，也被它的力量庇护。自从孤光祭司云游仙乡之后，灵均便成了他的替身，他能预知一切也不稀奇。”

“是吗？那么说来，我在山里看到的那个人，真的不是我师父了？”苏微沉默下去，忽然觉得灰心，捏着耳垂上的坠子低下头去，闷闷地道，“我本来以为，在我死之前，总算是能和他见上一面的……”

原重楼默不作声地看了她的手腕一眼，面露忧色，却没有说什么。

“你的手……”她看着他那只右手，觉得一阵心虚。

“我的手没事，”他冷冷道，“倒是你的手——是中了毒吗？”

苏微吃了一惊，没料到这个玉匠居然一眼就看出了自己的伤，不由得下意识地把手藏入袖子里，然而她忘记身上如今裹的只是一件无袖筒裙，双手都露在外头，哪里还可以藏。

“不愿意说就算了。”他也懒得多问，冷笑。

苏微坐了一会儿，缓缓把手从背后拿到了前面，平放在膝盖上——她的右手，已经完全变成诡异的青碧色了，再也藏不住。

这只手，会毁在这里吗？

她心里只觉得一阵刺痛，想起了千里之外的洛阳白楼上的那个人，不知不觉就垂下头去——她不知道自己还能不能活着回到洛阳，如果不能回去，那么，他是否还会来寻找她？或者，他会找另一个人来取代她吧？毕竟，她已经把他所想要的留给了他。

他要的只是那把象征着力量和权威的剑，至于握剑的是谁，又有什么关系呢？

她怔怔地想着。窗外的鸟啼声还在继续，高低错落，如同一个精灵在林间自由自在地飞翔和歌唱。

“真好听。”她低声。

“那是迦陵频伽。”原重楼淡淡道，“传说中的妙音鸟。”

佛经记载，西方极乐世界有种化生神鸟名叫“迦陵频伽”，能以天籁梵音演说无上妙法，当芸芸众生听到它的声音，即可出离苦难、焦躁、烦忧、热恼，得到自在清凉、从容安宁，被称为“妙音鸟”。

苏微侧头听了那美妙的声音许久，觉得心头的烦躁渐渐平息，转过头看着他，轻声道：“我想要你帮我一件事，不知道行不行？”

“烦死了，怎么那么多要求？我不是一个好心的人，你可别会错了意。”原重楼又有些不耐烦起来，一下一下地用刀刻着手里的紫檀木，一个观音像的轮廓渐渐浮凸出来，嘴里却说得尖刻：“别让我再叫你滚出去。”

他的脸瘦削而冷漠，带着酗酒过度的苍白，双眼藏在挺拔的眉峰下，幽黑如深潭。然而，她却没有因为这一番话而退缩，只是将手平放在膝盖上，郑重地轻声开口：“原大师，我……我想求你带我去雾露河。”

他霍然一惊，抬起头看她：“去那儿做什么？”

“为了保命。”她苦笑了一下，举起了自己的右手，整个下手臂都已经透出淡淡的诡异碧色，“你说得对，我是中了碧蚕毒，必须要在半个月内赶到那里找到解药。”

“碧蚕毒？真的假的？”原重楼停下了手里的活，冷笑，“你说得容易！雾露河在缅人境内，莽荒之地，一路凶险无比，我又不是那些拿命换翡翠的商贾，凭什么要带你去？”

“因为，”苏微认真地看着他，一字一句，“如果我的手好了，我就可以治好你的手，让你恢复以前的技艺！”

一语出，原重楼不由得震了一下。

“你难道不想重新成为‘原大师’吗？”她看着他点了点头，语气凝重，“你难道愿意一辈子雕这些木头，做一个木匠？”

“木匠……哈，木匠！”他忽然一震，抬起那只残废的右手放在眼前，定定地看着——翡翠又被缅人称为“金刚玉”，是天下玉石之中极坚硬的一种，所以，也是极难雕刻的一种，下刀不易，对工匠的目力、腕力要求自然更高。

这样一只伶仃残废的手，的确是再也无法雕刻出翡翠绝品了。

“我是说真的。”苏微看着他，眼神严肃，“你手上挨的这一刀，只是伤及经络，让手指不能灵便而已——我若恢复了武功，便可以用内力将你的阳明、少阳和三焦经脉打通。辅以药物，你的手定然能恢复至少八成，雕刻玉石应该再无问题。”

“……”原重楼看着自己的手，默然无语。

——是的，如果说，世上还有什么可以打动一个万念俱灰的人，那就是把他失去的东西再度放到他面前触手可及的地方！

苏微眼神灼灼地看着他，心里想着如果他再不答应，说不定就只能拿刀硬逼着他带路了——然而停顿了片刻，他终于开口了。

“如果我带你找到了解药，”原重楼涩声道，“你就真的可以……”

然而，就在那一瞬间，窗外的鸟啼停止了，竹林里似乎有微风吹过。放在床边的茶盏无声无息地震了一下，水面一荡，映照出一掠而过的影子。

“小心！”苏微忽然发出了一声惊呼，毫不犹豫地踢翻了他榻前的案子，飞身扑了过去，将他死死地按向地面！——那一张小案子被她踢起，在半空里旋转着飞出窗外，只听噗噗几声，等落到地上时，案上已经插上了一排细细的针！

“怎么了？”他被按倒在地，女子明亮的翡翠耳坠在眼前晃动。

“闭嘴，快躲好！竹林里有刺客！”苏微失声喊，一边将他往榻后推去，一边俯身握起了散落地上的刻刀，纵身飞出了窗外，“该死，从洛阳到这里，终于还是跟来了吗？”

原重楼被她狠狠推倒在地，手肘磕到了榻角，额头也渗出了血，手里却还死死握着那个雕了一半的观音。

她在掠出窗外的刹那，身体忽然如同折断一样往下坠去，唰唰几声，一排箭弩擦着她的腰身掠过，钉在了外墙上。苏微坠向竹林，手腕下沉，飞速地摘了一把竹叶，足尖在瞬间一点竹梢，微一借力，整个人忽然如同飞燕一样向上垂直飞起！

她的眼角扫过竹林中，内力透入之处，每一片青翠欲滴的竹叶铮然抖得笔直。手指屈起，指尖迅速连弹，在飞旋之中一片片叶子破空而去，没入了竹林。

一片青翠之中，乍然有无数血花盛开。

外面已经是薄暮，原重楼抬起头，看着她在葱翠的林间纵横来去，衣带翻飞，黑发如一匹旗帜猎猎飞扬，在高大的乔木和茂密的竹林之间高飞低掠，宛如一只白鸟回转飞翔——他默默地看着，眼里忽然露出了一丝无法掩饰的赞叹。

是的，那是他从未见过的美。

凌厉、洒脱，充满不可描述的力量。

这个世上，居然还有这样强大的美丽！他用眼睛追随着那个身影，似是看得出神，手里的刻刀却片刻不停，飞快地勾画出了一条条飘逸的线条，如同她的身姿。

“小心！”她在林间停了一停，忽然回头对着他惊呼。

原重楼手里还握着刻刀，一时间还来不及反应，一支短箭已经呼啸飞来，直钉他的眉心。他下意识地抬起手，挡在面前，心里一片空白——生死的那一瞬间，十年前那毁灭他生活的一刹又仿佛重演了！那一刀迎头而落，他下意识地抬手去挡，右臂便被一刀击碎。

那一刀之后，他的生活从此完全毁灭。

就在恍惚的瞬间，他听到耳边一声刺耳的金铁交击之声，热辣辣的东西溅上了他的脸颊。一个黑影发出一声惨叫，从屋顶上栽了下来，重重压在竹窗上，手里的弩弓滑落，第二支短箭便噗的一声射在了榻前不足一尺之处。

尸体犹自抽搐，咽喉里插着一把雕刻用的小刀。

苏微来不及赶回相救，便将手里的刀当作暗器飞了过去，在千钧一发的时候将刺客格杀当地。然而，就是因为出手救人分了一下神，林间传出一声低呼，苏微捂着肩膀从树梢坠落，显然是受了伤。

在这之前，她一直出手都有所保留，似乎刻意避免杀人，然而这一番似乎被激起了怒意，她眼神一变，半空之中提气，整个人如同一道彩虹掠过天际，宛如疾风闪电，转瞬飞到了几个包抄而来的杀手身后。

“连不会武功的人都杀？”她厉声，“该死！”

忍无可忍之下，她终于反击。凝聚内力，手指轻弹，只听啵啵几声，几截青竹枝像箭一样激射而出，瞬间洞穿了四个人的咽喉！她折了一根青翠长枝在手，在竹海之上回转飞翔，身形之迅捷、出手之犀利，令人目不暇接。

那……就是她的真面目？如此美丽，如此强大，令人目眩神迷。在中原的时候，这个女子定然是个非同凡响的人物吧？

他在室内看得出神，忽然间心中一动，手中的刀迅速旋转划落，刻下一根根流畅的线条——是的，这些天来，他一直想不好这个观音的雕法，曹衣出水、吴带当风，都不足以表达，而这一刻，看到她回翔于林海之上，衣袂飞扬，忽然间福至心灵。

他是如此全神贯注，仿佛身边的一切一瞬间都已经不存在。

直到苏微落回门外，他还是趴在地上工作。面颊上沾满了血迹，却还在聚精会神地雕刻着手里的那一块紫檀木，连杀手的尸体挂在窗上都没有顾及。

“你……你没事吧？”她走过来，有些虚弱地问。然而原重楼没有回答，手里的刻刀飞快划落，一条条线条如流水一样展现，那一尊观音已经现出了雏形。

“好了，”半晌，他终于停下了手，捧起了手里的作品看了又看，眼里闪出了光，“你看，这一座南海观音像如何？这衣袂、这眼神，和你像不像？”

但是苏微没有回答，在他抬起头注意到她时，她已经悄无声息地倒在了窗下。

“喂！”原重楼飞奔过去，发现她整个右小臂都已经变成了恐怖的青色！

窗外杀戮满地，六七具尸体横陈林间，把这座幽静的竹林精舍变成了修罗地狱。他深深吸了一口气，半拖半抱地把她抱到了床上，撑起身来走到窗前，定定看了看外面的惨相，又回头看了看昏迷的女子，不知道想起了什么，表情有些暗淡。

“看来真的是没有办法啊，赶你走你都不走。命中注定。”许久，他轻声叹了口气，“算了，还是好人做到底送佛送到西吧……”

床头上，那个观音大士踏波而来，裙裾飞扬，宛如凌风。

然而，半张脸上却血迹淋漓，狰狞可怖。

在苏微来到腾冲的同一时间，听雪楼先期派出的使者石玉已经抵达了灵鹫山的月宫，转达了听雪楼主索取龙胆花解毒的请求。

然而，得到的消息却是孤光祭司出海寻访仙山，不知下落多年。明河教主闭关修炼，也已不见任何人。而主持教中事务的祭司弟子灵均，又暂时因为领地里有火山爆发，离开了月宫去救助灾民，拜月教内竟是没有一个能够做主的人。

石玉一时无法，只能飞鸽传书回洛阳，自己继续留在月宫等待。

“区区龙胆花而已，又不是七叶明芝，也这般推托不肯给？莫非拜月教是真的心怀不轨，恨不得苏姑娘早日毒发？”

“如果苏姑娘真的死在滇中境内，拜月教又怎么跟听雪楼交代？”

白楼里，得到使者飞鸽回报，众人都是怒气勃发。萧停云斜倚高座，看着手里的玉骨折扇，并没有开口说话。在他身边的盲眼女子也沉默着，不置一词。

“石玉这一路赶去，还是没有查到苏姑娘的下落吗？”

“听说到了大理，就再也不见踪影——吹花小筑的人查遍了几支当日从茶马古道出发的商队，却没有人看到里面有女人跟随。而且更糟糕的是，高黎贡火山前日爆发，从大理通往缅甸的道路完全被摧毁，如今已经无法进入腾冲。”

“火山爆发？真的有这回事？”

“是啊……真惨，吹花小筑的人回禀说，那几支商队的人，几乎全部被埋在了乱石之下，血肉模糊无一生还。”

“啊？那苏姑娘呢？不会也是……”

“放心，石玉检查过所有死者，说幸亏里面并没有苏姑娘。”

“哦……”楼中弟子们都长长松了一口气。

“但是，令人担心的是，经过仔细检查，却发现那些商队里的其中一个叫莽灼的人，其实并不是被乱石砸死的，而是在那之前就被杀了！”

“什么？被杀？”

“是，对方是个高手，做得很隐蔽，全身上下没有伤痕，只有耳后有细细的针口——尸体被杀后又被巨石碾过，如果不是石玉大人做事细心，根本无法觉察。”

“是谁做的？难道是天道盟余孽？可他们为什么要连普通商队都不放过？”

下属们议论纷纷，萧停云却没有说话，坐在高处，放下了手里的折扇，轻轻拿起了案上放着的血薇剑——这把剑在他的掌心微微跳跃，显得急躁而不安。名剑认主，人在剑在。而今日，苏微却已经离开了半个月。

还只剩下十多天的时间了……她却生死未知。

“根据墨大夫所说，苏微必然会去雾露河上寻找碧蚕解药。”许久，他终于开口了，“各位，我想亲自去一趟滇南——无论结果如何，如果我们坐在这里空等，只怕是万万来不及。”

亲自去一趟滇南？

坐在下首的女子眉眼微微一动，却忍住了没有说话。

萧停云却看向了她，开口询问：“冰洁，你看如何？”

“我觉得，楼主此刻并不适合离开洛阳。”赵冰洁轻声回答，却是毫不犹豫，“大敌在暗中窥测，蠢蠢欲动，苏姑娘的遇袭只怕只是第一步，更厉害毒辣的手段还在后头——此刻敌暗我明，情况诡异莫测，楼主断然不可轻易离开。”

“是吗？”萧停云看着她，意味深长地问了一句，语气隐隐焦躁，“可苏微如今身处危境，孤身无援，实在令人悬心。”

“听雪楼如今亦身处危境。”赵冰洁声音平静冰冷，不退半分，“战云压城，大将不可擅离军中，楼主应该知道此间轻重。”

“……”他沉默下去，似乎是被下属这样冰冷尖锐的话堵得无可反驳。赵冰洁便也不再说话，重新垂下了眼帘，静默地坐在堂下。

楼中下属们还从未见到过文静的赵总管如此毫不客气地反驳楼主，而原因居然是为了力阻楼主去救苏姑娘，那一刻，在楼中资历略久的人都隐约想起多年来关于两人之间暧昧的传言，一时间心里都咯噔了一下，谁也不敢再开口。

白楼中的空气，一时间仿佛凝固了。

“那么说来，”沉默许久，终究还是萧停云先开了口，“总管以为如何才妥当？”

赵冰洁似是慎重地考虑了片刻，才道：“楼中人手此刻轻易不能调动，但是以苏姑娘目下的情况，又决不可就此置之不理——属下以为，不如请隐退的四护法出山，去往滇南相助，才最为合理。”

萧停云蹙眉：“可四护法是楼中砥柱，早已不问江湖之事多年。”

“血薇主人的事，四护法应该不会置之不理吧？”赵冰洁叹息，“碧落红尘昔年深受靖姑娘大恩，黄泉紫陌也是对萧楼主深怀感激——苏姑娘是血薇传人，四护法说不定会答应为此破例，下邙山出手一次也未可知。”

萧停云沉吟许久，终于深深点头。

已经是四月初了，洛阳春寒料峭，竟然还下了一场雪，北邙山上一片苍茫，天地苍白，一眼望去无边无际。

萧停云从草庐里出来，站在崖下，静静望着这一片雪原——白雪之下，碧草之下，那一对人中龙凤并肩长眠，这世上的一切翻云覆雨变幻，已经是再也打扰不到他们半分了。

父母离世，师父归隐，如今楼里只留下自己一人，面对着这一盘尚未下完的棋局，呕心沥血。他默默地望着，心下却是犹如波澜汹涌：刚才，他将自己埋藏得最深的计划和盘托出，却并未得到四位护法的颔首认可。当此暗流渐起、楼中杀机四伏之时，楼里的前辈的看法与他所做的决定却是大相径庭。

而这一关，若得不到他们的支持，听雪楼只怕就要撑不过去。

正在心潮如涌之间，身后忽然传来古琴声，低沉舒缓。

他霍然回身，看到了崖上坐着的青衣人——不知何时，四位护法已经从雪庐里出来了，静静地站在崖上看着归去的人。

“停云，你心思太重，不能宁静。不妨在此练一遍内息吐纳再走吧。”碧落在崖上坐下，横琴在膝，衣袖在飞雪中飘扬，“如少时那样，我为你奏曲。”

“是。”萧停云抬起头来，拂了拂衣襟，就在雪地里坐了下去。

琴声不徐不缓，空明清澈，带着沧桑看尽的淡淡倦意，响起在耳畔。居然还是陶潜的《停云》——那一瞬，他合上了眼睛，却无法控制心里如涌的各种念头。

当那一曲结束的时候，萧停云睁开眼睛，轻轻吐出了一口气。

“心不定，气便不能凝。”碧落在风雪里开口，语气肃穆，“停云，当此大事临头之际，你却心思纷杂，不能决断。”

“……”萧停云沉默不答，任凭雪落满了狐裘。

红尘忍不住叹了一口气：“你是在担心苏姑娘，还是冰洁？”

“我在担心听雪楼。”萧停云轻轻叹了一口气，重瞳之中神色复杂，“我在想，阿微到底是怎样的人？冰洁又到底是什么样的人？——世事如棋，步步杀机，徒儿如此愚钝，竟然始终看不透。”

是的，今日他故意试探，提出要孤身远赴滇南，若她在此刻给出的建议是离开洛阳去苗疆，他倒可能会更容易做个干脆利落的决断——然而，她居然力劝自己坐镇楼中。

这一来，她的想法，更是扑朔迷离。

听到他这样的回答，碧落的声音更加冷淡：“如果换了是萧楼主，一定会先赴滇南和血薇的主人会面——无论面对怎样大的困境，只要血薇夕影联手，便能解决一切。”

萧停云在风雪里握刀，垂首聆训，脸颊在风雪里渐渐冰冷。

“诸位师父，”他忽然开口，低声，“我同样担心阿微的安危，但却不想在这样的时候冒险离开洛阳，因为我知道这样做必然会中了敌人的计谋——而从小父亲就对我说，守住听雪楼，便是我这一生最大的使命。”

四护法相互交换了一个眼神，脸色微微缓和。

红尘默默叹了一口气，摇了摇头：“听雪楼固然要守住，可万一苏微在滇南遇到危险怎么办？她若有意外，血薇空有名剑垂世，亦成无主之剑，又有何用？——如果换了是萧楼主，他会在听雪楼和靖姑娘之间做出一个两全的选择。”

仿佛被这样的话刺了一下，萧停云微微一颤，抿紧了嘴角，冠玉般的脸庞显得分外苍白。许久，他低声笑了一笑：“或许是弟子能力不够吧。”

他语气里第一次流露出的疲惫和消沉，让崖上的四个人都齐齐一惊。

“从一生下来开始，父亲、母亲、师父、四位前辈……身边的所有人，都希望我能成为像萧楼主那样的人，”萧停云在风雪里低声道，握着夕影刀，语音却微微颤抖，“我从懂事开始，就一直在按照所有人期待的轨迹成长，一路不曾走错一步——可是……可是今天，我不得不承认自己的失败。”

他叹了口气：“非常抱歉，我无法成为那个人。”

这句话让风雪里的四位护法面面相觑，眼神变得复杂。

“是，我是雪谷传人、夕影刀主人、听雪楼楼主……大家都期待我能重新带领听雪楼回到昔日的巅峰，甚至，能够和血薇的主人结成连理，圆了昔年人中龙凤的缺憾——”萧停云在雪地上，对着四位护法微微躬身，“一直以来，我不知道是应该按照大家的期望生活，还是按照自己的本心行事……到今天，我终于有了个决断。”

“其实……”停了一停，仿佛要说的话是如此艰难，他终于抬头，带着一丝悲哀的笑意：“一直以来，我都没有勇气告诉你们：我喜欢学的……是剑，而不是刀。”

崖上碧落微微一惊，手指停在了弦上，仿佛是第一次认识他。四个人都没有说话——二十多年来，这个他们看着长大的、聪明顺从的孩子，还是第一次和他们说出这样的话！

崖下，贵公子的声音带着无奈的苦笑：“可是，又有什么办法呢？从我生下来到现在，有谁曾经认真地倾听过、在意过我的想法？事实上，无论我多么努力地想成为那个人，但我毕竟是我，和你们追随过的那个人完全不同——我不能把自己的一生都活成另外一个人。”

“如今听雪楼面临生死危机，我所做出的决定，虽然可能不符合你们的期望，却是我自己的抉择。希望护法看在听雪楼的分儿上，可以出手相助，”萧停云握刀站在雪里，对着崖上的诸位前辈低声道，“当然，如果前辈们不愿援手，我也无话可说。”

“停云一样会尽自己的最后一分力，为听雪楼死而后已。”

他长跪于雪崖之下，等待着几位师长的开口。然而，风雪呼啸在耳畔，崖上四位护法静默地相对，却是谁也没有开口说一句话。

“你这样做，是置自己于死地，也置听雪楼于死地。”许久，碧落回答，拂袖站起，扬长而去，“再回去想一想吧！”

萧停云在心里长叹了一声，只觉萧瑟。

“既然如此，晚辈告退。”他对四位护法微微一礼。

雪还在下，无边无际，似乎要将整个天地笼罩——那个长眠于碧草深雪之下的人啊，是否，我毕生只能站在你以前站过的地方、拿着你拿过的刀、做你尚未做完的事？我只能成为你的影子，心中真正所想所愿之事，永远不能随心所欲地去做？

如果真是如此的话，那么我的一生在没有开始之前，就已经结束了。

我必不能这样活。

第十章 雾露河女童

“我的手残废了，不能雕玉；你中了毒，不能握剑——所以，我们都没用了，所以，他们都离开了——说到底，我们都是一样的。不是吗？”

“所以，我们不要自相残杀了。谁又比谁好一点呢？”

然而，在听雪楼上下为之纷纷扰扰之时，他们所关心的那个人却正在经历着毒发的煎熬，在沉沉昏迷之中呻吟辗转，甚至连自己置身何处都已经不知道。

这一次毒发得好生厉害，醒来时，已经过去了整整两天。

林间的风吹拂在脸颊，带来木叶的芳香，耳畔有妙音鸟的啼叫声。苏微艰难地睁开眼睛，发现自己正匍匐在马背上，身子被一根宽大的带子和马鞍缚在一起，正沿着狭窄的山路颠簸着往前走去，两侧均是高耸入云的大山。

这……难道是被俘虏了吗？

在神志清醒的一瞬，她立刻本能地直起身子，双手往外一分，一振，手上的带子如刀割一般齐齐断裂。她挺身跃起，毫不犹豫地竖手为刀，便斩向前面押送她的那个人的后颈！

然而，当手刀触及对方时，她停住了。

"醒了吗？"原重楼头也没有回，只是淡淡问。

一口提起来的气在胸腔内放缓，她跌坐回了马上，愕然地看着他——四周景色殊异，这里已经不是腾冲，尽是连绵不断的巨大山峦，一望无际，没有人的气息。

"这……这是哪里？"她喃喃。

原重楼淡淡回答："高尖山，已经是缅人境内。"

"啊？"她吃了一惊，"怎么会……"

"你中了毒，那毒发作得实在太快了——我也稍微懂一点药性，不得不在你昏迷没醒的时候就带你上路。"原重楼终于转过头来，看了她一眼，语气平静，"否则，我怕耽误了这两天，你根本撑不到雾露河就会死了。"

"……"苏微大为意外，一时间不知道说什么好。

他……救了自己？这个看起来如此凉薄的人，平时冷嘲热讽，这一次在自己毒发的关头居然没有袖手旁观？明明知道自己现在被人追杀，处于危险境地，他居然还带她上了路？

“你……”她想说一些感激的话，却被截断，原重楼冷冷道：“别谢。我说过了，我不是什么好心的人——我帮你保住命，也是为了保住自己的手。”

苏微一时间愕然，他哼了一声，道：“你说过如果解了毒，就能让我的手恢复原状，这话不会是骗人的吧？”

“当然不是。”她点头，“我保证。”

“那好。我带你去雾露河寻找解药，回头你来帮我治好这只手，”他举起残废的右手挥了挥，道，“这样就两不相欠了。”

“好。”苏微点头，不知怎的内心一冲动，脱口道，“放心，就算没找到解药，在我死之前，也一定会拼尽全力把你的手治好的！”

“别说大话了，等保住自己的小命再说别的吧！”原重楼没有回头，只是策马往前，“你看你，中了这样的毒也没个人陪——家人呢？朋友呢？你平日的人缘难道会比我还差？”

她脸色一变，似是被戳中痛处。

“是啊，我没有家人，”她喃喃，语气悲凉失落，“也没有朋友。”

“所以中了毒，就一个人跑来这里等死吗？”原重楼冷笑着摇了摇头，“算我运气差，居然就这样被你赖上了——对了，你叫什么名字？”

“我……”苏微脱口，却忽然噤口，不知该不该说出真名。虽然在遥远陌生的这样的地方，眼前这个不会武功的人也应该没有什么威胁，但多年江湖历练，出生入死，已经将警惕刻在了她的骨子里。

微一踌躇，便被对方觉察了出来。“怎么，连名字也不能说？”原重楼冷笑一声，也不再追问下去，听着林间鸟鸣，随口道，“好吧，那就叫你迦陵频伽，如何？”

苏微点头，也不辩解：“好。”

“鞍边的褡裢里有干粮，还有水囊。”他继续策马前行，拿起身边的酒囊仰头灌了一口，“还要走两天的路，才到前面有人的地方，饿了就吃点吧。”

苏微探手，果然摸到了一打玉米饼，撕下一块，便放入嘴里咀嚼起来。原重楼策马在前面走着，纯黑的长发在风里微微拂动，消瘦的背影宛如一根挺拔的竹，手握着缰绳，上面那一道巨大的伤疤赫然在目。

离开腾冲三百里，便到了密支那地区的孟康。

这里虽然也属于大理镇南王的管辖之下，却已经是缅人的地盘。雾露河由北向南流过，带来了稀世宝藏。因为河中出产翡翠，一路上沿江分布着大大小小数百个矿口，其中最著名的有帕岗、木坎、南奇、后江四大场区。每一个场区里都有数以千计的缅人在劳作，蔚为壮观。

那些皮肤深褐、个头矮小的缅人站在湍急的江水里，筑起堤坝，截断一部分的河道，然后在河床底下开掘，寻找水底埋藏的上好翡翠原石。每个人都赤着上身，穿着窦鼻短裤，露出的肌肤被晒成了棕褐色，身上却是瘦骨嶙峋，仿佛那些刚被挖出的石头。

苏微沿江行来，看着那些烈日下汗流浃背的采玉人，不由得叹了口气。

“很辛苦，是吧？”原重楼远远地看着，似是对这一切景象熟极，淡淡道，“从河床里挖出的是水石，质量要比从山里开采出的料子更好一些，所以，在水里干活的报酬也相对高一些，报名来当雇工的人还得排队呢……不过即便如此，一年下来，每个人最多也只得十两银子，根本不够那些矿主们一宿吃喝。”

苏微不解：“可是翡翠那么贵，卖来的钱都被谁拿走了？”

“当然是这些大矿主，还有缅甸云贵两地的王室贵族了。”原重楼冷笑，看着那些成日泡在急流里劳作的工人，“此外，还有居中贩卖的汉人商贾——比如尹家独占了腾冲的翡翠专营权后，短短几年之间就已经成了云贵首富，利润惊人。”

苏微随口问：“你的那个朋友，叫什么尹璧泽的，就是尹家的人吗？”

听到那个名字，原重楼却忽然变了脸色，冷冷：“朋友？我哪里高攀得起？”

苏微看他变了脸色，便住了口，不再问下去。

“美人首饰侯王印，尽是沙中浪底来。”原重楼望着江水，苍白消瘦的脸上第一次露出了悲悯的神情，“在雾露河上采玉，凶险异常。每年都有数以百计的劳工被急流冲走，或者被崩溃了的堤坝压死在河下，不啻是拿命换钱。”

苏微蹙眉：“那他们为什么还要做这一行呢？”

“不做这个，还能做什么呢？”原重楼冷笑了一声，看着周围的莽莽大山，“密支那地区多山少地，人口却密集。山里的穷人家不识字，又没地可种——在发现出产翡翠之前，这里的百姓大半都吃不饱肚子。”

他看了她一眼，淡淡：“姑娘一定是从小锦衣玉食，不曾见过人间疾苦。”

“胡说！”苏微不忿，“我小时候家里很穷，还……”

他们正说着，却看到一个小小的女孩子出现在马前，拦住了他们。

“花，花。”那个小孩子对着他们笑，挥舞着手。

那个孩子看起来不过八九岁的年纪，皮肤被晒成了干净明亮的浅褐色，如同蜂蜜一般甜美，赤着小脚，穿着颜色美丽的纱笼，眉心点着一点朱砂，头上戴着一簇美丽的白色曼陀罗花，身上也套满了大大小小的鲜花编织成的花环，仿佛就是一个从花海里走出来的小仙女一般。

苏微看得有趣，不由得对她微笑了一下。

小女孩看到她微笑，便立刻拿下了脖子上的一串茉莉花环，套在苏微的马头上，仰起头用明亮的眼睛看着她，笑着比画，重复着一个字："花。"

原重楼淡淡道："她想让你买她的花。"

苏微看着小女孩殷切的眼睛，摸了摸口袋，却有些为难："我没有钱。"

不知道有没有听懂，但女孩的眼睛却迅速地暗淡了下去，没有再纠缠强求，也没有拿回那一串挂在她马头上的花环，只是合起双手微微行了一礼，就转身走开，继续沿路兜售她自己采集的花环。

"这些多半是缅工的孩子，"原重楼显然是已经来过雾露河矿区很多次，对风土人情极为熟悉，淡淡介绍，"这里劳工非常辛苦，一年下来赚到的钱却不够养活家人，所以，这些孩子很小就学会用各种方法补贴家用。"

苏微看着湍流里采玉的劳工和沿路卖花的小孩，心里有些不是滋味。

从小她就父母双亡，洪流里逃生后被姑姑收养，逼迫着习武，日夜无休，苦不堪言。来到听雪楼之后，又为了萧停云四处杀人，漂泊天下。本以为自己这一生已经够不幸，然而看到眼前这样的人们，忽然觉得过去的想法未免有些局限。

——与这里的人们相比，自己未必就分外不幸。人生本苦，只是各人承受的形式不同，又何必总是自以为与众不同？

"沿着雾露河再往南走二十里，便是曼西。"原重楼岔开了话题，指着前方，"曼西气候阴湿，多产碧蚕，其中有一个幽碧潭，是方圆数百里内著名的蛊毒之地，滇南很多采药人都知道那里——我想能在那儿找到雾露龙胆花。"

苏微不由得精神一振："好，那我们抓紧点时间！"

两人在泥泞的小道上策马前行，然而走不了几步，前面那个小女孩忽然又回来了，手里捧着一个竹枝编成的小小鸟笼，拦在马前，用生硬的汉语对他们道："鸟！"

她说着，将手里的笼子高高举起："鸟！"

笼子里果然是一只白色的鸟儿。有着宝石一样的眼睛和乌黑的尖嘴，头上一簇红色的羽毛迎风摆动，拖着长长卷起的凤尾，其中三根尾羽特别长，翎羽和双翅的末端染有淡淡的朱红色，静静地停息在笼子里的竹枝上凝视着他们，美丽无比。

然而，让人吃惊的，却是鸟儿那种宛如天籁的啼声。

“迦陵频伽！”苏微忍不住脱口惊呼——进入滇中后，无数次在密林中听到这种天籁般的声音，却还是第一次看到这种鸟真正的模样。

“迦陵频伽！迦陵频伽！”那个小女孩看到她惊喜的表情，不由得笑了起来，踮起脚尖，更高地把笼子举起，送到了她面前，频频点头。然而苏微摸了一下褡裢，却依旧露出了为难的表情——她身上，实在是连一文钱都没有了。

小女孩看到她为难的样子，明亮的眸子再度暗淡下去。

这次她没有把鸟笼留下，抱着白鸟转身准备离开。

“等一下。”在她转身离开时，旁边的原重楼却忽然出了声。他俯下身去，从褡裢里摸出了一钱的碎银子，指了指那个笼子，又指了指苏微：“迦陵频伽。”

“喏！”小女孩开心得两眼放光，踮起脚将笼子递给了她，拿到了那块碎银子，用牙齿用力咬了咬，欢喜地再度合起手掌对他们两个人深深行了一礼，回头蹦蹦跳跳地朝着河下游跑去了。

苏微抱着那个鸟笼，转过头想道谢。然而原重楼却没有看她，只是转过头继续朝着南方策马前行，又伸手拿起了马背上的酒囊，醉醺醺地喝了一口。

“别喝那么多了！”她忍不住道，策马追了上去。

“你管得倒宽，”他冷笑了一声，“别人不知道还以为你是我媳妇呢……”

然而，这冷嘲热讽的话还没说完，却听到下游轰然发出了一声巨响。

两人双双回头看去，登时都变了脸色。

那一座筑在河中的围堰，经受不起上游水位不断上涨的压力，居然在这一刻轰然倒塌，将下游几百位正在河中挖玉的劳工活生生压在了水下！

岸上的人惊呼着往河边奔去，然而被拦截住很久的河水如同脱缰怒马一样奔腾而下，毫不留情地践踏过那些有着黑褐色皮肤的劳工，带起滚滚泥石，浊浪翻涌，只是转瞬那一群河中劳作的人们就已经不见了踪影。

这样突然而来的可怖景象，令他们在马上看得怔住。

“爸！爸！”他们还没来得及上前，就听到耳边传来凄厉的哭喊，那个小姑娘扔了手里的花环，赤足朝着滚滚的河水狂奔过去。

“不好！”苏微来不及想，立刻把鸟笼往马头上一挂，飞身掠出。

那个小姑娘奔跑的速度快得惊人，转瞬已经跑到了河边，被巨大的恐惧和悲哀推动着，毫不迟疑地涉水而下，想要去浊浪里寻找自己的父亲——就在一个浪头将要把她卷走的刹那，她脚底一空，忽然凌空而起。

苏微不顾一切地提了一口内息，飞速掠出，在半空中一舒手，将小女孩拦腰抱起，一个转折便落回了岸边。但浪势凶险，任凭她轻功惊人，一身衣裙也已经溅湿了一半。

原重楼策马赶来，和她一起将那个挣扎不休的小姑娘拉住。

“爸！爸！”那个小姑娘还在拼命地挥动着双手对着浊浪哭喊，试图挣脱两个人的双手，然而只是短短一眨眼，汹涌奔腾的江水里已经不见任何一个人的踪影。上百个劳工，竟然一刹那都被急流吞噬！

苏微看着这一幕，忽然间就是微微一个恍惚。

那是一种深入骨髓的恐惧。很多年了，她以为自己已经变得很强，无惧于世间的任何事情，却不料骨子里对洪水的恐惧却依旧存在。

一切发生在瞬间，岸边工棚一片呐喊声，已经有人聚拢过来。河里劳作的是缅人，岸上监工却大半是汉人，说的也是汉语，看到惨剧发生，有一部分人试图组织缅工下水去打捞，有一部分人则在维护岸上的秩序，阻挡从各处蜂拥而来的缅工们，不让他们继续下水捞人。

“没救了……已经被水卷走了！没救了！”监工们大声呼喝，驱散那些前来救助的缅人，语气里满是不耐，“不用白费劲，到了明天，尸体会在下游回龙湾里自己浮上来的，到时候你们去收尸就是了！现在都回去继续干活！”

不知道有没有听懂这些话，小女孩猛然撕心裂肺地大哭起来，极力想挣脱他们的手冲过去。那群监工里有一个人听到了哭喊，回过头，看到了这个哭闹的小女孩，忽地一愣：“蜜丹意？”

那人是个四十多岁的中年汉人，又瘦又黑，衣衫朴素，显然在矿口上也只是一个中下层的人，但面容却比旁边的同僚温和许多，他蹲下来看着小女孩，叹息了一声：“你是索吞的女儿蜜丹意吗？”

“吴温林……”那个小女孩看到了熟人，越发哭了起来。

“乖，蜜丹意，”他蹲下来摸了摸小女孩的头，用缅语道，“你爸被水龙王带走了……不要哭了，佛陀会保佑他早生极乐。”

小女孩放声大哭起来，用蜜色的小手擦着脸上的泪水。

“谢谢你们两个救了丹意，你们是……”吴温林抬起头，看着站在她身后的两位年轻男女，然而刚说了一半，蓦地站直了身子，脱口而出：“天！你、你是……原大师？”

原重楼笑了一笑，摆摆手，示意他不必大惊小怪惊动别人。

“你们……”吴温林立刻住嘴，看了看左右，发现乱哄哄一片里还没有人注意到这边，连忙拉着他们走到了一边僻静的角落，惊疑不定地看着他们两个，低声问：“原大师，你已经很久没和璧泽少爷一起来雾露河了，今天是来选料子的吗？——这一段日子密支那天天下雨，矿口溃决了好几次，都没挖到什么好的料子，还望原大师在家主面前多说说好话，不然矿上的兄弟们又要领不到工钱了。”

原重楼脸色变了变，冷冷道：“我早就不再给尹家雕刻了，今天来也非为选料。只是偶尔路过而已。”

“哦，”吴温林松了口气，道，“那……要不要过来一起吃个饭？”

“不用了，我们还有其他急事要赶路。”原重楼摸了摸身边小女孩的头，对他道，“麻烦你带这个小姑娘回家去吧。”

吴温林看了看啼哭的小女孩，叹了口气：“这个孩子叫丹意，就住在前头三里外坡岗上的茅草屋子里，家里除了父亲就没有别人了。可怜的孩子，如今已经是个孤儿了。”

蜜丹意显然对他们说的汉语略知一二，此刻忽然放声大哭起来，小小的身子不停颤抖，颈上的茉莉花簌簌掉落了满地，香气馥郁。

“按照矿上的规矩，明天来领善后的款子吧，也希望佛陀保佑，能找到你爸的遗体。”吴温林蹲下来，擦了擦小女孩脸颊上的泪水，叮嘱，“蜜丹意，明天来矿上处理你爸后事的时候，如果工头问你想要领银子还是摸石，你一定要选银子，知道不？”

“嗯……”小女孩哭得上气不接下气。

“乖孩子。等拿到银子，你就去一百里外的福寮里找你的表姨吧……她有三个儿子却没有女儿，或许愿意收养你。”吴温林拍了拍她的脑袋，还想要说什么，忽然听到身边他的同伴们在喊：“矿主叫大家回寮里说话！快去！晚了要罚！”

“马上来！”吴温林来不及多说，最后摸了一下蜜丹意的头发，从衣兜里翻出了一小块碎银子塞到小女孩手里，便匆匆忙忙地跑了回去。

苏微站在暮色渐起的雾露河边，看着滚滚洪流，有些出神。

这个小女孩，不知为什么总是令她想起早已沉淀在记忆深处的童年。那个无助又孤独的自己，趴在一块小小的木板上，在无边无际的黄河里漂荡。

得不到任何援手，看不到任何前路。

“现在怎么办？”她转过头，想问原重楼的意见，然而吃惊地发现对方早已牵着小女孩离开了。原重楼用完好的左手，一把将蜜丹意抱上了马背，牵着马向着前头山坡上走去，用缅语道：“来，蜜丹意，我送你回家！”

苏微定定看着他高瘦的背影，嘴角露出一丝笑意来，顾不上手上的青碧色又因为方才的一轮轻功而有所蔓延，静悄悄地跟了上去，牵着马走在了他身后。

蜜丹意一路哭，原重楼用缅语不住地劝，温柔耐心。

虽然眼前这个人总是满身酒气，醉的时候多清醒的时候少，说话又往往凉薄刻毒，但不知为何，与他在一起，却依稀能感到某种温暖——这种安稳宁静的感觉，即便是当日在听雪楼里，那个权倾武林的人都不曾带给过她。

近日一直在下雨，雾露河边的道路非常崎岖泥泞，短短的三里路居然走了一个时辰，等到了那座小竹楼时，天已经完全黑了。

蜜丹意一路上哭个不停，当原重楼把她从马背上抱下来时，她用手紧紧抱住他的脖子不放，在他的衣领上哭湿了一大片。

苏微先走入那个小楼里，发现那里简直可以用“家徒四壁”来形容，除了壁上挂着的斗笠蓑衣和一根钓竿，还有灶上半锅昨日剩下的冷饭之外，房间里什么都没有——唯一丰富的是各种花盆，颜色缤纷灿烂，从窗台上一直摆到了地上。

看来，这个小姑娘平日里就是靠着采集鲜花做成花环，卖了来补贴家用的吧？

原重楼将蜜丹意安顿在竹床上，在房间里四处看了看，然后只说了一句“等我回来开饭”，就从墙上拿下钓竿，戴了斗笠，匆匆走了出去。苏微在后面喊他，他却没有回答，只是一转身就消失在山道上。

小小的竹楼里，转瞬就只剩下了两个女子。

蜜丹意的眼睛已经哭肿了，声音也小了下去，显然下午那一场惊心动魄的巨变已经让这个八九岁的小孩子心力交瘁。苏微不通缅人语言，也不知该如何安慰，只能伸出手，将这个小小的孩子抱在了臂弯里，轻轻拍着。蜜丹意靠在她身上，身子微微颤抖，不知是因为冷还是悲伤，伸手抓住了她的衣角。

苏微叹了口气，只觉心中一片柔软。

“没事的，”她轻声道，“有我在呢，别怕。”

自幼被授予杀人之剑，日夜苦练无休，后来纵横江湖多年，杀人无数，渐渐也就看轻生死——那么多年来，她的人生荒芜而冰冷，除了师父之外，竟然是从未得到过这样温暖而柔软的感受，就如贴近生命最初的本源。

两人相互依偎，不知过了多久，听到咕的一声，竟是从孩子的肚子里发出。

“你饿了吗？”苏微回过神来，发现天色已经黑了，连忙站起身来去灶前察看——然而锅里除了昨日剩下的半锅冷饭，竟然连什么都没有。

她在空空的房间里四顾，发现除了那只笼子里的迦陵频伽，这座房子里竟然是什么可以吃的都没有了。那只美丽的鸟儿正在婉转啼叫，一看到她的目光投过来，不自禁地停了歌喉，蹦跳到了笼子的角落，缩了缩头。

苏微转过了视线，无法可想，竹楼里又陷入了一片难耐的死寂。

继续坐了一会儿，还不见原重楼回来，苏微自己的肚子也饿了，再也坐不住。想了想，觉得先把饭热一下填饱肚子也好，便坐在灶前，从身侧的柴堆里抽了一把干柴出来，塞入灶膛，准备生火。

一刻钟之后，蜜丹意的惊呼响彻了竹楼。

“你在干什么！”夜里匆匆赶回的人失声惊呼，冲向了灶前，一把将正在胡乱扑打身上火苗的女子拉了出来，推往门外，“该死，别往柴堆上靠！快离开房间！”

苏微手忙脚乱地扑打身上着火的衣襟，然而火舌已经舔遍了她的纱笼围裙，正在往上蔓延。蜜丹意缩在墙角看着，仿佛这才从失魂落魄的状态里回过神来，赤足跳下床来冲到了门外，从廊下的大水缸里舀起一瓢水，冲过去便对着苏微迎头一泼！

哧的一声，冰冷的水和炙热的火相遇，转瞬双双湮灭。

全身湿透的苏微总算喘上了一口气来，站在廊下手足无措。那个小女孩拿着大水瓢，在门口看着满面烟灰蓬头乱发的她，忽然间扑哧一声，破涕为笑。原重楼也是舒了一口气，站在檐下眼神复杂地看着她，似是恨铁不成钢。

“说你自小没吃过苦还不服？你看你都会一些什么？”他冷冷道，走进房间将手上的东西放在灶台上，又看了看锅里被烧焦的米饭，摇头，“真是白白地糟蹋粮食。”

“我生过火！”苏微又羞又气，辩白，“我……我老家的灶不是这样的！”

“承认自己没用也不丢人，”原重楼讥诮，看也不看她一眼，开始收拾一片狼藉的房间，“反正你还会杀人，不是吗？厉害得很嘛。”

他的语气还是一贯的冷淡尖刻，然而苏微脸色却一白，怔怔呆了片刻，忽然间肩膀一动，落下泪来。

离开洛阳后，千里漂泊，一个人带着伤病躲避追杀，不知会在何处倒下、何处葬身，凄凉仓皇。一路行来，心渐渐冷去：她虽然留下了血薇，但私心里却总有一线幻想，以为洛阳的那个人会来追自己回去——然而，一路渡过了长江，渡过了澜沧，一直到过了怒江，那个人却杳如黄鹤，再没有出现。

她终究还是明白了他的选择。

对他而言，最重要的果然还是血薇，还是听雪楼！那么，不能握剑的她，对他来说又算是什么呢？在千里之外，她想她也该清醒了。

在大理独自喝酒的那一夜，她心里已经是心灰如死，比毒伤更甚。可即便如此，这一路上她也不曾表露过一丝软弱，因为她知道在这陌生的异乡，就算哭也不会有任何人来安慰她，——但不知为何，在此刻只是被那么一句轻轻的话一说，却勾起了心里埋藏的种种苦楚，再难控制。

那一刻，她爆发出的哭声吓住了房间里的两个人。

“是！我知道我没用！”苏微将头埋在臂弯里，哽咽，“我的那些本事，除了杀人之外什么用都没有……可是，如果没有这种本事，就没有一个人肯要我了……”

原重楼看着她，似是怔了一下，不知道说什么好，脸色复杂。

苏微缩在床角，多日颠沛流离的苦楚一时间都爆发出来，哭得全身颤抖。蜜丹意看着她眼里滚落的晶莹泪水，也是呆住了，回头一个人埋头在大片的花草里东翻西找，捧着一束青草跑回来坐在她身侧，将草叶在口里嚼碎了，踮起脚尖，将草汁细细地涂在了她被灼烧的裸露的肌肤上。清凉的感觉渗入肌肤，转瞬缓解了烧伤的灼痛。

蜜丹意帮她敷好了药，抬头怔怔地看着她，不停伸出小手抹去她脸上的泪水，叽里咕噜说着她听不懂的缅语，似是温柔地安慰着。

她看着怀里的小女孩，渐渐停止了哭泣。

——这个才七八岁的孩子，日间刚刚目睹了世上唯一亲人在眼前死去，不但没人安慰她，此刻却还要反过来安慰自己。她忽然觉得羞愧，便忍住了眼泪。

“好了，那么大的人了，至于哭成这样吗？”许久，原重楼的声音忽然响起在耳边，在她身边放下了手里的盘子，“就为半锅烧焦的饭？”

饭菜的香气扑鼻而来，馥郁而温暖，充溢了整个竹楼。

竹编的小桌子上放满了碟子，主食是米饭，里面拌有鱼酱，野菜和玉米炒成了一盘，此外还有米粉和鱼汤做成的鱼粉汤，椰子、鸡肉加面条做成的椰奶面条。芭蕉叶里还包裹着一只鸡，外皮烤成了金黄色，一剥开就流出了油。

“哇！”毕竟是孩子，蜜丹意睁大双眼，脱口惊呼。

“别哭了，”原重楼看了她一眼，简短地说了两个字，“吃饭。”

他用右手端起锅，准备将里面炒好的饭盛出来——然而受过伤的手显然没有足够的力气，在起锅的时候忽然抖了一下。

“小心！”下一个瞬间，苏微扑了过去，托住了他的手。

——她的动作快如闪电，竟是用了绝顶的轻功身法。

“你看，你的那些本事还是有点好处的，是不是？”看着苏微小心翼翼地捧住锅，蹭得双手鼻尖全是黑灰，原重楼的脸上浮出了一丝笑意，声音变得柔和，“吃饭吧。”

“鱼是刚才钓上来的，面条和鸡是从下面村子里买的。”原重楼道，一边把饭盛出来给她们两个，一边给自己倒了一碗酒，“以前为了选玉，我经常来往腾缅之间，对这里很熟。不知道这种缅人的饭菜你吃不吃得惯——毕竟要先迁就蜜丹意的口味。”

苏微是真的饿了，拿起碗老实不客气地扒拉了一大口，米饭里似乎拌着什么，黏糊糊的味道刺鼻而来，辛辣得令她打了个喷嚏。

“这……这是什么味道……”她勉强说了一句，那种辣随即钻入鼻腔，眼泪顿时再度模糊了双眼。她急忙放下碗，迅速转过头去，接二连三地开始猛打喷嚏。

“怎么了？”看到她如此狼狈，原重楼却忍不住笑了起来，反而开心得很，“哈哈……难道你竟不能吃辣？”

“不……不能吃辣怎么了？！”苏微辣得满脸是泪，怒道。

“太可惜了，你会错过天下一半的美味啊！”他看着她抹着眼睛，满眼泪花，瞎子一样伸手在桌上四处摸，终于发了善心，将一杯水塞到了她的手里，嘴里却犹自讥嘲，“真没想到，天下居然还有人不吃辣！”

“天下之大，嗞……天下之大，你以为所有人都像你们这儿吃得这么辣吗？嗞……你们、你们——”她一口气灌下了一杯水，终于缓过一口气来，怒叱。然而说着话，不小心又呛到了一粒花椒，顿时又眼泪横流，咳得天翻地覆。

蜜丹意拉住她的衣襟，连声关切地问：“妈？妈？”

听得这种称呼，苏微吃了一惊，张口结舌，甚至连喷嚏都忘了。

“没事，别紧张。”原重楼喝一口酒就一口菜，笑着看她的笑话，“缅人叫女子为‘玛’，意思是‘姐姐’或者‘阿姨’——叫小孩子则称为‘蜜’，意思是‘乖孩子’。”一边说，他一边抬手摸了摸蜜丹意的脑袋：“蜜丹意，是不是？”

小女孩显然听不懂，脸上泪痕未干，也不拿竹筷，只管用手捏着饭团大口地吃着。苏微看得她脸上粘着饭粒，却依旧埋头大口享用美食的样子，心中的愁苦不由得微微淡了一些——漂泊万里，生死未卜，然而荒山野岭这一餐一饭之中，却竟然蕴藏着诸多的暖意，令千山走遍的人从心底温暖了起来。

连这个孤苦的小女孩都懂得努力生存，享受生活的每一丝美好，她又何必困于往事？如今，她已经离开了洛阳，眼前天地广大，无处不可去，为何还放不下？——最多是再也不回洛阳，再也不入那个江湖，再也不见……那个人。

然而，一念及听雪楼里的那个人，她的眼神就暗淡了下去。

“饭里拌了些缅人叫作咖喱的调料，有些辛辣，这鱼却是用香草裹了烧的，不辣。”耳边却听到原重楼道，将一条鱼夹在她碗里，“你应该可以吃。只是刺多，要小心。”

苏微心头一暖，嗯了一声，低头继续大口吃了起来。没有了喧宾夺主的咖喱作祟，鱼的味道就凸显了出来，香草的馥郁透入了细腻无比的鱼肉之中，入口化为玉一样的碎片，齿颊生芳。

“你的手艺真好……”她恋恋不舍地啃完了最后的鱼尾巴，忍不住赞叹，“就是洛阳城里最大的酒楼，也没有这样好的味道！真不愧是原大师——”

“果然吃人嘴短，”他却照旧是冷冷地讥诮，没有好脸色，“吃了一顿饭而已，不用这样急着讨好我——等明日找到了打尖的小店，我就派不上用场了。”

“不是奉承，是真的……”她又盛了一碗鱼粉汤，喝得惬意，眼神亮晶晶的，“一直觉得会做一手好菜的男人才是世间的绝品，就像我师父一样！可是……”苏微捧着碗，眼里的亮光渐渐暗淡：“唉，可是后来，我认识的所有男的，手里拿的都是刀和剑。”

“你在中原的时候，一定是个厉害的人物吧？”原重楼喝了一杯酒，第一次问起了她的事情，带着几分好奇，“你的武功，是不是比男人都厉害？”

“差不多吧。”苏微本来待人警惕，然而在这样的荒山野岭里，一碗热汤似乎就将她的禁锢去除了，她捧着碗喝了一口鱼汤，叹了口气，“如果我手上有血薇剑，这世上，估计只有一个男人能与我匹敌吧。”

原重楼笑了笑：“就是那个‘停云’吗？”

那一瞬，苏微手里的鱼汤一溅，蓦然抬头：“你……你怎么知道的？！”

是的，在这个苗疆，没有人知道她的来历，除非是那些暗中下毒，又一路追杀而来的神秘势力！难道这个人居然也是……她的手指抓紧了筷子，不知不觉地用力，筷子尖端微微颤抖，只要对方一句答得不对，就要瞬地洞穿他的眉心。

“你昏迷的时候，叫过这个名字。”原重楼却没有看出她瞬间而来的杀机，只是淡淡喝着酒，看不出表情，“我猜，那是你的情郎吧？名字倒雅致。”

“才不是！”苏微脱口反驳。

“那么，就是你单恋人家了？”他看了她一眼，露出嘲讽的笑意，“受了那么重的伤，却一个人跑到这蛮荒之地来等死，必定是他不将你放在心上了。”

“……”她听得刺心，却一句反驳的话都说不出，许久才垂下头，轻声道，“他本来是要来的……但是他、他有很多事要管，脱不开身，我就先一个人来了。”

“哈，别自欺欺人了！”话还没说完，原重楼就冷笑，摆着手连声道，“男人如果真在意你，别说你只是来了苗疆，便是刀山火海，他也都会插了翅膀飞过来找你——如果是不在意，那任凭你客死异乡，他都不会想起你一瞬！你——”

“啪！”苏微重重将筷子拍在桌子上，震得蜜丹意一脸都是汤。原重楼说话一向刻薄惯了，喝了酒之后更是肆无忌惮，本来还想再说什么，然而看到此刻她锋利明亮的眼神，竟然将到嘴边的话又吞了回去。

“好吧，”他喝了一口酒，冷哼，“好话不说第二遍，你自己想想吧！”

“就算……就算是这样，那、那也不关你什么事！”苏微勉力控制着自己颤抖的声音，不让自己在短短几个字内崩溃，咬着牙，眼眶发红，“什么男人都是这样？你……你的那个春雨，不也是这样吗？”

他猛然一颤，霍地抬头看着她，眼神一时间竟凶狠无比。

果然说中了吗？她忽然觉得一阵痛快酣畅，竟将原本的剧痛都掩盖了过去，冷冷和他对视，毫不退让。蜜丹意听不大懂汉语，不知道好好吃着饭，这两个大人为什么忽地又变得如此剑拔弩张，夹在中间，不知所措地左看看右看看。

“好了好了，”最终还是他叹了口气，摸了摸蜜丹意的头，“别吓到了小孩子。”

“……”她原本提着一口气要和他争吵，却不料他竟然这样快就认了输，一拳打到了棉花堆里，那口提到胸口的气登时颓了，身子摇晃了一下，颓然坐了回去。忍不住将他刚才的话想了一遍，眼睛一红，泪簌簌直落到了碗里。

“好了，别哭了，烦死了。”他却不耐烦起来，“吃完了吗？”

苏微咬着牙，硬生生忍住了泪水，埋头吃饭。然而他方才说的那一席话简直就像匕首一样直插进心里。她越想觉得越是心痛，竟然全身微微颤抖。看到她这样惨白的脸色和失魂落魄的表情，对面的原重楼却叹了口气，低声：“不过，你说得对，我和你是一样的。”

他抬起了自己的手看了看，又看了看她的手，冷笑了一声：“我的手残废了，不能雕玉；你中了毒，不能握剑——所以，我们都没用了，所以，他们都离开了——说到底，我们都是一样的。不是吗？”

她猛然一震，不想他竟说出这样的话来，心中的痛快和不痛快顿时都散去了，怔怔看着他，只觉得荒凉无比。

“所以，我们不要自相残杀了。谁又比谁好一点呢？”他蓦地笑了一声，将酒囊里的最后一点酒倒出，带着一丝自暴自弃，仰头痛饮。然而手上一凉，却被人按住了。苏微劈手夺过了酒杯，皱起了眉头：“你能不能别再这样喝酒了？”

原重楼也皱起了眉头，来夺回酒碗，冷笑：“你管得还真是宽。”

第十一章 怀璧其罪

“我从一开始就知道了，”他微微笑了笑，看了看她，又低头看着自己右手上那一道深深的刀痕，“我甚至没有看到你，就从你说出的第一句话、第一个字中，认出了你——迦陵频伽，我知道你就是十年前砍断我右手的那两个凶手之一。”

他的声音轻微而清冷，仿佛夜色中的雾露河水静静流过。

吃完饭，夜已经很深了，周围万籁俱寂，深山里偶尔只听到猛兽的低吼。

“迦陵频伽，今晚你陪蜜丹意睡，我去外面找个地方。”原重楼收拾了碗筷，吩咐，“等明日把这个小姑娘送去了寮里、拿到了抚恤银，我们便继续上路去曼西，估计日暮便可以到了——你的毒耽误不得。”

“曼西？”蜜丹意听不懂他们的汉语，然而听到了这个地名，却紧张了起来，抓住了苏微的袖子，拼命摇头，“玛！不、不！”

“没事，我们会小心的。”原重楼安慰她。然而小女孩依旧不安，死死抓住她的衣角不肯放手，“曼西！不！”

苏微心里咯噔了一下，从蜜丹意的表情里猜测到曼西定然是一个凶险的所在——雾露龙胆花开在碧蚕云集的阴湿之地，剧毒汇聚，恐怕不是那么容易拿到手，普通人去了，更是有死无生。她看了原重楼一眼，心中不由得微微犹豫了一下。

他这样的半残废普通人，到了那地方，还能活着回来吗？

“你睡哪里？夜里可能又会下雨，你总不能真的睡在外面的廊下。”苏微皱眉，看着他苍白伶仃的手，忍不住道，“你手上的经络受过伤，是不能淋雨的——如果一受潮，只怕整个手臂都会痛起来吧？”

“我不是那么养尊处优的人。”原重楼摇头，从马背上解下一卷油毡，便准备往外走，苏微看着他的背影，忽然间心头一颤，忍不住地冲上前去，一把拉住了他：“你——”

他有些吃惊地停下来看着她，讥笑：“不会吧，莫非你想留我一起睡？”

“你……你……”苏微定定看着他的手，心中如沸，迟疑了片刻，仿佛鼓起了极大的勇气，咬着牙道，“你不用对我这么好的！你的手都被弄成了这样……你不知道那时候、那时候是我……是我……”

“我知道。”原重楼忽然间笑了起来。

苏微愕然抬头，发现他的目光忽然变得明澈锋利，宛如闪电。

“我从一开始就知道了，”他微微笑了笑，看了看她，又低头看着自己右手上那一道深深的刀痕，“我甚至没有看到你，就从你说出的第一句话、第一个字中，认出了你——迦陵频伽，我知道你就是十年前砍断我右手的那两个凶手之一。”

他的声音轻微而清冷，仿佛夜色中的雾露河水静静流过。

她却在这样的声音里战栗，不敢相信地看着他：“你……你记得我？”

“那一天我路过竹坝，本来只是想去绮罗镇上会我的情人——她是尹家的大小姐，方圆百里最出名的美人。”原重楼脸上还残留着多年酗酒留下的苍白颓败的痕迹，喃喃，“但那一天后，我再也不曾见到过她——因为我失去了我的手和我赖以谋生的技能，从此再也不被尹家所需要，也失去了可以接近她的机会。”

“后来，她嫁给了镇南王，成了最得宠的侧妃。”

苏微退到了窗口，定定看着他，双手开始不停地颤抖。

“所以……我怎么可能忘记你们呢？虽然只有短短的一面，但是就算到死，我也会记得你们两人的样子，说过的每一个字、每一句话！”原重楼看着她，声音平静而冰冷，“我经常在想，为什么这种灾祸会降临到我头上？我不过是一个腾冲的玉石工匠而已——这一切，究竟是为了什么？就因为我从那儿路过，看到了不该看的东西？”

“对、对不起……”她喃喃，捂住了脸，“对不起！”

是的，那种感觉又来了……那种杀戮之后难以摆脱的罪孽感又一次包围了她，黏腻而沉闷，令她窒息，恨不得夜夜借酒浇愁。

“你们两个人，莫名其妙地闯进来，彻底摧毁了我的生活。”原重楼淡淡说着，声音却是一直克制着的，“迦陵频伽，我第一眼就认出了你，也有很多机会向你报复——但是我没有。甚至我只要丢下你不管，也就可以看着你在我眼前死去——但我也没有。”

他看着她捂住脸的手：那手已经变成了青碧色，宛如最好的翡翠。

他叹息了一声，语气缓和下去：“因为我记得在那一刀落下时，是你挡开了你同伴的手，喝止了他——也是因为你的阻拦，那一刀才没有把我整个人劈成两半。你毕竟救了我。虽然之后的十年里，我日夜恨不得自己在那一天就死去。”

“虽然我不明白你们这些所谓的江湖人，为什么会把别人的性命当作草芥，任意践踏，”原重楼看着黑夜里巨大的山峦和静静的雾露河，声音平静而痛苦，“但是我明白一个人失去手的痛苦——所以，不想眼睁睁地看着你也失去自己的手。”

苏微怔怔地听着，眼眶红了红，终于没有忍住掉落的泪水。

“别哭了，”他凝望着她，用从未有过的温柔眼神，“迦陵频伽。”他抬起负伤残废的右手轻轻擦去她颊上的泪水，动作温柔，表情宁静。那一刻，她再也忍不住战栗地低下头，将头埋在了他的肩膀上，哭得全身发抖。

“对不起……对不起！”她在啜泣中喃喃，反复说着这三个字。

原重楼眼里掠过一丝复杂的光芒，抬起手拍了拍她的肩膀，微微叹了口气：“好了，别哭了……别哭了，都是十年前的事情了。”

“对不起……”她喃喃说着，语音哽咽模糊。

他犹豫了一下，回手轻轻将怀里的人抱紧，感受着她的战栗和落在他肩上的灼热的泪水，眼眸里含着看不到底的复杂的光。她将头埋在他支离的颈骨间，湿漉漉的脸颊贴着他的侧颈，鼻息吹拂在他的耳后——仿佛一头惊魂未定的鹿。

那一刻，他忽然忍不住，托起她的脸，吻了下去。

苏微的啜泣在一瞬间停顿，不敢相信地睁大了眼睛，抬头看着他：“你……”

然而，她一张开嘴，他便吮吸住了她柔软的舌尖。怀里的人蒙住了，只是睁大眼睛看着他，微微张开嘴巴，竟然惊得连一口气都忘了换。直到他放开她的肩膀，她才吸了一口气，感觉魂魄回到了躯壳里，只是身子软得站都站不住，一个踉跄，几乎又要跌倒。

原重楼下意识地伸出手想扶住她，忽然啪的一声，一个耳光就狠狠落在了脸上。

“你！”苏微终于回过了神，反手就是一掌。

她身负绝学，杀人如麻，此刻气急之下竟是控制不住力道轻重。原重楼被打得直飞出去，重重摔倒在地，低哼了一声，嘴角顿时沁出一丝血来。

“……”这一下她又愣住了，不知道该进该退，一时僵在了那里，尴尬万分。

然而原重楼从地上默默站起来，只是看了她一眼，没有说任何话，也没有做任何解释，就这样擦了擦嘴角的血丝，转身推开门，走入了外面的夜色中。

深山的夜晚是如此静谧，以至于半夜竹棚上的雨声都变得令人难以入眠。苏微在竹床上辗转反侧无法入眠，思绪如潮。

十年前那一场追杀历历在目。

雨声如鼓，重锤急板，仿佛那一场急急的追杀。

那个被斩下的头颅在空中飞旋，开合着嘴唇，吐出诅咒。夕影刀带着血雨急斩而下，追向那个路过的人。她失声惊呼，不顾一切地挡开了那把刀。

“别乱杀无辜！”

然而，那把刀忽然转向，直插入了她的心脏！

……

密密的雨敲击在顶棚上，仿佛惊心动魄的鼓声。

苏微在深山密林的小屋里坐起身，满身冷汗，靠着竹墙，听着外面密集的雨声，怔怔地出神。真的下雨了吗？她心下一惊，忍不住站了起来，走到窗边朝外看了一眼。

廊下密雨如瀑，那个人侧身蜷在简陋的铺盖里，侧脸苍白，似乎梦见了什么不愉快的往事，他眉头紧蹙，薄薄的嘴唇抿成了一条线。

她忽然心里一跳，就转开眼不敢再看。

回到屋里，抬头看了一眼上面的阁楼。蜜丹意已经睡得沉了，却发出轻轻的啜泣，布满泪痕的小脸紧贴着枕头，想来睡梦之中还沉浸在父亲遇难的那一瞬间——对这些远离刀光剑影的普通人来说，灾难的来临只是一瞬，留下的苦痛却是一生。

苏微独自坐在房间里，想着遥远的过去和茫茫的未来，心绪乱如麻。低下头，看着自己渐渐变成惨碧色的双手，全身渐渐发抖。空山大雨里，她在黑暗中抬起头看着屋顶，密密的雨声仿佛是金鼓敲响。是的，她过去作孽已多——

事到如今，又怎能把他们再度拖入同样的危境？

他睡在廊下，睡在无边的雨声里。

黑夜里，依稀听到那个脚步声轻轻走过来，停在身边。女子特有的微香气息萦绕在身边，仿佛是那个人回来了，那个遥远记忆中的人，在黑暗的雨夜里穿过了空山密林，来到了他身边，就这样坐在身侧，俯身静静地看着他。

他没有动，也没有睁开眼，生怕那一切都是幻觉。

许久，她微微俯下身来，似乎在凝视着他，长发末端拂到了他的脸颊，冰凉柔软。

“谢谢你。”他听到她说，有什么滚烫的东西滴落在额头。他下意识地伸出手，仿佛想在梦境里抓住那个转瞬即逝的影子，然而在他伸出手的那一瞬间，她仿佛一阵微风，从密密的雨中消失了。

“春雨！”他忽然间惊醒了过来。

他在屋外的檐下睁开眼，头顶依旧乌云密布。天仿佛漏了一样，雨一直下个不停。然而，他身上却是干燥的，不知何时被人盖上了一层蓑衣。这是……在这个没有月亮的夜里，他霍然睁开眼，只看到那一袭衣裙在苍茫群山里一闪而没。

“迦陵频伽！”他从梦境里醒来，却已经来不及拦住她。

那个还不知道名字的女子，竟然在半夜扔下自己悄悄走了——曼西近在咫尺，她为什么就在夜里忽然离开？是因为他轻薄了她，还是因为……他回忆着这些天来他们相处的每一个细节，不由得微微蹙起了眉。忽然，他发现蓑衣上放着什么东西，在暗夜里静静闪耀，伸手拿过来一看，竟然是那一对碧绿滴翠的翡翠耳坠。

她为什么要在临走前把这对耳坠留给自己？是补偿，还是愧疚？

微微迟疑了一瞬，蜜丹意的哭声便从小屋里传来。

“玛！玛！”当他赶到竹楼里时，只看到小女孩一个人在空空的阁楼里哭，张开手趴在窗上，看着雨意迷蒙的大山深处。房间里一切依旧，只是已经不见了苏微——和她一起在夜里悄然消失的，还有那一只白色的迦陵频伽。

鸟笼已经打开了，里面空空荡荡，只有美妙的啼声在笼罩着雨幕的空山里回荡。

始知锁向金笼听，不及林间自在啼。

他忍不住苦笑——这个丫头，做事原来都是这样不按常理出牌吗？居然就这样走了？可是，幽碧潭那种地方，她身为一个外人，不知底就这样闯进去，后果会十分可怕……即便她自称有着天下数一数二的武功，也难免尸骨无存。

他站在那里，微微蹙起了眉头。

事到如今，又该如何收场？

“蜜丹意，不要哭了，”许久，仿佛想定了什么，他俯身用缅语安慰那个孩子，“等天亮了我先送你去寮里拿抚恤银，好不好？”

孩子抬起漂亮的褐色眼睛看了他一眼，乖乖地点头，立刻不哭了。

孟康是雾露河上最著名的几个采玉矿口之一，以产出的水石而闻名天下。虽然矿不大，但每年从河中挖掘出的原石却有上百吨，品种水色均是一流。然而缅人工具简陋，无法进行精细的加工，所以挖出的原石在当地简单剖开后，便通过马队运往腾冲。

虽然河中挖出的水石，要比从山里开采出的料子要好上许多，但是围河挖掘的风险也非常大，特别是遇上雨季，更时常有溃坝死人的事情发生。

就如昨天，一下子就被河水卷走了六七十号人。

听说今日便要处理善后事宜，一清早寮里就已经密密麻麻挤满了人。那些拖家带口前来讨最后一份抚恤钱的大都是当地缅人，虽然一个个悲痛万分，然而面对着那些监工和矿主，虽有万般悲痛也不敢哭闹。

——因为在这个山高皇帝远的地方，矿主，便是比天还大。

工头按照惯例，问工人是选择要银子还是赌石——如果要银子，便按照一条人命一百两来算，拿钱走人，再无相干；如果不要银子，那也可以选择在矿上开出的石头里挑一块走，至于挑到的是一文不值的东西还是价值连城的至宝，就完全凭个人的眼力和运气。

那些劳工的眷属多半是不识货的人，家贫如洗，哪里敢把人命换来的银子用来赌石，大半都选了拿钱，个个排着队在账簿先生处按了手印，拿了银子便认命走人。

吴温林夹在善后人群里，打眼就看到了蜜丹意。

“蜜丹意，快来，”他拉住小女孩的手，想要带她插到长队的前头，“来，来，别在那里排队了——跟吴伯伯来拿银子。”

出乎意料的是那个小女孩却站住了脚，脆生生道：“不，伯伯，我不要银子，我要赌石。”

吴温林吃了一惊，连忙压低声音：“小孩子家家的，懂什么赌石！不要拿你爹用命换来的钱去玩，赶紧拿了一百两银子，回去好好过日子吧。”

“不，”蜜丹意却是倔强，“叔叔说，要赌石。”

“叔叔？”吴温林又是一惊，一抬头，却看到了一个高高瘦瘦的年轻人，就这样负手站在乱糟糟的人群背后，眼神冷定地俯视着矿上新开出来的一堆石头，面无表情。

他忽然间明白了过来，不由得满眼兴奋。

“工头，有人要赌石！”吴温林大声道，“蜜丹意要赌石！”

“小小年纪，居然还敢玩赌石？不怕把你老爹的卖命钱都赔进去？”工头也是个汉人，叼着一袋水烟踱了过来，瞟了一眼那个小丫头，冷笑，“生死有命，富贵在天。那就按老规矩来吧！丹意，你随便在外头选一块，只要搬得动就拿走！”

“别糊弄小孩子了。堆外面的石头根本没有一块是好的，”一个声音忽然淡淡响起，“不是有长裂就是有暗藓——钱工头，按规矩，把场里的全部石头都拿出来吧，别告诉我今年孟康矿上只开出来这一堆狗屎底子的料。”

“什么人这么大口气？想找死啊！”钱工头冷不丁吃了一惊，一边骂着，一边回头看了来人一眼，一时间嘴里叼的烟袋差点掉下来——

“原……原大师？！”

原重楼站在小女孩身边，也不多说，只道：“蜜丹意要赌石，把所有的翡翠原石都拿出来吧！不会耽误你们多少时间的，只要一炷香的时间就够了。”

钱工头没法子，只能咳嗽了一声：“那……那好，跟我来。”

他带着他们走进了工寮旁边的一个上锁的仓库，打开了门，嘴里讪讪笑道：“这一两年来，都没有人选过赌石……”

仓库巨大，里面堆放着一块块石头。大的有半个房子那么大，小的只有拳头大小，刚从土里水里捞出来，都没有经过打磨和擦洗，就这样横七竖八地放在一起，看上去都是黑黝黝的，和用来砌筑房子的石块没区别。

然而，原重楼只看了一眼，就拉着蜜丹意转向左边，将右侧所有的石头扔在了一边——左边放的是从雾露河里打捞上来的水石，而右侧均不过是山中挖掘的山料，水短质差，不值得一看。

钱工头看着他的眼神扫过仓库里的石头，知道这位原大师乃是翡翠一行内的绝顶高手，不由得脸色微微一变，咳嗽了几声，道：“原大师，矿上还有个规矩。赌石归赌石，但每个人只能拿走自己拿得动的石头。这个小姑娘——”他用水烟袋指了指八岁的蜜丹意：“您来选，她来拿。”

“这个我自然知道，”原重楼冷冷，“我不会坏了规矩，还请工头回避——点上香。那支香燃完之前，在下定然会带着蜜丹意选好石头出来。”

钱工头没奈何，只能带着吴温林出去，准备去禀告矿主。走的时候惴惴不安地回头看了一眼，眼神在最好的几块料子上流连了一下，生怕对方会挑走这些价值连城的宝贝——不过，那几块翡翠都有半人多高，那个小丫头怎么也扛不动吧？

当所有人都离开后，空荡荡的仓库里只有无数的石头和两个人。蜜丹意脸上忽然露出了奇特的表情，抬头看着原重楼，拉了拉他的衣角，似乎想说什么。

“别动，我在看石头。”原重楼却蹙眉，冷冷喝止。

小女孩似乎有些怕他，放下了手，乖乖地闭上了嘴，不再说话，然而却也不太关心面前这些可能价值连城也可能一文不值的石头，蹦蹦跳跳地在仓库里跑来跑去。而原重楼却在一堆石头中停下，皱起眉头，在其中几块上摸了一摸。

外面看起来是黑色的石头出产于帕岗，俗称黑乌沙，是最老的坑口，但里面的货色却常常不好，只能做砖头料。而红褐色皮壳的多半是打马坎的水石，经常出好料子，唯一的缺点是出不了太大的石头，每个不过拳头大小——但若是以蜜丹意拿得动而论，质优而轻，倒是恰恰合适。只可惜后江的矿不归这里管，否则倒是能挑几块可以开出高翠满绿的极品料子。

原重楼在那一堆打马坎水石里挑了一块两个成人拳头大小的石头，放在手里掂量。褐色的砂岩皮壳上隐约可见有一处松花，大约两寸长，消失于一个小裂纹里——如果这条裂纹没有深入石头内部，那开出来的料子价值将达到数万两之巨。

但是按照矿上的规矩，进来赌石的人不可以携带任何刀具，也不可以磨掉皮壳窥探石头里面的质地和分布——他想了一想，从怀里拿出了一袋子酒，打开盖子，倒了一点在那块石头上。

“咦？”蜜丹意停下来了，好奇地侧头看着他的举动，“给石头喝酒？”

原重楼没有理睬她，只是聚精会神地看着那几滴酒沿着皮壳滑落的轨迹，在它渗入裂缝的瞬间一眨不眨，默算着酒水消失的时间。

“这个不行。”他叹了口气，将石头扔回了架子上，“裂缝估计进去了半指深，开不出手镯了，最多只值几千两。”

“几千两！”蜜丹意却忍不住惊叹——她的父亲，大约一辈子做苦力在河水里打捞，也赚不到这一块石头吧？原重楼却冷冷道：“既然我带你入了这座宝山，又岂能让你带着区区几千两的翡翠离开？”

他在仓库里走了几个来回，然而眉头却渐渐紧蹙。

“看来，孟康的矿上今年真的没开采出什么好料子来。”他低声，拍着几块石头喃喃，“这些翡翠的质量，和当年我来这里的时候相比简直天差地别……看来经过这几十年，雾露河里的矿已经被采得差不多了。尹家今年岂不是……”

想到这里，他脸上的表情微微一变，似是戳到了什么。是的，雾露河翡翠矿枯竭，尹家的财富自然大受影响——可是，这一切如今和他又有什么关系呢？

原重楼摇了摇头，无声地苦笑，计算着外面的香应该燃了一大半了，在一堆石头里翻找，准备找个价值一万两银子左右的石头就作罢。

他聚精会神地挑选着矿石，蜜丹意神色却轻松，不知道是因为年纪小不懂事还是无所谓，居然对这些足以决定她日后人生的石头无动于衷，反而只是自顾自地跑跑跳跳，东看西看，从角落里找了一块滚圆的石头出来当球踢。

“别吵。”原重楼有些不耐烦地再度喝止，观察着手里的一块石头，一脚将她踢过来的那块石头踩住。然而，一眼瞥过，忽地一震，手里的石头竟然啪地落地。

“等一下！”他一把拉住了跑来跑去的蜜丹意，“让我看看！”

那块石头重新停下，灰头土脸地一动不动。这石头大概有小西瓜那么大，大约三十多斤重，外皮灰色，看上去没有裂痕，但也没有松花，只有一条斑驳的蛇形的痕迹依稀地蜿蜒绕了一圈，皮壳上开了一个小窗，黑黝黝的。

"是自璧的料子？"原重楼吃力地托起那块石头，凑到窗口旁，对着光只看了一眼，眼里乍然掠过一丝惊喜，脱口："天，这里居然能看到这种石头！"

原重楼看着那块石头，声音都有些异常："就是这个了！你拿它出去！"

"好重！换一块行不行？"蜜丹意皱起了眉头，用缅语嘀咕。三十多斤的石头，对成年人来说也是不轻的分量，八岁的小孩子更是吃力。

"说什么呢？用出吃奶的力气也要把它拿出去！"原重楼却声色俱厉，一边脱下外袍做了一个包袱，交给了小女孩，"我替你把石头搬到门口，等一下你把石头放到这里面，然后背着出去——不过是几步路，总没问题吧？"

"好。"蜜丹意似乎挺怕他的，吐了吐舌头。

原重楼抬起脚，将石头一路踢到了门口，然后俯下身将石头放到包袱里。蜜丹意吃力地背了起来，转身敲了敲门，提高声音，对外面的人道："叔叔，我挑好了！"

然而，仓库的门却并没有打开，还是一动不动。

"叔叔？"蜜丹意愕然，大声喊，"我挑好石头了！开门！"

门还是没有开，外面却依稀听得到脚步声，似有许多人赶过来，围在门外。原重楼心中顿时不安起来，用力地敲门，然而，任凭他们怎么敲，门却始终不开。

"啊……再不开，香都要烧完了吧？"蜜丹意嘀咕着，回头看了一眼原重楼，却看到原重楼的脸色猛然一沉。

"不对劲！"他低声道，一把将蜜丹意拉到了身后，"别动！"

就在那一瞬间，仓库的门打开了。

"果然是原大师，久仰久仰！"门一开，一个人影就映入了眼帘，拱手作揖，虽是缅人，却说得一口流利的汉话，"在下沙卡隆，是这里的矿主。听说十年前大师经常跟随尹家大公子来这里挑石头，但那时候我还没来这里，错过了高人。"

"不敢当。"原重楼客气地回礼，心里却暗自警惕。

"后来听说原大师的手受了伤，从此收山，真是可惜啊。"矿主还在絮絮叨叨，肥胖的身形堵在门口，让原重楼不得不开口打断了他："我们已挑好了石头，请矿主过目。"他用眼神示意，蜜丹意咬着牙将包袱重新背上，一步一挪地走出了门口，将里面的石头放下。

"小姑娘，你是索吞的孩子吧？"矿主笑眯眯地摸着她的头，用缅语问候，"为啥我以前没在这附近看到过你？"

蜜丹意显然对这个矿主没有任何好感，警惕地往后退了一步，瞪着他，嘀咕："肥猪！"

矿主似乎没听见这句话，只是看了一眼她拿出来的石头，笑着道：“好眼力！自壁的料子，灰皮，蓝花，水头好，能开好几对镯子。原大师挑的肯定没错——只可惜，小姑娘你在里面用的时间太久，已经超过一炷香了。所以，这次赌石就只能作废了！”

“什么？”蜜丹意和原重楼齐齐失声。

“你看，香已经灭了，时间早就过了。”矿主笑眯眯地侧过身，让他们看香炉里已经熄灭的檀香，“这是规矩，可不能坏。”

“呸！”蜜丹意忽然啐了他一口，忍不住叫了起来，“明明是你不开门，把我们关在里面拖延了时间！你要赖！不要脸！”

“我要赖又怎样？”那一口唾沫吐到了矿主胸口上，那个胖子忽地变了脸色，冷笑起来，“在孟康，老子就是法！老子立的规矩，当然可以随便改！”

“矿主！”原重楼连忙一把将蜜丹意拉到了身后，沉下了脸，“欺负一个孤儿，不是大男人所为——这事儿若是传到了腾冲，尹家面子上也未必好看。”

“呸，少拿尹家来压我！”矿主也拉下了脸，冷笑着看着原重楼，片刻前恭敬的语气完全变了，“什么原大师！如今还不是一个残废？尹家早就不要你了，以为我不知道？——你以为你是谁？想帮着一个外人来挑走我矿上最好的石头，想得美！”

他手一挥，背后涌出了几十个凶悍的打手，个个手里拿着武器。

“把石头好好地收起来！把这两个人都给我处理掉，不留一个活口！”

看到那块翡翠被夺走，蜜丹意发出了一声愤怒的叫声，眼神忽地变得可怕，一头猛地撞了上去，想从那些如狼似虎的家伙手里把自己的东西抢回来，原重楼从背后一把拉住了这个莽撞的小女孩，厉叱：“别乱动，躲我身后去！”

就在那一瞬间，那些打手已经冲了过来。

第十二章 吹笛者灵均

忽然间，空山之中，她居然听到了笛声。

有人在雾气里吹笛，回环婉转，宛如天籁。循声看去，竟有一个人凭空坐在河面飘浮的雾气里，影影绰绰——他吹的居然也是《停云》，曲声缥缈回环，随着山风遍布山野，不沾染半分凡尘。

在深夜里，苏微独自冒着风雨抵达了曼西。

根据原重楼所说，曼西距离孟康不过短短二十里。然而，她天不亮就孤身上路，却整整走了一天尚未到达。山路越走越陡，越走分岔路越多，等苏微沿着泥泞的路在山里打了好几个转，深一脚浅一脚地赶到传说中的幽碧潭时，天色又已经暗淡下来。

她站在山上，看着那个传说中号称“雾露河上的鬼栖之地”的幽碧潭。

然而，暮色中看起来，那只不过是一个普通的潭子，雾露河水从高山上蜿蜒流下，在这里积了一个十几丈见方的潭子，四周都是茂密的南方密林，草木苍翠，映在幽深的潭水里，没有丝毫的异常。

苏微找了个容易落脚一点的路线，慢慢攀下，来到了潭水边。

雨还在不停地下，虽然戴着斗笠，但她全身的衣服还是湿透了。等她小心地来到水边的时候，天色已经彻底暗了。黑暗里，她只听到脚下的深谷里有淙淙的水流声，却看不见潭里的情况如何，是否有碧蚕和雾露龙胆花。

看来，只有在这里停息一晚上，等明天再作打算了。

她倦极地想着，在潭边找了一棵高大的树木，枝叶茂盛，呈伞形展开，足以挡住此刻并不大的雨丝。她从树下轻巧地攀上去，在离地一丈多高的地方找到了个干燥点的枝丫，将湿漉漉的身体靠在树木上，啃了几口干粮，慢慢闭上了眼睛。

冷。湿而冷。被淋湿的衣服一层层贴在身上，就像是有蛇贴着身体一圈圈缠绕，令人无法喘息。她想运起内息抵抗，然而想到手上不停扩散的毒，还是只能颓然作罢，就这样抱着双臂，哆哆嗦嗦地贴着树木坐着，等待天亮。

除了水声，潭边很安静，安静得令人有些毛骨悚然。

苏微忽然发现了一件事：这一路走过来，在这潭水边上，竟然没有任何动物出没的痕迹，哪怕是一只小小的昆虫——这对于动植物繁衍极盛的南方密林而言，反常得有些奇怪。

四周很安静，只有风簌簌吹动树叶的声音和淙淙流水，她止不住地胡思乱想。

原重楼现在怎样了呢？天亮看不到自己，会不会追过来？不过，他应该还是要先去寮里处理蜜丹意的事吧？希望不要那么快赶来才好……这个不会武功手又残废的家伙，来到曼西这么凶险的地方也只是白白送死。

不过，也许只是她自作多情吧……这一路，连停云都不曾来找自己，那个陌路相逢的人又怎么会冒险来找自己？她忽地想起了昨夜那个突如其来的吻，脸上一热，心绪又乱了起来。

苏微茫然地想着，疲乏和困倦令她睁不开眼睛，不知不觉睡去——不知道过了多久，她仿佛忽然听到了一声痛苦的呻吟，非常清晰。

谁？她在黑暗中猛然醒了过来。

丛林安静，只有雨丝簌簌落下，打在叶子上，连一声蝉噪鸟鸣都听不到，寂静得有些反常。然而就在同一时间，她又听到了一声呻吟，似是极其痛楚——那个声音，竟然是从她背后的树里面发出的！

她在瞬间跃起，落下时短剑已经握在了手里。

当她落下时，整棵树微微地颤抖，枝叶簌簌，仿佛正在发抖。有奇怪的叹息和呻吟从树里传了出来，在黑暗里显得清晰而可怖。

苏微愕然地往后退了一步，不敢相信地审视着面前这棵树，仿佛它在苗疆的夜色里立刻便会产生妖异的变化——然而那棵树只是在夜里颤抖和呻吟，并没有攻击她，就仿佛一个痛苦的人在暗夜里不停挣扎，发出无声的呼救。

这……这是怎么了？这棵树是活的吗？

她被苗疆雨林里的这种奇怪现象惊呆了。怔怔之间，却忽然听到寂静的树林远处似乎传来一缕声音——低而轻，如同一个尾音划过夜幕，带着说不出的诡异。当她再度侧耳凝神的时候，那个声音又不见了。

她正待追寻，却感觉到地面悄然震动了一下，似有什么个头不小的动物在靠近。她警惕地侧过头，前方树叶悄然分开，依稀有什么缓步走了过来。

暗夜里有两点绿莹莹的光，那居然是一头云豹。

苏微倒吸了一口冷气，握紧了短剑准备搏杀。然而，那头云豹却看也没有看她，只是穿过树叶，径直朝着潭水走了过去。然后，就在她的注视下，云豹一步一步地走入了幽碧潭，直到水没过头顶，没有挣扎，也没有犹豫。

她不由得惊呆了：这头云豹，是准备自投沉潭了吗？

不等她回过神，在那棵树奇怪的呻吟里，四周的密林里忽然动了起来。反常的寂静忽地被打破了，潭水周围的每一片树叶都在起伏，显示着丛林下有无数动物正朝着这边无声无息地移动。紧接着，一头头羚羊、熊猴、巨蜥，乃至于大象，从密林里走出，不约而同地朝着幽碧潭而来，不声不响地走入了水里。

那些动物都很守秩序，似乎被看不见的力量牵引着，一个个排着队走入潭水里。幽碧潭不过十几丈见方，那些动物前赴后继，几乎将整个潭子都填满了。

这是干什么？是有什么在驱赶着它们？

苏微愕然地看着眼前奇特的景象，忽然间，背后传来一声长长的叹息。她霍然回头，却看到那一棵树动了起来，仿佛剧烈地颤抖着，枝叶簌簌而落——树上忽然冒出了无数双眼睛，在暗夜里凝视着她！

那一刻的惊骇，令她忍不住脱口惊呼，握着短剑往后退了一步。

然而那些眼睛亮了一下，便转瞬熄灭了。

黑夜里，那棵树尖叫了一声，轰然倒塌。当树倒下的时候，树木的根部忽然有什么涌了出来，密密麻麻，在黑暗里发出了窸窸窣窣的声音，急促地爬行而来。

苏微还没有看清楚那是什么东西，听到那个声音已经觉得不妙，头皮发麻之下点足掠起，飞速地落到了旁边一棵树木上。

脚底下黑黝黝的一片，长草不停起伏。她看不清楚到底是什么东西爬了过去。那些东西似乎很小，然而，在爬过去的地方所有的草木都枯萎了，就如同一瞬被抽干了水分灵气，纷纷瘪了下去。

脚底的那些声音如同潮水一样，一波涌过之后便再也听不见了。不远处的幽碧潭边微微泛起一圈水花，似有什么无声无息地再度投了进去。

那些动物忽然间齐齐发出了一声悲鸣，在水中不停挣扎，显然痛苦至极。然而，不知道为什么，居然没有一个动物肯主动走出这个小小的水潭逃命，就在那里反复地挣扎，声音渐渐微弱。

苏微站在树梢上，俯视着细雨中的幽碧潭，看到潭水的颜色渐渐变深，不由得全身冷了一下——她知道，这是无数鲜血沁出的缘故。这水里，正在有无数生灵死去！

前后不过半个时辰，悲鸣消失了，水面渐渐平静。

在幽碧潭里，只剩下无数具森然的白骨，在水中维持着站立的姿态，凝固着最后挣扎的痛苦。水面上有细微的水花泛起，似乎水下有什么东西簇拥着又散开。

到底……到底是什么？

然而就在那个瞬间，视线里，却忽然出现了奇妙的幻景。黑暗一片的大山里，仿佛忽然间亮起了奇异的灯——一盏接着一盏，在虚空里浮起来，密密麻麻挤在一起，仿佛是无数双奇特的眼睛一起睁开了。

这……这是什么？苏微吃了一惊，几乎从树梢上跃了下来。

那些眼睛漂浮在水中，却不随水流去，只是在黑暗里缓缓地移动，发出奇特的啧啧声，仿佛是有无数细小的动物在爬行和蠕动，密集地咀嚼着什么。

那种声音，听得人毛骨悚然。

苏微想了想，尝试着投了一块石头进去。扑通一声，水里那些群集的碧绿色忽然四散开来，就如烟火流星——那些碧色的眼睛退出了一个圆圈，一动不动。

那……到底是什么？

她提了一口气，在逼退那些绿色后，尝试着往水潭里走了一步。就在那一刻，她看到了一件匪夷所思的事情：在那些沉入水中的森然白骨上，忽然间出现了一点奇特的蓝盈盈的光！那些光隔着水面映射出来，有些模糊，却依稀似一朵花的形状。

那一刻，深夜的密林显得如此神秘，连风都停止了。苏微试探着往前走了一步，水已经差不多齐腰深，可以接近那一头刚死去的白羚羊骨骸。

凑近的那一瞬，她睁大了眼睛，看到了不可思议的景象——那一具新死的森然白骨上，居然盛开出了一种奇特的花！一朵一朵，从白骨的各处关节上生长出来，没有叶子，每三朵簇在一处，在黑暗的水面下发出微微的磷光，晶莹剔透，仿佛琉璃制成。

那……难道就是雾露龙胆花吗？

她小心翼翼地伸出手去，贴近白羚羊的头骨，尝试着去摘下一朵蓝盈盈的花——然而，当她的指尖触碰到花朵的时候，那一朵花瞬间在水下凋零，暗淡无光！

就在那个时候，周围那些避让着包围她的绿色眼睛忽然亮了起来，瞬地冲过来，把她包围其中。苏微愕然顿住了手，忽然发现脚底冰冷的水流出现了异常的波动，仿佛有什么体积庞大的动物在水底向着自己迅速地潜来——借着那些惨绿色的光，她模模糊糊地看到水面下隐约有着一条巨大东西，背上布满了赤红色的鳞片！

是蛇！这水潭地下，居然有毒物！

这一刻，她顾不上不得使用内力的忌讳，提起一口气，手里的短剑上光芒一闪，直抵水下巨蛇头颅！这虽然是一把普通的短剑，但是灌注了内力，变得锋利无比。一剑下去，那钢铁般的鳞甲便被切裂了一条血缝。

一击得手，苏微借力掠起，往岸上急退，眼睛片刻不离那条巨蛇，时刻提防着这个怪物猝然发难——然而，就在她身体凌空的那个瞬间，只听一丈外水面忽然哗啦一声巨响，另一条巨大的黑影从水底蹿出！

什么？这水下，难道还有另一条巨蛇？！

毕竟是出生入死无数次，她倒吸了一口冷气，却不曾乱了分寸，将全部的内力灌注在短剑中，对准了巨蛇的双目，唰地射了出去！

只要能在刹那间夺去这个怪物的视线，那么，她就有逃脱的机会！

两截短剑呼啸而去，带着千钧的力道刺入巨蛇双目。然而，在这刹那间，凭空忽然闪过了一道白光，竟有什么从暗夜里斜刺而来，啪的一声打在了短剑上，生生将短剑从半空击落！

那一击的角度非常巧妙，明明是人的手笔，并非异兽所能——

是谁潜在一旁，击落了她的短剑？！

苏微心下惊骇无比，迅速四顾，然而幽碧潭上一片黑暗，却压根不见一个人影。一击落空，她身形再也止不住地下落，脚下是一潭碧水，再无借力之处。身在半空，只听身侧的水面哗然再度碎裂，一道黑影带着疾风呼啸而来，猛然打在她的背部！那一击用力之大，令毫无内力护体的她瞬地吐出一口血来。

她在半空中回头，看到的是巨蛇冰冷的眼睛，和水下那一条一模一样。然而，这两条蛇一在半空一在水下，两个头颅从不同方向发起了攻击，却配合得天衣无缝，竟像是久经训练的高手一样！

在巨蛇跃起的瞬间，她看到这两条蛇的身体却是合并在一起的，巨大的尾巴一击即收，飞速地沉入了水里——

天……原来竟是条双头蛇？！

来不及多想，眼前便是一黑，直直地跌入了潭水里。冰冷的水灌入口鼻，血弥漫在水里，头顶那些碧绿色汹涌而来，覆满了她的视线。

原来，那些都是一种碧绿色的蚕。

它们数量惊人，在黑暗的水面上轻轻浮动，通体发出绿色的光，每一只的尾部都和另一只紧紧缠在一起，连成一体，无声地在水中交尾。而她坠入了它们的禁地，惊扰正在交配求偶的碧蚕。那些碧蚕云集而来，团团将她围住，从口中吐出白色的丝，将坠入水里的人迅速缠绕起来，裹成了一个巨大的灰白色的茧。

她渐渐无法呼吸，被茧丝包围着，沉入水底，仿佛穿上了一件素白的丧衣。居然……居然会真的死在这里？那么，她是再也不用回到中原、回到听雪楼去了吧？

在最后的一刻，她脑海里浮现的居然是如释重负的念头。

梦杂乱而无序。

时而梦见自己的童年，孤苦伶仃。时而梦见那一场江湖梦，血光四溅，荣耀和罪恶并举。滔滔的洛水边，满地的尸首里，那个白衣贵公子长身而起，手按夕影，微笑着对她伸出手——她握住了他的手，便以为结下了此生的盟约，宛如另一段传奇。

然而……后来呢？

无数无辜者的血纵横流淌，将她困在血海中央。她无法行走，步步后退，但那些血还是蔓延过来，越缩越小，最终令她无处可去。

血海之外，有一个黑衣人静静地看着她，戴着面具，眼神悲悯而洞彻。

那一瞬，她脱口低呼出来："师……师父！"

她的声音里充满了惊喜和祈求，如同迷路的孩童找到了父亲。然而，那个人并没有走过来帮助她，只是冷冷地看着被困在血海中无路可走的她，眼里露出了毒蛇般的讥诮，忽然咧开嘴笑了——

"我不是你师父。"他摘下了面具，冷冷道。

面具之下，居然是一张没有五官的空白的脸！

"师父！"那一瞬间，她从噩梦里惊呼着醒来，坐起，捂住胸口喘息。

天色灰蒙蒙的，周围有水流声，然而头顶却是巨大的蕨类叶子，重重叠叠挡住了雨丝。她居然好好地躺在岸边的石上，一觉醒来。幽碧潭空空荡荡，水下平静，没有什么碧蚕也没有什么巨蛇，更没有盛开的蓝盈盈的花朵。

昨夜的一切，难道真的是噩梦吗？

苏微坐起来，拨开了头顶的叶子，发现天已经亮了，细密的雨还在无止境地下着，将整个空山都笼罩在纱一样的雨幕里。她困惑地四顾：一切都照旧，没有丝毫异常——唯独胸口还是有些闷，按上去有剧痛之感，正好是梦里挨了双头巨蛇背后一击的地方。

她瞬地清醒，从石上站了起来，发现怀里的那把短剑不知去了何处。她警惕地往前走，随手折了一根树枝，将断口削尖，一步一步走到潭边去。

然而，眼前的景象令她毕生难忘。

下了一夜的雨，雾露河的水位涨得很高，几乎已经漫上了她所靠着的那条山道。水声淙淙，湿气弥漫。然而，那种水汽竟然仿佛一匹匹白色的纱帐一样从河面上升起，摇曳着飘向青灰色的天空。整条河上浮动着雾气，仿佛空山之间流动着一条虚无缥缈的银河。

苏微看得怔住，陡然明白了“雾露河”三个字的由来。

忽然间，空山之中，她居然听到了笛声。

有人在雾气里吹笛，回环婉转，宛如天籁。循声看去，竟有一个人凭空坐在河面飘浮的雾气里，影影绰绰——他吹的居然也是《停云》，曲声缥缈回环，随着山风遍布山野，不沾染半分凡尘。然而奇怪的是，虽然是那样飘然出尘的曲子，仔细听起来，心底里却始终藏着一丝邪异，仿佛昨晚那冷冷不动的蛇的眼睛。

“阁下是谁？”苏微握紧了手，情不自禁地走向那个幻影，想看到那个人的真面目。然而无论她走得快或者慢，他却仿佛风一样地移动着，始终与她保持着一段距离。那团奇特的云雾一直环绕着他，任山风吹，怎么也不散开。

苏微只得站住了脚：“昨天，难道是阁下救了我？”

笛声在瞬间停止。

雾气里，似乎听到那人隐隐约约笑了一笑，放下了笛子。他挥了挥手，头上的云雾便忽然散开了，露出上半身来——那个时候苏微才发现那一团笼罩着他的并不是雾气，而是一群白色的蝶。那些蝶非常细小，居然紧紧地追随在他左右，仿佛一片白色的云。

哪里来的蝴蝶？难道……是昨夜那一群碧色的蚕破茧而成？

不等她想出一个头绪来，那个人已经在布满雾气的河面上凌波步来。水面粼粼，似乎有什么托着他前行。等到靠近她三丈开外时，那一片笼罩着的云化蝶簌簌四散，彻底消失。

“啊？”那一刻，她脱口而出，看着那个走来的人。

——那个雾气里走出来的人，脸上赫然也戴着一个木雕面具！

在黎明升腾着雾气的河面上，穿着白袍的人凌波而来，衣带翻飞，气度闲雅，宛如神仙中人。然而，他的脸上却戴着一个精美的木雕面具，眼睛藏在深黑色的阴影里，连眼神都看不大清楚。

然而在下一个瞬间，她神色就暗淡了。不，那不是师父。师父的眼睛她非常熟悉，那双瞳孔里是有温度的，宁静温暖，绝不是这种冰冷如蛇的妖异，宛如非人。

“你……难道是灵均？”她看着他的面具，又看着他神奇的身手，心里迅速地转着各种念头，很快就得出了一个结论，“你，就是如今执掌拜月教的灵均？孤光祭司的弟子？”

他没有否认，似乎是不作声地微微笑了笑，又走近了一些。

离得近了，苏微只觉得他脸上那个面具熟悉得令她心惊，不由得一阵恍惚，眼角瞥见他袍袖之上的新月徽章，不由得心里一凛，脱口：“果然是你！上一次在火山爆发的时候，也是你救了我，对不对？”

他点了点头，水面无声地破开一线，如御风飞行一样到了她面前。

这个人，居然能在水上御风而行？

苏微凛然心惊，想起以前姑姑和师父对自己说起的种种——他们说过，世间还存在着另一种可以和武学比肩的技艺，就是术法。汉人之中的术法以释道两家为泰山北斗，谓之正道。而正道之外，六合之中还有许多其他流派，被称为“外教”，尤其盛行于滇南苗疆。

而灵鹫山的拜月教，便是外教中的至尊。

传说昔年拜月教的大祭司迦若，曾经以一人之力挡住了听雪楼的进攻，最后连横扫天下的听雪楼主也只能和他结下盟约，勒马澜沧，返回中原。那一战的惨烈和瑰丽，已经在江湖之中成为永远的传说。

然而，十年了，她在中原武林纵横天下，却从未遇到过真正的术法高手。

——直到看到眼前这个人。

武学到了极致，即便可以如达摩祖师那样一苇渡江，却也断断不可能做到像眼前这个人那样，在开阔的水面上无所依凭地来去。她自问自己的轻功绝对达不到眼前人这样的程度，不由得在内心倒吸了一口冷气。

“苏姑娘，冒昧了。”灵均来到离她一丈开外的水面上，顿住了脚，缓缓开口，语气谦和平静，如同一块温良的美玉，“前日高黎贡山上偶遇，恰逢火山爆发，在下忙着安排疏散村民，来不及和苏姑娘多说几句。不过，当时在下注意到姑娘身中剧毒，猜测着这几日碧蚕产卵、龙胆花开，姑娘应该会来寻求解药，便来此处相候——果然没错，幸亏被在下及时赶上。”

苏微看着面前的人，微微皱眉，心中一时有无限的疑问：“及时赶上？你……难道是特意来救我的？”

“那当然。”灵均似是叹了口气，“在下看出姑娘身上中的乃是碧蚕之毒，出自于滇南我教的领地，若在下不给姑娘解了这毒，岂不是令听雪楼误解？”

他的话说得客气婉转，滴水不漏，可苏微心里却依旧警惕：这个人身在滇南，又是怎么一眼就看出自己身份的？他到底对自己、对听雪楼怀着什么样的心思？这次中毒的原因蹊跷，拜月教是敌是友尚未断定，如今自己内力全无，若这个人有歹意，在这深山之中动起手来，只怕这一潭碧水便是自己的葬身之所。

她手指动了动，想要抓住什么，却发现袖子里是空的。

“苏姑娘要找的东西，应该是这个吧？”灵均淡淡开口，似乎对她的想法洞彻于心，对她伸出了一只手——他手里握着一把短剑，正是她昨夜和那条巨蛇搏杀时掉落的。

“在下没有管束好双双，吓到了姑娘，实在抱歉。可在下也不能任凭姑娘伤了它，所以不得已出手击落了短剑。”灵均叹了口气，“为了表示歉意，特此向苏姑娘送上一件礼物。”

他将短剑扔给了她，然后再度从怀里拿出一物来。

那一刻，黎明的光影中，她清楚地看到他的手心里出现了一朵蓝盈盈的花——赫然就是开在昨夜的水底白骨之上，触手即凋谢的那花！

“这就是雾露龙胆花，天下罕见的灵药。”灵均袖子微微一拂，袍袖猎猎飞舞，将那朵神奇的花托起在空中，“这种花为碧蚕卵的寄生，植于白骨，开于暗夜，普通人不能用手触碰，触及必败——必须用玉制之刀采下，方得如生。”

“原来如此。”她恍然大悟，看着面前已然平静如初的水面，却依旧忍不住地惊骇，“可昨夜……昨夜是怎么回事？那些碧蚕，那些生灵，为什么会……”

“昨夜是四月十五，适逢花开的最好节令。月圆之夜，那些碧蚕幼虫从龙血树下破土而出，蜂拥而至，在水中产卵。碧蚕卵和龙胆花都是珍稀的药材，所以我每年也会来这里几次采集。”灵均指了指潭水深处，声音淡淡，“昨夜我用笛声放牧丛林里的那些生灵，它们听到了我的召唤，便从密林各处前来，投入潭水中，成为祭品，任凭碧蚕吃空它们的血肉，然后在白骨上产卵。”

话音未落，他袖子一拂，那花落到了她的手中，一股寒气顿时刺骨而来，那朵蓝盈盈的花似乎是冰雪做成，令苏微不由得颤了一下。

“相信苏姑娘千里而来，只是为了此物。”灵均的声音恭谨而客气，“请将它揉碎，敷在手臂上被封的穴位处，便可解你身上的碧蚕之毒。”

苏微迟疑了一下，不知道该不该相信这个连真容都不曾露出的神秘人。然而转念一想，若是对方要取自己性命，不要说在高黎贡火山爆发那一次，便是昨夜放着自己不管也就可以得逞了，何必等到如今再来下毒手？

仿佛猜到了她的疑惑，灵均淡淡笑了起来：“灵均不敢勉强姑娘，但这花摘下来后只能保存六个时辰，姑娘自己早做决定吧。”

苏微不再犹豫，如言将那朵花贴着肌肤揉碎。那朵花冷得刺骨，却柔如冰雪，仿佛露水一样消失在已然惨绿色的手臂上。瞬间，一股冰冷的气息顺着血脉蔓延，扩散到奇经百脉，凝滞已久的气脉顿时重新连续！

她心中一喜，却是不动声色地提了一口真气，竖起了手掌，虚空一挥，身后一丈开外的一棵树木应声折断，裂为七截，寸寸如削。

“好厉害的七杀掌。”灵均不由得微叹，“不愧是血薇的主人！”

“这……真的是解了？”她回过手，感觉着真气在经络中回环流转，充盈四肢百骸，一时间不敢相信自己体内的毒如此轻易便被拔除。那一刻，她抬起头看着灵均，心里对这个人的狐疑也解除了，却有些说不出的奇特感受。

“苏姑娘已然痊愈，那在下就告辞了。回到了洛阳，记得替我问萧楼主好。”灵均微微点了点头，道，“至于这碧蚕之毒是如何出现在中原，又是如何毒到了姑娘身上，在下一定会好好追查，给听雪楼一个交代——”

“在下还有要事在身，先行告退了。”

雾气中的人微微颔首，摇手作别，重新踏波而去，竟是毫无留恋，仿佛这一场陌路相逢只如海上浮萍一聚。灵均转身逆流而上，脚下水流粼粼，竟然是由一巨兽托着，迅速地沿着雾露河消失在白云的最深处。

苏微倒抽了一口冷气，这才明白他不是踏波而来，那条被他踏在脚下做坐骑的，居然是昨夜那条双头赤色的巨蛇！难道，这便是方才他口中的“双双”？

她凝望着那个神秘白袍人的背影，出了一会儿神，才回过神来。

她提起手，瞬地变了几个招式，只觉得身体轻盈、内息流转，果然是已经完全恢复。然而一套折梅指结束，她却有些怔怔。

是的，事情已经结束了，远比她原先料想的要简单。接下来，她又该去哪里呢？是回中原去吗？停云曾经说过今年要一起去赏花——如今已经是四月中，再过几天，洛阳城里的牡丹就该凋谢了，就算是现在启程也已经赶不上了吧？

而且，停云他，是不是以为自己已经死了呢？

想到这里，她不由得苦笑了一声，心里茫然地想着，一路往回走。

雨停了，下山的路走得比来时迅速了一些，至少不曾再度迷路。当苏微沿着来路回到熟悉的村庄、看到那个竹楼时，心里猛地跳了一下，竟然有些犹豫地停住了脚。

原重楼和蜜丹意，是否还在这个楼里等着自己归来？如果就这样踏上去往中原的路，此时此地的一切都将会成为过去。这一个转身之后，终其一生，她可能再也不会遇到这个腾冲的玉雕师了。

她停在路口，犹豫了片刻，还是走向了那个竹楼。

是的，她答应过原重楼，在自己毒愈之后要替他治好手上的伤，让他重新成为一代玉雕大师。无论她回不回中原，这个诺言都必须完成！

然而，竹楼的门紧闭着，廊下的铺盖也已经收起，从窗口看过去，里面空荡荡的没有一个人。她喊了他的名字和蜜丹意的名字，里面没有一个人回答。怎么还没回来？如果是去了矿上领抚恤银，来回也不过一个时辰的事情吧？

苏微心里猛地一沉，隐约有不好的预感，回头便朝着矿口方向疾奔。

赶回孟康矿口时，已经是傍晚时分。

那里乱糟糟的，似乎有一场骚乱刚刚平息，地上还残留着血迹。

采玉场里的矿工们面有惊惧之色，围在一起，低声地劝着什么。人群里有个小小的声音在放声大哭，稚嫩而恐慌。她听出是谁的声音，急忙拨开人群挤了进去，果然看到蜜丹意在寮口哭泣，脸上明显留着被殴打过的痕迹——而原重楼已经不在她身边。

“重楼呢？”她急急地问，居然忘了这个女童听不懂汉语。然而蜜丹意看到她，更加放声大哭起来，用手不停拍打着地面，一边哭一边喊着什么。

“怎么了？”苏微听不懂缅语，更是焦急，“你在说什么？重楼呢？”

然而，周围的人都看着她，眼神陌生而复杂，没有一个人敢上前说话。

“你们知道原重楼原大师去了哪里吗？”苏微心下焦急，站起来问周围的人——然而那些矿工们居然齐刷刷退了一步，似乎在躲避着什么不祥的东西。她不明所以，却也知道事情不对，一把拉起哭闹的蜜丹意，正不知道怎么问出个所以然来，忽然看到远处的暗影里有人对自己招了招手，似是示意她过去。

苏微迟疑了一下，还是走了过去。

“姑娘，你是昨天和原大师一起来的那个人吗？”那个人用汉语压低声音问，一把将她拉到了僻静处——她仔细看去，对方是个黑瘦的汉人，依稀面熟，竟然是那个给过这个小女孩一块碎银子的吴温林。

“是的，是的！”她急急问，“他今天不是带着蜜丹意来矿上赌石了吗？人呢？”

“原大师……唉，”吴温林叹了口气，沉重，“但愿他还活着。”

“什么？！”苏微大吃一惊，情不自禁地伸手一把抓住他的肩膀，厉声，“你……你说什么？重楼他怎么了？他有危险吗？！”

“被……被矿主带走了。”她用力极重，吴温林忍痛低声道。

苏微愕然：“带走？为什么？”

“因为原大师替蜜丹意出头，在一大堆石头里帮她挑中了一块贵重的翡翠——结果……”黑瘦的汉子叹息着摇头，看了看地上的一摊血，“矿主知道尹家早已弃用了原大师，便肆无忌惮，想要抢下那块翡翠——原大师为了护着蜜丹意，被那群人打成重伤。”

苏微猛然一震：“那……那他现在在哪里？”

吴温林声音也有些哽咽，低声道："矿主知道他在腾冲有点名望，怕事情传出去不好听，便下了封口令，还让人把原大师抬进矿山里扔掉——昨天被抬进去的，直到今天一点消息也没有。以矿主平日的为人，我真怕是已经……"

他说不出话来——那只抓着他手臂的纤细手腕蓦然用力，几乎在一瞬间捏碎了他的骨头。苏微的脸色忽然苍白得可怕。

——只不过两天没见，居然事情就演变到了这种可怕的地步！她以为自己孤身上路便是不拖累他，却不料，反而是将他推入了万劫不复的险境！

"姑娘？"吴温林看到那种眼神，陡然觉得恐惧，"快……快放手！"

苏微回过神来，连忙放开手。她脸色苍白，眼神阴沉，沉默了一瞬，道："帮我把蜜丹意带回家去。我去会会那个矿主。"

"姑娘？"吴温林大吃一惊，"这里矿主就是土皇帝啊！你……"

然而，话音未落，那个女子已经直直地冲着寮里走了过去，咬着牙，脸色苍白，眼里似有闪电纵横。路上，她顺手拿起了一根凿石头用的铁钎，在手里掂了掂。

吴温林看着她一路走进去，连忙过去一把拉住了想要跟过去的蜜丹意，连哄带骗地将那个孩子拉出了矿口，远远避了开去。

"喂！哪里来的女人？矿主说今天谁也不见！"

看到一个汉人女子直闯而入，矿上的监工厉声喝止。然而那个女子仿佛不曾听见，身形快得惊人，也不见她如何举步，转眼便已经闯到了寮后面的石料场上，分辨了一下位置，然后冲着后面矿主休息的那座小楼而去。

"快拦住她！"监工大吃一惊，连忙敲响了寮里示警用的铜锣。

然而，锣声刚敲到第三下，那个闯入者已经掠到了小楼门口，尚未来得及推门进去，便转瞬被四周冲出来的守卫和打手们团团围住。

"看门狗。"苏微冷冷看着那一群人，想起也正是这群人围攻了原重楼，只觉心头怒火再也无法压抑，厉声喝道，"重楼呢？快把他交出来！不然我不客气了！"

"外面是谁？敢吵了老子午睡？"竹楼的门忽然被推开，一个肥硕黝黑的缅人踱了出来，赤着上身，下面围着一件麻纱做的笼基，手里抱着一块西瓜大小的石头，只看得她一眼，便用汉语惊叹了一声："哦，居然是个漂亮妞儿？不错不错……"

苏微只觉得烦躁，握紧了手："重楼呢？！"

那个矿主一怔："重楼？哦，你问的是原大师吧？"

他上下打量着被打手簇拥的苏微，呵呵了一声：“原大师真是我的福星，帮我开出了一块绝世好玉！为了表示感谢，我决定用翡翠来给他做一座坟……哈哈哈哈！就在那儿，看到了吗？”他转身，指着山脚一个深深的洞穴，洞穴里填满了零碎的石头——那个山洞深不见底，是矿上用来丢弃无用废料的地方。

苏微只看了一眼那个黑洞洞的矿坑，心里便往下沉了一沉。

“我叫人把他扔到那里去了！”矿主大笑，摩挲着手里的翡翠，“无用的玉匠和作废的石头，不正好是一对吗？哈哈哈哈……”

“你……”苏微只觉得血往上冲，手微微发抖。

“不过，我倒是没想到这世上居然还有人会来替他出头，而且还是个漂亮姑娘！”他回头打着哈哈，目光黏腻地在苏微身上扫了一遍，邪邪地伸过了手，“如果姑娘想要救他呢，那也容易得很——只要和我睡上个……”

然而，下一秒钟，他的惨叫声响彻了整条雾露河。

“无耻。”苏微咬着牙，一字一字吐出，冷冷看着面目扭曲的矿主——粗大的铁钎在一瞬间穿透了那只油腻肥厚的手掌，将那只脏手钉在了竹楼上！矿主发出巨大的惨叫，身体整个扭曲起来，另一只手却还是死死抱住那块翡翠不肯放。

周围的打手们目瞪口呆，齐齐发出一声喊，便举着刀冲了过来。

“呵。”苏微冷笑，手腕握着铁钎一转，那个矿主便发出杀猪一样的惨叫。她废掉了那个矿主的一只手，将铁钎带血一拔而出，转而刺向了围过来的打手。沉重的铁钎在她手里如利剑飞舞，招招狠戾，转眼便将十几个打手杀得血流成河。

苏微杀得红了眼，然而一瞥，却看到那个肥胖的矿主看到形势不对，居然正在悄悄开溜。她冷哼了一声，再也不管那些打手，手一扬，铁钎化作一道白光呼啸而出，唰的一声，直接将那个矿主的右脚掌钉在了地上！

“还想跑吗？”她冷笑，一身衣衫早已溅满了血，如同一个地狱里出来的修罗。

“饶命……饶命啊！”矿主在鱼龙混杂的矿口混了这许多年，已是一个老江湖，此刻立刻明白了眼前这个女子不同于昨日的原重楼，杀人不过头点地，立刻双膝跪下，大叫起来，“姑奶奶饶命！姑奶奶是活观音活菩萨，千万不要和奴才计较……”

苏微没心思和他多纠缠，一把将铁钎血淋淋地拔出，指着他的天灵盖，厉声道：“重楼呢？快带我去！否则敲断你的双手双脚！”

“是是是。”矿主忍着痛，不等她再催促第二遍，连忙连滚带爬地一瘸一拐站起来，拖着血淋淋的脚掌往前走，“奴才立刻带姑娘去！”

第十三章 ／ 哭泣之雨

一

“就这样，我母亲死在了朱门之外，同一时间，我父亲暴毙在豪宅之内——那时候我才五岁，便成了无父无母的孤儿……所以我从来不记得他们两个的脸。我只记得母亲日夜不停地哭泣，以及窗外绵延无尽的雨季。”

那个山洞位于河畔高尖山的半山腰上，是天生的溶洞，体量巨大，几乎整个山腹都是空的。洞口却很小，只有约一丈方圆，呈垂直状伸入高尖山腹中。在洞口打着火把看了一看，只见洞里堆满了切开后发现是废料的翡翠原石，一块块峥嵘嶙峋，棱角锋利，一直堆到了山腹，一眼看不到底。

苏微只是往里一看，便倒抽一口冷气：这样的所在，一个重伤之人如果被扔下去，基本上万无活理。

“原重楼！”她对着洞口失声大喊，呼声回荡在深不见底的洞穴里，渐渐微弱。

不会……不会是已经遇难了吧？刹那之间，她心中杀气勃发，手下加重，不知不觉几乎捏碎了矿主的咽喉。

“姑奶奶……姑奶奶饶命！”矿主拼命挣扎，“原大师……原大师一定还活着！”

“还不快派人下去找！”她厉声，“要不然把你也扔下去！”

“是是是……快！快放人下去，把原大师救上来！”矿主痛得声音发抖，忙不迭地回头怒骂，“人呢？人都死哪里去了？快给我下去找人！”

旁边几个监工蜂拥而上，去取了几大盘的粗索，垂入了洞穴，一直放了约五十丈才停住，然后扔了一个火把下去。那个火把落在不知多深的一块石头上，远远地燃着，映照出空荡荡的嶙峋的洞穴。

苏微心下焦急，注意力完全凝聚到了洞里的人身上，不知不觉便松开了手，矿主顿时瘫倒在地，拼命喘息。她探头往洞穴里极力看去，然而在那一小块照亮的洞穴里，根本看不到有人的影子。

“原重楼！”她大声喊，声音已经微微嘶哑，“你在那里吗？”

还是没有回音。黑沉沉的洞穴如同吞噬人的魔窟，沉默以对，苏微站在洞口，看着那个火把渐渐暗淡，心中也一分分地冷下去，忽然再也控制不住地回过身，厉声道：“听着！他要是死了，我要你们所有人都下去陪葬！”

所有凶神恶煞的打手们在她的目光下都不由自主地往后退——这是杀人者的眼神。这个女人，以前不知道杀过多少人！

她冷笑一声，闪电般地重新捏住了想要逃离的矿主的脖子，把他一把拖到了矿洞前面。然而，当她正要把这个满身肥油的男人扔下去陪葬时，黑暗洞穴的深处忽然传来了轻微的声音。一下，又一下，迟缓而虚弱，仿佛是有人拿着石块在岩穴上敲击。

“原重楼！”苏微顿住了手，欣喜若狂，大喊，“是你吗？”

黑暗深处，有人敲了两下作为回答。

“你还活着？”她声音发抖，对着黑暗大喊，“还好吗？”

洞窟的深处，再度传来两声敲击。

那一刻，苏微只觉欢喜得发狂，一把抓住矿主，厉声：“还不快点让人下去？！”

“是……是！”矿主知道自己短短一瞬已经在鬼门关上打了个来回，满身虚汗，几乎瘫软下去，连忙对着后面的人大喝，“快，快！给我下去救原大师！”

矿上监工们已经准备妥当。当先两个心腹腰缠绳索，踩住了洞穴旁嶙峋的山石，准备下去，矿主使了一个眼色，又看了洞口的苏微一眼。那些人显然是跟了矿主很久，明白他的做事手段，左右心领神会，微微点头。

然而苏微全神贯注地盯着洞口深处，竟然没察觉到这些异常。

“一群蠢猪！还不赶紧去！”矿主大声催促，回过头用缅语短促地说了一句什么。监工们从左右包抄过来，手拿绳索火把等物。其中一个缅人将绳索固定在洞口外面的一块巨石上，另外一头捆在腰间，一手拿着火把，从垂直的洞口缓缓吊了下去。

苏微无法掩饰眼里的紧张，不住地催促：“快些！快些下去！”

那个缅人赤脚悬索吊了下去，动作敏捷矫健。火光渐渐变小，转瞬下去了十余丈。忽然间，绳索停住了，洞里传来一声惊呼。

“怎么了？”苏微吃了一惊，情不自禁地扑到洞口边。

“在这里！”那个人叫了一声，然而只听一声闷响，手里的火把忽然熄灭了，整个洞窟里骤然又是一片漆黑。

“出了什么事？快！快下去再看看……”矿主在后面大叫，然而苏微却已经再也无法忍耐，一手拿起火把，一手抓住绳索，纵身便跃下了深不见底的矿洞！

几个起落之间，便到了方才那个缅人火把熄灭的地方，然而抓着火把一照，却压根不见一个人影。方才那个火把被扔在一块石头上，而那个缅人却在黑暗中不知下落。她一手抓住绳子，探出另一只手里的火把在周围照了一遍，却压根没看到有重楼的影子，而且，奇怪的是，连那个下来的缅人都不见了。

苏微心下微微一怔，有一种不祥的预感。

在黑暗的洞窟中四顾，一瞬间，眼角似乎看到有什么东西掠过。她迅速抬起头，只看到洞口有个黑影一闪，有人像灵猿一样的顺着岩壁攀爬，朝着头顶矿洞的出口飞速而去，已经远在十几丈开外的地方。

——这个，居然是刚才那个下来查看的缅人？！

那一刻，她心中一冷，正在犹豫是要上去抓住那个缅人还是继续下去寻找原重楼，只觉手里忽然一空，整个人顿时急速往下飞坠！

那根从洞口下垂的绳索，居然被一刀砍断了！

“下去陪葬吧！”头顶上爆发出一阵狂笑，“快，把洞口封死了！”

那是矿主的声音。在诱骗她下去查看后，他立刻吩咐手下砍断了苏微手里的绳索，要把这个胆敢伤了自己的女人活埋在这个溶洞里！

苏微失重飞坠，眼看就要在深渊里摔得血肉模糊。然而此刻的她一身绝学已经恢复，早已不同往日，生死关头，在半空中微微一折身，一口真气提上来，手中铁钎唰地插入岩石半尺，火花四溅，瞬间便定住了下坠之势。

知道情况危急，她也不换气，双足在岩壁微一借力，连火把也来不及拿，身形便重新向上掠起，用上了十成的轻功，快如惊鸿闪电。

然而，当她快要追上那个缅人时，头顶只听一阵巨响，无数滚石纷纷而落，当头砸了下来——竟是上面有人推动石块，想要封堵了洞口！

她侧身避让掉下的石块，速度便缓了一缓。

“快！快！封死了！”矿主看到她如同深渊幽灵，在黑暗里飞速而上，朝着自己逼过来，不由得吓得脸色苍白，往后急退，大喊，“立刻封死！”

听到吩咐，身后的打手合力撬动那块巨大的石头，也不等那个同伴上来，大喝一声。只听轰然一声响，巨石滚落，正好塞住了洞口。

刹那间，整个世界都黑下去了。

“矿主！矿主！”那个缅人失声惊呼，心胆俱裂，扑到了洞口，却发出了一声惨叫。他已经攀上了洞口，肩膀外露，只差片刻便能出去，但那个矿主却压根没有顾及他，巨石滚落，竟硬生生地将他拦腰压住，碾得血肉模糊。

在那个缅人攀上的同时，苏微也在那一瞬扑到了洞口，然而却已经晚了——那块足足有万斤重的巨石碾压过来，封死了洞口，怎么推都纹丝不动。

黑暗里有什么东西落在脸上，一滴又一滴，如同温热的雨。

那是鲜血，从那个只剩下半截身子的缅人身上滴落。

“该死！”那一瞬，杀意升腾而起，苏微一伸手，将那个诱骗自己下来的缅人扯开，反手便往洞穴里扔了下去！那半具尸体一路下坠，不知道过了多久，黑暗里才传来肉身摔落在锋利石头上的钝响，沉闷而可怖。

苏微在黑暗中剧烈地喘息，将钢钎插入岩壁固定，双足站了上去，然后伸出手，用尽全力去推洞口上的那块石头——然而，即便她已经恢复了一身武功，但这块巨大的石头却远不是以她个人之力可以推动的。她竭尽全力，石头只往外动了一动，移开了寸许，然而她一松手，那块石头却在自身的重力之下再度滑落，更深、更沉重地将洞口封死！

她深吸了一口气，再度用力，可手上的巨石丝毫未动，脚下的钢钎反而被踩得弯了下去，插钢钎的石壁上也四分五裂，出现了坍塌的迹象。

“该死！该死！”苏微怒极，用双手捶着封口的巨石，直到手掌整个磨出血来，一个个血掌印拍在了纹丝不动的石头上，终于筋疲力尽。

刚刚拔除了剧毒的身体犹自衰弱，在这样剧烈的用力之后已经支撑不住。她颓然坐下，觉得喉咙里一阵血腥味，刚想弯下腰喘息，便是一口血吐出——这一番不顾一切地使用真力，竟是损伤了心脉。

她不敢再动，知道在这样的绝境下应先冷静下来。

苏微在空洞的黑暗里呆呆坐着，头顶是那块巨大不可松动的石头，脚底是万仞的深渊。那个被她扔掉的火把落在不远处的一块岩石上，发出幽暗的光。她一惊，瞬地掠过去将那个火把抓起，立刻熄灭，节省下这最后的火源——然而当做完了这一系列动作时，却想起这么做也没有丝毫意义。这又不是食物和水源，无法延长人的生命。

当最后一缕光消失的时候，她只觉得心也陷入了无边无际的黑暗。

这一路行来，风餐露宿，什么苦都吃了，终于如愿来到雾露河，拿到了解药——原本以为噩梦结束，便可以回到中原去继续原来的生活。

却没有想到，自己居然会葬身在这里！

那个远在洛阳的人，他此刻在做什么？他是否会知道自己葬身此处？当自己化为白骨在这异乡地底支离，洛阳城中的牡丹依旧还是一年一度在春风中盛开吧？

到时候，他会陪谁去赏花呢？

苏微筋疲力尽地坐在黑暗里，擦拭着嘴角的血迹，茫然地想着，却发现在想起萧停云的时候，自己的心里居然没有那么痛了——就像是一个被反复撕裂了很久的伤疤，在经过一段时间的不留意之后，再去看时，竟然已经开始悄然结痂。

是的，她都要死了，那些是是非非、暧昧不明的往事，又有什么意义？就让他和赵冰洁在一起好了……他们青梅竹马，如果没有她的出现，没有血薇，他们两个人本来就应该是在一起的吧？

而她，真的只是一个外人而已。

在生死关头，她忽然长长松了一口气，释然了。思绪飘飞万里。直到不知过了多久，黑暗里一声微弱的敲击，重新将她的思绪拉了回来。

"重楼？"她失声惊呼，猛地醒了过来。

仿佛回应着她，那个敲击声又响了一下。是的，在黑暗山洞的某处，那个敲击声在中断了一会儿之后再度响起来了，虽然微弱，却依旧持续！

那一刻，苏微只觉得整个心都吊起来了，喊了一声他的名字，从石壁上拔出钢钎，便朝着黑暗之中跃了下去。一路飞坠，半晌都落不到底。当速度越来越快的时候，她便用钢钎在左右石壁上撑一下，以减缓下坠的速度。

不知道下落了多深，她终于落到底。

落脚之处都是碎石，一踏上就割破她的脚，尽管身怀绝艺，但毕竟不是能暗中视物的蝙蝠，苏微落地时一个踉跄，几乎摔了一跤。然而耳朵里全是那微弱的敲击声，她顾不得其他，便拖着流血的脚，摸索着朝洞穴的更深处走了过去。

洞穴的底部依然堆积着从上面扔下来的废弃石料，重重叠叠，垒到了一人多高。那些切开的石头棱角非常锋利，仿佛无数把尖刀，石堆也非常松散，微微一踏足便会发出坍塌前的松动响声。

苏微在黑暗的洞穴里用上了轻身术，小心翼翼地在石块上行走，一边大声呼喊着原重楼的名字。不知道走了多久，鼻子里忽然闻到了浓重而新鲜的血腥味，她不由得一震。

"原重楼！"她失声喊，循着血味往前走了一步，脚下果然踢到了温软的身体。苏微一颤，不顾一切地扑过去，扶起了那个人："原大师！"

然而，当刚一接触到那个身体的时候，她的心就直往下沉。触手之处，那个人的身体软塌如棉絮，她只一碰，就知道是全身上下的骨骼都断裂了，身子犹自温软，已经气绝身亡。

不可能……不可能！他不会就这样死在了地底下！

苏微在黑暗的地底全身颤抖，从怀里拿出那个火把，手却抖得根本点不燃火石。然而，就在她万念俱灰的刹那，黑暗的深处，忽然又传来了一声低微的敲击声。

她猛地怔住，以为自己是幻听了。

然而，啪的一声，接着又是一声响。沉默了片刻，她回过了神，几乎欢喜得发了狂，朝着声音传来的方向继续摸索前进，从一边拿起两块尖利的石头，撞击，用火星点起了火把，一路大呼："原重楼！你在哪里？"

火把只照亮了非常小的一块地方，洞穴里依旧是黑暗无比。

"原重楼！"她踩踏在石堆上，向着声音来处一寸寸地摸索。

然而，那个声音却忽然消失了，整个石窟仿佛一个巨大的坟墓，死寂。

她在黑暗里彷徨了许久，当几近绝望的时候，忽然间，有什么微微钩住了她的裙角——那是非常微弱的牵绊，却令她全身一震。

"迦陵频伽……"黑暗里，忽然有一个声音低声道。

"原重楼，是你吗？"她失声低呼，在模糊的火光里看到了一只苍白的手——那只手从被碎石覆盖的间隙里伸出，手上那道刀疤赫然在目，流着血，用尽全力抓住了她拖过地面的衣襟，握紧。

"原重楼！"苏微狂喜欢呼，蹲下身来，定定看着那张岩隙里苍白的脸。

他被困在坍塌的碎石下，手足都被压住，不停地流血，岩间露出的脸苍白得可怕。然而看到她来，他却微微笑了一笑，喃喃："迦陵频伽，你活着从曼西回来了？你……你的手，没事了吗？"

那一刻，她眼里有泪水直落下来。

"你……"她轻声嘀咕，"你自己都这样子了，还问我？"

"别……别哭。"他虚弱地喃喃，手指动了动，似乎想擦拭她脸上的泪水，"我……我不是也活着吗？"

"好了，别说话了！我马上把你弄出来。"她忍住了泪，将火把插在一边的地上，开始赤手一块一块移走压在他身上的石头，小心翼翼，生怕一个不小心又会压到他。

"快走吧，迦陵频伽，不要……不要管我。"石块被移开，被压在底下的人喃喃，语气越来越虚弱，"我已经不行了……不要管我。"

"胡说！"她厉声，"我一定会救你出去——你不会有事！"

"不，"那张苍白的脸上露出了微笑，"我不想出去了。"

她一怔，停住了手。他躺在地下望着她，眼神是空茫的，喃喃："我能感觉到我的手……我的手，已经全部折断了——就算出去，也只是一个彻彻底底的废人。”

此刻，苏微已经搬开了最后一块石头，刚要说什么，却仿佛烫伤一样蓦然移开了视线。她拼命忍住惊呼的冲动，在昏暗一片里咬紧了牙齿，全身战栗——石头下的双手血肉模糊，扭曲得不成形，白森森的肘骨外翻出来，惨不忍睹。

她一下子僵在了那里，竟说不出一句欺骗安慰他的话来。

火把颤了一下，终于灭了。黑暗的洞穴里寂静得怕人，只听得到她越来越急促的呼吸和他越来越缓慢的呼吸，仿佛是两股风在回旋应合。

“我先帮你包扎。”终于，苏微开了口，二话不说地撕下了衣襟，拿起那个熄灭的火把，手掌竖起一劈，木质的火把居中裂开。她用两片木头固定住他的手，点住他的穴道，用力将扭曲的骨头掰回正位，手法熟练。

他身体剧烈颤抖，却咬住了牙，没有痛呼出声。

“算了吧，迦陵频伽……别白费力气了。我的右手已经废了，左手又断成这样，以后只是一个废人了。”他微弱地说着，喃喃，“不要管我，就把我留在这里吧……你、你孤身一个人，说不定还能找到出去的机会。”

顿了顿，他忽然苦笑起来：“用翡翠做我的坟墓……似乎也不错。”

“给我闭嘴。”苏微咬着牙，用撕下的衣襟将他的手臂固定住，厉声，“我说过要治好你，就绝不会让你死在这种不见天日的地方！——来，我背你出去！”

“出去？”他微弱地笑了起来，“怎么出去？”

她怔了一下，忽然也呆住了。是啊……洞口已经被封死，再也出不去了。他们两个人就只能一起死在这地底，没有一个人知晓。

“试试看，说不定会有出路。”片刻之前，她本来也是满心绝望，就想这样静默死去，但此刻不知为什么心中却涌起一股执拗的求生意志，俯下身，将那个重伤的人背了起来，用那根钢钎当作拐杖，道：“这个洞那么深，我们往前走看看！”

他匍匐在她背上，听到她在黑暗中的呼吸，急促而微弱。

苏微怕受伤的人从背上滑落，便把身体尽量放平，在碎石堆上慢慢往前摸索着，腰几乎折成了直角。刚刚解了毒，她身体也还虚弱，刚才撞击封口的巨石时又伤了气脉，此刻背着一个人在黑暗里前行颇为吃力，几乎是慢得如同乌龟。

走了两个时辰，这个山洞还是黑黝黝的没有尽头。

“我们出不去了。”他在她背上叹息了一声，喃喃，“迦陵频伽，你不该来找我的……你如果直接回中原去就好了。”

“胡说。”她吃力地喘着气，翻越过一块巨大的石块，用钢钎插入身边的石壁，尽力保持身体平衡——如果换了是平日，这些地方她早就如履平地一掠而过，此刻背上背了一个不能动弹的重伤员，不得不比平日缓慢了十倍。

“真的，如果你直接回去，那就什么事都没有了……”原重楼在黑暗里喃喃，看不见他脸上的表情，“你身上的毒已经解了吧？为什么不回到那个人身边，去继续你原本的生活，反而要跑这里来？”

他笑了一声，忽然促狭般地道：“莫非……真的是舍不得我？”

“闭嘴！”苏微背着他从那块巨石上下来，膝盖上热辣辣地痛，停下来喘气。然而，背后那个声音却贴近了，几乎在耳畔低语：“对了，那天晚上，是你的初吻吧？——我看你那时候连眼睛都忘了闭上，简直像是吓坏了的样子……呵，迦陵频伽，难道以前没有别的男人吻过你吗？比如那个什么‘停云’？”

她忽地一震，猛然回头厉叱：“给我闭嘴！”

然而她在气恼之下，忘了背上的人双手已经没法用力，这么一动，原重楼就从她背上被甩了下去，重重落到了石堆上，一下子没了声音。

“喂……喂！”苏微慌了神，在黑暗里摸索着四处寻找，“你没事吧？”

终于，她在下面一人多深的凹坑里摸到了那个掉落的人，然而他却一动不动。“别吓我……喂！”她试图将他扶起来，可他身体沉重，黑暗中再也没有丝毫动静。“你怎么了？”她失声喊着，俯下身去试探他的鼻息，手都是颤抖的，“醒醒！”

就在那一瞬，她听到黑暗中忽然有人笑了一声：“我没死，不用那么伤心欲绝的。”

“……”苏微一下子怔住。

“不要说谎了，”他吃力地抬起头，靠近她的耳畔，低声问，“迦陵频伽，你是舍不得我才回来的，是不是？”

“不是！”她心中猛然一乱，“我、我答应过要治好你的手，所以……”

“是吗？只是因为这样？”原重楼在黑暗里叹了口气，似乎有些失望，“你们汉人女子真是奇怪……都已经到了这种地步了，还嘴硬？马上我们就要一起死在这地底下了。”

“不会的，”她脸颊发热，却咬牙道，“我们一定能出去！”

她不等他有机会再说什么，便俯下身一把将他背了起来，继续在黑暗里摸索，手足并用地在堆积满了尖利碎石的洞窟内前行。

这个洞非常深，不知道过了多久，前面忽然出现了一个陡峭的转弯，弯道里堆满嶙峋的巨石。她一块一块地攀爬过去，渐渐筋疲力尽，在攀下一块大石头时膝盖一软，支撑不住地跪了下来。那一刻，生怕背后的重伤之人滚落，她往前一步，迅速用膝盖抵住了地面——然而情急之下，黑暗里没看清面前正好有一块碎石，尖利的棱角唰地刺入了她的膝盖。

苏微发出了一声痛呼，又硬生生忍住了。

“没事吧？”原重楼在背上问。

“没事。”她咬着牙，默默将刺入膝盖的碎石拔出，血顺着腿部流了下来。她只觉得膝盖痛得失去了知觉，几度想要站起来，竟然没了力气。

“你怎么了，迦陵频伽？”他在黑暗中也感觉出了她的异常，“你在发抖！快——快把我放下来！”

“不……我们得继续往前。”她喃喃，竭尽全力背着他，摇摇晃晃撑起了身体，“要是一停下来，说不定……说不定就再也没力气站起来了。我们必须要——”

话说到一半，她忽然停住了，直直地看着前面。

眼前无止境的黑暗中，忽然出现了一点微弱的光！

“看到了吗？看到了吗！”苏微狂喜地大呼，“前面有光！是出口！”

她背着原重楼，不顾一切地往前狂奔，踉踉跄跄，一路上几度跌倒，又迅速地爬起来。只是过了一盏茶时间，就奔到了那个光亮处。

然后，忽然又僵住了，全身发冷。

光的来处，竟然不是洞口，而是一面绝壁！

这个绵延入山腹十几里的洞窟至此戛然而止，再无出路。洞窟的末端是一堵石壁，顶上密布着钟乳石，水浸透了山腹，从石上一滴滴落下。那些钟乳石里不知含着什么成分，在黑暗里幽幽暗暗，明明灭灭，如同星图——仔细再一看，原来是石壁下面有钟乳石所积成的一潭水，水面粼粼，不停泛起波光，折射在了石壁上。

这是绝路，再也无法出去！

苏微看得怔住，只觉得提在咽喉里的一口气忽地散了，颓然坐倒在地，双肩微微发抖。她背上的人也随之落在地上，折断的手应该剧痛，却忍住了一句话都没有说。

“我说了我们出不去的吧？”原重楼笑了一声，语气居然无所谓。

她无话可说，木然坐在黑暗里，却有一股绝望的愤怒和烦躁直冲上来，再无法抑制。忽然跃了起来，大喊一声，用力地将钢钎扔向了对面的绝壁！

唰的一声，钢钎化作一道光直插入石壁，深入两尺。她跃过去，一把将钢钎拔起，接二连三地在石壁上一顿猛刺，石屑纷飞，火光四溅。

终于，她筋疲力尽，再也没有一丝力气，颓然地倒了下去。

“何必呢？”她一顿发泄，原重楼似是看得呆了，此刻不由得讥诮，“你就算再厉害，也不能在石壁上挖出一个洞来直通外面，何必浪费力气？”

这一次她没有反驳他的冷嘲热讽，只是怔怔地看着尽头的石壁和石壁上粼粼的波光，一直沉默着，说不出话来。

“后悔吗？迦陵频伽。”黑暗里，忽然听到耳边的低语，“你看，如果你不回头来找我，现在，估计都已经在回中原的路上了吧？”

“闭嘴，”她喘着气躺在地上，累得全身虚脱，“才不后悔！”

他也斜躺在地上，一瞬不瞬地看着她，眼神奇特而深远。苏微心里蓦地又是一跳，下意识地往后躲了躲。然而这一动似乎碰到了他的伤口，原重楼啊了一声。

“怎么了？”苏微吃了一惊，凑过去时才发现固定断手的木条又歪了，连忙低下头将绑带重新正好。

“我说，你真是蠢……现在做这些还有意义吗？”原重楼看着她认真的样子，忍不住讥诮，“我们很快就要死在这里了，还有谁会在乎一具白骨上的手骨正不正？”

“别乱动。”她却皱着眉喝止了他，小心翼翼地包扎他的手臂。他低头看着她，眼神变幻，忽然道，“对了，你到底叫什么名字？”

“嗯？”她愕然，抬起头看着他。

“我不想到死都不知道你的真名，”原重楼在黑暗里叹了口气，“你总不会真的叫迦陵频伽吧？”

她想了一下，终于说了实话：“我叫苏微。苏醒的苏，微笑的微。”

“苏微……好名字。”他在黑暗中轻轻念着她的名字，似乎笑了一笑。他躺在那里，看着洞窟顶上的钟乳石，听着那些水一滴滴凝聚随后滴落在潭中的声音，忽地开口问：“你还有什么没有完结的心愿吗？”

她想了一想，摇头：“没有。”

“真的没有？”他却追问，“比如回到中原去，嫁给那个叫停云的人？”

怎么又提这个？她霍地转过头，在黑暗中怒视着他：“闭嘴！”

“都到这样的时候了……咳咳，还要面子，不许人说真话。”原重楼喃喃，语气是一贯的尖刻，却带着深深的疲惫，“很快……很快我们都要闭嘴了，闭很久很久——在能说的时候，为什么不说呢？”

苏微一怔，怒意转瞬淡了。她沉默下去，凝望着离合的波光，过了许久才轻声道：“不，不想了——以前我是很想嫁给他的。但现在，是再也不想了……”

“为什么？”原重楼问，“是因为你中了毒，他却不管你吗？”

“不是。只是忽然觉得没意思了而已……”她摇了摇头，“原本总觉得这应该是属于我的，到后来才发现，从一开始这样的想法就有些可笑。凭什么呢？这个世上，又有谁天生就该属于谁？”

她顿了顿，忽然问：“你还有什么未了的心愿吗？”

“我？”他在黑暗里笑起来，漫不经心，“本来就是烂命一条，苟且偷生，也没人在乎我的死活——还说得上什么心愿？”

她听得心里一沉，却说不出什么安慰的话。他们一起在黑暗里沉默着，只听到洞顶上的水凝聚在钟乳石上，一滴滴地滴落在潭中，此起彼伏，绵延无尽。

“真是讨厌的声音，”原重楼喃喃，语气烦躁，“弄得像到处在下雨一样。”

“你不喜欢下雨？”她随口问。

“嗯。我恨下雨天，”他仰躺着，看着黑暗，“可惜滇南的雨季长得出奇。每次下雨我都去喝个大醉，一觉睡到天放晴。否则，就会觉得……”说到这里他顿了一下，笑了笑：“会觉得这个世间到处都有人在哭。”

“为什么？”苏微有些奇怪，“哭？”

“可能是母亲的缘故吧……”原重楼喃喃，语气虚无，“我对于她唯一的模糊记忆，就是她总是在不停地哭泣……而外面又下着无止境的雨。”

那是他第一次提起他的家人，她沉默了一下，忍不住问：“唯一的记忆？是去世了吗？”

“是啊，”他淡淡道，“在我五岁的时候就去世了。”

“啊……”她不知道该说什么，“抱歉。”

“没什么，”他在黑暗里仰望着头顶，平静地回答，“这一辈子我没有和一个人提到过这件事……在快要死之前说一下也好，免得憋到下一辈子去。”

苏微脱口道：“她一定很美吧？”

原重楼忽地回头，在黑暗里看着她：“为什么这么问？”

“因为……”她顿了顿，本来想找个借口把话绕过去的，最终还是老老实实回答，“因为你长得就很好看啊……所以，你母亲肯定也是大美人。”

“是吗？”虽然身处绝境，这句话居然让原重楼有些得意地笑了起来，“你知道不？在腾冲，不，在腾冲方圆三百里内，有很多姑娘倾慕我呢！”

“知道知道，你不用自吹自擂。”苏微有些没好气，在黑暗里白了他一眼，有点后悔自己夸赞了他，“你有一双桃花眼，嘴巴又坏，一定很受欢迎——否则那个叫阿蕉的姑娘早就把你打出去了，怎么还会容你一直赊账？”

“嘿嘿……”原重楼揉了揉鼻子，笑了起来，“想当年，我母亲是方圆三百里内最出名的美人，摆夷族寨老的唯一女儿，而我的父亲，据说也是个美男子。”

“据说？”她愣了一下。

“是啊，据说，”他的语气低落下去，喃喃，“我没见过他。”

苏微沉默了一下，最终只是“哦”了一声，不知怎么接话。

原重楼却自顾自地说了下去：“我父亲叫原子纲，是个腰缠万贯的大行商，做药材生意，路过腾冲时看中了母亲，苦苦追求了两年，终于抱得美人归——嘿，据说那时候父亲大手笔地在寨子里办了七天七夜的流水席，光酒就喝了一千坛！”

“可是好日子不长，”他喃喃，语气低落了下去，“成亲后头一年，父亲还只是偶尔回老家去住个一两个月，然后又回腾冲来——但后来时间越来越长，到了第四年，他在一次出门后，便再也没有回来。”

“为什么？”苏微愕然。

“他把我母亲抛弃了呗。汉人天生薄情，没几个好东西。”原重楼冷冷回答了一句，“我母亲托人四处打听，却发现他不但谎话连篇，甚至连名字都是假的——我母亲几乎疯了，就把我扔了下来，孤身一路往中原寻了过去。”

“……”苏微没有说话。商人重利轻别离，一个从未出过深山的滇南摆夷族女子，竟要去千万里之外寻找自己不知姓名的丈夫，想想就是一件艰苦而心酸至极的事。

原重楼叹了口气，低声：“后来，母亲历尽千辛万苦，终于在扬州找到了他——原来我父亲是当地出名的富豪巨贾，朱门深宅，壁立森严。可是，无论我母亲怎么呼唤哀求，我父亲却闭门不出，只让正房太太出来扔下一百两银子，打发她回去。”

“正房太太？”苏微愣了一下，还没回过神来。

“是啊……我母亲这才知道父亲在中原不仅早就娶了妻子，还有三房如夫人，妻妾成群。但他常年经商在外，生性风流不甘寂寞，便在每个落脚的地方都娶了一房姬妾。”原重楼冷冷地笑，“而我母亲，只是他遍布天下的第十一房小妾罢了。”

苏微愣住了，不由自主地怒道：“该死！”

“是啊……该死。”原重楼语气也冷峻，毫不以骂的人是生父而有所收敛，“这样的男人都该下辈子投胎当种猪！”

“那后来呢？”她皱着眉头，小心翼翼地问。

——这样一个弱女子，在人生地不熟的地方又能怎样？难道还能告到官府去？

从天到地，从民到官，都不会有任何一方对她伸出援手，也就只能在门外闹一场，哭一场，然后一个人回到滇南去吧？

原重楼顿了顿，忽然道：“你知道连心蛊吗？”

“连心蛊？”苏微吃了一惊，道，“以前听师父说过。是用黑天蛾养出的一种蛊，在苗疆里比较多见，并不算是非常高明的蛊——蛊虫有一对，分别种入两个人的心脏，一荣俱荣一损俱损。对吧？”

“对。”原重楼的表情忽然变得很微妙，“你知道吗？我外祖父是摆夷族寨老，也是当地著名的鬼师，当年我母亲执意要嫁给外来汉人时，他是强烈反对过的——但我母亲性格刚烈决绝，一旦决定了要托付终身，除非杀了她，谁都无法阻拦。”

他停了一下，道：“所以，当他无法阻拦女儿的婚约时，便留了一个心眼：趁着婚礼的交杯酒，在我父亲身上偷偷种下了连心蛊。”

“啊……”苏微吸了一口冷气。

“外祖父本来是打算亲自出面去收拾这个负心人的，可惜那时候他的病也已经很重，几乎已经是弥留之际。”原重楼低声，“所以，他只能在母亲离家万里去寻夫的时候，把这个秘密告诉了女儿——他本来以为，就算靠着这个蛊，也足以让父亲不敢随便抛弃我母亲。”

苏微听到这里，愣了一下：“难道不是吗？你父亲再负心薄幸，总不敢不要自己的性命吧？”

“哈哈哈……是的，他当然是不敢不要命的。”原重楼忽然间扬眉冷笑起来，他的笑声极其轻而讥诮，如同一支剑忽然刺入了黑暗之中，令她骤然觉得一冷，然后他收敛了笑声，一字一顿：“只是，他没有这个机会！当我母亲被赶出门外之后，万念俱灰，就在门口回手一刀，直接插进了自己的心脏！”

“啊？！”那一刻，苏微忍不住脱口惊呼。

“是的。我母亲她心高气傲，根本就不想去哀求父亲，也不想给他哀求的机会！”他在黑暗里看着头顶，声音骄傲而尖锐，一口气说到了这里，语声又低了下去，“就这样，我母亲死在了朱门之外，同一时间，我父亲暴毙在豪宅之内——那时候我才五岁，便成了无父无母的孤儿……所以我从来不记得他们两个的脸。我只记得母亲日夜不停地哭泣，以及窗外绵延无尽的雨季。”

所以，他才会那么厌恶下雨的日子吗？

她默默地听着，想要安慰他，却又不知道如何做——那么多年来，她唯一擅长的便是杀人。那一刻她忽然觉得沮丧和明了：是的，和她比起来，赵冰洁是那么温柔而善解人意，所以……男人都会喜欢她那种女人吧？自己似乎输得也不算冤枉啊……

她一时间有些走神，心思浮沉不定，黑暗里他也没有再说话，似乎刚才那么久的追忆已经耗尽了他的力量，也静静地躺在那儿。

停顿了良久，苏微终于想出了要怎么安慰他，便拍了拍他的肩膀：“别难过。我也是在五岁的时候一下子没了家人——不仅是父母，而是所有的亲人！可比你惨多了！”

“是吗？”他一震，侧头看着她，“也是因为自相残杀？”

“不，是因为黄河大堤一夜之间溃口。”苏微叹了口气，除了萧停云之外，她第一次对别人提及自己的童年，“你是滇南人，想来也没见过黄河决堤吧？简直太惨了……我直到十岁之前，几乎夜夜都会做噩梦。”

她摇了摇头，忽然轻声道：“对了，我告诉你一个秘密吧！——是这个世上，我还从没有和第二个人说过的秘密，连对停云都没有说起过！”

“哦？”原重楼提起了兴趣，侧过头，“什么秘密？”

她也转头凝视着他，一字一顿地道：“你知道吗？我吃过人肉。”

“……”他愕然，一时间不知该说什么，半晌才道，“真的假的？”

“当然是真的。这时候我还骗你干吗？”她笑了起来，在黑暗里贝齿洁白明亮，“五岁那年，我攀着一块门板在黄河上漂流了五天五夜，饿得发了疯……有一具浮尸靠过来，是个年轻的女人，泡得发胀，脸朝下，一身的肉又白又细……我实在是忍不住了，就……”

她轻声喃喃，语气恍惚，犹如回到了梦境里：“我是靠着吃死人的肉才活下来的！你不知道，那味道、那味道……”

她说不下去，手指渐渐握紧了。

然而他看着她，却忽地笑了：“现在我们已经沦落到靠着比谁更惨来打发临死之前的时间的地步了吗？”顿了顿，又道：“你吃过人肉？那太好了。”

“好？”她忍不住怒了，“有什么好的？”

“那如果我死了，你也会吃掉我吧？”重伤的人躺在她身边，死死地看着她，忽然轻声道。苏微顿时悚然，猛地坐了起来，脱口：“你说什么？！”

“我在说几天后会发生的事情。”原重楼的眼神没有半分玩笑的意思，在黑暗里凝视着她，一字一句，“你看，我受了重伤，身体又弱，一定会死得比你早。迦陵频伽，别让我白白地腐烂——吃掉我，努力活下去——就如你五岁时那样！”

“胡说！”她毫不犹豫地驳斥，“我才不会吃了你！”

原重楼叹了口气，语气凝重："真的，吃掉我吧。都已经到这样的时候了，就不要再说什么虚伪的话了——迦陵频伽，我们两个被困在这里，很快我就会先死掉——到时候，你又会重复五岁时候的那种绝境。"

苏微不出声地倒吸了一口气，脸色在黑暗中唰地惨白。

是的，他说得没错。如今他们被困地底，走投无路，不出几日便会重演昔年的惨剧！到时候，饿得发疯的人，又有什么事情会做不出来呢？——就如那一年，漂浮在无边无际的黄浊色河面上，面对着送上来的肉，那个奄奄一息的孩子曾经露出了尖利细小的牙齿。

那一瞬，她只觉得血都冷下去了。

耳边却听到他叹息："我知道这肯定是你心里最不愿意面对的事情……所以，现在我亲口请求你吃掉我，到时候或许能让你少受很多折磨——"

"不！不是的！"她嘴唇颤抖着，咬牙，近乎一字一句地道，"我，决不吃人！决不会让自己再变成那样子！绝不会！"

那样的语气，如同毒誓，也如同诅咒。

"傻瓜，人死了就是一堆烂肉了，和动物没两样。"原重楼的语气虚弱，眼里的光也弱了下去，"每个人都是兽，穷途末路之下，有什么是不可以的呢？"

"不……就是不可以！有些事情，是永远不可以的！"她咬着牙，深深吸了口气，"在五岁那年之后，我就发誓这辈子再也不会吃人肉。这些年，我努力活下来，长大，变强，可不是为了让自己又回到那个时候！我宁可死，也不会再回到那个时候！"

"……"原重楼仿佛被她这样的语气所镇住，沉默了片刻，只是叹了口气，"那你打算怎么办呢？活活饿死？"

她看了一眼他，抬手指了指水潭旁边的石壁，冷冷道："放心，等实在挨不住了，我就一头撞死在这上面！"

"唉……真是个傻瓜。"他无语地喃喃，在黑暗里侧过头看着她，却忽地笑了一笑，"但是，我却偏偏很喜欢——怎么办呢？"

他忽然凑过来，毫无预兆地吻住了她。

他的嘴唇冰冷而柔软，如同水一样浸过来。她只来得及低低惊呼了一声，一刹那连呼吸都停止了——这已经是他的第二次突袭了，可她还是忘了闭起眼睛——然而，即便睁大眼，却也看不到对面的人的表情。

他的吻很温柔，气息却断断续续，虚弱无力。或许是已到了绝境，或许是担心他身上的重伤，她几次想推开他，却又不敢真的用力，反而被他越抱越紧。

他在黑暗里吻着她，唇舌温柔而贪婪。

忽然间，她惊呼了一声，几乎咬到了他的舌头。

“怎……怎么了？”他也吓了一跳，下意识地放开了她。

“那边……那边有东西在动！”苏微喘过了一口气，指着那个小水潭，失声道，“我刚刚看到水面起了一个涟漪！你看到了吗？”

“你……”原重楼哑口无言，忍不住愤然，“怎么这么不专心！”

然而，等苏微飞奔到了那边，水面上已经什么都没有，只有无数小水滴落下的声音。她不甘心地绕着水潭走了一圈，甚至都靠着石壁的那面跃上去看了下，然而幽深的潭水里空无一物，只听到满耳的滴答声，如同无穷的雨。

“这里到处都是钟乳石，水会从上面滴下来，看到涟漪有什么稀奇？”原重楼皱着眉头，似乎颇为郁闷吻到一半就这样放过了她，然而手足都受了重伤，也无法站起来挪到她身边去，只能道，“快回来吧！”

“不，不是这种小水滴，是一个很大的涟漪！”苏微却是断然反驳，执拗地盯着水面，“这下面一定有什么东西在动，像是冒了个气泡——”

一边说着，她一边跃下，小心地往水里走了几步。

出乎意料，水很冷，竟然如同雪山上流下来的一般。她不由得内心纳罕：滇南天气炎热，如今虽然是四月，尚未进入雨季，但外面的水也都是温凉如玉，这样寒冷实在也是太反常了。难道这洞窟深处有什么异常？

她忍着刺骨的寒冷，往水里走去，水深渐渐到了膝盖。

“小心一些。”原重楼躺在地上没法动，远远地看着她涉水而去，有些不安。石壁上波光粼粼，苏微的影子被投射在上面，美丽曼妙无比，他不由自主地盯着看了片刻。

“快看，又出现了！”忽然苏微惊喜地叫了起来，指着水潭深处。

那一刻，水面果然再度翻涌起来，一个巨大的涟漪从水底而起，瞬地扩散开来。石壁上的波光随之荡漾，苏微的影子也被扭曲了，拉得很长，透出一种说不出的诡异。

“小心！”同一瞬间，原重楼猛然撑起了身体，脱口道，“快退！”

与此同时，隔着水面，苏微忽然清楚地看到了水底出现了幽蓝色的光芒，如同漫天的星斗从夜里浮现——在这些星斗里，有两点特别亮，如同两盏灯笼在水底幽幽浮现，急速地向着水面漂近。

“快回来！”原重楼躺在远处，虽然看不到水潭里的异象，却能看到映照在石壁上的粼粼水波起了变化，不由得脱口惊呼。

然而声音未落，石壁上的水波忽然分开了，影影绰绰地出现了一个狰狞的庞然大物，如同在九幽炼狱中徘徊的恶灵，瞬间变大——水面砰然碎裂，巨大的黑影腾空而起，一口将水潭中的女子吞了下去！

第十四章 生死相依

一

冰冷的水里，她出现了短暂的恍惚，觉得自己似乎不是在向上游去，而是浮上了天空，轻飘飘的没有一丝受力。眼前的光亮越来越大、越来越亮，到最后，感觉竟如同飞向了澄澈的天空。

如果她就这样死了，魂魄能不能飘回洛阳去？

"迦陵频伽！"原重楼失声惊呼，不顾一切地从地上撑起身，拖着断腿爬了过去。然而那个黑影从洞穴的幽潭里闪电般蹿出，将毫无防备的苏微吞噬，又闪电一样地消失了。

"迦陵频伽……迦陵频伽！"他发疯一样爬到了水潭边，大喊着她的名字，却只看得到潭中的那个旋涡急速变平，似乎有什么巨大的东西重新潜入了地底。水潭里空空如也，连里面的点点星光都变得暗淡了。

只是一转眼，一个活人就从这个空间里消失了。整个洞穴又变得漆黑如死，只听得到钟乳石上水滴一滴滴落下的声音。

"迦陵频伽！"原重楼一遍遍大喊着她的名字，声音在空荡荡的溶洞内回响，他再顾不得别的，忽然间扑通一声跳进了水里！

漆黑的水里，什么也看不见，只是冷得刺骨。

身体直线往下沉去，手脚的伤口急速失血，在水里扩散出一层淡淡的红。然而，当一口气用尽，几乎要窒息的时候，他还是没在水里发现任何异常。这个外面看起来不大的潭水竟然深不可测，如同吞噬一切的黑洞。

意识在渐渐涣散，他吐出了胸腔中最后一口气，被水流卷着往地底深处而去。

忽然间，仿佛是被水里的血腥味吸引着，黑暗里又出现了那条黑影，如同闪电一样地上潜，朝着下沉的人迅速而来。靠近原重楼时，那个东西张大了嘴巴，急速旋转的水流将昏迷的人吸入，露出森然利齿，便咔嚓一声咬落！

然而，就在那一刻，闭合的利齿之间忽然有什么东西一闪，那个巨大的黑影发出一声吼叫，一下子从水潭里像箭一样冲起，重重地撞上了溶洞的顶部！

钟乳石纷纷折断，掉落在水潭里，那个巨大的黑影落回了水潭里，继续不停地扭动着，发出震耳欲聋的吼声，剧烈地挣扎，长长的尾巴从水下甩出，啪的一声击在石壁上，竟然将坚硬的石头都打得四分五裂！

水潭里的水被搅得急速翻涌，原本冰冷的水此刻竟然如同沸腾。原重楼被水流冲到了潭边，咳嗽着吐出了呛入的水，慢慢醒了过来。

那一刻，眼前的情景令人震惊。

原本昏暗的溶洞里竟然有了点点的星光——那些光，来自于那个潭水里不停翻滚的巨大黑影。从隐约的光芒里，闪现出了一条从未见过的巨大的蟒蛇，头上长有独角，双目赤红，每一片鳞片都发出闪闪的金光，照亮了黑暗的洞穴。

那条巨蛇在水里翻滚，张大嘴巴嘶吼，似是痛极，不停地用头和尾巴撞击着石壁，似乎是想把什么东西驱逐出去，然而却未能如愿。最后，那巨蛇再度发出了一声嘶吼，整个身体从水里弹起，如同箭一样撞上了洞顶——这一下撞得狠，整个溶洞都发出了轰然的回声，无数钟乳石断裂落下，砸落在地面和水里。

那条巨蛇也轰然落下，溅起了高达一丈的水花，再无声息。

原重楼喘息着，努力挪动自己的身体，一分分靠近过去。发现那个怪物已经昏过去了，在水面上半浮半沉，一颗巨大的脑袋搁浅在潭边，猩红的舌头半吐，尾巴坠入了水潭里——然而，光露出水面的蛇身几乎就有十丈之长，几乎是噩梦里才有的怪物。

“迦陵频伽！”他已经衰弱到了极点，却还是撑着最后一口气慢慢挪动靠近那条巨蛇，手足并用，在身后留下了一长条血迹。他来到了巨蛇的旁边。忽然间那颗巨大的脑袋动了一下，利齿忽然张开！

原重楼悚然一惊，然而重伤的身体却已经来不及后退。巨蛇的嘴蓦然以不可思议的角度张开，利齿上染满了鲜血——从那条蛇的血盆大口里，居然跃出了一个人来！

那个人满身是血，身上居然裹着一层奇特的绿色，完全看不出面目。

“迦陵频伽！”那一刻他脱口惊呼，踉跄着冲了过去，“迦陵频伽！”

然而腿骨折断，刚走了几步便无法支撑，向前跌倒。那一瞬间，幸亏有人及时伸手将他扶住。

“哎，你没事吧？”那个人急切地开口，声音赫然是苏微。她的手上满是鲜血，也裹满了绿色的黏稠液体，触手即滑，带着诡异的腥气。

“我没事。”他不敢相信地看着她，结结巴巴，“你……你没事吧？身上这是……”

“哦，”苏微却只是淡淡一声，嫌恶地皱眉，“我划破了那家伙的咽喉，结果它嘴里全是这些东西，恶心死了……你先坐远点，等我去洗一下。”

原重楼惊魂未定地看着她，然而苏微却神色从容，浑不似刚从鬼门关上打了一个来回。她扶着他来到远离水潭边的地方坐下，然后回头走向水里，一跃而下。一潭碧水离合荡漾，她解开了长发和衣服，在水里迫不及待地将身上的污浊洗去。

原重楼侧头看去，发现那条巨蛇耷拉着脑袋昏迷在水面上，巨口里被一根利器刺穿，连着下巴被钉在了石头上——那是一根粗大的钢钎，插入石中几达两尺，死死钉住了那怪兽。

那……是迦陵频伽干的？他不由得倒抽了一口冷气，想象着她在片刻间搏杀巨蛇、沐血而出的惊心动魄的场景，不由得往水潭里看了一眼。

溶洞里光线昏暗，只有巨蛇身上的鳞片发出点点金光。明灭的光芒投射在水面上，如同繁星无数。而她就在满天的繁星里沉沉浮浮，长发在水面上逶迤如墨，肌肤白皙如玉，宛如暗夜里的女王，令人觉得美丽至极，又强大至极。

原重楼侧头怔怔地看着，直到她从水中瞬地站起。

“喂！你干吗？”她怒叱，扔了一块石头过来，“不许看！”

他吓了一跳，连忙扭过头避让，那块石头啪的一声擦着他的肩膀落地。就在那一瞬，苏微探出身子，一把将岸边洗好的衣服抓起，唰地裹在了身体上。

“这水也太冷了。”苏微洗净了身体上的血污，裹着衣衫出来，忍不住抱怨，“都是这个畜生弄的吧？否则滇南那么炎热的地方哪来的冰水？”她跃上岸边，轻盈地落在巨蛇上，一只脚踩住它的七寸，另一只脚抬起来，踢了踢那一颗被钉住的蛇头。

金黄色的蛇眼死盯着她，充满了恶毒和愤怒。

“差点就被这家伙吃下去了，”苏微在水里洗去身上黏腻的东西，看着那只一动不动的怪物，语气里却镇定如常，“幸亏我及时拔下了这根插在石壁上的钢钎，横过来卡住了它的咽喉，才没有被活活吞下去。”

一边说着，她一边踩住了巨蛇的头，弯下腰来。

“奇怪，这是什么东西？”她皱着眉头，喃喃地伸出手摸了摸——这条巨蛇的头顶心上居然有一点朱红，微微凸起了大约三寸。那个地方似乎是巨蛇极其敏感的地方，她只略微碰了碰，耷拉下去的蛇又重新弹了起来，身体猛地扭动。

苏微猝不及防，差点被甩了下去，连忙在半空中足尖一点，整个人如同一片叶子一样轻盈转折，迅速地重新落回了蛇身，一脚重重地踩住了它的七寸。

巨蛇要害被制住，顿时又瘫软了下去。

她用手指弹了弹那个独角，有些诧异：“咦？看样子，这畜生和那个灵均养的双双像是一类……可人家是双角，它只有单角。”

“单角为螭，双角便为龙。我雕玉的时候经常遇到这些题材，”原重楼忍不住插嘴，打量了一眼这个怪物，“奇怪，这家伙居然还是个灵兽？”

“什么灵兽？差点把我给生吞了，就是个畜生！”她冷笑，弯下腰从地上捡了几块石头，在手里掂了掂，手腕忽然便是一扬——只听咔嚓一声，巨蛇嘴里上下两对毒牙，瞬间如同钟乳石一样清脆地齐根折断。

巨蛇发出怒吼，剧痛之下巨大的身体重新盘绕起来，尾巴抽打得水花到处飞溅。然而苏微踩住了它的七寸，站在那里，任凭巨蛇挣扎扭动，稳如泰山。

许久，巨蛇再也没有力气，软软地坍塌下来，尾巴重新垂入深不见底的潭水，一动不动，被钉住的下颌里鲜血如注。

“好了，这个畜生终于不能再伤人了。”苏微冷笑一声，从蛇身上跳下地来，“如果不是还留着它有用，我早就干脆利落地割了它的脑袋。”

“留着它有用？”原重楼愣了一下，“当储备粮吗？”

“啊？”苏微愣了一下，哧哧地笑了，“是啊，总比吃了你强，对吧？”

“我保证它的肉质绝对没我的细腻鲜美，不信你咬我啊！”原重楼在这种情况下还能开玩笑，看了她一眼，情不自禁地赞叹，“你真是很厉害啊！居然把这样的怪物都降伏了——我还以为你刚才真的是被它给吃掉了呢。”

“那当然！”苏微朝着他走过来，语气里有一丝得意，“我不是和你说过吗？在中原，我可是天下数一数二的高手！你难道以为我是在说大话吗？”

“有点。”他挑了挑眉毛，“谁会相信中原天下第一高手会连件衣服都没有，还跟在我后面死皮赖脸地讨东西吃、求收留呢？”

“喂！”苏微忍不住提高了声音，“再耍嘴皮子我把你扔下去喂蛇！”

原重楼却依旧调笑道：“是吗？我打赌你舍不得——”

然而话音未落，身体忽然一轻，竟然真的被她拦腰抱起。他吃了一惊，顿时把底下要自吹自擂的话都忘了。

“喂，喂……”原重楼愕然，“你要干什么？”

“干什么？把你扔下去喂蛇啊！”她看了他一眼，冷冷道，“你真以为我做不出来？在中原的时候我手底下不知道杀过多少人，啥时候眨过眼了？”

一边说着，她一边弯下腰，将怀里的人凑近那条被钉住的巨蛇，将他的脑袋往蛇口里送去。巨蛇受到了挑衅，猛然又是一挣，张开血盆大口对着原重楼就迎头咬了下来。

“喂！”他吓得往后一缩，紧紧抓住了她的衣襟，“别……别开玩笑！”

她终于忍不住哈哈大笑起来，却没有放过他，反而不停地将怀里的人凑近那条巨蛇，又不停地及时挪开——每次巨蛇狂怒探头咬来之时都只差了一两寸，腥味四溢，猩红的蛇芯子几次都舔到了原重楼的脸颊。

“够了！”他终于受不了，崩溃般大叫起来，“士可杀不可辱！”

“哼，”苏微冷笑一声，“我就不杀你，就要辱你，怎样？”

“好吧，辱就辱吧！”原重楼眼睛一闭，忽然把衣襟一撕，做出凛然赴死的表情来，“姑娘您想怎么辱？只是小的身上有伤，恐怕不能让姑娘尽兴——”

“……”苏微终于被他的不要脸打败了，悻悻然将他从蛇口挪开，转身走向那个水潭，“好了，不玩了。我先帮你清理下骨折的伤口，免得右手还没好，左手又废了。”

原重楼被她横抱着，借着水面粼粼的波光，无声地抬眼看着她：第一次遇见时，这个女子狼狈不堪，灰尘满面，可此刻恢复了武功，竟然屠灭巨兽如同反掌，从里到外散发出一种耀眼的光芒来，令人情不自禁地遥想起她在中原时又是怎样的非凡人物？

他默默看着她，眼神复杂，露出有些陌生遥远的表情来。

“唉，你真瘦。”苏微小心地把他放下，清理伤口，却忽然叹了口气。

他回过神来，笑道：“怎么，嫌瘦？现在不是有蛇肉了嘛，还嫌不够吃？”

“你孤身一人生活，应该对自己好一点。按时吃饭，少喝酒，别老自暴自弃。”她卷起他的衣袖，并指点了他手上的几处穴道，用清水擦洗血肉模糊的伤口，将里面的土轻轻洗掉，再用正骨的手法，将断裂的骨头接好，最后撕下衣襟，紧紧固定。

她动作熟练，显然曾经包扎过很多次伤口。原重楼痛得倒吸了一口冷气，咬着牙，努力不痛呼出声，一时间也没法回答她的话。

“这次如果能活着出去，就别喝酒了。”她继续道，开始清理他的断腿，“把手治好，重新做天下第一的玉雕大师——就像以前那样，多好。”

“嘿，”他苦笑了一声，吸着气，断断续续道，“说得……说得好像……我们真能活着出去一样。哎妈……痛、痛死我了！”

“我们当然能出去。”苏微抬头看着他，眼眸坚定，一字一句地承诺，“放心，你绝不会死在这里的——就算我出不去，也一定会让你出去！”

那一刻，她的神态和语气，让他有一瞬短暂的失神。

这是一个誓约，她已经决定用性命来完成。

“哎，我们被困在这里了。就算有那么多蛇肉，也总会有吃完的一天啊。”原重楼看了一眼那条巨蛇，勉强开口笑，“你现在就算治好我的手，其实也毫无意义……过不了一个月，我们还是得死在这里。”

苏微清理完了他手脚上的伤口，手腕一翻，扣住了他的脉门，另一只手却唰的一声按在了他的心口上。

“别废话！”苏微右手贴着他赤裸的胸膛，压低了声音，“吸气！”

话音未落，他只觉得心口一热，似有一股热流轰然而入，灌注入左心室的天泉穴，那种奇特的力量令他呼吸一滞，竟然说不出话来。苏微的手开始加力，那股内息瞬间散入奇经八脉，流遍了他全身。

“闭上眼睛，按我的指令，把这股内力往少阳三焦经上引。过肩髎、天井、阳池，最后从关冲穴上引回我体内，”她低声，左手抬起，顺着一处处点过他身上的穴道，一字一顿，“记住顺序，一处都错不得。”

原重楼看到她的眼神，当下收敛了笑意，慎重点头。

他闭上了眼睛，感觉到那一股热流从心口的天泉穴冲入，沿着经络迅速流过奇经八脉，所到之处身体的剧痛顿时缓解。当那股热流回归于苏微扣在他脉门的左手时，他只觉得全身轻松许多，不觉长长舒了口气。然而，很快第二次的内力又再度输入心口，以比第一次更强烈的速度流转而过。

他不敢再动，只是闭着眼睛配合着她。

黑暗里，只能听到钟乳石上的水滴一滴滴凝聚，坠入水潭的声音，以及那条被钉住下颌的巨蛇张着血盆大口在石上大口喘息的声音。

她将内力源源不断注入他体内，为他推血过宫、打通经脉，原重楼只觉得身体越来越轻松，在片刻之间，元气充足，竟然完全不似一个重伤垂危之人，不自禁地感叹身边这个女子武学的深不可测。

然而不等他睁开眼睛，却听到耳畔的呼吸声渐渐急促，苏微坐在那里默然不动，然而片刻下来，却似乎是一个疾奔了上百里筋疲力尽的人，汗透重衣，那只扣在他腕脉上的手也微微发抖，有细密的汗珠顺着指尖滑落。

“迦陵频伽？”他忍不住轻声问，想转过头看她，“你怎么了？”

“别动！”她喘息着，厉声制止，“还有三个周天！”

她按住他的心口，内息无穷无尽地注入他的身体，竭尽全力。他不敢再动，感觉到自己身体在瞬间健旺起来，气息充沛。在三个周天结束后，苏微发出了一声轻微的叹息，整个人往前一倾，几乎跌倒。

“迦陵频伽！”他失声，连忙伸出手扶住她，却忽地愣住。

——只是片刻之间，他居然已经举动自如！

“好了……现、现在，我们可以走了。”她却在他怀里吸了口气，勉力撑起了身体，声音有些虚弱，“我将真气注入你的体内，封住你伤处穴道，止住血流……但这也只能保你在半个时辰内宛如常人，撑不了太久。得快点。”

“走？去哪里？”原重楼有些愕然，却被她拉着身不由己站了起来。

“去地狱。”她却是笑了笑，看着他，“怕不怕？”

“只要跟着你，去哪儿都不怕！”他露出一贯的惫懒调笑，一瘸一拐被她扶着往前走——虽然身体还不大灵便，但和片刻前的手足完全不能动弹已经天差地别。

“你最多只能支撑半个时辰，我们必须加快速度——到时候千万要抓住我，不能片刻松开。”她说着，径直走向了那一条巨蛇，吸了口气，和那一双恶毒的金色眼睛对视了片刻，忽然伸出手，用力拔起了那一根钉住巨蛇下颌的钢钎！

巨蛇负痛，发出一声巨吼，身体陡然得了自由，瞬地弹开。

“小心！”一边的原重楼不由得失声惊呼。

唰的一声，黑影横空而来。那条巨蛇一旦被解除了束缚，立刻爆发出了最后的一点精力，嘶吼着，尾巴从水里横扫而来，直接削向苏微的天灵盖！

苏微却面色不变，在那一刻转过手腕，如同握剑一样握着钢钎，凌空飞跃而起，唰的一声直插进了巨蛇的背部！然而，这一次她插得不深，并没有将它直接钉在了地上，只刚好穿透了它的身体。

巨蛇吃痛，不敢恋战，从地上一跃而起，哗啦一声蹿入了水中。

“快！”她握住钢钎，随之凌空而起，短促地低喝，“抓住我！憋气！”

原重楼下意识地伸手抓住了她，被苏微一把拉上了蛇背。还没有回过神来，巨蛇唰的一声入水，将背上的两个人同时带了下去！

只是转瞬间，冰冷的水淹没了头顶，眼前已经是一片诡异的黑。

重获自由的巨蛇负痛，拼命向着深不见底的潭水深处钻去，快得如同闪电。苏微屏住了呼吸，用钢钎深深扎入它的背部，双手握紧，竟然借力骑在了它的背上！

原重楼紧紧抱住她的腰，咬住牙，闭上了眼睛。只觉得水流向两侧分开，迅速滑过，如同刀一样割着肌肤。很快窒息和恍惚就弥漫起来，他几乎就要松开手来，一头坠入深渊。

眼前的黑暗无穷无尽，只能听到水流在耳边迅速变幻的声音。如果不是这种暗示着他们所处方位不停变化的声音，他一定以为自己已经死去，灵魂被凝定在了某个黑暗空间之内，不能超生。

这潭水不知道有多深，巨蛇负痛一个劲地往下钻入，竟似永不到底。

飞速的潜行中，他只觉得身体里被注入的那一股真气在渐渐消散，冷得颤抖，神志开始渐渐模糊。窒息之下，他不知不觉松开了抓住苏微的手，情不自禁地在深潭底下张开嘴，想要呼入一口空气。

他被水流卷走，冰冷的水瞬地进入肺腑。

然而，就在那一刻，前面的女子忽然也松开了握着钢钎的手，不顾一切地扑向他，伸出双臂，将已经漂出去三尺的他一把抱住！

张开的嘴被堵上，一口温暖的空气代替了冰冷的水，吐进了他的肺部。苏微在紧急关头扑过来拉住了他，然后毫不犹豫地低下头，将身体里的最后一口真气度入了他的唇间！

然而与此同时，她也被巨蛇从背上甩下，和他一起漂落在漆黑的水底。

巨蛇转瞬已经游得不见了踪影，只有水流在身边激荡，将他们两个人如同水草一样拨弄着。她即便武功再高，在这样的诡异水底也是完全无法定住身形，只是随着水流急卷而去，唰的一声，转过了一个峻急的弯道。

已经是不知道多深的地底，然而那一个弯过去后，眼前忽然出现了一点亮光。

——那一点光又重新出现了！是了……就是那里！

苏微抱着原重楼，心里迸发出一阵狂喜，从骨子里挣扎出了最后一点力气，用尽全力拼命地踩着水，向着光的来源之处，奋力游了过去。

这最后短短的十几丈路，漫长得似乎看不到头。

她的内息也渐渐急促，感觉到了窒息的逼近。冰冷的水里，她出现了短暂的恍惚，觉得自己似乎不是在向上游去，而是浮上了天空，轻飘飘的没有一丝受力。眼前的光亮越来越大、越来越亮，到最后，感觉竟如同飞向了澄澈的天空。

如果她就这样死了，魂魄能不能飘回洛阳去？

她恍惚地想着，直到一波水流猛烈地卷起，将他们两个人一起重重地拍在了坚硬的石头上。剧痛令她短暂地清醒过来。

电光石火的一瞬间，她睁开眼睛，发现自己并不是接近了天空，而是被大浪凌空卷起，从一道瀑布口里冲下，正抛向一堵刀削一样的石壁！

而石壁下面，是另一个比溶洞大上十倍的深潭，里面盘绕着无数巨大的蟒蛇，黄金的蛇眼冷冷地看着被从深穴中冲出的两个人，张大了嘴，嘶嘶地吐着毒气，似乎等着当空掉落的美食——而其中，就有那一条被她敲断了牙齿的巨蛇！

怎么……怎么回事？这个溶洞里深潭的尽头，竟然连接着另一个深潭？这里才是这些巨蛇的老巢？那么，原来的那条巨蛇又是如何越过石壁，跳入瀑布逆流而上的？

但是她根本来不及多想这些问题，便和原重楼一起从瀑布上跌落。

掉落的那一瞬，苏微仰起头，看到了头顶那一方圆形的蔚蓝色——这瀑布的上空，便是通向外界的所在！

阳光照在脸上，带来久违的温暖，令她精神一振。

无数次经历生死劫难，她的意志力远比普通人强悍，此刻在绝境之中只要见到一丝希望，便是激起了全部的潜在力量。只是一声低喝，在快要掉落到蛇群里时，苏微忽地伸出手在石壁上一撑，手指灌注了真气，竟然硬生生地插入了坚硬的石头之中！

然而，因为还抱着一个人，下冲的力量过大，刺啦一声，随着身形的下坠，右手在石壁上拖出了一尺多长的深痕，所有指甲都被掀开，五道鲜血沿着石壁流下，滴落水潭。然而，他们两人也终于在坠入蟒口之前定住了身形。

此刻，脚下离那些巨蛇已经不足三丈！

闻到了血的味道，底下的蛇群起了一阵骚动，纷纷簇拥到了他们脚下。眼看仇人和美食已经近在眼前，那条受伤巨蛇再也忍耐不住，一声低吼，箭一样地弓起身子，从水面上弹了出来，一跃几丈，直奔他们两人而来，一口咬下！

“迦陵频伽！”那一刻，怀里的人醒过来了，失声惊呼。

“别动！”她低喝。然而此刻她一手插入岩石，一手抱着原重楼，身形凌空，竟然是完全没有地方躲闪，只能在最后一刻侧过身体将他护住，用自己的身体迎向巨蛇的血盆大口！

咔嚓一声，巨蛇咬住了她的双腿。

“迦陵频伽！”原重楼身体一震，便要挣扎。

底下的潭水里，无数的巨蛇发出了兴奋的嘶嘶声，纷纷弓起了身体，对着悬挂在峭壁上的食物蠢蠢欲动，当先已经有一两条按捺不住，唰地冲了上来。

“别动！”苏微却是咬着牙，忍痛低叱。一声方落，那条咬住她的巨蛇头部却忽然爆开了一团血花！

这条蛇在溶洞里已经被她敲掉了尖牙，因此她虽然双足被咬，却没有受任何的伤。在这生死关头，苏微凌空提起一口内息，双足用力，唰的一声如剪刀般在蟒蛇嘴里交剪而过，竟然硬生生地将那条巨蛇从口部一分为二！

巨蛇的上半个头颅冲天飞起，下半个头颅却连着身体往下坠落。然而这一咬之力，却也硬生生将她的手从石壁上血淋淋地拔了出来，拖下了水潭——她再也定不住身形，手一松开，他们两个人立刻往下急坠。

“小心！”苏微低叱，看向了脚底的水潭。

两人凌空下坠，刚从这一条蟒蛇口中解脱，第二条巨蛇却已经呼啸而至——而这一条蛇显然是群蛇之首，拥有率先享用猎物的特权，体型比原来那条大了一倍有余，张开的嘴巴足足有三尺宽，猩红的蛇芯子吞吐，剧毒的尖牙在阳光下闪着白光，来势如箭。

苏微和他凌空向着蛇口坠落，眼看已经无从躲闪。

那一刻，原重楼下意识地看向身边的女子，眼里有一丝复杂的情愫。然而，苏微却压根没有看他，只是聚精会神地凝视着飞速靠近的血盆大口，眼神如剑，一瞬不瞬。

在快要被蛇咬到的时候，她低喝一声，忽然间在半空中抱着原重楼凌空翻身，竟是再度侧过身，用自己的血肉之躯撞向了那张血盆大口！

“不！”他失声惊呼，奋力挣扎。

瞬间，猩红的蛇芯子已经在她脸颊上一掠而过，留下了腥涎一片，毒牙迎面刺来。然而苏微连眼睛都没有眨，低喝了一声，右手翻起，竖起的手掌凝聚了真气，锋利如刀，竟唰的一声刺入了那一双金黄色的蛇眼！

巨蛇发出了一声大吼，猛然负痛向上弹起，一下子撞到了他们的腰间！

那一瞬，苏微抓住原重楼，手掌再度一翻，一掌按在了那条巨蛇的顶心，借着那一顶的向上之力，同时纵身也是往上一跃！

巨蛇的嘶吼在耳边回荡，全身如同碎裂一样疼痛。然而，她用尽了全力，纵身而起，从头顶的那个洞窟里飞掠而出！

当外面的阳光洒落在脸上时，她终于无法支撑，昏倒在洞口的草丛里。

不知道过了多久，她感觉到周身冰冷，如同重新坠入了潭水深处。有人轻轻地拍打着她的面颊，喊着她的名字：“迦陵频伽！迦陵频伽！”

——不对，那不是她的名字。她的名字是……苏微？

是苏微吗？还……还是阿九？

竟然已经遥远得快要想不起来了，连同在洛阳的种种。

她睁不开眼睛，感觉内息非常紊乱。血很冷，似乎渐渐凝滞，不再流动。内息下意识地凝聚齐，巡行于任督两脉，上下周天，推血过宫——在生死之间走了许多回，在濒临绝境的时候，唯有一身卓绝天下的武学不曾辜负她。

“是中毒了吧？”耳边听到有人低声议论，“手这么冰！”

“对，这儿附近有个蛇窟……去年还有人见过笆斗那么大的蛇探出脑袋来呢！你们从那座山上下来，肯定也遇到过蛇吧？”

"是的。"有个熟悉的声音焦急地说，"我去弄一些草药来！"

"喂喂，这位小哥，你已经不能走路了！要什么草药？我出去采就是了。"

"半枝莲或者重楼都可以。阿伯你不认识草药，我跟你一起去！"

重楼？听到这个熟悉的名字，她恍惚中忽然想起来了。对，重楼呢？他、他怎么样了？在最后那一刻，她是已经把他从蛇窟里一起拉上来了吧？

应该拉上来了吧？难道还是……

"重楼！"那一刻，她心中一急，猛然坐起，一口血箭一样从口中喷出。

那一口血竟然是黑色的，被内息生生从肺腑之中逼出。一口毒血吐尽，心中的烦闷和阴冷似乎一扫而空，她只觉得体内真气流转，轻盈通透。

眼前是一间破旧的竹楼，外面正是清晨，凤尾竹婆娑地扫过窗子，林间有不知名的鸟儿啼叫。她睁开眼，床边坐着一个面色黝黑、眉心点着一点朱砂的老妇人，带着两个虎头虎脑的小男孩，正在拿着布巾擦拭着她裸露在外面的双手和双腿，洗下来一盆血水。看到她醒来，个个面露喜色。

"她醒了！老头子，不用去了！"那个老婆婆立刻扑到了窗边，对着远处喊了一声，然后回过身，喜不自禁，"天，姑娘竟然自己醒了？可把你家官人给吓坏了。"

"官人？"苏微一时间还没回过神。

"唉，你们小夫妻两个，没事跑到这荒山野岭里干吗？"那个老婆婆让孙子把那一盆血水端出去倒掉，指了指窗外的大山，"那座山上毒虫出没，如果不是你官人挣扎着爬了三里路来求救，你们两个估计就死在那儿了！真是造孽啊。"

"……"苏微这才明白过来她嘴里说的"官人"是指原重楼，不由得一时哑然。

"他……他还好吗？"她涩声问，忐忑不安。

"唉，比你也好不了多少，虽然没有中毒，但手脚都受了伤。"老婆婆摇头，看了一眼苏微，笑道，"你官人真疼你！你不醒，他就不肯休息。刚才看你一天一夜还没醒来，再坐不住，非要出去采草药，拖着一条断腿就出去了……"

苏微脸上微微一红，刚想说什么，竹门开了。一个五六十岁的老人挎着一个空的药篓子，一手搀扶着一个一瘸一拐的人，从门外走了进来，一路道："老婆子，那姑娘醒了？那可太好了，否则我拖着这个家伙非得累死在半路上……"

"迦陵频伽！"被扶着的人看到她，踉跄着冲了过来。

"重楼！"苏微一眼看到他，也是情不自禁地失声。她刚坐起身来，就被他一把紧紧抱入怀中，踉跄着靠到了床头。他抱得很紧，丝毫不顾及他自己和她身上的伤口，似是生怕一松手她就会消失不见。

他身上有清晨露水和阳光的气息，将地底带来的黑暗一洗而尽。

“太好了！你醒了！”他喃喃，语无伦次，“活着就好……太好了。”

“哎，好了好了，”旁边的老婆婆咳嗽了几声，斜觑着他们，“小两口死里逃生，先别忙着亲热，好好处理下身上的伤吧！特别是你家官人，左手左腿都断了，不好好正骨接上，只怕以后会落下残疾。”

苏微满脸绯红，连忙推开他。老婆婆指挥着那个老爷子，道：“快去看看药吊子里的虎骨熬好了没？药膏得趁热贴上！还有，给这个姑娘打一盆洗脸水来，她刚吐了血呢。”

楼上楼下一直忙到黄昏，才缓过了一口气来。

在这对老夫妇的照顾下，原重楼的半边身体被重新包扎好，左手左腿都被木板固定，敷上了厚厚的膏药，躺在床上一动也不能动。反而是苏微因为逼出了蛇毒，吐尽了瘀血，反而很快就行动自如，便接过了手来照顾他。

“来，这里有盆龙眼，你们先吃着。我去做晚饭了，”老妇人殷勤地将水果递了过来，同时把桌子收拾干净，“等晚饭好了再端上来给你们。”

“大恩不言谢，”苏微迟疑了一下，“不知道该怎么称呼？”

“叫我魏大娘就好，”老妇人笑道，满脸深深的皱纹，“老头子叫吴老广，我们都是从滇南来的客家人。年轻时在矿上挖翡翠，老了挖不动了，就到这儿盖了个房子住下来，种点菜打点猎，都已经十几年啦。”

“哦……”苏微看了看两个小孩，“这是您的孙子吗？”

“对。皮得像两只猴子一样，没一刻消停。”魏大娘叹了口气，摸了摸孩子的脑袋，“他们的娘去得早，爹在孟康矿上挖翡翠，平日等满月那天，都会拿工钱买点油盐酱醋带回家来——也不知怎么的，这两天居然没回来。”

苏微心下一惊，和原重楼交换了一下目光，两人均是默不作声。

魏大娘却没有看出他们的异常，只道：“那你们休息下，我去做饭。”她带了孙儿下了竹楼去做饭，出门时还不忘回头叮嘱了一声：“对了，你家官人的手脚刚重新绑了绑带，你要小心点儿，动作别太大，可别压着他伤口——要是正骨正歪了，日后会落下病根的。”

“好。”苏微随口答应，愣了一下，忽然有些脸红。

回过头，却看到竹床上有一对狡黠明亮的眼睛看着她，满含笑意。原重楼笑吟吟地听着老妇人唠叨，看到她脸红，便挑起了眉毛，学着魏大娘的语调，拖长声音道：“哎，现在没人打扰我们小两口了，来吧——动作轻些，别压着伤口。”

苏微脸颊绯红，怒道："你……你是怎么和他们说的？"

"我说我们小两口是腾冲人，家里穷，只能来这里挖点翡翠，背回去赚点钱，结果在山上迷了路。"原重楼似乎毫不在意她的不悦，"否则荒山野岭孤男寡女的，要怎么解释？我们两个长得又完全不像，若说是兄妹，你当别人是瞎子吗？"

"你……"苏微被他噎得答不出话来。

"而且，当我的老婆难道委屈你了吗？"他看了她一眼，忽然侧转脸颊，眼眸似风地瞥过来，笑了一笑，"要知道在腾冲，姑娘们都叫我一枝花——就算我后来穷成那样了，也有好多人愿意倒贴上来和我好！你信不？"

"信信信。"苏微看到他邪魅狷狂地一笑，见他凑上来，立刻想起他两次毫无预兆的突袭，不由得往后缩了缩，转开了话题，"不过，为啥要叫'一枝花'？"

"因为我的名字啊。"他挑了挑眉毛，"人如其名，不是吗？"

"啊？"苏微还是没有回过神来。

"重楼。"他不得不提醒了她一下，"别名是什么？"

"是……"苏微愣了片刻，忽然间明白过来，止不住地笑出声来，"七叶一枝花？哈哈哈……好名字！"

她捶着床沿，笑得上气不接下气，连牵动了伤口都不顾上。

"不会吧？有这么好笑吗？"他诧异地看着她，嘟囔，眼神却一瞬间变得无比温柔，"迦陵频伽，你笑起来的时候真是很美，应该经常笑一笑才对。"

"……"她收敛了笑容，心中忽然有些奇特的感觉，不由得低下头去。

"哦，对了！"原重楼看着她，仿佛想起了什么，右手伸进怀里摸索着，忽地松了口气，从怀里抽出手来，道："还好，还在。"

"什么？"苏微有些愕然，却看到他从怀里拿出了一个小小的荷包，小心地打开，从里面拎出了一对青翠欲滴的明亮耳坠，笑道："你的绮罗玉。"

她愣在了那里，看着那两滴春水在他指间盈盈摇晃。

"来，我帮你戴上。"他道，看着她。

那一刻，苏微不由自主地低下了头，侧过脸凑近了他的手指。原重楼靠在病榻上，半边身子不能动，只能单手拿着耳坠，轻轻撩开了她散开在耳畔的青丝，将绮罗玉耳坠小心地戴在了她耳上。他的右手还没有恢复，动作有些慢，她低下头静静地等着，感觉到他的鼻息轻轻吹拂在鬓上，不由得心中一荡。

"迦陵频伽，在溶洞里，你第一次被那巨蛇带下去时，应该已经看到了潭水的另一边就是出口吧？"劫后余生的人在耳边轻声叹息，"当时你明明可以自己一个人闯出去，却又舍不下我，居然冒着危险再度返回来。”

苏微只是低下头笑了笑：“我总不能把你一个人扔在那里。”

原重楼替她戴好了耳坠，转过她的脸看着她，眼眸深湛，轻声说：“在最后关头，那条巨蛇咬过来的时候，你不惜用自己的肩膀去堵住它的嘴，只是为了不让我被咬中，是吗？”一边说着，他一边抬起手指，低声说，“你这是用自己的命来换我的命啊……”

她微微颤了一下，连忙往后退开，让他的手指离开滚烫的面颊。

“迦陵频伽，你这样不惜一切救我，仅仅是为了弥补昔年的过错吗？”然而，他却并没有因此止步，反而更加得寸进尺。她转过眼睛不敢看他，只道：“我以前经历过很多比这个危险得多的事，这真的不算什么。你……你不用替我担心，也不用想得太多。”

她的声音有不易觉察的微微战栗，然而却克制平静。

“……”他看着她，眼眸似是含着失望。

“好了，”苏微不想再说下去，将剥好的一盆龙眼放在了他怀里，岔开了话题，“吃一点东西吧，补补力气。听说你爬了三里路才找到这里？”

“嗯，幸亏这方圆十里内还有一户人家。”原重楼终于没有再继续逼问，顺着她的话题说了下去，用还没折断的右手拿起一颗龙眼，叹了口气，“连滚带爬，满身泥水。到最后实在是爬不动了，想着要是再找不到人，我就只能原路返回去了。”

“返回去干吗？”她皱眉，“你也没法背着我下山，还不如一直往前走碰碰运气。”

“爬回去死在一起呗。”原重楼的薄唇上泛起了一个微笑，扬了扬眉毛，“我也不能把你一个人扔在那里——反正我也是个废人了，活着没什么大意思。”

“别胡说！”已经不是第一次听到他说这种自暴自弃的话了，苏微脸上忽然有了怒意，“我马上就把你手上的经络打通，你还能做回你的原大师，和以前一样！”

“和以前一样？不可能的……”原重楼摇了摇头，轻声笑，“十年了，什么都不一样了。那些失去的东西，都永远回不来了。”

苏微一怔，忽地想起了那个尹家的小姐，不由得也沉默了，心情有些复杂。

“逝者不可追，”她停了一停，轻声道，“但好在总能从头再来。”

“从头再来？”他转头看着她，不置可否，忽然问，“迦陵频伽，如今你的毒解了，我的手也很快就要治好了，接着，你是不是就要返回中原去了？”

她微微颤了一下，沉默许久，最终轻声道：“是啊。”

那样轻轻两个字的回复，让他眼里的光芒瞬间暗淡下去，如同烛火的熄灭。原重楼没有再说什么，只是转过头，捻起一粒她剥好的龙眼扔进了嘴里，喃喃：

“你看，终归是没有什么能从头再来的。”

第十五章 天涯之远

一

但下一个刹那，苏微的呼吸猛地停顿：那只鹅！那只朝着她走过来的白鹅趾高气扬，旁若无人地经过她的马前，鲜红的脚蹼在路上印下一个个印记——每一个都鲜红刺目，如同一枚枫叶。

血！在白鹅的脚上沾满的，竟然是血！

魏大娘做好了饭菜，让孙子端了一些上来，打破了他们之间短暂的沉默。

饭菜很简单，不过是一些米饭蔬菜之类，但都做得清爽可口，为了给原重楼养伤，还特意杀了一只鸡，用口蘑炖了，熬了汤端上来给他们。看到那两个孩子馋得直吞口水的样子，苏微便撕了半只分给他们，孩子欢呼着跑下了竹楼。

苏微服侍着原重楼吃完，自己才匆匆吃了一点。

已经有好几天没有好好吃过一顿热饭热菜了，她不知不觉将剩下的饭菜一扫而空，抬起头，却看到原重楼皱着眉头，凝望着楼下的灯火。

“怎么了？”她轻声问。

“大娘说他们的儿子在孟康矿口上采玉，这个月反常地没回来，我担心……”原重楼低声说，叹了口气，“会不会是在那一场溃堤里遇难了？”

苏微的脸色微微一变，“嗯”了一声。这件事，在刚一听到这对老夫妻提起的时候，她心里就已经想到了，然而此刻听原重楼说破，却依旧一沉——十年来杀人如麻，死几个人浑不以为意，但不知道为什么此刻想到当时那个人可能就在她面前死去，而自己却眼睁睁错过了营救他的机会，心里却是有些难受。

一饮一啄，俱是注定。

难道，是上天注定她要被这对老夫妇所救，却无以为报吗？

“等我回了中原，送一笔钱过来，免得他们无儿无女的以后日子不好过。”想了想，她最终只能这样回答，“到时候你帮我转交给他们，也算是报了这救命之恩。”

“这事儿别指望我。”原重楼却出乎意料地一翻脸，冷冷回答。

“怎么？”苏微有些意外。

“你自己的救命之恩，要还，也得你自己回来还。”他看着她，一字一句，

“你是不是打算离开了这里，这一辈子就再也不回来了？”

“……”她沉默着，许久才轻轻叹了口气，“说不定还会回来的。”

“是吗？”他看着她，“那你会回来看我吗？”

沉默之间，却听到楼下传来一阵喧闹声，马蹄嘚嘚，似有人走进了院子。

谁？苏微瞬地站起，将原重楼护在了身后。这荒山野岭的，深更半夜怎么还会有人到来？莫不是孟康矿口上的那个矿主还不甘休，追到了这里？或者……是那群千里而来的杀手，又神出鬼没地出现了？

然而还没等走到窗边，却听见两个孩子在院子里欢声大喊：“爹回来啦！”

“真的？哎呀，可算是回来了！”魏大娘的声音随即传来，颤巍巍地点起了灯，“我儿，我和你爹的老眼都望穿了！谢天谢地！”

两个老人连忙提着灯笼出去迎接儿子的归来，只见一个精悍的中年汉子在院子里翻身落马，然后伸手，把马背上的一个小孩子抱了下来。

“唉，矿上最近出了一点事，乱成一团，耽误了时间。”那个中年汉子叹了口气，对两个老人低声道，“爹娘，让你们担心了。”

魏大娘愣了一下，提着灯笼照了照，嘀咕：“这个孩子是……”

“这是索吞的小女儿，蜜丹意。”那个中年汉子把一个八九岁的小女孩从马背上抱下来，对父母道，“她的爹在前日的矿难里去世了，成了孤儿，又不愿去投靠亲戚——我想家里还有两个孩子，不如先把她带回来住一段时间。蜜丹意，来。”

女孩怯生生地抬起头来，一双眼睛如同春水，看得两个老人心都化了。

“好好，家里两个皮猴子最近太不像话了，我好想养个孙女儿呢。”魏大娘连忙牵起了孩子的手，“来，乖孩子，要不要喝一碗鸡汤？”

“有鸡汤？”那个中年汉子略微有些意外，“难道有贵客吗？”

“可不是？”老爷子笑呵呵地道，“前几天从前面那座山上救了一对年轻小夫妻回来，在家里休养，占了你那个房间……”

“没事没事，救人要紧。”那个中年汉子大步走进来，放下了沉甸甸的褡裢，“买了三斤盐巴，一升芝麻油，还有几壶酱醋，够下个月用的了——早知道这里有病人，我就多买一些补养品回来。”

然而话说到一半，他忽然顿住了，直直地看着门外。

“怎么了？”魏大娘顺着他的视线看了过去，却看到前日救回来的那个年轻女子从楼上走了下来，推门进了客堂。而儿子看着她，露出仿佛是见了鬼一样的吃惊表情。

“玛！”蜜丹意欢呼起来，跃过去，一把抱住了对方的腿。

苏微看着他，点了点头：“吴温林？”

“哎呀！是你？那……那原大师呢？他没事吧？”吴温林没想到在这个地方还能碰到她，不由得急问，“我还以为你们两个被矿主……哎，谢天谢地！”

“我们还活着，”苏微冷冷道，“但你们的矿主接着就得倒大霉了。”

“那种人渣，死有余辜！”吴温林恨恨道，“千刀万剐的家伙！”

一边的魏大娘没听明白他们说什么，但也看出来他们竟然是相识的故人，心头也是欢喜，连忙重新摆了碗筷，热了饭菜，给儿子和蜜丹意准备晚饭。吴温林来不及吃一口热饭，便急着上去看原重楼的伤情，确认他并无生命危险才松了口气。蜜丹意一见原重楼就欢喜得要命，死活不愿下来吃饭，魏大娘没法子，只能又盛了一份饭菜端上楼来给她。蜜丹意黏在原重楼身边，一边用手抓着饭往嘴里塞，一边看着他笑，吃得满脸都是饭粒。

“慢些吃，慢些吃。”原重楼摸了摸她的脑袋，忍不住叹了口气，对苏微道，“你看，人生的际遇真是奇妙，没想到在这里还能遇到他们。”

苏微并没有回答，只是小心地查看着他身上的伤口，皱着眉头。

“怎么，我会落下半身不遂吗？”原重楼看到她脸色不大好，心里也是一沉，嘴里却说得轻松，“如果我好不了，那就得一辈子赖上你了——你回中原我都要跟了去。你要是扔下我不管，我就敲锣打鼓跟在你身后，告诉所有人你对我始乱终弃。”

“……”苏微翻起一个白眼看了看他，“放心，能好！”

“唉。”他叹了口气，露出一个失望的表情，“真的？”

“就是不知道好了会不会影响手脚的行动功能。”苏微俯下身，一手握住了他的左足，手指扣住照海、金门两穴，将内力透了进去。那一瞬间原重楼失声惊呼，只觉得一股刺痛直透整个腿部，小腿下意识一弹，几乎踢到了她的面门。

“还好，只是骨折，经脉都没损伤到。”她扔下了他的脚，“也不会留下什么后遗症，不用太担心——只是要伤筋动骨一百天，卧床三个月不能下地。”

“一百天……”原重楼颓然挣扎，“我会得褥疮吧？”

苏微淡淡：“放心，有我呢——好了，该睡了！”

“好，”他努力用右手撑着身体往里挪了一挪，空出半张床来，拍了拍，“来吧。”

苏微再也忍不住，随手拿起一个杧果就砸在了他的头上：“滚！已经摔成半个残废了，小心变成全残废！”她恨恨地道，把他扔回床上，自己拿了一床被子铺在地上：“睡觉！”

夜已经深了，归来的吴温林吃完了饭，便搂着两个儿子去孩子的房间休息。蜜丹意没地方去，魏大娘便在自己的房间里搭了个简单的床铺，让这个孤女过去睡。

外面群山寂寂，竹楼里灯火深宵依次熄灭。

吴温林好不容易将两个顽皮的儿子哄睡着，正准备拉下帘子休息时，忽地愣了一下。对面的房间窗口上有一双眼睛，在黑暗里一眨不眨。

他吃了一惊，然而定睛一看，那却是蜜丹意。

一对老人都已经熄灯睡去了，那个小女孩却偷偷地起来，独自趴在窗口上出神——她一眨不眨地看着原重楼所在的房间，小小的嘴角紧抿着，流露出一种和年龄不相符合的冷静深沉的表情来，令人猛然一惊。

原重楼的伤势恢复得很顺利，气色一天比一天好起来。吴温林在深山的家里待了几天，在第五日上，便要准备行装准备返回孟康矿上去。蜜丹意黏着原重楼，不愿跟他再回去，他便只能将这个无父无母的小女孩托付给了父母代为看护。

苏微看着他从马棚里牵出马，站在楼上微微蹙眉，似乎在想着什么。

"我和吴温林回孟康矿上一趟，三天后就回来。"忽然，她回过头道。原重楼正在看着蜜丹意编织采来的野花，闻言不由得微微一怔："去那里做什么？不怕人家知道我们没死再追过来打击报复吗？"

然而话刚一出口，他就叹了口气："哦，对了，我忘了你已经解了毒，如今天下谁也不怕了……不过，我想还是算了吧，冤家宜解不宜结啊。"

"算了？有怨报怨有仇报仇，这笔血债怎么能就这么算了！"苏微冷冷道，眼眸里透出锋利的光来，"那种畜生，再让他在世上多活一日我都觉得恶心——这样害我们，我会用钢钎把他钉在溶洞里，让他挂上个几天几夜再死！"

她的语气里杀机四射，听得原重楼呆住了，眼神有些异样。

"怎么？吓到了？"苏微忍俊不禁。

他叹了口气，有些低落地喃喃："是啊……有时候，我都忘了你并不是迦陵频伽，更不是个普通人。你要做什么，谁能阻拦得住呢？"

"放心，我去去就回，不会扔下你不管的。"苏微不由得安慰他，"你在这里好好养伤，等我将那一窝蛇鼠收拾了，顺路还可以从矿上弄点钱来，也算是报答魏大娘这一家。"

"真是个劫富济贫的女侠！"原重楼竖起了大拇指，忽地仿佛想起了什么，道，"对了，能不能把我的那块石头也带回来？"

"什么石头？"苏微手一按窗台，正要纵身跃下楼去，听得此语愣了一下。

"就是我帮蜜丹意挑的那块石头，赌石赌来的——可是罕见的极品料子！"一说到翡翠，原重楼的眼睛就亮了起来，比画着，“有西瓜大，大约三十多斤重，灰色皮壳，没有裂痕，有一条斑驳的蛇形的痕迹蜿蜒绕了一圈……”

他说了半天，苏微却只是皱着眉头，不耐烦地道：“你让我去找人也罢了，去乱石堆里找一块石头？开什么玩笑。”

“唉，算了，”原重楼叹了口气，“你只要早点回来就是。”

“我尽量吧！”苏微却笑了一笑，一按窗台，整个人轻飘飘落到了院子里，不偏不倚骑上了一匹马，一抖缰绳，便向着吴温林的方向追了出去。路过竹丛时顺手折了一枝，反手削去，枝叶纷纷落地，一把青翠欲滴的剑已经握在了手里。

“喂，早点回来！”他无法出去相送，只能在房里最后说了一句。

然而，她却已经听不见了。

白衣女子负着青色的剑策马远去，青丝如墨，远远看去飘逸如仙子。

原重楼远远凝视着她策马消失在山路上，有些出神。直到膝盖上的孩子仰起头来，笑嘻嘻地将串好的一个花冠戴在了他头上，才回过神来。“蜜丹意，”他叹了口气，摸了摸孩子的头发，“听话，要做个乖孩子，知道吗？”

缅人孤儿点了点头，漆黑的眼睛里流露出无限的依赖。

大山绵延，沟谷纵横，从一个山坡到另一个山坡，看着不过相去几里，走起来却要费上十几倍乃至几十倍的时间。只不过隔了两个山头而已，苏微没有想到这个在溶洞彼端的地方，到孟康矿口居然要走上两天一夜。

等到他们走上一个山坡，看到雾露河边的孟康矿口时，日头已经西斜。

两人勒住马，在高岗上俯视着下面那一片终于有了人烟的集镇。草棚、茅屋、工具架……时隔七天，一切都和离开的时候一模一样。雾露河水静静流淌，在大山脚下绕过一个弯，河道里沉淀着许多珍贵的翡翠玉石，可河里却已经没有了一个人。

“奇怪，”吴温林不由得嘀咕了一声，“今天收工收得这么早？”

“的确奇怪。”苏微冷冷道，“那个肥猪矿主可不像是那么仁慈的人。”

吴温林眼看目的地已经在眼前，不由得回头看了苏微一眼，有些犹豫地问：“姑娘，你……真的要去见矿主？可要小心哪。”

“嗯。”苏微明白他心里的想法，坦然一笑，道，“你不用怕，从这里开始我们就分开走，不会让任何人看到你和我是认识的——”

“好。”吴温林回答，顿了顿，又嗫嚅道，“其实……其实，矿上的那些打手虽然可恶，但很多也是被矿主逼的。姑娘教训一下就是……也……也罪不至死吧。”

“知道了，”苏微冷然，“你觉得我是滥杀无辜的人吗？”

“不，不。”吴温林连忙摇头，“姑娘这么清秀的美人……”

“唉，我讨厌杀人。真的，不骗你。”她却打断了他，看着下面有人烟的地方，眼神幽暗明灭，叹了口气，“你看，到了有人的地方，杀戮就随之而来了——如果我永远住在你家的那片深山老林里，估计就能安宁一辈子。只可惜……”

可惜什么，她却没有再说下去。

吴温林看着这个异乡来的女子，想说什么，却又不知如何接话。许久，苏微忽然冷冷一笑，扬鞭一抽，策马离开，并没有把那句心里的话说完。

只可惜，她终究还是要回到那片江湖中去的。

然而，刚策马涉水而过，驰近孟康矿口，苏微就蓦然觉得不对劲。

暮色中，风的痕迹都没有。但那种不安是一种不可言喻的微妙感觉，只来自于出生入死多年的人的本能——矿口很安静，可以说，太安静了。不但劳作区域里没有一个人，甚至连采玉工人休息的窝棚区都没有一个人影，一切都是空空荡荡的，目之所及，只有一些鸡鸭牲畜在漫无目的地游荡着，一只肥硕的大白鹅甩着外八字的红蹼，直直朝着她走来。

那一刻，她甚至猛地联想起刚到滇南时经过的那个空荡荡的苗寨。

——怎么回事，难道这里也即将有一场天灾？

但下一个刹那，苏微的呼吸猛地停顿：那只鹅！那只朝着她走过来的白鹅趾高气扬，旁若无人地经过她的马前，鲜红的脚蹼在路上印下一个个印记——每一个都鲜红刺目，如同一枚枫叶。

血！在白鹅的脚上沾满的，竟然是血！

苏微猛然勒马，循着那一行血脚印逆行，小心地逼近孟康矿口。一路耳听八方，将呼吸压到很低，手指扣着马缰，一只手握紧了那把竹剑，蓄势待发。

棚户区里空无一人，木门大开着，地上还留着水罐、饭碗，乃至喝了一半的酒，显然事发突然，这里所有人在恐慌之中离开，甚至来不及带上随身的东西。她的眼角微微一跳，看到了地上的殷红色。

那是一大摊血，在地上黏稠着，已经接近凝固。

她顺着滴落的血迹往上看去，看到了一排被吊起来的尸体。一共二十三人。那些尸体看起来刚刚断气不久，被长达两尺的铁钉钉在木架上，有些身上的血还在流着，缓慢地滴落在地上。而一群群牲畜毫无知觉地在上面走来走去，踩踏着人的鲜血。

她吸了一口气，从装束上认出正是矿主手下的那些打手。

天色已经黄昏，风停滞，空气中的血腥味越发浓重，令人觉得窒息。苏微在那些尸体下看了许久，伸出竹剑，将其中一具尸体转过了半个身，眉头渐渐蹙起——空中吊着的那些人，都是被利器割伤致死的。下手的不止一人，手法却都非常狠毒，似在故意折磨这些俘虏，每具尸体上都留下不少于十处的累累伤痕。那些伤口不多一分也不减一分，大多从胸颈刺入，斜斜向下，外表看起来很小，里面却震碎了经脉，并非普通的刀或者剑所能做到。

这种出手，她曾经看到过好几次——

最后一次，是在半个月前的腾冲。

这不是普通的械斗或者寻仇，而是训练有素的刺客和杀人者所为——是的！那些千里追杀她的刺客，竟然已经追到了这里！

她猛然一震，跳下马来，步行前进，眼里渐渐露出了杀气。

忽然间，不远处有黑影一动，有人矮着身子，极其小心地贴着篱笆走过去。苏微一声低喝，身形快如鬼魅，那个人一步尚未跨出，身形已经离地，痛得几乎昏过去，剧烈地咳嗽，整个人都弓起来，手里抱着的东西也松开了，木匣里散落出一堆铜钱。

苏微只看了他一眼，就移开了剑。

那是一个缅人矿工，肤色深褐，骨节粗大，手脚满是老茧，毫无武功在身，是半分不能作假的普通人，绝不是眼前这一切惨剧的制造者。

"是谁杀了这些人？"她低喝，用剑一拍他的肩膀让他站起来。

然而那个缅人被她吓得脸色苍白，根本不敢站起来，腿一软，反而瘫在地上，连连后退，嘴里结结巴巴地说着什么，却是一个字也听不懂。

"他说，是一群穿着黑衣服的魔鬼，趁着闪电闯入了这里。"

忽然间，有人在身后回答，语音微微发抖。

"吴温林？"苏微回过头，看到了牵着马站在寨子口上的那个汉人。他的脸色苍白，看着眼前的这一幕，震惊而无措，想要走进来，却似乎又畏惧地上的鲜血和空中挂着的密密麻麻的尸体，踌躇不前。

那个缅人一看到他，却仿佛见了救星一样，嘴里一个劲地念叨着什么，全身发抖，泪流满面。吴温林将那个人拉起，拍了拍对方的肩膀，听着听着，忽然沉默了片刻。

"怎么？"苏微问。

吴温林低声道："他说，那群人是在两天前的夜里忽然进来的，说是要在这里找一个有着绿色双手的汉人女子，找不到就要杀了大家……那些人很凶恶，打败了所有打手，将这里翻了个底朝天，还抓了矿主过去严加拷问。"

苏微一愣："绿色双手的汉人女子？"

吴温林看了一眼她的双手，嘴唇动了动，却不敢说话。

“那些人说他们跟着那个汉人女子的踪迹一路追来，最后到了这里，绝不会有错，肯定是被谁包庇了，于是将矿主拷打了一天一夜。”吴温林说到这里，看了看半山腰，“矿主实在挨打不过，只能说了实话，承认前日是有这么一个汉人女子路过，但已经被他扔进了洞窟深处，如今只怕已经死了——那些人一听，勃然大怒。”

“是吗？”苏微忍不住露出了一个讥讽的笑容，“自作自受。”

“那些人押着矿主和一些打手到了半山的那个矿洞，搬开了那块石头，逼着他们走了进去。然后……”吴温林叹了口气，“大家吓坏了，趁着那些魔鬼跑开的时候纷纷四散逃走，一个都没留下——他如果不是舍不得攒了两年的工钱，也不会拼着性命回来。”

“好了，我知道了。”苏微叹了口气。

吴温林终于忍不住道：“那些人……是来找姑娘的吧？”

“是。”她简短地回答了一句，“幸亏你命大，正好回家，躲过了这一劫。”

“那姑娘还是快跑吧！”他急忙道，“说不定那些魔鬼又会返回来……”

“是吗？那倒是好，送上门来，省得我再到处追杀。”苏微冷笑一声，直接朝着半山的矿洞走去，留下一句话，“你赶紧带着这个人跑路吧！离得越远越好，等事情弄完了，我去你家里找你。”

苏微在荒凉的矿山上疾行，朝着那个溶洞奔去。

路过工棚的时候，她顿住了一下脚步，看向那一间矿主住的房间——那里也已经被翻得一塌糊涂，门大开着，里面的灯烛也早已熄灭。她仔细一看，发现地上滚落着一块石头，西瓜大小，灰色的皮壳，表面粗糙，有一条蟒蛇似的色带绕了石头一圈。

这块，就是重楼描述过的翡翠吧？

她心里一跳，下意识地想去拿起，但又顿住了手——这块石头足足有三十多斤，没有马匹在身边，携带很不方便，此刻大敌当前，实在也是顾不得了。

她只往里看了一眼，便继续往山上奔去。

矿山上一片荒凉，早已没有一个人影。洞口那一块巨大的石头已经被移开了，旁边留下了深深的碾压痕迹，显然是有很多人一起用力推开了它。地上散落着许多撬棍和火把，还有滴落的血，露出来的洞穴黑黝黝的，如同兽类的眼睛，在暗中窥伺着她。

那一瞬，她心里竟然有微微的冷意。

九死一生，那样可怕的黑暗洞穴，其实是她下意识所不想再度回去的。

然而，她自幼接受严酷训练，生性坚忍，遇强只会更强，绝无退缩，还是咬着牙从地上捡起了火把，用火石点燃，向着洞口走了过去，将竹剑插在腰间，却从地上又捡起了一根钢的撬棍——如果那些杀手没有离去，就躲藏在黑暗里等着她的到来，如同群狼在黑暗的荒野里准备着伏击猎物。那么，她将要把这些家伙全部杀死在这里，血债血偿！

苏微眼神凛冽，执着火把往里走了一步，忽地愣住了。

——那一刻，她和黑暗里的人打了个照面。

火光明灭里，缅人矿主那张肥硕的脸从洞窟后的黑暗里浮现出来，惨白而扭曲，嘴巴大张着，眼睛几乎要冲破眼眶，就这样藏在巨石的背后，呈现出肩膀微微上耸，头往前倾斜的奇怪姿态，从黑暗里探出头来，死死地盯着她。

苏微下意识地往后退了一步，出手如电，撬棍瞬地点了过去。

噗的一声，对方不躲不闪，任凭钢铁插入了血肉，发出令人作呕的钝响。而那张脸上居然还保持着这种表情，一动也不动。

那一刻，她忽地明白过来，将火把凑过去照了一照。果然，有一根撬棍从他的胸口对穿而过，将硕大的身体就这样钉在了石壁上！

她一惊，急速地往里看了一眼，脚下的黑暗洞穴无边无际，空空荡荡。然而火光照到之处，尸体的旁边却留着很多沾血的足迹，沿着堆积的乱石错落而下，绵延向黑暗的最深处，然后，又折返，重新回到了这具尸体旁边，停留了一会儿，重新出了石窟。

足迹都很浅，显然这些人拥有极高的轻功，行动有素。

她陡然明白过来：估计是那些杀手下了洞穴，彻底翻找了一遍，却压根没有找到矿主所说的人，大怒之下自然以为他又说了谎话，酷刑拷打，然而这一回这个肥猪矿主却是再也说不清楚这究竟是怎么一回事，最后活生生被折磨致死。

苏微往外退了一步，审视着这些沾血的脚印的去向。

那些脚印一出了山洞，竟是没有折返工寮，反而直接朝着山上而去，显然那些杀手已经确认了人不可能留在这个地方，继续向着更远的范围搜索。

她心里微微一惊，连忙折身返回，朝着山下疾奔。

路过矿主房间的时候，她略一俯身，迅速将那块翡翠拿了起来，翻身上马，将玉石放入马背的革囊里，继续策马，毫不停留。

在转过前面一道山梁的时候，她看到了吴温林。天色已经暗了，那个汉子躲在一个凹陷进去的山洞里，凝望着山下一片漆黑的矿口，抽着水烟袋。火光明灭地映照着他那张虽然只有三十多岁却已经沟壑纵横的脸，一双眼睛深陷进去，盛满了担忧。那一刻，虽然是萍水相逢，苏微看在眼里，心中竟有一阵感动。

“我们走吧。”她勒住马，短促地说了一声。

“姑娘回来了？太好了！”吴温林连忙将水烟袋在石头上磕了一磕，站起身来，“那些人怎么样了？他们没有为难姑娘吧？这事情闹这么大，要是惊动了缅邦藩王或者腾冲的尹家，只怕……”

“快走！”苏微却没有理睬他，在暮色里远去。

她驰骋在山路上，忽然回过头，问了吴温林一句：“从这里到你家，有几条路？”

“两条。”吴温林不明白她为什么这么问，愕然回答，“有一条是沿着雾露河走的，直抵矿山背后，要比我们来的时候近十几里。但我担心那条路下雨了不好走，说不定还有塌方，就绕了一下路——反正也不赶这半日的时间。”

“糟了！”苏微低声惊呼，脸色瞬地苍白。

“怎么？”吴温林被她吓了一跳。

“另一条路在哪边？”她厉声问，语气已经非常严厉，“快说！”

“在……在这山岗下面……靠着河的。”吴温林结结巴巴，指了指右前方一条隐没在草丛里的羊肠小道，“你看，都是烂泥路啊。”

然而，苏微却没有和他多说一句，立刻策马而去。

这条路，一头通向矿山，另一头却绵延向苍茫暮色里的群山深处。她在泥泞的小路上勒马，细细凝视：果然，有间杂着血迹的足迹和马蹄印，沿着这条路迅捷而去！这些普通人不会注意到的东西，却如同针一样刺入她眼里。

显然，那些屠戮过孟康矿口的神秘杀手，在一无所获之后扩大了搜索范围，而他们之中，至少有一队曾经沿着这条路走过！看地上的足迹，这一队人在不到三个时辰之前刚刚经过这里，鬼使神差地和她擦肩而过——如果她没有绕路，就会在半路上和那些人狭路相逢。

而如今……苏微猛然打了个寒战。

如果那些人沿着这条路搜索，很快就能找到她曾经落脚过的地方，那么原重楼他们现在岂不是……她倒吸了一口气，心急如焚，顾不上后面呼喊着追过来的吴温林，箭一样地沿着羊肠小道疾驰而去。

太阳已经挂在了林梢，暮色四起，唯有马蹄声嘚嘚回荡在群山深处。

等到吴温林翻过一座山，再度看到前面的人影的时候，只听到一声清呵，那个汉人女子如同白鹤一样掠过苍茫的群山。她手里握着剑——那只是一把青竹削成的剑，但握在她手里却是清光闪闪，夺目耀眼。

那个女子凌空下击，衣裙猎猎，如同一朵盛开的白蔷薇。

然而，再仔细看去，他才看清楚有另外两个穿着黑衣的男人正在围着她进攻，每个人手里都拿着雪亮的利剑，凶狠毒辣，招招夺命。

“苏姑娘！”吴温林从马鞍旁边摸出了护身用的短刀，便要赶过去。

然而还没靠近，他再度惊呼了一声——在苏姑娘全力以赴地对付夹击的两个男人时，居然有第三个人悄无声息地从树梢里慢慢垂落，如同一个巨大的蜘蛛拖着一条丝，无声地进入了搏杀的中心。

那个人的手里，似乎有寒光一闪！

“苏姑娘，小——”他脱口惊呼，然而话未出口，奇迹出现了：仿佛背后长了眼睛一样，那个苏姑娘身形一晃，腰肢以不可思议的角度折起，瞬间同时避开了左右的袭击，手腕一震，竹剑咔的一声居中裂开，分别刺入左右两人的眉心！与此同时，她身子前倾，左腿向后飞踢——只是一脚，便准确地踢中了背后那个人握刀的手腕！

只听一声脆响，腕骨断裂，长刀脱手而飞。

兔起鹘落，一切只是刹那。吴温林看得目瞪口呆。

那个汉人女子一身白衣，全身上下没有丝毫血迹，就这样落在了地上，不惊轻尘。在她的身后横倒了三具尸体，四分五裂。那个苏姑娘施施然走过来，顺手扯下路边的一片树叶，擦了擦手指上的血迹，清凌凌地问：“没事吧？”

“没……没事。”吴温林吓得几乎说不出完整的话来。

她抬起脚，将那些尸体踢下了路边，滚入雾露河里，然后伸出手将他拉了起来，道：“没事的话，我们就快走吧！希望这一拨杀手就这么几个，可别还有更多才好。”

他不敢不从，茫然地站了起来，重新爬上了马背。苏微低下头，最后仔细看了一眼那些死人，忽然叹了口气：“居然真的是风雨的人？还是金衣？倒是稀奇——是谁这么大手笔，能请动风雨的金衣杀手？”

她想了片刻，不得头绪，便再不多说，只是策马疾驰。

在夜色里奔驰了十几里路之后，吴温林才缓过了一口气来，惊魂方定，看了一眼前面不远处策马疾驰的人，眼里露出了不可思议的神情。他迟疑了半天，终于忍不住开口：“刚才……刚才那个人在背后一刀砍来的时候，你怎么能看都不看，就一脚踢中了他的手腕？”

吴温林比画着，结结巴巴：“你怎么知道他在哪个高度砍过来？万一、万一你踢得高了一寸，那、那不就是把自己的腿，往刀刃上送吗？”

“当然不会。”苏微摇了摇头，“不会高一寸，也不会低一寸。”

“为什么？”吴温林还是无法理解，打量着这个清秀美丽的汉人女子，“你……你背后也看得见吗？难道中原武功，真的可以练到背后再长出一双眼睛？”

“呵……岂止？”苏微终于露出了一丝笑意，扬眉，“能修炼到全身上下都是眼睛，那才算是出师——你信不？要不要来砍我一刀试试看？”

“信，信！”吴温林哆嗦了一下，不敢再说话。

黑暗里，风呼啸而过。这个女子仿佛陡然间变了一个人，全身上下散发出一种光芒，如同一把骤然出鞘的利剑，凛冽得令人不敢逼视。

——那个断了腿的小子是个斯斯文文的玉雕师，吃得消这样厉害的媳妇儿吗？

他纳闷地想着，随着她往莫冈飞驰。

第十六章

刀剑如梦

她能感觉到夕阳照在脸上的温暖，然而视线里却已经感觉不到一丝光亮——原来，对她来说光明和温暖都只是一刹那，宛如烟花，只有黑暗才是最漫长的。

这条路果然难走，很多地方遇到了塌方，道路阻断，不得不涉水从雾露河里走。等到了莫冈时，反而比原来的那条路多用了半天时间。当他们日夜兼程地赶路，回到那个山坳，看到远处的炊烟时，已经是斜阳夕照。

这一路上都没有再看到其他杀手出没，让苏微松了一口气——谢天谢地，往这个方向搜索的杀手小队在半途被她截住全灭了，并没有追到这里。否则这儿都是妇孺老弱，要是真出什么事……想到这里的时候，苏微的眼皮忽然一跳，有一种说不出的不祥感涌上了心头。

“怎么了？”吴温林眼看家门在望，她却勒马不前，不由得有些吃惊。

不，那不是炊烟！而是……而是……

那一刻，她发出一声惊呼，跳下马，狂奔而去。

燃烧的是茅屋。院子里一片狼藉，门板倒了，篱笆也倒了，房间里乱七八糟，地上散落着各种东西，柴堆被弄得四散，连灶台都碎裂了——显然是整个房子被从里到外地搜索了一遍，几乎连柱子都拆了。

无论如何都找不到之后，那些人放火烧了房子。

“重楼！”她失声大喊，冲入了熊熊燃烧的房子里，飞身掠上二楼，在滚滚浓烟之中撞开门。然而，房间里一个人都没有，只有编织的花环散落在地上，被踩踏得稀巴烂。

那是蜜丹意编织的花环。

可那个小女孩，连同原重楼一起，再也看不见踪影。

这……这……她站在烈火燃烧的房间里，攥紧了拳头，指甲直插进掌心的肉里，血一滴滴地从指缝里滴落，她只觉得全身发冷，如坠冰窟——难道……还是来晚了？除了那一队被她歼灭的杀手，竟然还有其他的杀手早一步找到了这里！

大爷大娘，三个孩子，还有……重楼。

她始终，还是来不及！

不久之前，还是在这个房间，还是暂别时他的最后一个眼神，用调侃的语气说着要以身相许，如初遇时一贯的没口德，那时她嗤然冷笑，跃出窗户扬长而去，听到他在背后说“早点回来”——那一刻，她并不知道，那就是他们之间所说的最后一句话。

这世间，又有谁会知道命运之曲是从什么时候开始，又在什么时候戛然而止？当命轮转动的时候，所有人随之相聚，起舞，而一到终场，就如提线木偶一样颓然而散。

甚至，都来不及好好说一句告别的话。

与其如此，还不如就在那个不见天日的山腹里死去吧？那样，至少，他们会知道和对方说的最后一句话会是什么。

浓烟和烈火里，她茫然地想着，没有察觉自己的眼角有泪水长滑而下，滋啦一声，在火焰里化为细小的白烟。她只觉得心仿佛也被烈火煎熬着。瞬间，大片燃烧着的屋顶轰然落下，迎头砸了过来。

“苏姑娘……苏姑娘！快出来！”模模糊糊中，听到有人大喊，“危险！”

然而苏微站在那里，眼眸里映照出炽烈的火焰，似是失了魂魄。身中碧蚕之毒的时候，虽知时日无多，她心里却怀着强烈的求生念头；然而此刻，碧蚕毒已解，她站在烈火之中，却是心灰如死，一瞬间竟然连动一动手指的力气都没有了。

“苏姑娘……苏姑娘！快出来！”

楼下传来吴温林惊恐的喊声。他想冲进来，却被不断坍塌的竹楼所隔，只能眼睁睁地看着站在那里的女子，渐渐也被火焰吞噬，却无能为力。

当从天而降的烈火吞噬了苏微的时候，千里之外的洛阳斜阳脉脉，夕照满楼。寂寂的白楼里，啪的一声，有人手中的笔忽然滚落在地。

“公子，怎么了？”研墨的赵冰洁微微诧异，抬起空茫的眼睛。

萧停云弯下腰捡起了朱笔，低声：“没什么，只是心里忽然一跳，有不好的感觉。”

旁边的女子沉默了一下，道：“也不知道苏姑娘如今怎样了。”

“是啊，已经是两个月多了——无论解没解毒，也该有点消息才对。”萧停云喃喃叹息，无法掩饰眉目间的担忧，“我连续派了好几批人去找，连石玉宋川这样的精英都派了出去，却都如泥牛入海一样毫无消息，也太奇怪了。”

“或许是遇到了截杀？那些对苏姑娘下毒的人，肯定不会让我们轻易找到她。”赵冰洁蹙眉，低声问，“拜月教那边，打听过了吗？”

“我派石玉去苗疆，第一时间就是去灵鹫山找的拜月教，”萧停云看着窗外，重瞳里有说不出的恼怒，“可是明河教主闭关已久，孤光大祭司云游外出，对方推诿主事的灵均不在宫中，难以决定，竟然将我们的使者拒之门外。”

“是有不妥。”赵冰洁脸色微微一变，低声，“拜月教和听雪楼，虽然三十年前有过一场仇杀，但自从迦若祭司和萧楼主定盟之后，相互之间也算友善——此次苏姑娘有难，来到他们的地盘，断无道理如此推三阻四。”

萧停云皱起了眉头：“关于孤光祭司的那个弟子灵均，你有多少了解？”

“很少，搜集来的消息基本都没有用。”赵冰洁想了一想，似乎也被难住了，许久只道，“这个人一直不曾在江湖上露面。即便是在月宫，也从没有弟子看到他的真容——只听说他经常不在宫中，一直到三年前孤光祭司退隐，离开中原去往海上寻访仙山，他才不得不担起了唯一弟子的责任，回到了月宫主事。”

“是吗？”萧停云低声，“听起来，倒是一个没有野心的主儿呢。”

“如此便好了，”赵冰洁叹息，“可惜我觉得事情并没有那么简单。”

萧停云皱了皱眉头：“怎么说？”

“据我所知，虽然是自己唯一的弟子，孤光祭司对他一直有所保留。”赵冰洁默默道，“听说孤光祭司有一次勃然大怒时，对他下了一句评语，被教众广为流传——”

他蹙着眉头：“什么评语？”

赵冰洁顿了顿，一字一句：“‘天赋出众，可谓惊才绝艳，不逊于昔年迦若大祭司。只惜用心过于刻毒，恐不得永年’。”

“用心刻毒……不得永年。”萧停云喃喃重复了一遍，眼神慢慢凝聚如针。

“还有一句评语，”赵冰洁道，博闻强记地复述，“‘若不负天道，则为我教古今第一人；若堕入魔道，则三十年前那一场天劫，便是要重现了。’”

三十年前？萧停云一震，瞬地想起了勒马澜沧的誓约。

三十年前，听雪楼主为报杀母之仇，在统一天下武林后倾全楼之力远征滇南，而当时拜月教的大祭司，便是迦若。此战惨烈，萧楼主虽与靖姑娘联剑并辔，同去同归，却是付出了惨痛的代价。经此一役，人中龙凤由此种下了芥蒂，隔阂暗生，终至他年自相残杀。

那一战后，双方立下了停战的誓约，如今已经三十年不曾有战事。

如果拜月教里如今出现了这样野心勃勃的掌权者，那么，这前代人血战换来的三十年太平，便是要由此灰飞烟灭了……

“听说灵均代替孤光祭司执掌拜月教以来，教民们都对其奉若神明。因为他多次正确地预测到了天灾，从火山洪水里救下了不少百姓，”赵冰洁蹙眉道，“在滇南有很多关于他的传说，几乎都接近于神话，比如说他灵力高绝，预言过往将来无不灵验——甚至还说，如果有不同村寨同时向他祈祷，他竟然可以化身千万，去往不同的地方拯救教民。”

“化身千万？”萧停云却是不为所动，冷笑，“我看不是他修习有分身术，便是早已备好了不少替身，替他四处奔走，装神弄鬼。”

“嗯，虽然也可能存在着替身，但我觉得还是幻术的可能性最大。”赵冰洁叹息，“资料上说，灵均身为孤光祭司的唯一弟子，在术法上的造诣非常高超，而最擅长的便是幻术——他甚至可以不用结印，便可以无声无息地施展。”

“结印？”萧停云有些不解。

“施展术法总要经过一定的流程，越是重大的法术，过程便越是烦琐复杂——比如皇帝祈雨便有九九八十一道仪式，”赵冰洁淡淡解释，用双手比画着，“普通的修道之人，要施术之前也必须要通过念咒或者结印画符——用单手结印的人都已经罕有，而据我所知，那个灵均已经到了无须结印随时随地可以施展，瞬间令身边之人陷入幻境的地步。”

“世上竟然还有这样的人物！”萧停云肃然，微微吸了一口气，“那么说来，岂不是和他在一起的每一瞬，都有可能陷入幻境而不自觉吗？”

“是。”她缓缓点头，语气凝重，“如果传言是真的，那么，和他在一起的任何时候都可能会是幻境。而在他身上发生的一切，也都有可能会是不真实的。”

“……”他沉默了下去，许久才道，“这天下，果然还有与武学一争长短的东西存在——昔年的大祭司迦若已经是传说中的人物，没想到今日拜月教又有高手辈出。”

“不过公子也无须过于担心，”听到他的语气，她不由得柔声安慰，“越是高深的术法施展之后耗费的灵力越是巨大，反噬也越厉害。面对苏姑娘这样的绝世高手，那个灵均只怕非全力以赴不能应对……”

“可阿微她现在中了毒！”萧停云打断了她，一拍桌子，“她身边没有血薇！”

很少见到从容文雅的公子有这样失态的时候，赵冰洁不由得微微颤了一下，咬紧了嘴角，半晌才低声："那么，只能希望拜月教非我们之敌了……如果他们真的要杀苏姑娘，在洛阳也就毒杀了，何必还要等那么久？"

"是，此事疑云重重，不可轻断。"他叹了口气，忧心忡忡，"幸亏我已经说动四护法远赴滇南——希望在这之前阿微不要有事。"

"四护法已经远赴滇南了？"赵冰洁愕然，"怎么楼中竟然无人知晓？"

"此事极度机密，只有你我知晓，"萧停云蹙眉，压低了声音，"我前日去了一趟北邙山，亲自请求隐退的四位护法出手相助，此刻他们已然出了洛阳。"

她脸上神色微微一动，眼底似是掠过一丝凄凉的笑意。

"苏姑娘是血薇的主人，定然会有贵人相助、遇难呈祥。"她淡淡地说着，站起身来，扶着栏杆开始一步步往楼下走去，"既然四护法都已经出马，公子自然不用为此担心。只等三月后归来，血薇夕影便可再度聚首，号令江湖、再不分离。"

"但愿如此吧。"他淡淡道，默默握紧了手里的折扇，"你——"

话音未落，素衣女子却猛然一个踉跄，从白楼上直跌了下去！

"冰洁！"萧停云失声惊呼，闪电般地掠过去，俯身将她一把拦腰抱起——然而赵冰洁已经沿着台阶滚落了三四级，额头沿路撞在了扶手上，一片青紫色。

"怎样了？没事吧？"他急忙查看她的伤势，揉着她的额头，紧张不安，"你……你也来往白楼那么多次了，怎么还会摔倒？"

"没事，"她伏在地下，轻轻道，"不小心扭了下脚而已。"

萧停云扶起她，静默地凝视着她苍白宁静的侧脸，重瞳里似有波澜翻涌，忽然道："冰洁，如果你心中不安，不妨说出来。我会听你说的每一句话。"

"冰洁心里平静，"她转过头向着夕阳，淡淡，"并无不安。"

"是吗？"他叹了口气，仿佛死心一样转过头，"那我送你回岚雪阁吧。"

他扶着她，从白楼最高层小心翼翼地往下走去。赵冰洁迟疑了一下，却没有拒绝。她纤细苍白的手指被握在他的手心，如此温暖而熟悉，仿佛遥远的过去——十几年前，刚来到听雪楼的她未曾熟悉各处，眼睛又不好，经常不停地摔跤。在那个时候，十四岁的他就曾经这样牵着她的手一路走过去，如同一个小小的护卫。

只可惜，一切都只能存在于记忆中了。

生于黑暗中的她，是注定无法和他匹配的。被血薇光芒压过之后，她甚至再也无法和他并肩而行。当那个少女入主绯衣楼的时候，她就知道，一切都已经结束——从十几岁开始，作为听雪楼的主人，他就在等血薇。而如今他终于等到了要等的人，得偿所愿。

那是他的梦想和期待，也是他的野心和霸图。

男人所需要的，都不过于此吧？

赵冰洁淡淡地想着，被他牵着一路走去。她能感觉到夕阳照在脸上的温暖，然而视线里却已经感觉不到一丝光亮——原来，对她来说光明和温暖都只是一刹那，宛如烟花，只有黑暗才是最漫长的。

她唇角露出了微微的笑，握紧了身边人的手。

这，也许是最后一次了。

“好好休息吧。”他却似乎并没有察觉到她的异常，将她送入岚雪阁后，仿佛还是有什么话要对她说，然而在黑暗里踌躇了片刻，最终是放开了她的手。

但在走出去后，却又回头默默看了她很久。

当岚雪阁的门被关上后，她一个人静静地坐在黑暗里。他的气息仿佛还萦绕在耳侧，她默默地抬起手，在黑暗里轻轻抚摸着自己的嘴唇，如此寂寞，也如此空无——是的，那些话语，都还被锁在唇齿之间，终究未曾吐露半分。

她没有告诉他，自从用了那个神秘人给予的药之后，虽然未曾全部解毒，但自己的眼睛已经渐渐开始有了模糊的视觉——所以，能看得到台阶，也能看得到他最后的回眸和眼里的表情。

刚才他凝视时那种欲语还休的期待和悲哀，让她的心几近撕裂。那一刻，她几乎想把心里所有的话都向他倾吐。怕什么呢？事到如今，她还有什么好怕的？就把所有不能见光的秘密都曝晒于前，让那些肮脏血腥的往事和自己一同在阳光里死去！

然而，她最终还是咬紧了牙，将那些秘密咬死在唇齿之间。

在黑暗的岚雪阁里不知道坐了多久，赵冰洁才回过了神，用手指慢慢从袖子里摸索出了一个纸卷，细细地展开，上面写着一行字：

“第二次刺杀即将开始，请告知楼中人手布局。”

她的心猛然往下一沉，知道那只扼住她咽喉的手又要收紧了。

这十几年来，她永远都处于黑暗之中，处于生死不能的边界。无法忠诚，也无法背离。无法去恨，也无法去爱——那个如幽灵一样的家伙真是残忍啊……利用了她心里的恶毒和妒忌，却并没有杀她灭口，反而治好了她的眼睛。

可是，苟活着，用这双眼睛看到的，又是怎样的结局呢？

她独自在黑暗里坐了许久，全身木然，连衣裙皱褶的痕迹都一丝不动。僵硬的衣裙下，只有手指在细微地动着，一分一分，将那张卷起的纸条撕得粉碎。窸窸窣窣，碎屑如同雪一样，密密麻麻落了满地。

她垂下了头，从胸腔中长长吐出了一口气，站了起来。

赵冰洁拉上了帘幕，点起了灯，拿起笔，抽出一张素白的信笺，很小心地写着回复，一笔一画，一丝不苟——

“四护法已去往滇南。吹花小筑亦空。静候指令。”

暮色里，有一只雪白的鸟儿扑棱棱地飞来，落在窗口，用朱红色的眼睛看着她。

她知道那是魔的信使。

赵冰洁站起来，将密信绑在了白鸟的腿上，鸟儿看了她一眼，放下了嘴里衔着的一颗丹药，转头展翅飞去，消失在夜空里。

她站在那里，默默地看了半晌，才将那一粒药丸吞入口中，然后回过了身，走向了岚雪阁的最深处。那里堆放着层层叠叠的古卷，记载着三十年前的江湖往事、武林掌故，除了她之外，楼里已经十来年没有一个人翻阅过。

她吃力地移开了书架，从最隐蔽的角落里拿出了一个小小的匣子。用微微发抖的手拂去了上面的灰尘，深深吸了一口气，一寸一寸地打开了它——

快十年了，这还是她第一次打开这只木匣。

匣子里躺着一把莹白色的小刀，只有四寸长，在黑暗中如同一滴露水般晶亮。她抬起手，无声无息地抚摸着那把刀，眼神渐渐变得如同苍苔上的露珠一样澄澈而冰冷：刀上刻着“朝露”两个字，字迹和“夕影”一模一样。

刀名朝露。

没有人知道，这把才应该是和夕影成为一对的刀——是雪谷老人赐予门下两位弟子的宝物。其中一把在大弟子萧忆情的手上，成为号令江湖的至高无上象征；而另一把朝露，则赐给了最小的女弟子池小苔，很早就湮没在了历史里，随着它的主人在神兵阁内寂寂终老。

朝露夕影，刹那芳华，终难长久。

这个世上不曾再有人记得它，所有人记得的只有那一对人间龙凤，只有那一对血薇夕影——它和它的主人一起，被这个江湖遗忘，锁在这个寂寞的所在。

譬如朝露，去日苦多。

这世上，没有一个人知道手无缚鸡之力的她，其实是有一把刀的。而且她和萧停云，其实是同门师兄妹，雪谷老人的第三代嫡系弟子。

她想起那个在神兵阁里孤独死去的、叫作池小苔的苍老女子。

没人知道，那个女子曾经在无数个黄昏和黑暗里，和这个寄人篱下的孤女有过那样隐秘的交情，亦师亦友；更没人知道，在她临死之前陪伴在身边的最后一个人竟然会是她——这个被软禁在神兵阁里一生的叛乱者，甚至将自己的衣钵都传授给了她。

其中，就有这把朝露之刀。

“我也不知道到底为什么要传授你这些……或许，我只是在你身上看到了自己的影子吧？咳咳……我和你一样，永远都是无法介入命运的旁观者啊……”

垂死的人喃喃地开口，凝望着她，把自己的佩刀交到她手里。

“我知道你心里的事，但我不觉得你可以解决它。”

“握紧这把刀，等到痛不可当时，就以此做一个了断吧！”

——做一个了断？

如今已经是绝路，而痛，也早已不欲生。是否，真的到要动用这把刀的时候了？她在黑暗中无声地微笑了起来，用纤细瘦弱的手指捧起了那把朝露，将苍白而柔嫩的脸颊贴上了冰冷的刀面，轻轻叹了一口气。

这世间，人心易变，是否只有这些冰冷的刀剑才是永恒？

第十七章 灵鹫之月

“药室周围种着很多珍贵的花卉和药材，为了防止那些鸟儿飞来啄食，祭司便在这里系上了风铃——每当有细微的风掠过，这些铃就会击响，将那些鸟儿惊飞。”胧月带着她从回廊里走过，轻声介绍，“所以，我们都叫它‘护花铃’。”

苍茫的群山，丛丛青碧、高耸入云。

然而，青翠之中却绽放出了一朵红莲，那是熊熊燃烧的烈焰。红莲烈焰在山坳里燃起，吞噬着竹楼和楼里失魂落魄的人。

“姑娘！姑娘！”吴温林在楼下呼喊，折了一根竹子，徒劳地拍打着火焰，声嘶力竭，“快出来……快出来啊！”

咔嚓一声，竹楼的底层也塌了。火势轰然大盛，四处窜出，如同毒蛇的芯子猛然吞吐，他冲在前面扑火，一时间退避不及，竟也被卷入了火中！

那一瞬，大火中失魂的女子忽然震了一下，唰地抬起了头。吴温林还在烈火中奋力挣扎，忽然觉得身体一轻，整个人飞了出去——却是苏微闪电般地掠过来，只是一伸手，便将他提起抛出了火堆。他落在了地上，打了几个滚压灭了身上的火苗。

“姑娘？”他惊魂未定，“你……你救了我？你没事吧？”

忽然间，天色陡暗，风剧烈地从四方旋转而来。高山密林之间，忽然响起了一阵诡异的回音，似乎有号角低低吹响。

乌云迅速地聚集，只听一声闷响，密云中有雷击落，刹那，居然有豆大的雨点从半空中密密麻麻落下，砸得人脸上发疼。瓢泼般的大雨浇在火焰上，化为无数道白烟直冒而起，只是转眼间，就遏制住了那熊熊燃烧的火势。

风云骤起，吴温林只看得目瞪口呆。

缅甸境内山高陡峭，天气也是一日多变，但这样忽然来了一场及时雨，却也是不可思议的事情，何况这雨大得反常，便是雨季里最大的雨也远远不能与之相比。

当他心里的诧异刚涌起的时候，就看到了更离奇的景象：

大雨之下，居然有无数道黑影从四周逶迤而来，纷纷冲入了火中，嘶吼、翻滚，拍打，如同鞭子一样抽打着，瞬间就将余下的火焰都熄灭！火焰熄灭后，他看清楚了：那些裹着一身灰烬，在火中甩着尾巴的，居然是巨大的蟒蛇！

吴温林大喊一声，往后便退。

“不用怕。”忽然间，他听到有人说话，声音轻柔，“它们不敢伤人的。”

回头看去，雨幕里不知何时居然出现了一队素衣女子，个个美丽如图画中人，手里各自捧着宝物乐器，衣袂飘飞，站在瓢泼般的大雨之中，居然神奇般地全身上下点滴不湿。

吴温林看得呆了，这忽然出现在深山里的，难道是……神仙？

其中领头的是一个手持玉匣的少女，尖尖的瓜子脸，凤目长眉，温婉美丽，发上簪着一朵白芷花，左襟上用金线绣有一弯细细的新月——

那一刻，吴温林忽地一颤，明白过来了。

不，那不是神仙……而是从月宫来的人！

瞬间突至的大雨熄灭了燃烧的火焰，给焦灼的肌肤带来了清凉。

炼狱般的灼热霍然远去。苏微也陡然清醒过来，摇摇晃晃地站在化为废墟的竹楼上，满身都是灰烬，视线模糊，筋疲力尽——但不知道为什么，她总是觉得有一双眼睛在某处看着她，令她在生死的边界线都不得不提起最后一口气警惕着。

谁？她吃力地扭过头，一寸一寸逡巡着看过去。

大雨浇在灼热的火场上，白烟弥漫，向下的雨丝和向上蒸腾的热气交错着浮动，令眼前的一切仿佛虚幻般。然而，在这样的不真实里，她终于看到了一张真实的脸。

——或者，那不是一张脸，而是一个面具。

大雨之中，青翠的竹林梢头轻如无物地站着一个人。那个人的脸上戴着一个精美的木刻面具，正在居高临下地俯视着失魂落魄的自己——这一次，她终于没有再把他错认成久已不见的师父。

“灵……灵均？”她摇晃了一下，喃喃，“你怎么会在这里？”

“这话应该是我问你才是。”灵均的语声缥缈清冷，带着明显不满，她可以想象他说这句话时一定在面具后皱着眉头，“有教徒来报，说教里用来豢养灵兽的化生池出了事——原来是你做的。拜月教和听雪楼井水不犯河水，在下也已经给了你解药，犯不着这样吧？姑娘你都杀了我好几条灵兽了。”

豢养灵兽的化生池？那一刻，她心里陡然一亮：难道他说的是那个溶洞深处的蛇窟？难怪那个地方有那么多的蛇！原来，竟然是拜月教养在这里的。

“还有这些中原来的杀手，不知道是不是你们的人——竟敢在我的地界上杀我教民！”灵均的声音转为严厉，站在林梢，风吹开他的衣襟，这时候苏微才看到他宽大的法袍里居然抱着一个小女孩。

什么？那……那是……蜜丹意？

苏微全身震了一下，心里一惊一急，猛地提起了一口气，一跃而起，点足落在了他的对面，一把抓住了他的衣襟，嘶哑着声音：“为什么蜜丹意会在这里？其他人呢？重楼他们……他们怎么了？”

她的动作快如鬼魅，那一瞬，灵均竟然来不及退开。

“苏姑娘果然好武功，”他冷笑，“是想和在下动手吗？”

“其他人呢？”她顾不得他的挑衅，语音发颤，“他、他在哪里？”

“如果姑娘问的是那些无礼的闯入者，那么，已经被我全数杀掉了。”灵均深陷在面具后的眼睛里忽然有了一丝奇特的笑意，“那对老夫妇一家都属于我的教民，我自然是救下了他们。至于剩下的那个外来的汉人……”

苏微身子一震，急速问：“他怎么样了？”

灵均淡淡然道：“如果说他已经被我杀了呢？”

“什么？！”她的瞳孔陡然收缩，深深吸了一口气，手臂忽然上翻——唰的一声，一支笛子横过来，压住了她的手。

“果然，苏姑娘挂心的是他。”灵均似是讥讽地低笑了一声，收住了手，语气忽地一变，“好了，不开玩笑了——姑娘的这位朋友，如今也好好的，没什么大碍。他们都在这里，被我的手下好好照顾着。”

大雨的山坳里，竹林转角处，果然远远地有几辆精美的马车停在那里。

苏微一掠而去，打开了车门，看到了一车昏迷的人——孟大娘夫妇，一对虎头虎脑的小孩子，还有……重楼。他的样子很狼狈，身上脸上均有烧伤，灰头土脸，几乎看不清面目，但胸口起伏，显然还好好地活着。

“重楼！”她提着的一颗心猛然放了下去，身子一晃，便在大雨中跌倒。

灵均看着她颓然倒地，不由得叹了口气：这个女子，身上的奇毒刚刚解掉，就这样频频出生入死，透支体力，早已经是内外交困——如果不是她身体底子好，换了普通人早就已经一病不起了。

他抬起头来，做了一个手势，头顶的乌云迅速散去，暴雨也随之停歇，云开日出，阳光灿烂。他凝视着远处，右手再度动了一下，仿佛感觉到了主人无声的召唤，一条双头的巨蛇分开了草叶，悄然游来，稳稳地用背部接住了他。

“主人。”两排素衣美女齐齐躬身。

“好了，胧月，带他们回月宫吧。”灵均把昏迷过去的女子交给了领头的侍女，“得赶紧把她送回去救治——可别让她出什么事才好。”

“是，”领头的侍女颔首，“大人您呢？”

“我有事，得先走一步。”他拂袖转身，顿了一顿，看着心腹侍女，“血薇的主人就交给你了——必须让她如期抵达月宫，否则你就提头来见我吧！”

苏微不知道自己是多久后醒来的。醒来的时候，身边空无一人，身体摇摇晃晃，似乎在一个马车上。她吸了一口气，觉得全身依旧酸软无力，只能勉强用手肘撑起上身，伸出手，吃力地推开了侧壁上的窗子。

外面是森林，一轮上弦月挂在林梢。

月光皎洁，有风穿入，路两侧的枝叶簌簌地拂过马车，似乎她正在以极快的速度往前飞驰。她仰起脸，努力地用手攀住窗台，将身体从地上拉起，想看清楚外面的情况。忽然间，黑夜里一只白色的鸟儿扑簌簌飞来，落在了窗口上。

苏微吃了一惊，看到那竟是一只迦陵频伽——那只美丽无比的鸟儿站在那里，用乌黑的眼睛静静凝视着她，毫无畏惧。朱红色的喙子里，居然还叼着一枚晶莹剔透的灵芝。

“苏姑娘醒了吗？”忽然间，外面有人说话，声音婉转如鸟啼。

“谁？”她猛然一惊——这个女子靠近的时候，她竟听不到任何声音。在这滇南之地，居然还有如此高手？

“姑娘切莫紧张。奴婢是灵均大人的贴身侍女胧月。奉大人之命，沿路照顾姑娘——”一张女子的脸庞从车厢的窗口出现，美丽如新月，眼角眉梢全是温柔恬静。她微微地笑，双手一抬，那一只美丽的白鸟用乌黑的眼睛一动，将嘴里衔着的东西放了下来。

那是一枚晶莹剔透的灵芝，分作七叶，美丽无比。

胧月微笑：“妙音鸟口中所衔的这一枚，乃是我教宝物七叶明芝，请苏姑娘服下，以便在到达月宫之前及时让被大火损毁的肌肤恢复如初。”

“月宫？”苏微终于皱了皱眉头，“你们要带我去月宫？”

“是，这是灵均大人的吩咐。”胧月微微躬身，声音温柔地回复，“这几天我们日夜兼程，此处离灵鹫山已经只有两天的路程了。”

“你们为何要带我去月宫？”苏微不由得警惕，眼里已然有了杀意，“灵均呢？他为什么不自己出来和我说话？”

“马车脚力缓慢，祭司大人有要事在身，等不得，已经乘坐灵兽先行一步返回月宫了。”胧月语气依旧柔和谦卑，“大人让奴婢留下来，服侍姑娘随后返回，以期在月宫和您的朋友团聚。”

“啊！”苏微陡然想起了原重楼，不由得失声，“他……他如何了？”

“不用担心，应无性命之忧。”胧月恭谨地回答，“只是姑娘的那位朋友伤情比较重，祭司大人怕耽误了救治，已经将他也一并先行带回去了。”

“什么？”她骤然握紧了手，“你们、你们打算把他如何？”

“姑娘莫要多心，”胧月感觉出了她的不安，柔声安慰，“祭司大人是因为血薇与我教有宿缘，才好心相助，绝不会对姑娘和姑娘的朋友有所不利——”

苏微凝视着这个侍女，神色微微变动。

眼前这个女子美丽而神秘，眼眸有着苗人特有的深碧色，五官轮廓却柔美，比江南女子更灵秀柔顺。不知道是不是跟着灵均时间长了，她的脸似乎也戴着一个天然的面具，虽然是微笑着说话，但那个笑容，却仿佛是刻在上面一样毫无生气。

这个来自灵均身边的女子，到底又是个什么样的人呢？

“如果姑娘非要离开，不愿前去月宫，奴婢也不敢阻拦。”她的态度一直温柔而谦卑，似乎柔弱无骨，却不亢不卑，“只是……”

“别废话了！”苏微却忍不住，冷冷笑了一声，“既然我朋友在你手上，不要说什么月宫，就算是龙潭虎穴我也得去闯了！——快马加鞭，早日到灵鹫山！”

“是。”胧月只是温柔地微笑，俯首退去。

窗沿上的迦陵频伽看了她一眼，也振翅扑簌簌飞入了黑夜。

灵鹫山位于滇南群山之中，离腾冲东南二百余里。

拜月教在苗疆果然有着至高无上的地位，不管从陆路还是水路走，他们一路上都行进得极为顺利迅速——看到金色新月的标记，所有的马队为之让道、船队为之停航，恭谨退避让行。仅仅两日过后，他们一行便已经抵达了灵鹫山下。

到的时候正是入夜，一轮满月遥遥挂在月宫之上，凛冽清冷，令人一见忘俗。苏微走下马车，怔怔地看了冷月和群山片刻，心潮暗涌。她想起了少时师父和她说过的种种往事，记起了血薇的上一任主人曾经在这里发生过的种种。这是一个留下了诸多传说的地方，如今自身踏入，竟恍如梦寐。

“姑娘请。”胧月在旁躬身。

苏微这才回过神，发现脚下的道路居然都用细细的白沙铺就，在月下反射着冷冷的白光，就仿佛一条银河，沿着山路直通往如云的山上。

“宫里有贵客来访，正在进行一场法事。”胧月望着圣湖最高处的神殿，道，“灵均大人提前赶回来，就是为了替到访的贵客祈福。这场法事颇为盛大，已经持续了三天，需到明日辰时才能结束。如今天色已晚，还请姑娘先休息一夜。”

苏微抬起头看去，果然看到神殿里灯火通明。冷月挂在祭坛上空，月神俯视众生，鼎中火光熊熊，无数经幔飘飘转转，祝诵声如水绵延——在万人之中，那个一袭白衣的祭司弟子正在主持法事，用莲花蘸取玉瓶里的水，逐一洒在跪拜之人的额头上。

当他把手按在当先一名女子的顶心，念动咒语时，那一袭白衣仿佛忽然间萃取了月华，凭空焕发出光芒来，仿佛神仙中人，令人不敢直视。

苏微看得出神，倒吸了一口冷气。

几十年前的迦若祭司……大概也是这样的风采吧？

她过了很久才回过神来，转头却看到一边的胧月居然还是怔怔地遥望着，眼波明亮柔软。清冷的月光洒落在她身上，那一刻她脸上的表情，令苏微心里陡然一明——

是了，这个美丽的侍女，应该是在深深地恋慕着所侍奉的灵均大人吧？

可是一想起那个仿佛在云雾里缥缈着的灵均，她心里却有一种奇怪的不舒服，只觉得那种人似乎并不是真实的存在，只能轻叹一口气。胧月骤然惊醒过来，脸上微微一红，轻声道：“请姑娘入住前方朱雀殿，这是专门接待贵客的所在。”

她在前面带路，一路上遇到的宫人都匍匐在侧迎接，拜月教里的法度森严可见一斑，同时也显示出这个侍女在教中的地位身份颇是不凡。

“重楼呢？”苏微却无法按捺心里的担忧，“他怎么样了？”

“姑娘不必担心，”胧月轻声道，“姑娘的那位朋友，灵均大人已经吩咐把他送往圣湖旁的药室，那边安排了人手救治，目下伤情稳定。”

“不行！”提到原重楼，苏微立刻蹙眉，“马上带我去见他！”

——拜月教是敌是友尚未明确，她不得不暗自警惕，更不能放心把原重楼留给他们处置。如果不看到重楼是安全地在这里接受治疗，她如何能放心？

她语气很重，隐含了杀气，然而胧月看了她一眼，柔声道：“那好吧……既然苏姑娘如此关心那位朋友，婢子就带姑娘过去——只是如今天色已晚，说不定伤员已经就寝了。”

胧月带着她绕过了朱雀殿，走到了一处白色的房子里。

那个房子位于月宫四大宫殿的中间，离圣湖不远，和远处的一座黑色房子遥遥相对。这个药室并不大，只有一层高，房子的四周有一圈回廊，回廊下鲜花盛开，药香馥郁浓烈，令人迷醉。

当她们走过的时候，廊下有美妙的清脆声音传来。苏微抬起头，看到回廊上挂着许多风铃，竟是金和玉琢成，玲珑剔透。

“药室周围种着很多珍贵的花卉和药材，为了防止那些鸟儿飞来啄食，祭司便在这里系上了风铃——每当有细微的风掠过，这些铃就会击响，将那些鸟儿惊飞。”胧月带着她从回廊里走过，轻声介绍，“所以，我们都叫它‘护花铃’。”

她们走过每一步，衣襟带起风，有铃声依次击响，在夜里听起来如同天籁。

“所谓的金声玉振，也就是如此了吧？”走完了那条回廊，苏微忍不住感叹，看着那些在夜风里摇曳的金玉铃铛，“这一路行来，倒是不输给传说中的响屧廊呢。”

“苏姑娘谬赞了。”胧月掩口笑，“区区药室，如何与西子行宫相比？”

苏微心中一动，忍不住看了她一眼——这个拜月教的侍女应该是个苗女，却对中原文化掌故如此熟悉，倒是令人刮目相看。仿佛知道自己多言，胧月垂下了眼，碎步前行，替她撩起了帘子，道：“请进。”

苏微走进了那一间白石的小屋，透过白纱帐，看到了榻上的人。

原重楼果然已经睡去了，脸色苍白，呼吸均匀，只是整个人几乎变成了一个茧，折断的左手左脚都包着绑带，甚至连裸露在外的每一寸肌肤都涂上了厚厚的药膏。苏微不由得吓了一跳，用询问的目光看着旁边的胧月。

“祭司赶到的时候，火已经烧起来了。”胧月低声解释，“他腿脚不好，又忙着去叫醒睡着了的孩子，到最后自己却没有来得及跑出来。”

她心里猛然一震，不由得撩开纱帐，无声地贴近他的颊边默默凝视，眼神痛惜而自责。胧月在旁边压低声音道：“不过，祭司已经让药室给他敷了最好的烧伤油和清凉膏，姑娘不用太担心，半个月后就会痊愈。”

只不过是短短几天没见，却生死须臾，悲喜两重天。她不敢出声，生怕打扰了他的休息，只是默默隔着纱帐凝视，心里百味杂陈。

胧月看着她笑了一笑，道：“苏姑娘看过您的朋友了，是否放心？还是要去将他叫醒来说一会儿话？”

“不必了。”她摇了摇头，轻声，“我们走吧。”

胧月应声退出，带着她坐上了肩舆，穿过了月宫，向着药室隔壁的朱雀殿方向走去。一路上，她指着远处那一座黑石砌筑的房子，道：“那儿就是广寒神殿，也是教主闭关修炼的地方——不经教主吩咐，任何人包括灵均大人都不能入内。还请姑娘留意。”

“知道了。”苏微淡淡地回答，“客随主便。”

胧月颔首微笑，又抬手指着前面的圣湖：“另外，这圣湖也是教中重地，以湖边的那一片曼陀罗林为界限，不经灵均大人许可，任何人不能擅自靠近——也请姑娘见谅。”

苏微点了点头，心里却微微有些疑惑。

神殿也罢了，传说这几十年来明河教主在月宫闭关多年，足不出户，那儿自然有属于拜月教的秘密。但这片圣湖为何也成了禁地？她心里想着，在夜色里抬头看着周围的一切，回忆着以前师父和自己讲述过的发生在这里的事情，感觉仿佛是在做梦——

她，居然来到了童年时听过的那些传奇发生的地方！

直到肩舆在朱雀殿门口停下，她还没有回过神来。一双小手忽然抱住了她的双膝，她下意识地一震，翻转手掌便要拍下，却又硬生生地顿住。

“蜜丹意？”她愣了一下，失声。

“玛！”缅人小女孩瞬地露出了灿烂的笑容，“玛！”

“山坳里的那一家人都伤得不重，很快就治好了，祭司也打发他们回去了，”胧月在一旁道，“但是这个小女孩无父无母，也不肯随他们回去，非要留下来和原大师一起，我们只有将她暂时留了下来。”

“……”苏微低下头看着那个蜜色肌肤的小女孩，不由得揉了揉她的脑袋，叹了口气，“也罢，那就让她和我住一起吧。等重楼的伤好了，我们再带她走就是。”

“那最好，”胧月微笑，“苏姑娘真是仁慈。”

当所有人都离开后，苏微牵起了蜜丹意的手，穿行在朱雀殿里。这座位于月宫南方的建筑是用红色的朱砂岩砌筑，室内足足有两丈高，显得空旷而高敞。月宫的侍女们端上金盆，等待她们盥洗完毕便悄然退下。

“蜜丹意，早点睡吧。”苏微拉下了纱帐，摸了摸孩子的头。

蜜丹意看了她一眼，点漆一般的眸子里流露出依赖的光，将小脑袋靠过来，枕着她的肩膀，渐渐合上了眼睛，无声地睡去。

苏微也在黑暗里合起了眼睛，却久久无法入睡。

夜很深很静，月宫里的种种见闻触动了她内心的记忆，那个有关血薇前任主人的故事又一次浮现在心头——传说里那个叫迦若的祭司，就长眠在圣湖底下吧？

头颅落入了湖底，身躯却留在了人世。

很小的时候，她就听师父说过：拜月教是苗疆第一大教派，传承百年，所使用的术法出神入化，几近天人。然而，为了得到力量，那些术法里却也不乏恶毒阴损至极的招数，可以控制冥界的亡灵为己所用——比如驾驭“鬼降”，还有噬魂分血。几百年来，圣湖底下冤魂汇聚得越来越多，几乎酿成了灭绝天地的惨变。

为了消弭这种隐患，三十年前，听雪楼主萧忆情和拜月教大祭司迦若联手打开了湖底水闸，合力将这一方积存冤魂的湖水放入地底。而迦若祭司更是不惜以身做引、断首沥血，将湖底冤魂尽数渡往彼岸。

此后，亡灵散尽，圣湖也由此干涸。

她想着这些漫无边际的往事，渐渐觉得困倦，合上了眼睛。

不知道过了多久，冥冥中有微风一动，她仿佛感觉到有人悄无声息地来到了她的榻边，静静俯身看着睡梦中的她，发出了一声叹息。

那声叹息令她毛骨悚然。

不知为何，她拼命想要醒来，却睁不开眼睛。然而奇怪的是，即便是睁不开眼睛，她却能清清楚楚地感知到面前发生的一切——她可以“看”到室内不知何时出现了一个穿着白袍的人，正站在她床边！

然而奇怪的是，她却怎么也看不清那个人的脸。

——这个人……是谁？

她从榻上坐起身——这个简单的动作不知为何忽然变得非常吃力，仿佛有千斤重的巨石压在她身上，令她举动变得缓慢，简直难以完成。她费尽了全部力气，才将身体抬起了一半。她看到那个人抬起手，指着窗外的某处。

她吃力地扭头看去，隔窗瞥见了不远处的圣湖，忽然间大吃一惊——

如今正当子时，冷月下，湖上竟然泛起了粼粼的波光！

这片圣湖，不是已经被萧楼主和迦若祭司合力封闭，放干湖水超度了亡灵吗？刚刚路过的时候她遥遥看了一眼，湖里也是干涸的，没有一滴水。此刻为何忽然变成了这样？

她吃力地回过头，看着站在她榻边的白袍人，想要询问个究竟，却发现自己的胸口仿佛被大石压着，竟然连吐出一个字都如此困难。

那个人站在榻边一直看着她，隐含无限期盼，俯下身来，在她耳边说了一句什么——然而奇怪的是，他说的话她却一个字也听不见。

“你说什么？”她愕然，却发现自己同样说不出声音来。是被魇住了吗？还是……自己在做梦？

她焦急万分，还是无法动弹。

月影从中天渐渐西斜，那个人望着她，眼神急切，身影却越来越模糊，仿佛有一种力量正在将他拉离这个世间，融化在月光之下。他忽然抬起手在虚空里比画，一撇，一竖钩，一点，似乎在写着什么。

她终于认出了他在写什么。

“小心……”他望着她，在虚空里缓缓写着。

小心什么？她愕然——然而第三个字尚未写完，仿佛半空里有依稀的笛声传来，外面的月光猛然便是一暗，仿佛半空有乌云遮蔽了过来。

天地暗淡的瞬间，那个薄如雾气的人影忽然间就再也不见。

“你是谁？”她震惊地脱口，仿佛身上的重压瞬间消失，从床上翻身坐起。

就在那个瞬间，她发现自己原来是做了一个梦。室内的月光明亮，却空空荡荡一片，华丽的室内无数帘幕低垂，影影绰绰，只看得人心惊。身边的蜜丹意已经睡着了，小小的手臂缠绕着她的腰肢，仿佛是一个依赖母亲的孩子。

苏微坐在黑暗里，按住了心口，只觉得那里跳得极快。

刚才那一幕似梦又非梦，恍惚迷离。

那个梦里的人，到底是谁？又是要告诉自己什么呢？

正在恍惚间，耳畔忽然又听到了笛声，从月光下传来，缥缈不沾一丝人间烟火气。那一刻她忽地惊醒过来，忍不住坐起身来，看向窗外。一轮满月在月宫之上静静悬挂，最高处的宫殿上有人在吹笛，那笛声里仿佛有一种奇特的力量。

她再也忍不住，翻身掠出窗外。

当她出现在湖边的曼陀罗林旁时，笛声蓦然停止了，仿佛那个人在极远处也能感觉到她的一举一动。笛声停止的瞬间，苏微情不自禁地停下了脚步，不敢再深入。

然而，就在她止步的那个瞬间，那个高台上的人却动了。

他在冷月下掠下高台，凌空飞渡过那片圣湖，衣袂飘举，宛如一只掠过寒塘的白鹤，速度快如鬼魅，就这样无声无息地站到了她面前一丈开外，在面具后默默地看着她。月宫里万籁俱寂，连风都显得如此静谧和冰冷。有一种奇特的气息萦绕着，让她居然有被压迫得不能喘息的感觉。

“灵……灵均？”终于，她努力发出了一点声音。

“正是。”戴面具的吹笛者微微点了点头，躬身行礼，语声却温良如常，“昨夜祭典繁忙，无法分身迎接苏姑娘的到来，还望恕罪。”

他的语声在冷月下传来，虽然近在咫尺，却依旧是如笼罩在雾气里，缥缈不定，令人分不清声音的来源——这是腹语还是幻音之术？她愕然地想着。眼前戴着木雕面具的人诡秘非常，面目森然，令人心生冷意。

“刚才我……我好像做了一个梦。”她喃喃，觉得四肢犹自沉重如铁，“有一个和你穿着一模一样衣服的人到了我的房间……”

“是吗？”灵均顿了一顿，那一瞬，虽然隔着面具，她仿佛可以看到他的目光闪烁了一下，许久才冷然，“他说了什么？”

“什么也没说。”她摇了摇头，低声，“我好像魇住了。”

“哦……可能月宫里还存在着某些不干不净的东西吧？特别是朱雀宫，也游荡着很多亡灵。”灵均却若有所思地喃喃，“抱歉，是在下考虑不周——明日给姑娘换一个地方。”

“那也不用。你别半夜吹笛子就行。你的笛声……真的让人听了好不舒服。”苏微摇头，支撑着额头，她为人向来率直，此刻身在别人屋檐下，竟也顾不得是否伤了主人颜面。

“是吗？”灵均收起了笛子，哑然，“我还以为我吹得没那么差。”

苏微皱了皱眉头，望着他，忽然情不自禁地问：“为什么你在月宫里还戴面具？”

“哦？这个嘛……”没想到她会忽然问这样一个问题，灵均微微一怔，旋即微笑，“因为修习术法的原因，我不能让人看到我的真面目。这是禁忌。”

苏微有些不信：“禁忌？”

“是啊，”灵均抬手摸了摸自己脸上的面具，“对于修习术法的人来说，很多东西都是禁忌，绝不能让任何人知道——比如生辰八字、真正的姓名，有时候甚至是面貌和声音。”

“为什么？”苏微觉得不可思议。

“因为怕被另一个修习术法的同道暗算。”灵均颔首，颇有耐心地对她解释，“举一个最简单的例子，苏姑娘一定听说过傀儡之术吧？——把对方的生辰八字贴在偶人身上，用针钉死，通过这种方式便可以施行诅咒，让对方生病甚至死亡。”

“……”苏微明白过来，倒抽一口冷气。

“当然，这是最简单的一种咒术而已，”灵均的声音森冷，“对于我们这种修习高深术法的人来说，某些秘密一旦被泄露，将来遭到的诅咒反噬远远不止于此——所以，除了我师父，这个世上没有任何一个人知道我的生辰八字。”

他抬起手放在面具上，似是微微一笑：“当然，灵均也不是我的真名。”

虽然他的眼睛藏在深深的阴影里，然而那一眼，依旧让苏微心头一冷，仿佛是看到了蛇窟里那些巨蛇邪意的金色眼睛。

“请放心，原大师恢复得很好。除了右手经络的陈年旧伤可能还有些麻烦之外，一个月之后左手左腿应该可以完全恢复行动。”灵均淡淡道，“到了月宫，就是死人都可以复活。这种伤根本不在话下。”

“死人都可以复活？”苏微忍不住吃惊。

“你不相信吗？”面具后的人似乎笑了，转过身，用笛子一指灵鹫山上黑色的宫殿，“你看，就在这座广寒殿中，我们的教主正在试图复活一具几十年前的尸体——用青岚的头颅和迦若的躯体，合在一起，复活成一个新的人！”

苏微顺着他的手看过去：“你……你说的是明河教主吗？”

“是啊……”灵均低叹，“她把自己关在里面，已经三十年了。”

“太疯狂了……已经过去了那么多年，难道她还在想把迦若祭司复活过来？”苏微知道那一段往事，情不自禁地脱口，“这样做，就算真的成功，活过来的是迦若祭司还是青岚前辈？无论是谁，三魂七魄都已经散尽了吧？难道不会召出一个魔物来吗？”

“这就是执念。最大的魔莫过于自己的心。”灵均低声，似有感触，“太过强烈的爱和太过强烈的恨，都令人无法解脱——教主已经被困住整整三十年。”

“拜月教的术法真的可以让死人复活？”苏微还是觉得不可思议。

“骗你的，当然没有这样的术法。当三魂七魄消散之后，轮回的力量便已经启动。”灵均忽然笑了，飘然回身，“拜月教的术法，祈福去病可以，诅咒夺命可以，甚至呼风唤雨也可以，唯独就是不能起死回生——谁都不能拥有逆转轮回的力量，否则六道众生流离，这个世间早就紊乱不堪。”

“果然。”苏微叹息，却微微觉得有点失望，“我也觉得起死回生太不可思议了。如果真的可以，那么萧楼主和靖姑娘的悲剧也不会再有。”

“太晚了，不打扰苏姑娘休息了。”仿佛觉得说的话太多，灵均忽然间毫无预兆地停止了话题，躬身告退。离开之前，忽然望着她微笑，问：“苏姑娘是不是想看我的真面目？”

苏微愣了一下，迅速点了点头。

“那好吧。”月光下，他竟真的摘下了脸上的面具，微微一笑。

她情不自禁地看过去，忽然间，昏暗的月光仿佛瞬间稍微亮了一亮！转眼之间，翻飞的衣袖变成了一群白蝶，扑簌簌地四散，朝着她迎头扑了过来！

随即眼前忽然黑了下来，整个天地都已经消失。

夜已经深了，神殿里的祝颂还在继续，空无一人的月下，只有圣湖在泛着淡淡的银光。风里有曼陀罗花的香味，间或可以听到不远处清脆的风铃声。

“好了，所有的棋子，终于都按部就班地走到了它们该在的位置上了。”月光下，戴着面具的人停住了笛声，满意地叹息了一声，“下面的一切，终于可以上演。”

身边的侍女无声地微笑：“这世上有什么能逃出灵均大人的掌心呢？”

灵均似乎是笑了一笑：“胧月，最近你真是越来越会说话了。”

“奴婢不敢。”胧月垂下了头，“只求大人能展颜一笑，便心满意足。”

“是吗？”灵均抬起手，拂过她漆黑的长发，面具后的声音温柔而低沉，“可是我笑的时候，你又看不到。”

“奴婢知道大人开心也就够了。”胧月轻声，“世间很多事，何必非要亲眼目睹呢？”

灵均的手滑过她的脸颊，到了侍女尖尖的下颌上，忽地顿了顿。面具后的声音透出一股冷意来："是吗？其实亲眼目睹又能如何？眼睛会骗人，耳朵也会骗人——五蕴六识皆是空。这个世间无处不是幻象，什么都是假的。"

"……"胧月猜不出他话语里的喜怒，只能咬紧了薄唇。

灵均放下了手，忽地转了口气，淡淡道："好了，替我通知尹文达，就说让他不要追究孟康的这件事了——回头我会在镇南王面前替他多说几句好话，延长他的翡翠专营权，以补偿这一次他的损失。"

她颔首："是。大人。"

灵均又问："听雪楼派来的那个石玉，目下尚在大理吧？"

胧月道："是，听说被我们回绝后，他并未离开苗疆，还在四处寻找苏姑娘，几乎把云贵各地都走遍了。"

"呵……听雪楼的人，果然是不找到血薇主人不会罢休啊——"短笛在掌心敲了一敲，戴着面具的人低声说，"好，胧月，替我传信给石玉，就说苏姑娘已经找到了，目前就在月宫，身上的毒也已经无大碍。请听雪楼那边放心。"

"什么？"心腹侍女终于忍不住惊诧起来，脱口道，"大人难道真的要将血薇主人送回洛阳去？这……这不符合大人您的计划啊！"

"呵。所谓的计划，是随时可以改变的东西……"黑暗里的人微笑了起来，用笛子轻轻敲击手心，"只管执行我的命令，胧月，不该问的，不要多问。"

"是。"她低下了头去，不敢再说一个字。

他一拂袖，道："你可以退下了。顺便替我再去查看一下湖底那个封印——今日又是满月了，别让那个东西再从地底逃出来惹事。"

胧月颔首："奴婢立刻去。"

当月光下终于空无一人时，灵均独自坐在高台上，俯瞰着远处月下的圣湖，面具后的眼神变得莫测——湖里没有水，枯竭见底，只有白石纵横，湖底那些森森白骨虽然已经被焚化，但依旧残留着点点的磷光，在月下恍如鬼魅。

他在湖边驻足凝视，面具后的脸没有任何表情。

"师父……"很久很久，一声低微到几乎听不见的叹息从他嘴里吐出，"你也感觉到了血薇主人的到来了吧，否则，怎么还想突破结界游离出来，进到那个丫头的梦境里通风报信呢？"

"不过，你以为这盘棋下到如今，我还会容许别人来插一手？"灵均在月下大笑起来，带着一丝狂妄，却也带着一丝悲哀，"师父，你还是在这底下暂时休息吧！——等到我完成了大计，再来让你解脱这样不死不活不人不鬼的状态。"

"到时候，我会让一切都有个了结！"

第十八章 / 小楼一夜听春雨（一）

在那些已如流水般逝去的日子里、在自己没有遇到他之前，他和这个女子之间也曾经有过刻骨铭心的感情吧？那些过去，定然难以消磨和忘记——

每个人都有自己的故事，而对他的人生来说，她不过是个半途而至的路人罢了。

第二日起来的时候，苏微觉得头很痛，昨夜一切恍如一梦。

蜜丹意已经不在身旁，她撑起身，抬头看向窗外。外面已经是大天亮，日光明丽。然而她只看得一眼，便怔在了当地：外面那个圣湖竟然是干涸见底，根本不曾有一滴水！那昨夜看到的万顷波光和凌波而来的人，难道是……

苏微怔怔地看着，忽然觉得有森森的冷意——是做梦了吧？要么，她定然是不知不觉堕入了对方的幻术之中，眼、耳、鼻、舌、身、意都完全被人蒙蔽和掌控，所见所闻均是幻象。那个灵均……到底是怎样一个人？那面具之下的脸，又是怎样？

出神之间，却听到外面有侍女膝行上前，禀告："苏姑娘醒了？灵均大人吩咐，今日您用过午膳之后，便可以再度去药室探望原大师了。"

"哦。"她应了一声，又问，"蜜丹意呢？"

侍女摇了摇头，道："一大清早就跑出去了，说要去照顾原大师。"

"这孩子……"苏微摇了摇头，便自顾自地盥洗用餐。不一时用餐完毕，肩舆已经停在了外面，胧月在帘子外盈盈微笑："苏姑娘昨晚睡得好吗？"

"不好。"她摇了摇头，忽然道，"我想见灵均。"

胧月微微一怔，旋即笑道："灵均大人刚完成了三天三夜的大祭仪式，正在休息，等他下午醒了，苏姑娘再去拜访也不迟。"

"好吧。"苏微没有办法，只能点了点头。

从朱雀宫到药室，需要绕行过半个圣湖。

苏微坐在轿子里撩开帘子看着月宫里的一切。日光下，这个神秘的地方仿佛和世间别处也并无太大区别：圆形的宫墙里，鲜花如海，绿荫深处分布着朱雀、玄武、青龙、白虎四殿，呈现十字形，围绕着中心干涸的圣湖布置。

离湖最近的地方有一黑一白两座高台，其中玄武岩砌筑的黑色建筑是广寒殿，乃是历代教主祭司修行的所在。而另一座则是汉白玉砌筑的月神殿，是所有建筑群里最高大的一座，位于灵鹫山顶，是月宫里最主要的祭祀所在。

她抬起头，看向广寒殿——原来昨夜的梦里，灵均指给她看的，终究有一处是真实的吗？那么，那座广寒殿里面，是不是真的三十年来幽闭着拜月教主明河？那个传说中的女子，守着她的迦若和别人的青岚，多年来还在苦苦地和宿命抗争，试图扭转生死轮回？

她怔怔地想着，忽地看到最高处的月神殿里走出了一个女子。

那个女子似乎在殿里连夜祈祷，此刻才走下高高的白玉台阶，旋即被底下等待已久的大群仆人簇拥。她坐上了肩舆，沿着湖走了过来。等到距离稍近，苏微看到她容貌甚美，衣饰华丽，意态雍容，眉目如画，仿佛神仙中人。

“这是镇南王的侧妃尹氏，”胧月在旁边微笑，“是来还愿的。”

“还愿？”苏微愕然。

“是啊，尹氏嫁入镇南王府八年，虽得独宠，却一直不曾生育，不免担心，特来月宫求月神保佑。”此刻她们一行已经到了药室门口，胧月望着走过来的贵族女子，微笑低声，“去年她将王府的至宝九曲凝碧灯都献了出来，供奉在月神座前，只想要求个一子半女——如今果然如愿以偿，便回来还愿。”

“啊？”苏微情不自禁地笑了，“没想到灵均他还是送子观音呀……”

一语未毕，她脸上的笑容忽然凝结。尹氏？

此刻，镇南王侧妃的肩舆已经走得很近了。在这样的距离内，她清楚地看到那个女子如花的容颜，还有脸颊旁那一对摇晃着的耳坠——那一对翡翠耳坠是如此夺目，仿佛一滴柔软的春日湖水，映得雪白的耳根隐隐碧绿。

“绮罗玉？！”苏微脱口低呼，下意识地按住自己的耳垂。

“是啊。姑娘眼力不错。”胧月笑了，“侧妃是腾冲尹家的小姐，身上佩戴的自然都是极好的翡翠——听说光这一对耳坠就价值万两白银呢。”

“她、她就是……”苏微心头大震，不由自主地往前走了一步，“尹春雨？”

胧月不由得看了她一眼，愕然：“姑娘如何得知侧妃的闺名？”

苏微说不出话来，只是直直地看着那个肩舆上的女子——然而，那个女子却仿佛看到了什么，抬头看着另一个方向，雍容的脸上露出吃惊之色，然后立刻回过神来，用手帕遮住脸，压低声音吩咐仆人快些走。

苏微顺着她的视线看去，不由得低呼：“重楼！”

道旁那座白石筑成的药室窗口上，有一个人也在静静地望着这一幕。窗后露出的脸苍白而消瘦，扶在窗棂上的手微微颤抖。那个重伤之人就这样在病榻上坐起，默默看着底下走过来的女子，面无表情，眼睛看不到底。

“重楼！”苏微看到他的眼神，心里陡然一痛。

他看到尹春雨了吧？那一刻，他的心里又是如何？

然而，等她来到室内时，原重楼已不再看窗外，只是低着头拨弄着帐子上的流苏。蜜丹意一大早就来到了这里帮忙照顾病人，此刻看到苏微也来了，不由得欢喜地蹦跳过来。然而她顾不得和这个小丫头打招呼，只是直直地走到他面前看着，想说什么，却只觉得口拙。原重楼也似乎没有注意到她的到来，只是默默望着面前的虚空。

这番生死劫难后，他们还是第一次见面。

“她……她已经走了。”许久，苏微才勉强找出一句话来。仿佛知道“她”是谁，病榻上的人微微一震。

“是，”原重楼声音却是平静的，“很多年前，她就已经走了。”

“……”苏微又不知道说什么好，只觉得心里很不是滋味，情不自禁地道，“听说她是来还愿的——她、她有喜了，也很得宠。”

话刚说完，她心里就怔了一下。

一开口就和他说这个，自己的私心里，又是想怎样呢？

“是吗？”他果然震了一下，只是淡淡，“很好……很好。”

然而嘴里虽这样说着，脸色却苍白了下来，手指痉挛地握着窗框，虽然静默无声，指节却用力得微微发白。她看不得他这种样子，忍不住冲口道：“如果你想见她，我可以——”

“不，我不想见她，正如她也不想见我。”然而原重楼却是不假思索地打断了她，声音冷淡，把头转了回来，再也不看窗外，“她已是人上人，而我不过一介残废。贵贱如云泥，再见也没有任何意义——”

苏微怔怔半晌，道：“可她……她还戴着那一对绮罗玉。”

“那又如何？”他微微震了一下，旋即冷笑起来，“能说明什么呢？雕玉的原大师，也早就已经死了。”

苏微哑口无言，看着他残废的手，忽然间觉得一阵心痛。“都是我不好，”她喃喃，“如果那时候不是我……”

“不，不怪你。”他抬起那只还能动的手，按在她战栗的肩膀上，凝视着她，轻声说，“春雨天生不是那种会选择贫贱生活的女人，嫁入王府才是最适合她的路。而你救了我的命，迦陵频伽——十年前是第一次，十年后是第二次——如果不是你，我早就已经死了。”

顿了顿，他道：“你很好。”

“……”重伤之人脸色平和宁静，反而是她心里翻覆如沸，沉默了片刻，只是问：“你的伤……怎么样了？”

“没事了，我早上起来就把脸上的绑带拆了——你看，英俊的容貌丝毫无损！”他故作轻松地抬起手挥了一挥，飞了一个眼神给她，“灵均大人抽空来看过，说我的双腿不会有大碍，只是右手的经络有旧伤，恢复起来会要一点时间。”

“哦。”她道，接着又想不出什么话可以说了。

看到她还是情绪低落，他不由得笑了：“迦陵频伽，你难道是吃醋了？”

她一愣：“谁吃醋了？吃谁的醋？”

“十年前的老陈醋了，吃起来估计酸得很。”原重楼一边说着，一边伸手去抓她的手，脸上堆满了笑容。苏微回过神来，明白了他在讽刺自己，不由得哼了一声，甩开他的手转过身出了外室，在铜盆的热水里拧好手巾，拿了进来：“擦擦脸！”

然而看了一眼，却不由得呆住了。

方才还勉为欢谑、逗自己笑的人，此刻正定定地看着窗外出神，苍白的脸上毫无笑容，眼神宛如一池深潭——那座软轿已经沿着湖离开了，消失在玄武殿，然而他却还是一直看着那个方向，仿佛看到了遥远的时空里去。

她怔怔看了半晌，直到手里的手巾彻底冷了，也没有再过去打扰他，只是径自退了出去，关上了门，独自走到了湖边，看着流云发呆。

在那些已如流水般逝去的日子里、在自己没有遇到他之前，他和这个女子之间也曾经有过刻骨铭心的感情吧？那些过去，定然难以消磨和忘记——否则，他也不会从此沉沦，夜夜买醉，从昔年风光无限的大师沦落为一个醉鬼。

每个人都有自己的故事，而对他的人生来说，她不过是个半途而至的路人罢了。

玄武殿里，帷幕后坐着衣衫华贵的丽人。

镇南王侧妃薰香而坐，意态端庄雍容，然而眼神却是游移不定，手心里紧紧握着那一对绮罗玉，仿佛想着什么，面色复杂变幻。旁边是她带过来的镇南王府的心腹侍女，看到王妃脸色不好，大气也不敢出，垂手立在一旁。

“灵均大人呢？”她终于忍不住开口，“他怎么还没出来？”

侍女低声劝告：“夫人，灵均大人说过晚上才能过来见您。”

“到底在搞什么鬼？这一切不是巧合，是他安排的吧？”侧妃握紧了手，咬牙道，“是他把那个人接进月宫来的吧？——难道不知我费尽心思刚怀上了孩子？王爷得有好几个月不能来我这里留宿，在这个当儿上把那个人接进宫来和我照面，是什么意思？”

“夫人？”侍女莫名其妙，不知道她口中的“那个人”是谁。

“不行！我今晚就要离开这里！”侧妃尹氏越想越不对劲，嗖地站了起来，“在这里多留一夜，将来被那几个贱人知道了这件事，多半又会借此兴风作浪——那些心机恶毒的贱人，什么事做不出来！”

她低低切齿，拂袖站起，脸色变得很难看。

“夫人，您现在不能说走就走呀！”侍女连忙劝阻，低声哀求，“灵均大人说，请夫人留至明日再下山，他还有话要交代。”

“哼，交代？我好歹是镇南王妃，敢这样和我说话！”镇南王侧妃心中更是不快，眸中凝结了寒意，“只是敬他三分而已，难道他还以为自己真的是神？”

“夫人。”侍女连忙拉着她的衣襟，试图止住她的话。

然而侧妃没有留意到侍女焦急的眼神，犹自气恨，然而下一句话未曾说出，忽然间腹中便是一阵剧烈的绞痛！她抬手护住腹部，踉跄跪倒，只觉得身体里有什么在剧烈翻涌，不由得失声惊呼，脸上登时痛得惨白。

“夫……夫人！”侍女不由得吓得跪倒在地，“滑……滑胎了！”

“什么？！”侧妃低下头，眼睁睁地看着有血从裙下流出，殷红刺目，不由得全身颤抖得如同风中落叶，只觉得神魂也随之而去。

“夫人身体不适吗？”忽然间，门外有人淡淡道，“我说过今日时辰不好，夫人不应擅自离开月宫，离开必有灾祸。”

“灵均大人！”侍女失声惊呼，连忙跪倒在地。

侧妃忍痛抬起头，看到一袭白袍静静伫立在门口，逆着日光而立，戴面具的脸上看不到丝毫的表情。然而那个人投入门槛内的影子却是极淡极淡的，近乎透明。

在看到这个人的瞬间，侧妃尹氏心中忽然漫起了一种奇特的恐惧，捂住腹部，竭尽全力一寸一寸在地上爬了过去，攀住门槛，伸出手去握住了那个人的衣角，嘶声：“灵均……灵均大人……救救我……”

灵均的声音平静，看着地上的女子：“夫人刚怀上龙胎，便擅自动气，实在不妥。”

“是……是。是臣妾……臣妾不对！”她只觉得身体里仿佛有刀子在绞动，眼前一阵阵地发白，连声音都发抖了，“求您、求您救救我的孩子……”

灵均站在门口，低下头，看着地上辗转挣扎的贵妇，毫无表情地看了片刻，似在面具后笑了一笑，终于俯下身来抬手将她扶起，口中安慰道：“夫人放心，月神既然赐予您这个孩子，只要夫人诚心侍奉，天下便没有什么可以夺去他。”

她全身颤抖，几乎站都站不住。

灵均抬起右手，轻轻按在她的顶心，无声念动咒语。一种奇特的冰凉感觉从头顶注入，镇住了四肢百骸，身体里撕裂般的疼痛登时消失。灵均眼神肃穆而冷酷，右手微微上提——那一刻，她整个人也不由自主地随之而起，悬浮在空中！

停顿了片刻，那种不断注入的力量瞬地消失了，如同攀着的绳索忽然断裂，她一下子摔在地上，筋疲力尽地喘息，脸上全无血色。

“这个孩子将会成为继承王位的世子，还请夫人务必小心。”灵均吩咐侍女将她扶起，淡淡道，“将来尹家不但富甲天下，也将权倾一方，所有一切，均靠此子。”

“你……你说什么？”侧妃尹氏吃了一惊，“世子？”

“是啊，我刚刚在月神前占卜过。神谕说：夫人的这个孩子，将会成为下一任镇南王。”灵均微微地笑，“先在此恭喜夫人了。”

“是吗？”侧妃又惊又喜，一时口不择言，“可是、可是王爷前面已经有了三个孩子，长子是嫡出，都已经十二岁了！难道还能……”

“人有旦夕祸福，”灵均低声，“那几个孩子福泽不够，定会早夭。”

“……”侧妃知道这句话含意重大，倒抽了一口冷气，眼神却亮了起来，“真的？”

“夫人一家如此诚心侍奉，月神定然会给予夫人回报。”灵均淡淡地笑，“你看尹家二十年前不过一介商贾，靠百里挑石头贩卖翡翠为生，二十年后已经是富甲天下；而夫人九年前不过是一个商人的女儿，只能成为蓬门小户之糟糠，而如今得王爷独宠多年，快要生下世子，成为云贵最有权力的女人——这一切，都是月神的恩赐，请夫人不要忘记。”

“是。”他语气温文客气，侧妃却不自禁地觉得心生冷意，俯首称是。

“只有尹家上下虔诚侍奉，月神才会保佑你们。”灵均的声音转为冷酷，“切勿说出半句不敬之语，否则神谴立至。”

“是！”侧妃颤声，“尹家全家上下虔诚侍奉月神，不敢有二心。”

“是吗？”灵均微微笑了笑，语气忽地一转，“那么今年的翡翠专营所得，进贡给月宫的为何比往年少了三成？”

“这……请大人宽恕，”侧妃脸色苍白，“因为今年矿口上收获的翡翠玉石成色不好，一直卖不出价格——放心，妾身一定回去严责此事，把不足的款项都补上！”

“如此便好，不要有下次。”灵均淡淡，拂袖而起，“今日时辰不吉，还请夫人留至明日再走吧。”

“可是……”侧妃忍不住，“大人为什么要将那个人带到这里？”

“那个人？”灵均定住身，回首，“夫人所说是谁？”

侧妃咬住了牙，紧握手心的那一对绮罗玉，垂下头去，只是低声道：“大人悉知过去未来，一定知道妾身说的是什么——臣妾昔年的一个故人，今日竟在此地遇到。此事若传出去，少不得落人口实。”

“哦，那个人啊？”灵均仿佛明白了什么，淡淡回答，“他是月宫一个贵客的朋友，受伤来此求医——偶遇而已，夫人不必挂怀。”

“能否让他早点离开？”侧妃有些急切，“万一被王府那些贱人们知道了我们在此地相遇，还共住月宫……”

“呵，夫人放心好了，”灵均忽地冷笑了一声，语气变得冷酷尖刻，“这里是月宫，不是镇南王府，宫里没有多嘴多舌之人。请夫人安居一夜，明日清晨便可以下山去。”

他拂袖离开，脚步如同行云流水，转瞬便下了数百级的台阶。然而迎面便撞上了一个人，不由得微微愣了一下。

“苏姑娘？你怎么到了这里？”他语气里有微微的不快，“月宫并不是外人可以随处闲逛的地方。”

“对不起，”苏微顿了一下，低声，“我……也不知道自己怎么就逛到这里来了。或许，是想看看那个镇南王妃吧？”

灵均有些意外：“苏姑娘难道也认识她？”

“不，不认识。”苏微迟疑了一下，低声，“只是听说。”

“听说？”灵均愣了一下，忽地笑了起来，语气有些讥讽，“难道原大师昔年和腾冲尹家小姐的事情，连你也知道了？这下侧妃可要更担心了。”

苏微点了点头，表情有些复杂。

灵均似乎是审视着她的表情，笑了一声，冷冷道：“姑娘就不用为此多心了——要知道如今的侧妃，对这个故人可连躲都来不及呢。”

“是吗？”她愣了一下，不知为何松了口气。

灵均颔首，冷然：“王府内争斗复杂，尹氏出身低微却得独宠多年，正妃白氏和另外三位侧妃早已虎视眈眈，恨不得其早死。她多年不育，其实是一直暗中被人下毒。如今怀了麟儿，更是步步如履薄冰，怕被人抓了把柄。哪里还敢招惹原大师？”

苏微沉默了一下，低声：“既然如此辛苦，干吗还要入王府呢？”

“呵，这种问题也要问吗？”灵均似是在面具后笑了一笑，“富贵贫贱，判如云泥——侧妃也是出身于富庶人家，自幼锦衣玉食，何曾会去过苦日子？选了如今的路才是正道，一点也不稀奇。”他望了她一眼，将玉笛在手心里敲了一敲：“我觉得稀奇的倒是姑娘这种人。”

他翩然而去，消失在转角，只留下苏微在原地发呆。

她回头看了一眼玄武殿，正准备离开，忽然听得背后一声响，似有什么东西落下。苏微愕然循声看去，只见寝殿的窗子迅速地关闭，尹春雨的脸消失在窗后，脸上似有泪痕。她低下头循声看去，看到了墙根下躺着一个香囊，捡起来一看，里面却滑落出几样东西，赫然是那一对绮罗玉，还有另一块翡翠玉佩。

绮罗玉犹自玲珑滴翠，而那块玉佩却已经生生被摔出一道痕迹。

玉佩上用阴线雕刻着精致玲珑的花纹，栩栩如生。正面刻着玉楼微雨，杏花盛开，半卷的珠帘下有美人梳头晨妆，妩媚慵懒——看那面容，赫然是方才见到的女子。而背面则用飘逸清奇的行书刻着一句诗：小楼一夜听春雨。

玉佩已经被摔裂，一道深深的裂痕横贯玉石，将“春雨”两个字拦腰斩断。

苏微将那个香囊拿在手里看了半日，怔怔出神。

等回到药室，看到她回来，药童连忙上前一步拦住她，低声道：“姑娘，原先生刚刚用过药，已经睡了，姑娘还是小声一些。”

“嗯。”苏微将香囊在手里攥紧，默然走进去，望着正在沉睡的人——经过近日的这一番磨难，他越发清瘦了，支离的锁骨突兀地露在长袍外面，脸颊深深陷了下去，显得形销骨立。唯独双眉还是清秀挺拔，在梦里蹙起，锁住万重心事。

“春雨……”昏迷中的人忽然喃喃低语。

她将香囊无声地放在他枕畔，有泪盈睫。

第二日一清早，镇南王侧妃便匆匆离开了月宫。

软轿从药室旁经过的时候原重楼还在睡梦中，只有苏微惊醒，从榻边站起来，隔着窗凝看到了那一顶轿子在黎明青白色的天光下离开，匆促得似不愿多留一刻。然而，当轿子经过的时候，她看到轿帘的一角微微动了一下，有一双眼睛看了过来。

那一刻，她想推醒原重楼，让他看到这最后的一眼，却终究还是垂下了手。是的，看上一眼又能如何？即将诞下继承人的王妃，总归和一个残废的玉雕师是再也没有什么未来可言的。不如就这样吧……就让十年前的一切终止于这一刻。

尘归尘，土归土。

当第一缕阳光照入窗棂的时候，榻上沉睡的人醒来，恍然不知前尘往事已逝，只听到了一阵悦耳如天籁的声音从廊下拂过。在风铃声里，苏微走了进来，手里拿着刚刚在晨曦里折下来的白牡丹，花瓣上沾满了晶莹的露水，宛非世间物。

原重楼定定地看着她，眼神极其复杂，一言不发。

“你醒啦？”她微笑着，将白牡丹插入他床头的瓶子里，“为什么这样看着我？昨天睡得好吗？”

“不好，”他语气闷闷地回答，情绪低落，“整整一夜都在做噩梦……梦见有个人不告而别，我怎么叫都不回头。”

“……”她的手颤了一下，一滴露水摇落下来，打湿了案几。然而他下面的话却让她心情顿时峰回路转——

“迦陵频伽，你思念洛阳牡丹了吗？”

苏微一震，回过头看着他，病榻上的人眼眸漆黑深沉，如同星沉潭底。她的手又颤了一下，无法回答，对着一瓶白牡丹出了一会儿神。

——如今已经是四月底，洛阳的牡丹也快该凋谢了吧？

以前每年的四月，萧停云都会带她一起去观赏牡丹盛会，可惜，今年只怕是看不到了……不过，无论她去与不去，洛水旁的繁花总还是会一年一度开放，不为任何人停留。而他，也会带着其他人去赏花吧？比如……赵总管？

她轻轻笑了一笑，心中却没有以前的那种酸楚。

天涯何处无芳草，又岂是洛阳才有牡丹？此刻灵鹫山上的月宫里依旧有此花盛开，并不输给洛阳半分。

“不，我不思念洛阳。”她回过头，对着他盈盈一笑。

“是吗？”他松了一口气，忍不住一把握住了她的手，掌心里竟然都是密密的冷汗，语气有些迟疑，似乎需要鼓起很大的勇气才问出来，“那你……会回到中原去吗？”

“……”她再度沉默下来，难以回答，许久才轻声道，“我对姑姑发过誓，这一生只为听雪楼拔刀。只要那个人有命，刀山火海，无所不从。”

原重楼的手颤抖了一下：“那么说来，你还是要回去？”

她沉默着，缓慢地点了一下头，凝视着瓶中的牡丹。

“哦……”他吐出了空洞而茫然的叹息，眼里的光芒渐渐暗淡，如同一盏灯的熄灭——是啊，他怎么没想过呢？她不是滇南的迦陵频伽，她来自于云和山的彼端，那片广袤的大地，身负绝学，是翱翔于九天的凤凰，绝不是腾冲那种小地方能容纳的。

当她治好了伤，恢复了羽翼，自然要振翅飞回故乡。

“你要回到你的世界里去了，迦陵频伽……”他喃喃低声，“我知道迟早有这一天。”

她的世界？是指那个充斥了腥风血雨的“江湖”吗？

我不要回去。那一瞬，她听到一个声音在心里说，越来越响亮。不要再回到那个江湖里去……不要再卷入杀戮和争夺。那不是属于她的地方，那也不是她要的生活！可是，立下的誓言宛如一条铁链，将她紧紧束缚住，无法挣脱。

天空湛蓝，日光明丽，阳光如同瀑布一样从天宇上倾泻下来，将窗前沉吟的人笼罩。苏微站在阳光里，抬起头凝望着苍穹，脸色苍白，平静祥和之中隐隐蕴藏着某种暴风雨一样的力量，内心似有剧烈挣扎。

仿佛被这种光芒刺痛，他忽然转过了眼睛，不敢直视。

深夜的圣湖边上，高台冷月下，只有两个人影。

灵均在月下横过短笛，刚想要吹，忽地想起了什么，笑了一笑，又把笛子收了起来，低声自语：“会做噩梦吗？不会吧……难道真的有这么难听？”

“谁说的？”旁边侍立的女子有些不满，“大人的笛声明明如同天籁回音。”

“是吗？”灵均皱了皱眉头，看了胧月一眼，却摇头，“不，你这么说不足以为信，因为你畏惧我——就如邹忌又岂能如城北徐公之美？”

胧月微微颤了一下，低下了头去。

畏我？为何不说是私我呢？

耳边听得他开口，问：“胧月，关于血薇主人在这里的消息，已经传达给石玉了吗？”

“是，已经托人传达过去了。”冷月下，侍女恭敬地回答，“石玉听说苏姑娘已然解了毒，惊喜万分，正在日夜兼程赶往月宫，想要早点接她回去。”

“好，一切都如我的计划。”玉笛敲了一下掌心，灵均在月下开口，“我已经吩咐了右使暗中做好准备，等他到了便可以收网了。你替我立刻联系左使，令他去一趟中原——我要在一个月内调动风雨组织所有的金衣杀手！”

“啊？”胧月愣了一下，“风雨是天下第一流的杀手组织，价钱高昂无比，这样一来会耗尽我们教中历年所积存的银两——万一教主大人她出关后问起来……”

“记住，你只要去执行就行了！”玉笛抵住了她的顶心，灵均的声音冷酷如冰雪，“至于其他的，你不需要问！——就如我当年出手救下你的时候，也只是执行我师父的命令，半句也没有问为什么一样。”

“是。”胧月颤抖了一下，低声。

原来，那么多年来她心心念念的，不过是一道命令？

“你在我身边已经七年了，胧月，”灵均的声音虚无缥缈，却不辨喜怒，“很多秘密，这世间也只有你一个人知道……你应该知道这份信任来之不易。”

“是。”胧月轻声，眼神不知是恐惧还是感激。

“那么，就不要说什么蠢话来打破它。”灵均冷冷，语气如同冰雪，“你一贯是个知道自己身份的聪明人，不是吗？”

胧月匍匐在地，听到这句话，只觉得有利刃瞬地穿过心脏，痛得令人战栗。她不敢抬头，因为已经有泪滑过脸庞。然而他亦没有再说话，只是一拂袖，脸颊边有风掠过，如同一只鹤扑扇着翅膀，掠过了冷月下的圣湖。

她终于抬起头来，定定凝望着那一袭远去的白衣。

知道自己身份的聪明人？那么，在他心中，她的身份究竟是什么呢？那么多年了，她如此无望地努力着，却始终无法跨越过那咫尺之遥的距离。

她所求不多，但那一点卑微的心愿，却始终成灰。

自从上得灵鹫山来，一住就是半个多月。中间灵均经常派人来探看，殷勤垂询，而自己却来得不多，每次来了也不过是搭脉问诊，匆匆一面便走。然而在拜月教的灵药和秘术之下，原重楼这样的重伤，居然也一天一天地飞速好了起来。

“那个灵均还真是个好人，”苏微扶着伤员在廊下重新练习走路，看到他恢复迅速，不由得叹息，“一开始我看他阴阳怪气神神秘秘，还以为他怀着什么不可告人的歹意，没想到他还真的治好了你……”

“是啊。”原重楼吃力地抬起腿，迈上一级台阶，一边抽着冷气，“我……我跟你说过，在苗疆，拜月教是很得人心的！”

“好吧，等你好了，我们一起去谢谢他就是了。”她笑，“丹意呢？”转头便不见了那个小女孩，苏微有些愕然，搀扶着身侧的人坐入轮椅。

“大概跑哪里玩去了吧。”原重楼无奈，“小孩子总是坐不住。”

“毕竟年纪小不懂事。”苏微叹了口气，推着轮椅往药室走。

她并不知道，这一日，正是从听雪楼万里而来的使者石玉再次抵达月宫的日子。

“请看，苏姑娘已经安然无恙。”将远道而来的客人带到高台下，胧月微笑着躬身，示意石玉看向台上的绯衣女子——后者正推着一架轮椅在台上走着，看上去气色很好，手上的青碧色也已经褪去，不时低头和轮椅上的男子笑语晏晏，轻颦浅笑。

“那一位是……”石玉微微蹙眉，心里有些疑虑。

“哦，那是苏姑娘的朋友，”胧月微笑，“为救苏姑娘而受了重伤，留在月宫里疗伤——不过不用担心，他的身体也会很快康复，不会耽误苏姑娘返程。”

“那就好。”石玉道，“我已经飞鸽通知了楼主。”

胧月微笑：“相信和血薇一样，萧楼主也在急切地盼望着苏姑娘归去吧？”

言语之间，他们看到台上的那两个人不知道在说着什么，停下了轮椅，相视微笑了起来——那种笑容是如此安宁平静，看得远处的人心里都有一种异常的舒展。

离开洛阳不过两个多月，苏姑娘的气色和精神都似好了很多。看起来，她这一路虽然困顿艰险，却并非过得颠沛流离啊……石玉在心里默默地想着，隐约有些欣慰，却也隐隐有一些不安，总觉得这样几近完美的气氛有些令人恍惚。

这时他看到一个有着蜜色皮肤的小女孩奔向了他们，手里拿着一个花环，笑容灿烂无邪。那个小女孩跑到了轮椅前，将花环放在男子的膝盖上，牵着他的手，似乎在鼓励他站起来。那个男子望了一眼苏微，微笑着将手扶在轮椅上，缓缓站了起来。

似乎腿上有伤，他站得非常吃力，在直起身的时候一个踉跄，几乎跌倒。幸亏身边的苏微眼疾手快，出手如电般地将他扶住，搀着他，两个人一起慢慢往前走去。小女孩在前头蹦蹦跳跳，不时回头看着缓步行走的两个人，笑靥灿烂。

日光明丽，和风细细，那一瞬的景象是如此和谐宁静，让双鬓斑白的石玉看得呆了。从事多年杀戮的人有着比常人更敏感的心，吹花小筑的领主低下头去，微微叹了口气。

——在听雪楼那么多年，似乎从未见苏姑娘露出过这样的笑容。

他忽然间有些迟疑，竟是不愿意去打破这一刻的宁静，耳边又听到胧月道：“灵均大人在月神殿里等远道而来的贵客呢。”

“好，”他回头道，“我先去拜见灵均大人，等晚一点再去看苏姑娘吧！”

第十九章

江湖夜雨十年灯

一

随着年龄的增长，她也明白了人和人之间的复杂纠缠，也终于醒悟，他们毕竟不是人中龙凤，无法重现那个逝去时代的一切——他们相遇得并不算晚，可无论在何时何地相遇，却永远都不是最好的时机。

因为在他们相遇之前，他心里早就住进了另一个人。

千里之外的洛阳，有人在高楼上轻轻合上了手里的书信，舒了口气。

“石玉信上说，月宫那边终于有了阿微的消息。据说她平安无事，身上的碧蚕毒也已经解了，正在休养。大概十日之后，石玉便可带着她返回洛阳来了。”萧停云颔首，如释重负，“这下我就放心了……目下四位护法可能刚刚抵达云南，我还担心他们在期限到来之前，无法及时找到阿微呢。”

“如此就太好了。”赵冰洁哦了一声，唇角有淡淡的笑，“拜月教如此殷勤待客，二话不说解了苏姑娘的毒，倒是我们多心了。”

“从石玉发信那天算起，他们一行应该是半个月之后便能抵达。”萧停云将信折起，垂下眼睛看着下面绿荫掩映的听雪楼，有一种如释重负的表情，“总算是要回来了……一切也该结束了。”

她微微一震，侧过头来：“一切？”

“是啊，一切。”萧停云轻声地笑，眼神有些莫测，“血薇即将和主人团聚——有了血薇和夕影，还有什么邪门歪道能再撼动听雪楼？”

“的确。”赵冰洁静默地站在夕阳里，望着南方。

萧停云很少在日光下看到她，这个女子就像是藏在幽暗书阁里的影子，无声无息地出现，又无声无息地消失。此刻乍然见到在阳光里的她，觉得夕阳下的人显得越发瘦了，似乎一阵风都可以把她吹得走。

那一瞬，他眼神暗了下去，似乎看到了十几年前那个跌入他怀里的孤女。

转眼已经是那么多年过去了吗？可是，如今他和她并肩站在天下武林的最高处，之间隔着的距离，却未必会比十几年前更近一分一毫吧？人心，真是不可测的深渊。

他默然地想着，伸出手，轻声：“我送你回岚雪阁吧。”

“不，”她却意外地摇头，微笑，“我想在这里多看一会儿夕阳。”

萧停云微微错愕，也不再反对，只是走过去和她比肩而立，默默望向南方。他的眼睛深沉不见底，重瞳下仿佛隐隐闪电。

“在想什么呢，冰洁？”许久，他才轻声问。

她猛然一震，脸色有些苍白，顿了顿，才道：“我在想，几日后苏姑娘便要回来了，到时候得率领楼中子弟去洛水旁迎接，好好给她洗尘，庆祝她平安回来。”

“好啊。”萧停云似是不经意地回答，伸出手去，“你和我一起去吧。”

回到岚雪阁里时，她终于长长地吐出一口气来。

这里的光线还是一如既往地暗淡，却令她感到熟悉和心安。因为在这样的黑暗里，就不会有任何人看得清楚她此刻脸上的表情和眼底的泪水。

她一个人坐在黑暗里，怔怔凝视着眼前无尽的黑夜，直到外面的更漏滴尽，才猛然醒过来一般地站起，默默伸出手，打开了案子底下的一个暗格——那里，一把青鲨皮的短刀静静躺着。

她在黑暗里抽出了那把短刀，刀光如水，映照着她苍白的容颜。

“我把它送给你，”多年前，病榻之上的那个女子握住了她的手，用一种奇特的眼神看着她，仿佛可以看到灵魂深处，“当痛不可当时……就用它来了断一切吧！”

池小苔。那个在神兵阁中幽闭了一生的女人，竟仿佛有着一双可以看穿一切的眼睛。可是……如果她洞察了一切，为什么还会将这把刀交到她的手上？

就如她三十年前不曾成功杀掉萧楼主一样，难道，她竟是希望自己能完成她的愿望？——可停云是她唯一的弟子，是她独居几十年来唯一的安慰和温暖，为什么在临死之前，她会把这样一把刀赠送给自己呢？

她要她用此刀来了断一切，可是，她希望的，又是怎样一个结局？

赵冰洁微微叹了口气，隐约可以听到自己呼出的气息在刀锋上切成两半的声音——二十多年过去了，这把朝露在暗夜里蒙尘，它是否也日夜期待着和夕影聚首呢？

只可惜，聚首之时，便是兵刃相见之时！

她握着刀，沉默了片刻，直到听见了黑暗里熟悉的扑簌簌声音。那只噩梦般的美丽白鸟又飞来了，翩然降临于窗台上，用红色的眼睛盯着她看，眼里有询问的神色。她战栗了一下，终于用另一只手拿起了一支笔，蘸了蘸墨，在信笺上写下了一行字：十五日之后，洛水之旁。绝杀。

灵鹫山上的月宫里一片寂静，只有风铃声在廊下轻轻击响，宛如天籁。

苏微坐在窗下，微微闭着眼睛，双手如电般地顺着原重楼的手臂一路点下去，到最后止于尺关穴。指尖点到之处，他的肌肤便是微微一震。

经过这些日子的精心治疗，原重楼的伤势已经渐渐好转，双腿已无大碍，只有右手尚不能活动自如。苏微在每日的子午两时准时来到药室，用内力打通他的双手穴道。这是极耗心力的事情，即便修为如她，每次结束后都会虚脱。

“迦陵频伽，不用那么费力，”他看到她如此拼命，不免心疼，“我一只手雕刻出来的东西也能让那些人望尘莫及，这只右手就让它这样得了。”

“那可不行，”她却丝毫不让，“我一定要把属于你的东西全部还给你！”

“是吗？那么说来，你要补偿给我一切？”他忍不住笑，意味深长地看着她，“包括这只手、声望、收入，还有……那个跑了的老婆？”

一边说着，他的右手已经不知何时圈在了她的腰上，俯下身来看着她，笑得轻狂。她恼了，想抽他一巴掌，手臂却酸软无力，一手挥出竟然被他捉住了。

“你想乘人之危吗？！”看着他越凑越近的脸，她怒叱。

“趁了又怎样？”原重楼涎着脸凑过来，“来吧，我可喜欢被你打了……”

“……”苏微一怒之下提了一口内息，真的想要一掌把这个压上来的人打个脸上开花，然而刚提起手，忽然间门被推开，有人走了进来。原重楼一怔，下意识地松开了手，苏微也连忙坐起。

来的是胧月，身后带着两名侍女，看到这一幕微微一愣，连忙往后退了一步，到了帷幕之外，低下头：“抱歉，打扰两位了。”

“没……什么。”苏微脸颊有些发热，“有什么事？”

“灵均大人让婢子来告知苏姑娘一声，听雪楼来了人，正在前厅等着您去见呢。”胧月低头站在帘子外面，似乎也有些不自在，声音生涩，“这一路来得急了，不告而入，请苏姑娘不要责怪。”

“什么，听雪楼？”苏微蓦地站了起来。

听雪楼。她已经很久没有听到这三个字了，甚至连那片辽远的江湖都在滇南的丛碧里渐渐模糊。但时隔多日，当那三个字忽然传入耳中时，她心中依然回应出了巨大的响声，就像是一扇门在面前重新轰然打开，里面传来召唤。

是的……她终究还是得回到那片江湖中去！

“是的，今天刚到。”胧月轻声道，“石玉大人领着几个属下日夜兼程来到了滇南，到处寻找苏姑娘的下落，说楼主有命，找不到苏姑娘就不用回去了。”

苏微心里一震，百味杂陈，低声：“是吗？”

胧月躬身：“石大人如今在接待贵客用的青龙殿内，婢子带姑娘前去。”

“好。”她站了起来，便要往外走去。

然而转身之间，却看到了榻上的原重楼——他一直在听着她们的对话，一直沉默着，留着疤痕的手指微微握紧，眼神变得幽深不见底，令苏微的心猛然往下一沉。

“不要担心，”她不知说什么才好，停顿了片刻，才道，“我会回来的。”

这是自从山谷一别之后，她第二次对他做出这种许诺。原重楼点了点头，转过头看着窗外，不再看她，低声道：“我等你。”

“从此，你就是他的剑。你要为他所用，凡有所命，赴汤蹈火无所不从！”

坐在肩舆里，朝着月宫走去，姑姑临死前的嘱咐却响起在耳畔。那苍老而严厉的声音如同风回响。十六岁的她握紧了血薇，深深地点头，许下承诺。

已经十年了。那样漫长的岁月里，她一直很好地履行了自己的诺言，出生入死，杀人如麻，为他将整个人生最好的年华涂染成一片血红，也曾无怨无悔。

可是尽管她奉上了一切，可那个人，却始终对她若即若离。

随着年龄的增长，她也明白了人和人之间的复杂纠缠，也终于醒悟，他们毕竟不是人中龙凤，无法重现那个逝去时代的一切——他们相遇得并不算晚，可无论在何时何地相遇，却永远都不是最好的时机。

因为在他们相遇之前，他心里早就住进了另一个人。

尽管曾经有过失望和迷惘，她却并不曾心生怨恨。只是在那么漫长的时间里，随着杀戮的增加和年华的逝去，渐渐心生倦意——或许，这次借着中毒的契机离开听雪楼，未必不是她私心里所渴望的一次逃离吧？

“苏姑娘，到了。”恍惚中听到胧月的禀告，她一惊而起。

月神殿是整个月宫最重要的所在，里面供奉着高达三丈的玉雕月神像以及天心月轮，每当月圆之夜，拜月教主和祭司都要来这里祭拜。而它的侧厅，则是用来接待贵客的。

苏微来到月神殿侧厅的时候，却发现偌大的房间里只有石玉坐在那儿。一看到她进来，石玉便瞬地站了起来，往前疾走了几步，嘴角动了几下，却说不出话来。她在听雪楼和他共事多年，也曾一起出生入死完成任务，知道石玉执掌吹花小筑多年，早已喜怒不形于色，此刻显然已经是喜极。

她心下一暖，轻声："石叔，让你们担心了。"

"苏姑娘真的没事，那可太好了！"石玉拍了拍她的肩膀，声音有些哽咽，"这些天楼主和赵总管都要担心死了。"

"是吗？"前一个名字令她心里一动，而后一个名字却立刻让她的心重新沉了下去。苏微神色复杂地笑了一笑，拉着他坐了下来，看了看四周，问："灵均呢？"

"刚刚还在这里陪我聊了很久，说要让我带礼物回洛阳给楼主，转身去拿了。"石玉道，一边说着却一边盯着她看了又看，终于松了口气，"气色和声音都很平稳，苏姑娘的身体看来是真的大好了……那一天你身负剧毒，又独自离开，楼里大家真是日夜悬心。"

"是我冒失了，"苏微叹了口气，"不知楼里可好？"

"还好，有楼主和赵总管日夜提防，那帮躲在暗中的家伙也无隙可乘。"石玉冷冷，语气肃杀，单刀直入，"苏姑娘打算啥时候跟我回去？明日来得及吗？"

"明天？"苏微心里一沉，眼神瞬地暗淡。

"我已经飞鸽传书给楼主了，说半个月后就能带姑娘回洛阳——算算时间，明天启程还算宽裕。"石玉计算着归程，归心似箭，"如果延误得几日，路上就得车马兼程——到大理就得五天，过了澜沧江再过哀牢山……姑娘的伤势刚好，这样未免太过于劳累。"

"……"她听他在一边说着，心里却有些沉甸甸的。

"怎么？如果苏姑娘还有别的事情要处理，那耽搁个一两天再上路也成。"毕竟是老江湖，石玉一眼看出了她的犹豫，止住了话，沉吟了一下，缓了缓语气，道，"只是真的不能久拖。楼里虽然暂时风平浪静，但那些毒蛇躲在暗处，说不定啥时候就要发难——早日有了血薇，才能保得楼里平安啊。"

她听得这样的话，心里却是猛然一沉。

是的，只是为了血薇。

——那个千里之外的人所期待的，并不是她，而只是她身上那种可以驾驭血薇的力量！而石玉来接的，也不是她苏微，而是血薇的主人！

"我不会回去了。"猛然间，她冲口而出。

石玉愣了一下，下意识地问："什么？"

"我说，我不会再回去了。"苏微低下头，定定凝视着手里的茶盏，一字一句，"麻烦你回去和楼主说一声，让他另外给血薇找个主人吧。"

"什么？"石玉霍然站起，一贯冷硬不动声色的脸上有着无法掩饰的震惊，就这样定定看着她，满眼的不可思议，“你……不回去了？”

“是。”她抬起头看着他，静静道，“我不会回去了，我也不会再要那把血薇——至于血薇剑谱，我会将自己的所知所学全数默写出来，一并交给楼主。所以，请楼主放心，他不会有任何损失。”

“……”石玉看到她说话的神色和语气，明白不是说笑，不由得深深吸了一口气。

“这是为什么？”他的声音止不住地提了上去，“苏姑娘你身上的毒解了，武功也恢复了，为什么还不肯回洛阳去？难道听雪楼有什么对不起你的地方吗？”

“如果我的毒没解呢？如果我的武功全失呢？听雪楼里还有我的容身之处吗？”她的声音也蓦然严厉起来，冷冷道，“听雪楼于我意义非凡，而我亦为楼里赴汤蹈火十年，如今，缘分已尽，从此两不相欠。我为什么非要回去？”

石玉看着这个女子，咬了咬牙，语气也强硬起来：“因为姑娘你曾经对石楼主发过誓，要用一生来守护听雪楼！”

“一生？一生太长了……有很多的变数，”她却笑了起来，缓缓摇头，“会遇到很多事，很多人。谁能轻言一生？”

毕竟是历经沧桑的江湖客，石玉沉默了一瞬，明白了过来，脱口：“难道是为了那个坐在轮椅上的人？——那个小白脸，他是谁？”

“怎么，你已经见到过重楼？”苏微有些诧异，却没有回避，直言回答，“不，不全是为了他。我只是为了我自己。”

顿了顿，她低声道：“石叔，你知道吗？在滇南的这一个多月，虽然九死一生，却是我这一辈子里最快乐自由的日子——我不想把自己的一生都陪葬进去。”

石玉忽然语塞。他想起了在洛阳时她每日借酒消愁的模样，以及刚来到月宫时望见她的场景：她扶着那个陌生的男子在高台上蹒跚行走，脸上露出的的确是从未见过的欢颜，那种发自内心深处的喜悦和安宁，竟是腥风血雨的十年中从未有过的。

“可是，你总要守住自己的誓言。”他的语气里的愤怒稍减，却依旧严厉，“人在江湖，无信不立，一语既出驷马难追！”

“誓言……”她轻声重复，缓慢地让两个字一字一字滑落唇边，轻轻叹了口气，“是啊……当我在姑姑面前立下誓言时，的确是真心诚意想要用一生来守住它。”

说到这里，苏微却抬起了头，感慨地看着侧厅外湛碧色的天空。

春风桃李一杯酒，江湖夜雨十年灯。

"可是，我守了十年，又得到了什么呢？"她轻声道，"所谓的誓言，当然值得去守护和尊重，但是在这个过程中，也应该要问问本心，看看是不是值得继续吧？如果答案是'不'，那么，就应该停下来，重新审视自己的过去和现在。"

并肩作战那么多年，她从没有对石玉说过这样的话。然而这些话似乎在心底埋藏已久，所以在说出来的时候纯熟而流畅，如同爆发的地火。

"在洛阳的时候，我已经停下来很久了……回顾了这十年的所作所为，也料想过未来十年、二十年的日子。我甚至可以预见到自己的一生——因剑而生，因剑而亡。"说到这里，她苦涩地笑了一下，"不，那不是我想要的，而是被强加于我的人生！"

最后一句话是如此锋利，让石玉变了脸色。

"谁还能勉强血薇的主人？"他愤愤然道，"当初还不是苏姑娘你自己选择的？"

苏微却打断了他，冷然："不要再叫我'血薇的主人'！谁会愿意将自己的一生祭奠给一把剑，做别人的影子？我是活生生的人，不是一把冷冰冰的剑！"

说到最后，她的语气已经有些发抖，深深吸了口气，平复了下情绪，才压低声音道："或许你们都不知道吧，早在洛阳时，我便已决定要离开，却不料忽然中毒——而这一次孤身万里的旅途，犹如一场修炼，更是让我坚定了那时候的想法。"

她一边说着，一边站了起来，凝视着听雪楼的使者，一字一句："所以，石叔，我是不会再回去了。"

"请你回去告诉楼主，让他也不必派人来找我了，我不想别人打扰我日后隐姓埋名的生活。此后，血薇将换新的主人，江湖中再也没有苏微这号人物。"

她的语气坚定而明晰，如同出鞘无回的剑。

石玉看着她，愤愤地握紧了拳头，却又不知道该说什么——他是刀头舔血的江湖人，不是能言善辩的说客，她既然这样坚决地表明了态度，他还能如何？在这个天下，能够强迫血薇主人的人，只怕还没有生出来吧？

"既然苏姑娘对滇南还恋恋不舍，石大人又何必急在一时呢？"忽然间，有一个声音传来，打破了僵局，"不如让苏姑娘在这里多玩几个月，等玩得差不多了，自然会兴尽而返。"

"灵均大人？"两个人一起回头，愕然。

不知何时，侧厅的门外已经站着一个穿白袍戴面具的人，手里捧着一个青白玉雕琢成的匣子，也不知道听了他们的谈话有多久，直到此刻才开口，语气恬淡而柔和。

“这里是我教馈赠给听雪楼的礼物，请石大人点收。”他走过来，将玉匣打开，里面分了三个格子，分别放着三件珍宝，“玉龙雪莲一朵，七叶明芝一枚，以及明河教主炼出的阴阳小还丹一瓶——请帮我转交给萧楼主。”

石玉点了点头，显然还在生着气，闷闷道：“多谢大人。”

“那石大人打算何时启程呢？我好让下属去准备车马，”灵均也没有多客气，直接问，“其他还有一些说不上贵重的礼物，顺便也好装上车子。”

“启程时间？”石玉看了一眼苏微，眼里全是不甘和愤愤，然而在主人面前不好多说什么，只能压住了火气，道：“既然苏姑娘不肯一起回去，在下只能先行回洛阳了——少不得楼主亲自来一趟，三请三拜地请姑娘回去。”

苏微“哼”了一声，淡淡道：“石叔，我的性子你们也是知道的，就别劳烦楼主白走一趟了。而且，现在听雪楼里外敌未除，也大意不得——连我毒发在外这么些日子，他也不敢离了洛阳前来找我，何况我如今身体大好了？”

她语气里隐含讥讽，让石玉脸色微微一变：“苏姑娘你这么说也太……”

“好了好了，”灵均生怕他们两个人又争执起来，连忙道，“天色也不早了，司膳宫那边应该已经准备好了晚膳，两位何不一起先随在下去用餐？”

石玉收住了声，沉着脸站起。

然而苏微却摇了摇头，道：“多谢大人，只不过我还得赶回药室照顾重楼，就不随两位一起去了。”一语毕，她对着石玉颔首，道，“替我问楼主好。”

这应该是诀别的话语，然而，她却说得如此轻易。石玉虽然江湖历练多年，却也觉得心中刺痛，似有血薇瞬地洞穿而过，身子竟然晃了一晃。

苏微回到药室的时候，原重楼正在看着窗外发呆。

自从认识他以来，这个人的脾气一贯飞扬跳脱，说话尖酸刻薄，很少有这样沉默的时候，重伤方愈的脸有些苍白，消瘦得眼睛都深深陷了下去，眉峰微微紧锁，看着窗外盛开的鲜花发呆，竟然连她进来都没有发觉。

她便也没有出声，提了一口气，悄无声息地绕到了他背后，伸出一根手指。

然而就在她想要吓他一下的时候，忽然听到了一声叹息。那一声轻轻的叹息里蕴含着太多的无可奈何，只一声，便让人的心沉到了底。那一刻，她再也没心情和他开玩笑，立刻从背后伸出双臂紧紧拥抱了他。

“我回来了。”她将头靠在他肩膀上，在他耳边轻声道。

怀里的人猛然震了一下，回过头来看着她，近在咫尺，她这才看到，他双眸却深沉如星，眼角居然隐约有泪痕。她心里一紧，更加用力地环住了他的肩膀。

“你回来了？”他的声音发抖，“真的？”

“嗯。”她埋首在他的肩膀上，点着头，下巴一下下地压着他瘦削的肩胛骨，在他耳边的声音轻微却坚定，“而且，我再也不走了。”

“真的？”他极力克制着自己，声音却还是有点发抖，“你……你不回洛阳了？”

“嗯。”她在他耳边轻声笑，“我跟你回腾冲。”

他猛然转过身，一把抱住她的腰，死死地看着她——那眼神里蕴藏着奇特的暗火，剧烈而又深沉，竟然有着可以摧毁一切的力量，令她的心猛地一震，下意识地松开了手。然而，他却忽然直起身，用力一把将她抱进了怀里。

“谢谢你……”她听到他在耳边说，声音竟然带了哽咽，“谢谢你做了这个决定。”

他抱得那么紧，以至于她几乎无法喘息，然而她也没有挣脱。他只是反复说着那么一句，她感觉到有灼热的泪水滴落在她的鬓角，心中震撼莫名，只能回过手紧紧抱着他的后背，一句话也说不出来。

有风拂过廊下，铃声如同天籁。

“迦陵频伽，”他终于抬起头，直直地看着她，眼眸清亮，似是被雨洗过的晴空，语气凝重，“我保证，你一定不会后悔今天所做的决定。”

她深深地点头，心潮起伏，忽然情不自禁地亲了一下他。

这是她第一次主动吻他。原重楼原本只是拥抱着她，并没有想对她怎样，然而那一个蜻蜓点水般的吻却让他震了一下，仿佛回过神一样，一下子抓住了想要抽身退开的人，一把将她揽入了怀里，俯下身重重吻住了她的嘴唇。

她已经记不得这是他第几次突袭偷吻她了，但无论多少次，每一次他忽地靠近却都如同第一次一样，令她脑海一片空白，有轰然的回响。

“你……”当那个吻结束后，她觉得全身再也没有力气，手臂一软，差点跌入了他的怀里，说不出话来。他轻笑了一声，又侧过头想亲吻她。这一次她回过了神，敏捷地躲开了，他滚烫的嘴唇便落在了她的耳垂上，顺势含住，轻轻舔了舔。

苏微情不自禁地啊了一声，心中一荡，只觉得脸颊热辣辣的，内心深处似被极细的针扎了一下，又酸又麻。

“这次可是你主动惹我的。”他低声地笑。

“别……别这样！”她挣扎，试图坐起身，“否则我——”

说到这里，不知道他做了什么动作，她的声音又停住了，呼吸急促，说不出话来。

“否则你怎样？打我？杀了我？”他在黑暗中轻笑，亲吻着吮吸着她的耳垂，含糊地喃喃，“那就杀了我吧……吃掉我，迦陵频伽。否则……我就会吃掉你。”

“别……”她颤抖地抓住了他的手臂，却没有将他推开。他的气息在耳边萦绕，手已经解开衣衫，触摸到了她滚烫的肌肤，那一刻，纵横天下从无畏惧的女子有了一丝不知所措的战栗，在他触碰到禁区的时候，情急之下忽然一口咬在了他的肩膀上！

觉察到了她微妙的抗拒，他停下了手，在黑暗中静默地抱着她，用额头抵着她的额头，似是也在极力忍耐，连每一次的呼吸都是灼热的。

“咬我？还来真的啊？”他额头有微微的汗水，眼眸却更加明亮，凝视着她，低声，“迦陵频伽，你害怕成为我的女人吗？”

“……”她不作声地吸了一口气，似乎下了一个决心，忽地闭上了眼睛，“不，不怕。”

“吃了我吧，”她轻声说，“这样，我就永远不会离开你了。”

她的声音轻柔而坚决，如同风吹过耳际，然后仰起头主动亲吻他。原重楼微微一震，用力抱住她，狂热地吻着她的眼睛和嘴唇，似乎真的想要把她吞噬进身体一样。苏微舒展开身体，拥抱住了他，如同一朵莲花在夜中绽放，无所保留，也无所畏惧。

门外的廊下，有轻风掠过，风铃声音如同天籁。

在不远处的玄武殿里，拜月教迎接了来自远方的贵客。灵均在一旁亲自作陪，话却不多，气氛一时间有些沉默。这一场晚膳用得极尽奢华，几乎所有的菜式都是中原前所未见的。然而石玉吃在嘴里，却感觉不出任何味道。

他想着这一次苏微异常决绝的拒绝，想着萧停云得知这个消息时的表情，想着那些蛰伏暗处的敌人，心里越发沉重，吃了几筷子便起身告辞。坐在上首的灵均似乎也有些心不在焉，也没有多挽留，便送他出了门，道：“明日在下另有要事在身，估计不能亲自送贵客返程了，到时候我会请教中右使替我送客，还请见谅。”

“灵均大人何必如此客气。”石玉抱拳，便走了开去。

胧月奉命带着他们一行人回去，沿着圣湖边的道路行走。外面新月刚刚升起，月光下的灵鹫山月宫有一种神秘而不可言喻的美丽，令他不由自主地赞叹：“真是神仙福地。”

“石大人以前来过月宫吧？”领路的胧月微笑道。

“是的，几十年前了。”他看着圣湖，语声低沉，“那时候，我跟着楼主和靖姑娘来到这里，亲眼目睹了漫天劫灰下的圣湖。”

胧月叹息了一声：“也目睹了萧楼主一刀斩下迦若祭司的头颅吧？”

“……”石玉看了她一眼，刹那间，背部开始隐隐地疼痛。

然而胧月只是带着他们一行人沿着湖边走去，面色平静，在说及多年前双方那一场惨烈的战争时也安之若素：“不过，如今听雪楼和拜月教相安无事几十年，想必萧楼主和迦若祭司在九泉之下也能安心了。”

“是。”石玉短促地回答。

他往前走着，背部的疼痛越发剧烈——掌管吹花小筑多年，刀头舔血的日子造就了他超强的直觉，每次周围有杀机逼近，他的背部就会隐隐地疼痛。

新月悬在头顶，周围一片宁静，暗影里浮动着奇特的花香。原来他们穿行于一片曼陀罗林之中。然而不知道为何，他却感觉到周围的某一处正在变得非常不对劲。

再走了几步，那种奇特的预感更加强烈了。

他站住身，霍然侧头看去，眼神瞬间凝聚——不知何时，那座干涸见底的圣湖里居然注满了水，波光粼粼！

这是……他愕然止步，回头看向身侧。

然而，那个引导自己至此地的胧月不知何时已经消失不见，宛如一个泡沫般消失的幻影。再看去，竟然连跟随着他的那些下属都不知去了何处。

不好！有陷阱！多年的经验让石玉霍然警觉，手腕一翻，便拔出了短刀，一步一步朝前走去。

然而这一片曼陀罗林却仿佛大得没有尽头，他一直往前走，走了足足有一百丈，却依旧没有走出那片看似不大的林子，连离那片怪异的圣湖也一直保持着相等的距离，无论怎么走也无法靠近。

这是什么？是陷入了迷阵？

石玉霍地站住了身，抬头看了看天空中的新月的方向，在心里默默做了一个刻印，然后便闭上了眼睛，不再去看周围的一切。他计算着月亮的方位，以及脚下的步数，闭着眼，单手持刀，往前一步一步地走，全身的神经都绷紧了，只要有什么靠近身侧便准备反击。

当数了一百二十七步的时候，他忽然觉得空气里那种黏腻的花香忽地消失了。他霍然睁开眼，眼前已经是一片草坪，那片曼陀罗林已经抛在了身后。

他回头看去，却瞬地倒吸了一口冷气！

那一片黑黝黝的树林里还徘徊着人影——那些人影仿佛喝醉了一样，轻飘飘地走着，身体朝着一边倾斜，一脚高一脚低，无论多努力多急切，却根本不能直线行走，而只能绕着一个奇特的圆心不停地绕圈，从远处看来，就像是一条被拘禁在原地的游魂。

那一刻，他认出来了：那些人，就是自己在树林里失散的下属！

“小心！”他厉喝了一声，手指探入怀中，瞬地扣住了一枚暗器，手指一扬，呼啸而出。那暗器的尾部穿着长长的细线，准确地命中了树林里的一个人的肩膀。那个正在醉酒一样绕圈子的人猝不及防，啊的一声痛呼出来，眼神瞬地清醒。

石玉厉叱：“你们中了埋伏了，快闭上眼睛，顺着线走出来！”

听到首领的声音，那个下属一哆嗦，全身冷汗涌出，连忙拔下了肩上的暗器，握紧了那根细线，摸索着走了几步。

然而，就在这个刹那，石玉听到咯咯的笑声。有一个孩子不知从何处跑了出来，蹦蹦跳跳地走着，手里拿着一个彩线绕成的球。然而跑得几步，手里的球便掉落下来，向着湖边滚落。她追在后面，直奔那个诡异的圣湖而去——他认得，这个孩子正是白日里在高台上和苏微玩耍的女娃儿。

“别过去！”石玉脱口低呼。

然而转眼那个孩子已经涉水而下，俯下身去捞那个在水上载沉载浮的球。满湖都是新月的光芒，被搅碎了一地，如同漫天的繁星掉落在了水中，美丽无比。

然而石玉凝视着水面，心里的不安越发强烈起来——是的，几十年前，当迦若祭司牺牲自己，和听雪楼主将所有恶灵都永闭地底的时候，这个湖里的水便已经被放干，为何如今竟又有了湖水？

难道是拜月教的人又在秘密地进行着什么计划？而这个水底，又会有什么？

他一边喝止，一边朝着湖水奔去。然而，在那个小女孩捞起彩球的瞬间，水面忽然碎裂，水下有什么东西忽然湿淋淋地冒出，将那个孩子一把抓住！

“小心！”石玉失声，急掠过去，一刀斩向那个水底浮出的怪物——他出手老辣准确，一击之下便听到了一声闷响。眼神掠过，却忽然吃了一惊：水底浮出的是一个白袍长发的男子，额上戴着一抹宝石额环，那模样，竟然有几分眼熟。

他来不及多想，锋利的刀瞬间斩下，左手一把将孩子拉了过来。

那一刀如入虚无，竟然没有一丝血溅出。当刀切过手臂时，竟然如同划过水面一般，没有遇到丝毫的阻碍。

石玉反而吃了一惊，拉过孩子，急退。

然而那个白袍鬼影却转而伸手，一把抓住了他的袖子！冷月下，湿淋淋的身体从水下浮出，贴近了他的面颊，带着寒冷阴暗的气息。那个孩子吓得失声尖叫起来，将手里的彩球用力地砸向那个鬼影。

“小心！”石玉大喝，一手将孩子抱在怀里，点足急退。

然而刚回过身，背部忽然间又感觉到剧烈的疼痛——但这次的痛是实实在在的，并非虚幻。毕竟是多年刀头舔血，他来不及多想，立刻一刀反削，叮的一声挡住。

然而，在回头看去的那一瞬，他几乎不敢相信自己的眼睛。

那个小女孩站在圣湖旁，望着他笑，小小的手里捏着一柄银色的小锥子，尖利的锋芒上染满了血迹。那把小小的锥子，在一瞬从肩胛骨下刺入，准确地洞穿了他的胸口！

她笑得那样无邪而天真，仿佛是此刻云上的月光，然而右手里却捏着一条赤红色的蛊。那条蛊虫在不停扭动，只剩得一半。

“你……”石玉捂住伤口，失声，“你是谁？”

“我？我是灵均大人的乖孩子啊……”小女孩灿烂地笑着，忽然伸出小舌头，舔了舔锥子上流下来的血，眼神诡异而残忍。她走了过来，小小的手指间捏着那半条断头的蛊虫，咯咯一笑：“唉，你看你，差点浪费了一条噬魂蛊呢。”

她走到了他面前，用小小的手指点了下他的刀刃。

只是轻轻一碰，石玉整个人仿佛受到重击一样摇晃起来，以一种奇怪的姿态扭曲了起来——他无法回头，自然也就没有看到，在他背后的伤口里，那半条红色的虫子正蜷起了身体，做着同样的姿势，每一次扭动都操控着他的身体。

那个小女孩蹲下了身子，看着他渐渐失去神采的眼睛，将手里的半条虫子放到了他的伤口上。一瞬间，那被斩断只剩下半截的虫子就消失在伤口里，似乎在追着前半截身子而去。

“对了，你不是想见右使吗？”在他失去意识之前，一只小手拍了拍他的肩膀，蜜丹意咯咯地笑，无邪而欢乐——

“我就是呀。”